O BURACO
DA AGULHA

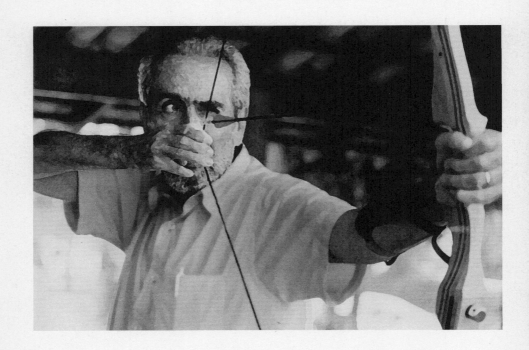

O ARQUEIRO

GERALDO JORDÃO PEREIRA (1938-2008) começou sua carreira aos 17 anos, quando foi trabalhar com seu pai, o célebre editor José Olympio, publicando obras marcantes como *O menino do dedo verde*, de Maurice Druon, e *Minha vida*, de Charles Chaplin.

Em 1976, fundou a Editora Salamandra com o propósito de formar uma nova geração de leitores e acabou criando um dos catálogos infantis mais premiados do Brasil. Em 1992, fugindo de sua linha editorial, lançou *Muitas vidas, muitos mestres*, de Brian Weiss, livro que deu origem à Editora Sextante.

Fã de histórias de suspense, Geraldo descobriu *O Código Da Vinci* antes mesmo de ele ser lançado nos Estados Unidos. A aposta em ficção, que não era o foco da Sextante, foi certeira: o título se transformou em um dos maiores fenômenos editoriais de todos os tempos.

Mas não foi só aos livros que se dedicou. Com seu desejo de ajudar o próximo, Geraldo desenvolveu diversos projetos sociais que se tornaram sua grande paixão.

Com a missão de publicar histórias empolgantes, tornar os livros cada vez mais acessíveis e despertar o amor pela leitura, a Editora Arqueiro é uma homenagem a esta figura extraordinária, capaz de enxergar mais além, mirar nas coisas verdadeiramente importantes e não perder o idealismo e a esperança diante dos desafios e contratempos da vida.

KEN FOLLETT

O BURACO DA AGULHA

ARQUEIRO

Título original: *Eye of the Needle*
Copyright © 1978 por Ken Follett
Copyright da tradução © 2018 por Editora Arqueiro Ltda.

Todos os direitos reservados. Nenhuma parte deste livro
pode ser utilizada ou reproduzida sob quaisquer meios existentes
sem autorização por escrito dos editores.

tradução: Alves Calado

preparo de originais: Taís Monteiro

revisão: Cristhiane Ruiz e Suelen Lopes

diagramação: Valéria Teixeira

capa: Elmo Rosa

imagens de capa: Claire McAdams/ Shutterstock (nevoeiro);
SZBDesign/ Shutterstock (farol)

impressão e acabamento: Lis Gráfica e Editora Ltda.

CIP-BRASIL. CATALOGAÇÃO NA PUBLICAÇÃO
SINDICATO NACIONAL DOS EDITORES DE LIVROS, RJ

F724b	Follett, Ken
	O buraco da agulha/ Ken Follett; tradução de
	Alves Calado. São Paulo: Arqueiro, 2018.
	336 p.; 16 x 23 cm.
	Tradução de: Eye of the needle
	ISBN 978-85-8041-881-1
	1. Ficção inglesa. I. Calado, Alves. II. Título.
	CDD 823
18-51383	CDU 82-3(410.1)

Todos os direitos reservados, no Brasil, por
Editora Arqueiro Ltda.
Rua Artur de Azevedo, 1.767 – Conj. 177 – Pinheiros
05404-014 – São Paulo – SP
Tel.: (11) 2894-4987
E-mail: atendimento@editoraarqueiro.com.br
www.editoraarqueiro.com.br

"Os alemães foram quase completamente enganados. Apenas Hitler supôs corretamente, e hesitou em seguir sua intuição..."

A. J. P. TAYLOR
English History 1914-1945

*Agradeço a Malcolm Hulke
pela ajuda inestimável e generosa.*

NOVA INTRODUÇÃO COMEMORATIVA
AOS 40 ANOS DE *O BURACO DA AGULHA*

ASSIM QUE TERMINEI de escrever *O buraco da agulha*, tive uma sensação forte de que havia realizado algo bom o bastante para pagar minha hipoteca por pelo menos uns dois anos. Felizmente, calculei mal.

Passados 40 anos, olho para trás e fico perplexo. Não faz muito tempo, ouvi Paul McCartney no rádio falando sobre as primeiras canções dos Beatles: "Escuto aquelas faixas e penso: 'Garoto esperto.'"

Sei como ele se sente. Eu tinha 27 anos quando escrevi *O buraco da agulha*. Lendo o livro agora, fico surpreso e orgulhoso por ter sido capaz de fazer algo tão bom quando era tão jovem.

Não foi minha primeira tentativa. Eu tinha escrito vários livros de aventura, alguns roteiros para televisão e cinema e um punhado de contos, mas nenhum deles havia impressionado muito o mundo literário. Eu era leitor ávido desde os 4 anos e trabalhava como editor, quebrando a cabeça para descobrir o que determinava que um livro fosse um best-seller e como reconhecer um fracasso. Ficava em livrarias olhando com inveja para as pilhas de exemplares novos e reluzentes em capa dura, de autoria de escritores populares dos anos 1970, imaginando como escrever um livro que também tivesse aquele destaque em uma pilha na frente da loja. Tinha aprendido bastante, mas seria suficiente?

Só uma característica deste livro é marcadamente original: a heroína é uma mulher, Lucy Rose. Hoje em dia isso é comum, mas na época era inédito. Se existe algum livro de espionagem anterior a este com uma heroína, eu desconheço.

Lucy reflete a mudança no papel da mulher na sociedade da época. Gostei da mudança, porém não foi por isso que a tornei a heroína. Meus motivos eram literários, não políticos. Eu lera pelo menos uma centena de livros em que dois homens travavam uma luta, mas jamais um em que esse conflito violento acontecesse entre uma mulher heroica e um homem poderoso e mau. A ideia me pareceu intrigante e fascinante. Gostei tanto que fiz com que a mulher fosse uma jovem mãe com um filho pequeno. Funcionou maravilhosamente bem. Por consequência, o clímax do livro tornou-se muito mais empolgante.

Lendo o livro de novo, fico pasmo com uma coisa de que não me dei conta na época. Ele pinta um quadro da Inglaterra, como uma daquelas cenas de multidões vitorianas de William Powell Frith, *The Railway Station* ou *The Derby Day*. Enquanto Faber está fugindo, conhece todo tipo de gente, e, por ser estrangeiro, vê essas pessoas com olhos totalmente abertos, sem subestimar nada. Gosto das duas irmãs idosas que têm o carro roubado por Faber; do sargento da polícia que se dirige de forma ofensiva ao velho senhorio irlandês; e do juiz tolo de rosto vermelho que dá uma carona a Faber. Eu os apresentei como pano de fundo para o suspense, mas agora quase gosto mais deles do que da perseguição que está em primeiro plano.

Continuo a ser surpreendido e a me deliciar com a longevidade da história. Mesmo hoje, quase todo mês chega uma nova edição à minha caixa de correspondência. O filme passa na televisão repetidas vezes. Quatro décadas depois de eu tê-lo escrito, o livro chegou ao primeiro lugar na lista de audiolivros mais vendidos na Alemanha. Recebo correspondências de fãs que não haviam nascido quando ele foi lançado.

Lembro-me de que escrevê-lo foi como correr morro abaixo. Hoje em dia, levo três anos para terminar um romance. *O buraco da agulha*, no entanto, eu escrevi quase inteiro em três *semanas*.

Gostaria de ser capaz de fazer isso de novo.

KEN FOLLETT

PREFÁCIO

NO INÍCIO DE 1944, o serviço secreto da Alemanha reunia evidências da existência de um exército gigantesco no sudeste da Inglaterra. Aviões de reconhecimento traziam fotografias de alojamentos, campos de aviação e frotas de navios no Wash; o general George S. Patton foi visto usando o inconfundível culote cor-de-rosa ao passear com seu buldogue branco. Na área, havia intensa atividade por rádio, com mensagens trocadas entre regimentos; sinais de confirmação foram enviados por espiões alemães na Grã-Bretanha.

Não havia exército, claro. Os navios eram imitações feitas de borracha e madeira, e os alojamentos não eram mais verdadeiros do que um cenário cinematográfico; Patton não tinha um único homem sob seu comando; as mensagens por rádio não significavam nada; os espiões eram agentes duplos.

O objetivo era enganar o inimigo, fazendo com que ele se preparasse para uma invasão através de Pas-de-Calais, de modo que, no Dia D, o ataque à Normandia tivesse a surpresa como vantagem.

Era uma farsa gigantesca, quase impossível. Milhares de pessoas, literalmente, estavam envolvidas no ardil. Seria um milagre se nenhum espião de Hitler ficasse sabendo.

E havia algum espião? Na época, as pessoas se imaginavam cercadas pelo que chamavam de quinta-colunistas. Depois da guerra, cresceu o mito de que o MI5 prendera muitos deles antes do Natal de 1939. Na realidade, parece que havia muito poucos espiões alemães, pois o MI5 realmente capturara quase todos.

Mas só é necessário um...

Sabemos que os alemães viram os sinais que deveriam ver na Ânglia Oriental. Também sabemos que suspeitavam de uma tramoia. E sabemos que se esforçaram bastante para descobrir a verdade.

Isso tudo faz parte da história, e eu não descobri nenhum fato que já não esteja nos livros. O que se segue é ficção.

No entanto, acho que algo assim deve ter acontecido...

Camberley, Surrey

PARTE UM

CAPÍTULO UM

ERA O INVERNO mais frio em 45 anos. Povoados no interior da Inglaterra foram isolados pela neve e o Tâmisa congelou. Num dia de janeiro, o trem de Glasgow para Londres chegou a Euston com um atraso de 24 horas. A neve e o blecaute tornavam perigoso sair de carro: os acidentes nas estradas duplicaram e as pessoas contavam piadas sobre como era mais perigoso dirigir um Austin Seven por Piccadilly à noite do que conduzir um tanque através da Linha Siegfried.

Então, quando a primavera chegou, foi gloriosa. Balões de defesa antiaérea flutuavam majestosos no céu azul luminoso e soldados de folga flertavam com jovens que usavam vestidos sem mangas nas ruas de Londres.

A cidade não se parecia muito com a capital de uma nação em guerra. Havia sinais, claro. E Henry Faber, pedalando da Waterloo Station para Highgate, os percebia: pilhas de sacos de areia do lado de fora de prédios públicos importantes, abrigos em jardins nos subúrbios, cartazes de propaganda sobre evacuação e precauções contra ataques aéreos. Faber costumava notar essas coisas – era consideravelmente mais observador do que os ferroviários comuns. Via grupos de crianças nas praças e concluía que a evacuação tinha fracassado. Observava a grande quantidade de carros na rua, apesar do racionamento de gasolina. E lia sobre os novos modelos anunciados pelos fabricantes de veículos. Sabia o significado de trabalhadores noturnos entrando em grande número nas fábricas onde, apenas alguns meses antes, praticamente não havia trabalho nem para o turno do dia. Acima de tudo, monitorava o movimento de tropas pela rede ferroviária britânica: toda a papelada passava pela sua sala. Dava para saber muita coisa com aqueles documentos. Nesse mesmo dia, por exemplo, carimbara um maço de formulários que o levaram a crer que uma nova Força Expedicionária estava sendo reunida. Tinha quase certeza de que ela teria um complemento de cerca de 100 mil homens e que era para a Finlândia.

Havia sinais, sim; mas havia algo jocoso nisso tudo. Programas de rádio satirizavam a burocracia dos regulamentos para os tempos de guerra, as pessoas cantavam em grupo nos abrigos antiaéreos e mulheres elegantes carregavam suas máscaras contra gases em bolsas desenhadas por estilistas de alta-costura. Falavam sobre a Guerra dos Bôeres. Era algo maior do que a vida e ao mesmo tempo trivial, como um filme. Todos os alertas de ataques aéreos, sem exceção, tinham sido alarmes falsos.

Faber tinha um ponto de vista diferente; afinal, ele era uma pessoa diferente.

Virou a bicicleta na direção da Archway Road e se inclinou um pouco para a frente para encarar a subida, as pernas longas se movendo incansáveis como os pistões de uma locomotiva. Estava em ótima forma para sua idade, 39 anos, apesar de mentir sobre ela. Por precaução, mentia sobre a maioria das coisas.

Começou a transpirar enquanto subia o morro até Highgate. Morava num dos lugares mais altos de Londres, e esse era o motivo para tê-lo escolhido. Era uma casa de tijolos vitoriana, a última de seis geminadas. As construções eram altas, estreitas e escuras, como a mente dos homens para quem haviam sido construídas. Cada uma tinha três andares e um porão com entrada de serviço – a classe média inglesa do século XIX insistia numa entrada de serviço, mesmo não tendo empregados. Faber era cínico com relação aos ingleses.

A casa de número seis havia pertencido ao Sr. Harold Garden, da Garden's Tea and Coffee, uma pequena empresa que quebrara durante a Grande Depressão. Tendo vivido segundo o princípio de que a insolvência era um pecado mortal, ao falido Sr. Garden não restou outra opção a não ser morrer. A casa foi tudo o que ele deixou para a viúva, que se viu obrigada a aceitar inquilinos. Ela gostava de alugar os quartos, apesar de a etiqueta de seu círculo social exigir que fingisse um pouco de vergonha em relação a isso. Faber tinha um cômodo no último andar, com janela de água-furtada. Vivia ali de segunda a sexta-feira e dizia à Sra. Garden que passava os fins de semana com a mãe, em Erith. Na verdade, ele tinha outra senhoria em Blackheath, que o chamava de Sr. Baker e acreditava que ele era representante de uma fábrica de artigos de papelaria e passava os dias de semana na estrada.

Entrou com a bicicleta pelo caminho do jardim, sob a careta desaprovadora das altas janelas da frente. Colocou-a no galpão e a prendeu com um cadeado ao cortador de grama – era ilegal deixar um veículo solto. As batatas-sementes, postas em caixas em volta do galpão, estavam brotando. A Sra. Garden transformara seus canteiros de flores em hortas, para o esforço de guerra.

Faber entrou na casa, pendurou o chapéu no cabideiro no corredor, lavou as mãos e entrou para tomar chá.

Três outros inquilinos já estavam comendo: um rapaz de rosto espinhento de Yorkshire que tentava entrar para o exército; um vendedor de produtos de confeitaria com cabelos ralos louro-escuros; e um oficial reformado da marinha, que Faber estava convencido de que era um degenerado. Faber os cumprimentou com um aceno de cabeça e se sentou.

O vendedor estava contando uma piada:

– Aí o líder do esquadrão disse: "Você voltou cedo!" O piloto se virou e respondeu: "É, eu joguei meus panfletos em punhados, ué." E o líder do esquadrão disse: "Santo Deus! Você pode ter machucado alguém!"

O oficial da marinha deu um risinho e Faber sorriu. A Sra. Garden entrou com um bule de chá.

– Boa tarde, Sr. Faber. Começamos sem o senhor, espero que não se incomode.

Faber passou uma fina camada de margarina numa fatia de pão integral e, por um momento, ansiou por uma salsicha bem gorda.

– Suas batatas-sementes estão prontas para serem plantadas – disse a ela.

Faber tomou o chá rapidamente. Os outros discutiam se Chamberlain deveria ser posto na rua e substituído por Churchill. A Sra. Garden dava opiniões e depois olhava para Faber, em busca de uma reação. Era uma mulher corada, um pouco acima do peso. Mais ou menos da idade de Faber, usava roupas de uma mulher de 30 anos, e ele supunha que ela quisesse outro marido. Faber permaneceu fora da discussão.

A Sra. Garden ligou o rádio. O aparelho zumbiu durante um tempo e então o locutor disse: "Aqui é o Serviço Nacional da BBC. *It's That Man Again!*"

Faber já conhecia esse programa. Ele mencionava regularmente um espião alemão chamado Funf. Pediu licença e subiu para seu quarto.

A Sra. Garden ficou sozinha quando o programa acabou: o oficial da marinha foi para o bar com o vendedor e o rapaz de Yorkshire, que era religioso, foi para uma reunião de orações. Ela se sentou na sala com um pequeno copo de gim, olhando para as cortinas e pensando no Sr. Faber. Queria que ele não passasse tanto tempo no quarto. Precisava de companhia, e ele era o tipo de companhia de que ela necessitava.

Esses pensamentos faziam com que ela se sentisse culpada. Para aplacar a culpa, pensava no Sr. Garden. As lembranças eram familiares, porém turvas, como uma cópia antiga de um filme com a película gasta e trilha sonora indistinta, de modo que, apesar de conseguir se lembrar facilmente da presença dele na sala, era difícil imaginar seu rosto, as roupas que ele poderia estar usando ou o comentário que faria sobre as notícias da guerra naquele dia. Fora um homem pequeno, garboso, bem-sucedido nos negócios quando tinha sorte e malsucedido quando não tinha, discreto em público e insaciavelmente afetuoso na cama. Ela o amara muito. Haveria muitas mulheres na mesma situação se essa guerra acontecesse do modo certo. Serviu-se de mais uma dose.

O Sr. Faber era um sujeito quieto – esse era o problema. Não parecia ter vícios. Não fumava. Ela nunca havia sentido cheiro de bebida em seu hálito e ele passava todas as noites no quarto, ouvindo música clássica no rádio. Lia um monte de jornais e fazia longas caminhadas. Ela suspeitava de que ele fosse bastante inteligente, apesar do trabalho humilde: suas contribuições à conversa na sala de jantar eram sempre um pouco mais cuidadosas do que as dos outros. Ele certamente conseguiria um emprego melhor, se tentasse. Parecia não dar a si mesmo a chance que merecia.

O mesmo acontecia em relação à sua aparência. Era um belo homem: alto, pescoço grosso e ombros largos, esbelto, de pernas compridas. E tinha o rosto forte, com testa larga, maxilar alongado e olhos de um azul luminoso – não era bonito como um astro de cinema, mas era o tipo que atraía as mulheres. A não ser pela boca: era pequena e fina, e a Sra. Garden podia imaginá-lo sendo cruel. O Sr. Garden seria incapaz de qualquer crueldade.

No entanto, à primeira vista, ele não era o tipo de homem que uma mulher olharia mais de uma vez. As calças do terno velho e gasto nunca estavam passadas – ela faria isso por ele, e de boa vontade, mas o Sr. Faber jamais pedira –, e ele sempre usava uma capa de chuva surrada e um chapéu de doqueiro. Não tinha bigode e o cabelo era cortado rente de quinze em quinze dias. Era como se não quisesse chamar atenção.

Ele precisava de uma mulher, disso não havia dúvida. Ela se perguntou por um instante se o Sr. Faber poderia ser o que as pessoas chamavam de afeminado, mas descartou a ideia de imediato. Ele precisava de uma esposa para arrumá-lo e lhe injetar ambição. Ela precisava de um homem para lhe fazer companhia e para... bem, para amar.

Mas ele jamais tomava qualquer iniciativa nesse sentido. Às vezes ela quase gritava de frustração. Tinha certeza de que era atraente. Olhou-se no espelho enquanto se servia de mais uma dose de gim. Tinha um rosto agradável, cabelos louros cacheados e substância para um homem segurar... Ela riu do pensamento. Devia estar ficando de pilequinho.

Deu um gole na bebida e pensou se *ela* deveria dar o primeiro passo. O Sr. Faber era tímido – irremediavelmente tímido. Não era desprovido de desejo – havia notado pela sua expressão nas duas ocasiões em que ele a vira de camisola. Talvez ela devesse vencer a timidez dele sendo ousada. O que tinha a perder? Tentou imaginar o pior. E se ele a rejeitasse? Bom, seria embaraçoso, até mesmo humilhante. Seria um baque em seu orgulho. Mas ninguém precisaria saber o que tinha acontecido. Ele só teria que ir embora.

Imaginar a rejeição fez com que afastasse a ideia da cabeça. Levantou-se devagar, pensando: não sou do tipo ousado. Era hora de ir se deitar. Se tomasse mais uma dose de gim na cama, conseguiria dormir. Levou a garrafa.

Seu quarto ficava embaixo dos aposentos do Sr. Faber e, enquanto se despia, ela podia escutar violinos tocando no rádio dele. Vestiu uma camisola nova – cor-de-rosa com decote bordado, e não havia ninguém para vê-la! – e se serviu de uma última dose de gim. Imaginou como seria o Sr. Faber sem roupas. Devia ter a barriga lisa, pelos nos mamilos e as costelas à mostra, pois era magro. Provavelmente tinha traseiro pequeno. Ela riu de novo, pensando: sou uma vergonha.

Levou a bebida para a cama e pegou seu livro, mas era necessário se esforçar demais para focalizar as letras. Além disso, estava entediada com os romances alheios. Histórias sobre casos de amor perigosos eram ótimas quando a pessoa também tinha um caso amoroso seguro com o marido, mas uma mulher precisava de algo mais do que Barbara Cartland. Bebeu um gole de gim e desejou que o Sr. Faber desligasse o rádio. Era como tentar dormir durante um baile!

Claro que poderia pedir que ele o desligasse. Olhou o relógio na mesinha de cabeceira: passava das dez. Poderia vestir o roupão, que combinava com a camisola, pentear um pouco o cabelo, calçar os chinelos – bem chiques, com uma estampa de rosas –, subir a escada e simplesmente... bem... bater à porta. Ele viria abrir, talvez usando calça e camiseta, então *olharia* para ela, do modo que *olhara* quando a viu de camisola a caminho do banheiro...

– Velha idiota – disse em voz alta para si mesma. – Você só está inventando desculpas para ir lá em cima.

E então se perguntou por que precisava de desculpas. Era uma mulher adulta, em sua própria casa, e em dez anos não conhecera outro homem que fosse apropriado para ela. Além disso, *maldição*, precisava sentir alguém forte, rijo e peludo em cima dela, apertando seus seios, ofegando em seu ouvido e abrindo suas pernas com as mãos grandes, já que no dia seguinte as bombas de gás poderiam vir da Alemanha e todos morreriam sufocados, engasgando, envenenados, e ela teria perdido sua última chance.

Então ela terminou de beber o gim e se levantou da cama, vestiu o roupão e penteou o cabelo só um pouquinho, calçou os chinelos e pegou o molho de chaves, para o caso de ele ter trancado a porta e não ouvir quando ela batesse, por causa do som do rádio.

Não havia ninguém no andar. Encontrou a escada no escuro. Pretendia pular por cima do degrau que rangia, mas tropeçou no carpete e bateu nele com estrondo. Pelo jeito ninguém ouviu, por isso continuou subindo e bateu à porta lá em cima. Tentou girar a maçaneta. Estava trancada.

O volume do rádio diminuiu e o Sr. Faber gritou:

– Pois não?

Ele era bem articulado: não tinha sotaque de classe operária nem estrangeiro – na realidade, não tinha sotaque nenhum, era apenas uma voz agradavelmente neutra.

– Posso dar uma palavrinha com o senhor? – perguntou ela.

Ele pareceu hesitar, depois respondeu:

– Estou com pouca roupa.

– Eu também – disse ela, dando uma risadinha.

Em seguida abriu a porta com sua cópia da chave. O Sr. Faber encontrava-se parado diante do rádio com algum tipo de chave de fenda na mão. Estava de calça e *sem* camiseta. Seu rosto estava pálido e ele parecia morto de medo.

Ela entrou e fechou a porta, sem saber o que dizer. De repente, se lembrou de uma fala de um filme americano e a reproduziu:

– Você pagaria uma bebida para uma garota solitária?

Era algo idiota, na verdade. Sabia que ele não tinha bebida alguma no quarto e ela não estava vestida para sair. Mas a fala pareceu sensual.

E também pareceu provocar o efeito desejado. Sem dizer nada, ele veio lentamente em sua direção. O Sr. Faber *tinha* pelos nos mamilos. Ela deu um passo adiante e então os braços dele estavam ao seu redor. Ela fechou os olhos e ergueu o rosto. Ele a beijou e ela se moveu ligeiramente. Então sentiu uma dor terrível, medonha, insuportável e *aguda* nas costas; abriu a boca para gritar.

Faber a ouviu subir a escada. Se a Sra. Garden tivesse esperado mais um minuto, ele teria posto o radiotransmissor de volta na mala e os livros de código na gaveta, e ela não precisaria morrer. No entanto, antes que ele conseguisse esconder as provas, escutou a chave na fechadura. E, quando ela abriu a porta, o punhal estava em sua mão.

Como ela se moveu ligeiramente em seus braços, Faber errou o coração no primeiro golpe e precisou enfiar os dedos na garganta dela, para impedi-la de gritar. Deu outra estocada, mas a Sra. Garden se mexeu mais uma vez e a lâmina acertou uma costela, fazendo apenas um corte superficial. Então o sangue começou a jorrar e ele soube que não seria uma morte sem vestígios. Nunca era, quando você errava o primeiro golpe.

Agora ela estava se debatendo demais para ser morta com um golpe firme. Mantendo os dedos dentro de sua boca, ele segurou o maxilar com o polegar e a empurrou de costas contra a porta. A cabeça bateu com força no portal e ele desejou não ter diminuído o som do rádio. Mas como poderia ter imaginado aquilo?

Hesitou antes de matá-la, porque teria sido muito melhor se ela morresse na cama – melhor para a história que já se construía em sua mente –, no entanto, não podia ter certeza de que conseguiria levá-la tão longe em silêncio. Apertou o maxilar dela com mais força, manteve sua cabeça imóvel apertando-a contra a porta e desferiu com o punhal um golpe amplo que dilacerou a maior parte da garganta, já que a arma não era uma faca de corte e a garganta não era o alvo predileto de Faber.

Saltou para trás, desviando do primeiro jato horrendo de sangue, depois se adiantou outra vez para segurá-la antes que batesse no chão. Arrastou-a para a cama, tentando não olhar para o pescoço, e deitou-a.

Ele já tinha matado antes, por isso esperava a reação: ela sempre vinha assim que ele se sentia seguro. Foi até a pia no canto do quarto e esperou. Viu o próprio rosto no pequeno espelho de barbear. Estava pálido, tinha os olhos fixos. Encarou-se e pensou: *Assassino*. Depois vomitou.

Quando acabou, se sentiu melhor. Agora podia trabalhar. Sabia o que precisava fazer: os detalhes tinham vindo à sua mente enquanto a matava.

Lavou o rosto, escovou os dentes e limpou a pia. Depois sentou-se à mesa junto ao rádio. Olhou seu caderno, encontrou o que procurava e começou a bater na tecla. Era uma mensagem longa, sobre a convocação de um exército para a Finlândia, e ele fora interrompido quando estava na metade. O texto estava escrito em código no caderno. Ao terminar, despediu-se com: "Lembranças ao Willi."

O transmissor ficava acomodado numa mala projetada especialmente para ele. Faber colocou o resto de suas posses numa segunda mala. Tirou a calça e limpou as manchas de sangue com uma esponja, depois se lavou inteiro.

Por fim, olhou para o cadáver.

Conseguiu se manter frio em relação à mulher. Estavam em guerra; eles eram inimigos: se não a tivesse matado, ela provocaria sua morte. Ela se tornara uma ameaça, e agora ele sentia apenas alívio porque a ameaça havia sido eliminada. Ela não deveria tê-lo assustado.

Mesmo assim, a última tarefa era desagradável. Abriu o roupão da Sra. Garden e levantou a camisola acima da cintura. Ela estava usando calcinha. Ele a rasgou, de modo que os pelos do púbis ficaram visíveis. Coitada: só quisera seduzi-lo. Mas seria impossível deixá-la sair do quarto, já que ela vira o transmissor. E, além do mais, a propaganda britânica alertara as pessoas contra os espiões – o que era ridículo, pois, se a Abwehr tivesse tantos agentes quanto diziam os jornais, os ingleses já teriam perdido a guerra.

Recuou e inclinou a cabeça para o lado, observando-a. Algo não estava certo. Tentou pensar como um maníaco sexual. *Se eu estivesse louco de desejo por uma mulher como Una Garden e a matasse para fazer com ela o que bem entendesse, como eu agiria?*

Claro: esse tipo de louco iria querer olhar os seios dela. Faber se inclinou sobre o corpo, agarrou o decote da camisola e o rasgou até a cintura. Os seios grandes penderam para os lados.

O médico da polícia logo descobriria que ela não tinha sido estuprada, mas Faber não achava que isso importaria. Havia feito um curso de criminologia em Heidelberg e sabia que muitas agressões sexuais não eram consumadas. Além disso, não poderia levar o ardil tão longe, nem mesmo em nome da pátria. Não fazia parte da SS. Alguns *deles* fariam fila para estuprar o cadáver... Afastou o pensamento.

Lavou as mãos de novo e se vestiu. Era quase meia-noite. Esperaria uma hora antes de sair: seria mais seguro.

Sentou-se para pensar no que fizera de errado.

Não havia dúvida de que cometera um erro. Se seu disfarce fosse perfeito, ele estaria totalmente seguro. Se estivesse totalmente seguro, ninguém conseguiria descobrir seu segredo. Mas a Sra. Garden descobrira seu segredo – ou melhor, teria descoberto se tivesse vivido mais alguns segundos –, portanto ele não estivera totalmente seguro, portanto seu disfarce não era perfeito, portanto tinha cometido um erro.

Deveria ter posto um trinco na porta. Melhor ser considerado extremamente tímido do que ter senhorias com cópias das chaves entrando de camisola à noite em seu quarto.

Esse tinha sido o erro superficial. A falha maior era que ele era desejável demais para um solteirão convicto. Pensou nisso com irritação, não com vaidade. Sabia que era um homem agradável e atraente e que não existia motivo visível para estar solteiro. Revirou a mente pensando num disfarce que explicasse isso sem atrair investidas das Sras. Garden do mundo.

Deveria ser capaz de encontrar inspiração em sua personalidade verdadeira. *Por que* ele era solteiro? Remexeu-se, inquieto: não gostava de espelhos. A resposta era simples. Era solteiro por causa de sua profissão. Se existiam motivos mais íntimos, não queria conhecê-los.

Precisaria passar aquela noite na rua. Highgate Wood serviria. Pela manhã, levaria as malas até o guarda-volumes de uma estação de trem e no fim da tarde iria para seu quarto em Blackheath.

Mudaria para sua segunda identidade. Não tinha medo de ser pego pela polícia. O representante comercial que ocupava o quarto em Blackheath nos fins de semana era bem diferente do ferroviário que tinha matado a senhoria. A personalidade do homem de Blackheath era expansiva, vulgar e espalhafatosa. Ele usava gravatas berrantes, pagava rodadas de bebida e penteava o cabelo de modo diferente. A polícia faria circular a descrição de um tarado maltrapilho, incapaz de fazer mal a uma mosca até estar inflamado pela luxúria. E ninguém olharia duas vezes para o belo vendedor com terno de risca de giz, que era obviamente um sujeito sempre inflamado pela luxúria e que não precisava matar as mulheres para que elas lhe mostrassem os seios.

Precisaria criar outra identidade – costumava manter pelo menos duas. Tinha que arranjar um novo emprego e novos documentos: passaporte, carteira de identidade, bloco de cupões de racionamento, certidão de nascimento. Tudo isso era arriscado *demais*. Maldita Sra. Garden. Por que não podia ter bebido até dormir, como sempre?

Era uma da manhã. Faber olhou uma última vez ao redor do quarto. Não estava preocupado com as pistas que deixara – suas digitais obviamente estavam espalhadas por toda a casa e ninguém teria dúvida sobre quem era o assassino. Também não sentiu nada ao abandonar o local que fora seu lar durante dois anos: nunca pensara nele como um lar. Nunca pensara em nenhum local como lar.

Sempre pensaria nele como o lugar onde aprendera que deveria pôr um trinco na porta.

Apagou a luz, pegou as malas, desceu a escada nas pontas dos pés e saiu para a noite.

CAPÍTULO DOIS

HENRIQUE II foi um rei notável. Numa era em que a expressão "visita relâmpago" ainda não tinha sido criada, ele se locomovia entre a Inglaterra e a França com tamanha rapidez que lhe creditavam poderes mágicos, um boato que, compreensivelmente, ele não fez nada para suprimir. Em 1173 – em junho ou setembro, dependendo de que fonte a pessoa prefira –, ele chegou à Inglaterra e partiu de volta para a França de forma tão célere que nenhum escritor da época chegou a saber. Mais tarde, historiadores descobriram o registro de seus gastos. Na época, seu reino sofria ataques por parte de seus filhos nas extremidades norte e sul – a fronteira com a Escócia e o sul da França. Mas qual fora, exatamente, o motivo daquela visita? Com quem ele se encontrou? Por que ela era secreta, quando o mito de sua velocidade mágica valia por um exército? O que ele conseguiu?

Esse era o problema que consumia Percival Godliman no verão de 1940, quando os exércitos de Hitler varriam os campos de trigo da França como uma foice e os ingleses transbordavam do gargalo de Dunquerque numa desordem sangrenta.

O professor Godliman sabia mais sobre a Idade Média do que qualquer outro homem. Seu livro sobre a Peste Negra virara de cabeça para baixo todas as convenções sobre o medievalismo, e também se tornara um best-seller. Depois de deixar esse tema para trás, ele se voltara para um período ligeiramente anterior e ainda mais difícil de solucionar.

Às 12h30 de um esplêndido dia de junho, em Londres, uma secretária encontrou Godliman debruçado sobre um manuscrito com iluminuras, traduzindo laboriosamente o texto em latim e tomando notas em sua letra ilegível. A secretária, que planejava almoçar no jardim da Gordon Square, não gostava da sala dos manuscritos porque tinha cheiro de morte. Eram necessárias tantas chaves para entrar lá que era como se o local fosse uma tumba.

Godliman estava de pé diante de uma estante de leitura, empoleirado numa das pernas como um pássaro, o rosto mal iluminado por um pequeno refletor acima dele: parecia o fantasma do monge que escrevera o livro, numa vigília fria sobre sua preciosa crônica. A jovem pigarreou e esperou que ele a notasse. Viu um homem baixo, de uns 50 anos, ombros caídos e vista fraca, usando um terno de tweed. Sabia que ele poderia se transformar em alguém sensato assim que o arrancassem da Idade Média. Pigarreou de novo e chamou:

– Professor Godliman?

Ele levantou os olhos e, ao vê-la, deu um sorriso. E nesse momento não pareceu um fantasma, e sim um pai carinhoso.

– Olá! – cumprimentou de um jeito atônito, como se tivesse acabado de encontrar um vizinho no meio do deserto do Saara.

– O senhor pediu para lembrá-lo de que tem um almoço no Savoy com o coronel Terry.

– Ah, sim. – Ele tirou o relógio do bolso do colete e o olhou. – Se eu for andar até lá, é melhor sair agora.

Ela assentiu.

– Eu trouxe sua máscara contra gases.

– Você pensa em tudo! – exclamou o professor, sorrindo de novo.

Ela se convenceu de que ele era uma ótima pessoa.

– Preciso do meu sobretudo? – perguntou ele ao pegar a máscara.

– O senhor não usou um hoje de manhã. Está bastante quente. Devo trancar tudo depois que o senhor sair?

– Sim. Obrigado, obrigado.

Ele enfiou o caderno no bolso do paletó e saiu.

A secretária olhou em volta, estremeceu e foi atrás dele.

~

O coronel Andrew Terry era um escocês de rosto vermelho, extremamente magro devido a toda uma vida como fumante, com cabelos louro-escuros ralos sob uma grossa camada de brilhantina. Godliman o encontrou sentado a uma mesa de canto do Savoy Grill, usando roupas civis. Havia três guimbas de cigarro no cinzeiro. Ele se levantou para apertarem as mãos.

– Bom dia, tio Andrew – disse Godliman.

Terry era o irmão mais novo de sua mãe.

– Como vai, Percy?

– Estou escrevendo um livro sobre os Plantagenetas.

Godliman sentou-se.

– Seus manuscritos ainda estão em Londres? Estou surpreso.

– Por quê?

Terry acendeu outro cigarro.

– Leve-os para o campo, para o caso de haver um bombardeio.

– Devo mesmo fazer isso?

– Metade da Galeria Nacional foi enfiada num buraco enorme em algum lugar de Gales. O jovem Kenneth Clark foi mais rápido do que você. Talvez seja sensato você ir embora também. Não creio que lhe restem muitos alunos.

– Isso é verdade. – Godliman pegou um cardápio com o garçom e falou:
– Não quero beber.

Terry não olhou para o cardápio.

– Sério, Percy, por que você ainda está na cidade?

Os olhos de Godliman pareceram ficar mais límpidos, como a imagem que aparece numa tela quando o projetor é acionado, como se ele precisasse pensar pela primeira vez desde que entrara ali.

– Tudo bem que saiam as crianças e as instituições nacionais como Bertrand Russell. Mas para mim... Bem, é um pouco como fugir e deixar que os outros lutem por nós. Sei que não é um argumento estritamente lógico. É uma questão de sentimento, não de lógica.

Terry sorriu como se suas expectativas tivessem sido satisfeitas. Mas deixou o assunto de lado e se voltou para o cardápio. Depois de um momento, disse:

– Santo Deus. *Torta Lorde Woolton.*

Godliman riu.

– Tenho certeza de que se trata apenas de batatas com legumes.

Após fazerem os pedidos, Terry perguntou:

– O que acha do nosso novo primeiro-ministro?

– O sujeito é um asno. Por outro lado, Hitler é um idiota, e veja como está se saindo bem. E você, o que acha?

– Podemos viver com Winston. Pelo menos ele é belicoso.

Godliman ergueu as sobrancelhas.

– Podemos? Você voltou para o jogo?

– Na verdade, nunca saí dele.

– Mas você disse...

– Percy. Você não consegue pensar num departamento em que todo o pessoal diz que não trabalha para o exército?

– Bem, estou surpreso. Todo esse tempo...

As entradas chegaram e eles começaram a tomar uma garrafa de Bordeaux branco. Godliman comeu seu salmão em conserva e ficou pensativo.

Passados alguns instantes, Terry perguntou:

– Pensando sobre os últimos acontecimentos?

– Novos tempos, você sabe. Época terrível – disse, num tom melancólico.

– Essa guerra não é mais a mesma. Meus colegas não vão para trás das linhas inimigas contar acampamentos de tropas, como você fazia. Bom, eles fazem isso, mas agora esse tipo de coisa é muito menos importante. Hoje em dia só ouvimos as comunicações a cabo.

– Eles não transmitem em código?

Terry deu de ombros.

– Códigos podem ser decifrados. Para ser honesto, atualmente conseguimos saber quase tudo que precisamos saber.

Godliman olhou em volta, mas não havia ninguém por perto capaz de entreouvi-los, e não seria ele quem diria a Terry que o descuido custava vidas.

Terry continuou:

– Na verdade meu trabalho é garantir que *eles* não tenham as informações de que necessitam sobre *nós*.

Os dois comeram torta de frango como prato principal. Não havia carne vermelha no cardápio. Godliman ficou em silêncio, mas Terry continuou falando:

– Canaris é um sujeito engraçado, sabe? Almirante Wilhelm Canaris, chefe da Abwehr. Eu o conheci antes que esse negócio começasse. Gosta da Inglaterra. Acho que não simpatiza muito com Hitler. De qualquer modo, sabemos que ele recebeu a ordem de montar uma grande operação de inteligência contra nós, como preparativo para a invasão. Mas não está fazendo grande coisa. Nós prendemos o melhor homem deles na Inglaterra um dia após o início da guerra. Está na prisão de Wandsworth. Gente inútil, os espiões de Canaris. Velhas solitárias em pensões, fascistas loucos, criminosos insignificantes...

– Olha, meu caro, isso é demais. – Godliman estremeceu ligeiramente, com uma mistura de raiva e incompreensão. – Todas essas coisas são secretas. Não quero saber!

Terry não se abalou.

– Quer mais alguma coisa? – perguntou. – Vou tomar sorvete de chocolate.

Godliman se levantou.

– Acho que não. Vou voltar ao trabalho, se não se importa.

Terry o encarou com frieza.

– O mundo pode esperar por sua reavaliação dos Plantagenetas, Percy. Há uma guerra acontecendo. Quero que você trabalhe para mim.

Godliman fitou-o por um longo momento.

– O que diabo eu faria?

Terry deu um sorriso cruel.

– Pegaria espiões.

~

Enquanto voltava caminhando para a faculdade, Godliman sentia-se desolado, apesar de o clima estar bom. Aceitaria a oferta do coronel Terry, disso não tinha nenhuma dúvida. Seu país estava em guerra; era uma guerra justa; e, se ele estava velho demais para lutar, ainda era jovem o suficiente para ajudar.

Mas a ideia de deixar seu trabalho – e por quantos anos? – o entristecia. Amava história e, desde a morte da esposa, dez anos antes, estava totalmente mergulhado na Inglaterra medieval. Gostava de desvendar mistérios, descobrir pistas vagas, solucionar contradições, desmascarar mentiras, propagandas e mitos. Seu novo livro seria o melhor na abordagem do assunto nos últimos cem anos, e não haveria nenhum que se comparasse a ele ao longo do próximo século. Ele mantivera o domínio da própria vida por tanto tempo que a ideia de abandoná-lo era quase irreal, tão difícil de assimilar quanto alguém descobrir que é órfão e que seu parentesco com as pessoas que sempre chamou de mãe e pai é inexistente.

Um alerta de ataque aéreo interrompeu seus pensamentos. Pensou em ignorá-lo: muitas pessoas agora faziam isso, e ele estava a apenas dez minutos a pé da faculdade. Mas não tinha motivo para voltar aos estudos – sabia que não trabalharia mais naquele dia. Assim, entrou apressado numa estação de metrô e se juntou à massa de londrinos que descia a escada até a plataforma suja. Ficou perto da parede, olhando um cartaz de Bovril, e pensou: Mas não se trata somente do que estou deixando para trás.

Voltar ao jogo também o entristecia. Havia certas coisas de que gostava naquilo: a importância das coisas *pequenas*, o valor de ser simplesmente inteligente, a meticulosidade, as conjeturas. Mas odiava as chantagens e as traições, a mentira, o desespero e o modo como sempre se apunhalava o inimigo pelas costas.

A plataforma estava ficando lotada. Godliman sentou-se enquanto ainda havia espaço e se pegou encostado num homem com uniforme de motorista de ônibus.

– Ah, estar na Inglaterra agora que o verão chegou! Sabe quem disse isso? – perguntou o sujeito, sorrindo.

– Agora que abril chegou – corrigiu Godliman. – Foi Browning.

– Ouvi dizer que foi Adolf Hitler – falou o motorista. E, quando uma mulher ali perto deu uma gargalhada, ele se dirigiu a ela. – Sabe o que o cara que fugiu da cidade falou para a esposa do fazendeiro?

Godliman se desligou da conversa e se lembrou de um mês de abril em que tinha sentido saudade da Inglaterra, escondido no galho alto de um plátano, espreitando através da névoa fria um vale francês atrás das linhas alemãs. Não conseguia enxergar nada além de formas vagas, mesmo com o telescópio, e estava prestes a descer e caminhar cerca de um quilômetro e meio quando três soldados alemães surgiram do nada, se sentaram sob a árvore e começaram a fumar. Passado algum tempo, eles pegaram um baralho e iniciaram um jogo, e o jovem Percival Godliman percebeu que aqueles homens tinham encontrado um modo de escapar do serviço e permaneceriam o dia todo ali. Ficou na árvore, praticamente sem se mexer, até que começou a tremer de frio, os músculos travaram por causa das cãibras e a bexiga pareceu a ponto de estourar. Então sacou o revólver e atirou nos três, um depois do outro, observando suas cabeças com cabelos cortados à escovinha. E assim três pessoas que riam, xingavam e apostavam o dinheiro do pagamento simplesmente deixaram de existir. Aquela tinha sido a primeira vez que matara alguém, e tudo que conseguiu pensar foi: Só porque eu precisava mijar.

Godliman se remexeu na plataforma fria de concreto e deixou a lembrança se esvair. Um vento quente veio pelo túnel e um trem chegou. As pessoas que saíram dele encontraram um lugar para ficar e se acomodaram para esperar. Godliman prestou atenção às vozes.

– Ouviu Churchill no rádio? A gente estava escutando no Duke of Wellington. O velho Jack Thornton chorou. Velho idiota...

– Pelo que eu soube, o filho da Kathy está morando numa casa chique e tem seu próprio criado! Meu Alfie ordenha a vaca...

– Não tem filé-mignon no cardápio há tanto tempo que esqueci como é a porcaria do gosto... a comissão de vinhos viu que a guerra ia chegar e comprou 20 mil caixas com doze, graças a Deus...

– É, um casamento discreto; de que adianta esperar quando a gente não sabe o que vai acontecer no dia seguinte?

– Ele me disse: chamam isso de primavera, mãe, e aqui tem uma todo ano...

– Ela está grávida de novo, sabia? É, o último já está com 13 anos... eu pensei que tinha descoberto o que estava causando isso!

– Não, Peter não voltou de Dunquerque...

O motorista de ônibus ofereceu um cigarro. Godliman recusou e pegou seu cachimbo. Alguém começou a cantar.

Um guarda alertando sobre o blecaute gritou:
"Dona, feche essa cortina.
Olha só o que a senhora está mostrando."
E a gente gritou: "Deixa pra lá." Ah!
Os joelhos da Sra. Brown...

A música percorreu a multidão até que todo mundo estava cantando. Godliman também cantou, consciente de que aquela era uma nação que estava perdendo uma guerra e cantava para esconder o medo, assim como uma pessoa assobia ao passar pelo cemitério à noite; sabendo que o súbito afeto por Londres e pelos londrinos era um sentimento efêmero, parecido com a histeria em massa; desconfiando da voz dentro dele que dizia: "É disso, é disso que se trata a guerra, e é isso que faz com que valha a pena lutar"; sabendo, mas não se importando, que pela primeira vez em muitos anos sentia a pura empolgação física da camaradagem, e gostava daquilo.

Ao soar o aviso de fim do alarme aéreo, todos subiram a escada cantando e saíram à rua. Godliman encontrou uma cabine telefônica e ligou para o coronel Terry, perguntando quando poderia começar.

CAPÍTULO TRÊS

A IGREJINHA RURAL era antiga e muito bonita. Um muro de pedra cercava um cemitério onde cresciam flores silvestres. A igreja estivera ali – bem, pelo menos partes dela – na última vez em que a Inglaterra fora invadida, quase um milênio antes. A parede norte da nave, com mais de um metro de espessura e perfurada apenas por duas janelas minúsculas, podia lembrar essa última invasão; fora construída quando as igrejas eram locais de refúgio físico e espiritual, e as janelinhas de topo arredondado eram melhores para disparar flechas do que para deixar a luz do sol do Senhor entrar. De fato, os Voluntários da Defesa Local tinham planos detalhados para usar a igreja se e quando os bandidos atuais da Europa atravessassem o canal da Mancha.

Mas em agosto de 1940 não havia o som de coturnos militares nos ladrilhos do coro; ainda não. O sol reluzia através dos vitrais que tinham sobrevivido aos iconoclastas de Cromwell e à cobiça de Henrique VIII, e o teto ressoava com as notas de um órgão que ainda não cedera aos cupins e à podridão.

Era um casamento lindo. Lucy usava branco, claro, e suas cinco irmãs, as madrinhas, usavam vestidos cor de damasco. David vestia o uniforme de gala de oficial aviador da Força Aérea Real (RAF), impecável e novo, pois era a primeira vez que o usava. Cantaram o Salmo 23, O Senhor É Meu Pastor, com a melodia de *Crimond*.

O pai de Lucy estava orgulhoso, como deve se sentir um homem no dia em que sua filha mais velha e mais linda se casa com um belo jovem trajando um uniforme. Era fazendeiro, mas fazia muito tempo que não se sentava num trator: arrendava suas terras aráveis e usava o pagamento para criar cavalos de corrida. Ainda que no próximo inverno, claro, seu pasto fosse sumir debaixo do arado e fossem ser plantadas batatas. Apesar de ser, na verdade, mais um cavalheiro do que um fazendeiro, ele tinha a pele de quem anda ao ar livre, o peito largo e as mãos grandes e grossas dos agricultores. A maioria dos homens daquele lado da igreja se parecia com ele: sujeitos de tórax amplo, com o rosto avermelhado pelo clima; os que não usavam casacas preferiam ternos de tweed e sapatos robustos.

As madrinhas também tinham algo dessa aparência: eram moças do campo. Mas a noiva era como a mãe. Seu cabelo era de um ruivo bem escuro, comprido e farto, luzidio e glorioso, e os olhos cor de âmbar eram bem separados, num rosto oval. E, quando ela fitou o vigário com aquela expressão límpida e direta e disse "Sim", com a voz firme e clara, o religioso levou um susto e pensou: Por Deus, ela está falando sério!, o que era um pensamento estranho para um vigário no meio de um casamento.

A família que ocupava o outro lado da nave também tinha uma aparência específica. O pai de David era advogado: sua testa permanentemente franzida era uma expressão forçada, e escondia uma natureza radiante. (Ele fora major do exército na última guerra e achava que todo aquele negócio sobre a RAF e a guerra aérea era uma moda que passaria logo.) Mas ninguém se parecia com ele, nem mesmo o filho, que agora estava no altar prometendo amar a esposa até a morte, que poderia não estar muito distante, que Deus o protegesse. Não, todos se pareciam com a mãe de David, agora sentada ao lado do marido, com cabelo quase preto, pele morena e membros longos e esguios.

David era o mais alto de todos. Quebrara o recorde de salto em altura no ano anterior na Universidade de Cambridge. Era bonito demais para um homem – seu rosto era quase feminino, não fosse pela sombra escura e permanente de uma barba cerrada. Fazia a barba duas vezes por dia. Tinha cílios compridos, parecia inteligente – o que de fato era – e sensível – o que não era.

Tratava-se de algo idílico: duas pessoas felizes e bonitas, membros de famílias sólidas, com vidas confortáveis, o alicerce da Inglaterra, casando-se numa igreja rural no melhor clima de verão que a Grã-Bretanha pode oferecer.

Quando eles foram declarados marido e mulher, as duas mães estavam com os olhos secos e os dois pais choravam.

~

Beijar a noiva era um costume bárbaro, pensou Lucy enquanto mais lábios de meia-idade, molhados de champanhe, lambuzavam seu rosto. Provavelmente isso vinha de costumes mais bárbaros ainda, da Idade das Trevas, quando todos os homens da tribo tinham permissão de... Bem, de qualquer modo, já era hora de nos tornarmos civilizados de verdade e abandonar esse hábito.

Ela sabia que não gostaria dessa parte do casamento. Gostava de champanhe, mas não tinha nenhum apreço especial por coxa de frango ou porções de caviar servidas em quadrados de torrada fria. E, quanto aos discursos, fotografias e piadas sobre a lua de mel... bem... Mas poderia ter sido pior. Se fosse em tempos de paz, seu pai teria alugado o Albert Hall.

Até aquele momento, nove pessoas haviam dito: "Que todos os seus problemas chamem você de mamãe", e uma pessoa, com um pouco mais de originalidade, dissera "Quero ver algo mais vivo do que uma cerca correndo em volta do seu quintal". Lucy trocara incontáveis apertos de mão, fingindo não ouvir comentários como "Eu não acharia ruim estar na mesma cama que David hoje à noite". David fizera um discurso agradecendo aos pais de Lucy por lhe confiar a filha, como se ela fosse um objeto inanimado que eles embrulhassem em cetim branco e dessem de presente ao candidato mais virtuoso. O pai de Lucy fora rude a ponto de dizer que não estava perdendo uma filha, e sim ganhando um filho. Era tudo absolutamente ridículo, mas a gente fazia isso pelos pais.

Um tio distante veio do bar, cambaleando um pouco, e Lucy reprimiu um calafrio. Ela o apresentou ao marido:

– David, este é o tio Norman.

Tio Norman apertou a mão ossuda de David.

– Muito bem, meu rapaz, quando você assume o seu posto?

– Amanhã, senhor.

– O quê? Sem lua de mel?

– Só 24 horas.

– Mas, pelo que eu soube, você acabou de terminar o treinamento.

– É, mas eu já sabia pilotar. Aprendi em Cambridge. Além do mais, com tudo que está acontecendo, eles não podem dispensar pilotos. Espero estar no ar amanhã.

– David, não – disse Lucy baixinho, mas ele a ignorou.

– O que você vai pilotar? – perguntou tio Norman com um entusiasmo juvenil.

– Um Spitfire. Eu o vi ontem. É um pássaro lindo. – David adotara conscientemente todas as gírias da RAF, como chamar aviões de pássaros. – Ele tem oito metralhadoras, faz 350 nós e seria capaz de traçar curvas até dentro de uma caixa de sapatos – acrescentou.

– Sensacional, sensacional. Vocês certamente vão arrancar o couro da Luftwaffe, não é?

– Derrubamos sessenta ontem, contra onze dos nossos – contou David, com tanto orgulho que parecia que os havia derrubado pessoalmente. – Anteontem, quando eles tentaram atacar Yorkshire, nós mandamos todos de volta para a Noruega com o rabo entre as pernas. E não perdemos um único pássaro!

Tio Norman segurou o ombro de David com um fervor ébrio.

– Jamais tantos deveram tanto a tão poucos – disse de modo pomposo. – Churchill falou isso um dia desses.

David esboçou um sorriso modesto.

– Ele devia estar falando sobre as contas de refeitório.

Lucy detestava a forma banal como eles se referiam ao derramamento de sangue e à destruição.

– David, deveríamos nos trocar agora – disse.

Foram em carros separados para a casa de Lucy. A mãe a ajudou a tirar o vestido de noiva e começou:

– Querida, não sei o que você está esperando essa noite, mas deveria saber...

– Ah, mãe, não seja desagradável – interrompeu Lucy. – A senhora está atrasada uns dez anos para me contar sobre os fatos da vida. Já estamos em 1940!

A mãe ficou ligeiramente ruborizada.

– Muito bem, querida – replicou em tom afável. – Mas se você quiser conversar sobre alguma coisa mais tarde...

Lucy se deu conta do esforço que sua mãe deveria estar fazendo para falar sobre aquele tipo de assunto e se arrependeu da resposta ferina.

– Obrigada – disse, tocando a mão da mãe. – Farei isso.

– Então vou deixá-la. Me chame se precisar de algo.

Ela beijou o rosto de Lucy e saiu.

Lucy sentou-se diante da penteadeira, de camisola, e começou a escovar o cabelo. Sabia exatamente o que esperar daquela noite. Sentiu uma leve onda de calor ao lembrar.

Foi uma sedução bem planejada, ainda que na época não tivesse ocorrido a Lucy que David devia ter tramado cada passo premeditadamente.

Aconteceu em junho, um ano depois de se conhecerem no baile Glad Rag. Àquela altura estavam se vendo toda semana e David passara parte do feriado da Páscoa com a família de Lucy. Sua mãe e seu pai o aprovavam: ele era bonito, inteligente, cavalheiro, e pertencia à mesma classe social que eles. Seu pai o achava um tanto teimoso, mas sua mãe dizia que os senhores rurais falavam isso sobre os estudantes universitários havia seiscentos anos, e *ela* achava que David seria gentil com a esposa, o que era mais importante a longo prazo. Então, em junho Lucy foi passar um fim de semana na casa da família de David.

O lugar era uma cópia vitoriana de uma propriedade do século XVIII, uma casa quadrada com nove quartos e um terraço com vista. O que impressionou Lucy foi perceber que as pessoas que plantaram o jardim deviam ter consciência de que estariam mortas muito antes que ele chegasse à maturidade. A atmosfera era muito tranquila e os dois beberam cerveja no terraço ao sol da tarde. Foi quando David lhe disse que fora aceito para o treinamento como oficial na RAF, junto com quatro colegas do clube de voo da universidade. Ele queria ser piloto de caça.

– Eu sei pilotar – disse –, e eles vão precisar de gente quando começar essa guerra. Dizem que desta vez ela será decidida no ar.

– Você não tem medo? – perguntou ela baixinho.

– Nem um pouco. – Depois ele cobriu os olhos com a mão e declarou: – Tenho, sim.

Ela pensou que David era muito corajoso e segurou a mão dele.

Pouco depois, vestiram roupas de banho e foram para o lago. A água era límpida e fria, mas o sol continuava forte e o ar estava morno. Brincaram animados na água, como se soubessem que aquele era o fim de sua infância.

– Você nada bem? – perguntou ele.

– Melhor do que você!

– Certo. Vamos apostar corrida até a ilha.

Ela protegeu os olhos e se virou para o sol. Manteve a pose por um minuto, fingindo que não sabia como era atraente em seu maiô molhado, com os braços erguidos e os ombros para trás. A ilha era uma pequena área com arbustos e árvores a uns 300 metros dali, no centro do lago.

– Já! – gritou ela, dando as primeiras braçadas.

David venceu, claro, com seus braços e pernas compridos. Lucy se viu em dificuldades quando ainda faltavam cerca de 50 metros para a ilha. Passou a nadar peito, mas estava exausta demais até para isso, e precisou virar-se de costas e boiar. David, que já estava sentado na margem ofegando feito uma morsa, voltou para a água e nadou até ela. Ficou atrás de Lucy, segurou-a por baixo dos braços na posição correta de salva-vidas e puxou-a devagar até a margem. Suas mãos estavam logo abaixo dos seios dela.

– Estou gostando disso – falou ele.

Mesmo ofegante, ela deu uma risadinha.

Alguns instantes depois, ele declarou:

– Acho que vou contar.

– O quê? – perguntou ela, ainda arfando.

– O lago só tem 1,20 metro de profundidade.

– Seu patife!

Ela se soltou dos braços dele, engasgando e rindo, e pôs os pés no fundo.

Ele segurou a mão dela e a levou para fora da água, passando entre as árvores. Apontou para um velho bote de madeira, apodrecendo emborcado embaixo de um espinheiro.

– Quando eu era garoto, remava naquilo, com um dos cachimbos do meu pai, uma caixa de fósforos e uma pitada de fumo num embrulhinho de papel. Era aqui que eu fumava.

Estavam numa clareira, completamente cercados por arbustos. A grama era limpa e macia. Lucy se deixou cair no chão.

– Vamos nadar de volta devagar – disse David.

– Não quero nem pensar nisso por enquanto.

Ele se sentou ao lado dela e a beijou, depois a empurrou suavemente para trás, até ela estar deitada. Acariciou seu quadril e beijou seu pescoço, e logo ela parou de tremer. Quando, nervoso, ele pôs a mão gentilmente no monte macio entre suas pernas, Lucy arqueou o corpo, desejando que ele apertasse com mais força. Puxou o rosto dele e lhe deu um beijo de língua. As mãos dele subiram até as alças do maiô e as puxaram para baixo.

– Não – falou ela.

Ele enterrou o rosto entre os seios dela.

– Lucy, por favor.

– Não.

David a encarou.

– Pode ser minha última chance.

Ela rolou para longe dele e ficou de pé. Então, por causa da guerra e do jeito pidão no rosto vermelho e jovem – e por causa do calor dentro dela, que não queria ir embora –, tirou o maiô com um movimento rápido e logo depois a touca de natação, fazendo o cabelo ruivo cair sobre os ombros. Ajoelhou-se na frente dele, segurou seu rosto e guiou os lábios dele para seu seio.

Perdeu a virgindade sem dor, com entusiasmo, e só um pouco depressa demais.

O tempero da culpa tornava a lembrança mais agradável, não menos. Se a sedução havia sido planejada, ela fora uma vítima voluntária, talvez até ansiosa, especialmente no final.

Começou a vestir a roupa de viagem. Tinha surpreendido David algumas vezes naquela tarde na ilha: uma quando quis que ele beijasse seus seios, e de novo quando o guiou para dentro de si com as mãos. Aparentemente essas coisas não aconteciam nos livros que ele lia. Como a maioria das amigas, Lucy lia D. H. Lawrence para se informar sobre sexo. Acreditava na coreografia e desconfiava dos ruídos narrados: as coisas que os personagens faziam uns com os outros pareciam interessantes, mas não tanto assim; não estava esperando trombetas, trovões e pratos de orquestra no seu despertar sexual.

David sabia um pouquinho menos do que ela, mas foi gentil e sentiu prazer com o prazer de Lucy, e ela tinha certeza de que isso era o mais importante.

Fizeram amor de novo apenas uma vez depois daquela. Foi exatamente uma semana antes do casamento, e isso provocou a primeira briga.

Foi na casa dos pais dela, de manhã, após todos saírem. David foi ao quarto de Lucy vestindo um roupão e se deitou na cama com ela. Ela quase mudou de ideia com relação às trombetas e à orquestra de Lawrence. David saiu da cama assim que terminaram.

– Não vá – pediu ela.

– Alguém pode chegar.

– Vou correr esse risco. Volte para a cama.

Ela estava calorosa, sonolenta e confortável, e queria que ele ficasse ao seu lado.

David vestiu o roupão.

– Isso me deixa nervoso.

– Você não estava nervoso há cinco minutos. – Ela estendeu a mão. – Fique comigo. Quero conhecer o seu corpo.

– Meu Deus, você é ousada.

Ela o encarou para ver se ele estava brincando e, quando percebeu que não, ficou com raiva.

– O que *diabo* você quer dizer com isso?

– Você não está se comportando... como uma dama!

– Que coisa *idiota* de se dizer...

– Você está agindo como... uma... vagabunda.

Ela saltou da cama, nua e furiosa, com os lindos seios arfando de fúria.

– O que você sabe sobre vagabundas?

– Nada!

– O que você sabe sobre mulheres?

– Sei como uma virgem deve se comportar!

– Eu sou... eu era... até conhecer você...

Ela se sentou na beira da cama e irrompeu em lágrimas.

Esse foi o fim da briga, claro. David a envolveu em seus braços e disse:

– Desculpe, desculpe, desculpe. Você também foi a primeira para mim, não sei o que esperar. Fico confuso... Quero dizer, ninguém ensina nada sobre isso, não é?

Ela fungou e balançou a cabeça, concordando com ele, e lhe ocorreu que o que estava *realmente* irritando David era a compreensão de que em oito dias ele precisaria partir numa aeronave frágil para lutar pela sua vida acima das nuvens. Por isso ela o perdoou e ele enxugou suas lágrimas, e os dois voltaram para a cama e se abraçaram forte, para ganhar coragem.

Lucy contou sobre a briga à sua amiga Joanna, dizendo que tinha sido por causa de um vestido que David achara ousado demais. Joanna disse que os casais sempre discutiam antes do casamento, em geral na véspera: era a última chance de testar a força de seu amor.

Estava quase pronta. Examinou-se num espelho de corpo inteiro. Seu tailleur era ligeiramente militar, com ombros retos e ombreiras, mas a blusa por baixo era feminina, para dar equilíbrio. O cabelo caía em cachos sob um chapéu elegante, estilo *pill-box*. Não seria adequado viajar vestida de modo muito suntuoso, não nesse ano; mas sentia que tinha conseguido um estilo prático, porém atraente, que seguia a moda do momento.

David a esperava no corredor. Beijou-a e declarou:

– Está maravilhosa, Sra. Rose.

Foram levados à recepção para se despedir de todos, antes de passar a noite no Claridge's, em Londres; depois David iria de carro para Biggin Hill e Lucy voltaria para casa. Moraria com os pais e usaria a casa de hóspedes quando David estivesse de licença.

Houve mais meia hora de apertos de mão e beijos, e eles seguiram para o carro. Alguns primos de David tinham enfeitado seu MG conversível. Havia latas e botas velhas amarradas com barbante no para-choque traseiro, muito confete nos estribos e a palavra "Recém-casados" escrita com batom vermelho por toda a lataria.

Os dois partiram, sorrindo e acenando, os convidados enchendo a rua atrás deles. Pouco mais de um quilômetro e meio depois, eles pararam e limparam o carro.

Já anoitecia quando seguiram viagem de novo. Os faróis de David eram equipados com máscaras, mas mesmo assim ele dirigia rápido. Lucy estava muito feliz.

– Tem uma garrafa de espumante no porta-luvas – informou David.

Lucy abriu o compartimento e encontrou o champanhe e duas taças cuidadosamente embrulhadas em papel de seda. A bebida ainda estava bem gelada. A rolha saltou com um estalo forte, voando para a noite. David acendeu um cigarro enquanto Lucy servia o espumante.

– Vamos chegar atrasados para o jantar – disse ele.

– Quem se importa? – declarou ela, entregando-lhe uma taça.

Na verdade, Lucy estava cansada demais para beber. Ficou sonolenta. O carro parecia estar indo muito rápido. Deixou que David bebesse a maior parte do champanhe. Ele começou a assobiar "St Louis Blues".

Viajar de carro pela Inglaterra em meio à escuridão era uma experiência estranha. A pessoa sentia falta das luzes que, antes da guerra, não percebia que existiam: luzes nas varandas dos chalés e nas janelas das casas de fazenda; luzes nas torres das catedrais e nas placas de hospedarias; e – acima de tudo – a claridade das mil luzes de uma cidade próxima. Mesmo se fosse possível enxergar, não havia placas de sinalização para ver: tinham sido retiradas para confundir os paraquedistas alemães que eram esperados a qualquer momento. (Apenas alguns dias antes, nas Midlands, fazendeiros tinham encontrado paraquedas, rádios e mapas, mas, como não havia pegadas se afastando dos objetos, concluíram que nenhum homem pousara ali e que tudo aquilo era uma frágil tentativa nazista de levar pânico à população.) De qualquer modo, David conhecia o caminho para Londres.

Subiram uma longa colina. O pequeno carro esporte a enfrentou com agilidade. Lucy observava com os olhos semicerrados a escuridão adiante. A descida do morro era íngreme e sinuosa. Ela ouviu o ronco distante de um caminhão se aproximando.

Os pneus do MG cantavam enquanto David fazia as curvas a toda a velocidade.

– Acho que você está indo rápido demais – disse Lucy em tom afável.

A traseira do carro derrapou numa curva para a esquerda. David reduziu a marcha, para não derrapar de novo. Dos dois lados, as cercas vivas eram captadas levemente pelos faróis encobertos. Houve uma curva fechada para a direita e a traseira derrapou de novo. A curva parecia continuar para sempre. O pequeno automóvel derrapou de lado e girou 180 graus, ficando virado no sentido contrário; depois continuou a girar na mesma direção.

– David! – gritou Lucy.

A lua surgiu de repente, e eles viram o caminhão. Estava subindo o morro com dificuldade, vagarosamente, e uma fumaça densa, prateada pelo luar, brotava do capô em forma de focinho. Lucy chegou a ver o rosto, o boné de pano e o bigode do motorista; a boca dele se arreganhando de horror quando ele pisou no freio.

Agora o carro estava andando para a frente de novo. Só haveria espaço para passar pelo caminhão se David conseguisse recuperar o controle. Ele girou o volante e pisou de leve no acelerador. Foi um erro.

O carro e o caminhão colidiram de frente.

CAPÍTULO QUATRO

OS ESTRANGEIROS TÊM ESPIÕES; a Grã-Bretanha tem o Serviço de Inteligência Militar. Como se não fosse eufemismo suficiente, o nome é abreviado: MI, de Military Intelligence. Em 1940, o MI fazia parte do Departamento de Guerra. Na época, estava se espalhando como erva daninha – o que não era surpreendente –, e suas diversas seções eram conhecidas por números: o MI9 cuidava das rotas de fuga dos campos de prisioneiros de guerra em toda a Europa ocupada para países neutros; o MI8 monitorava as comunicações por rádio do inimigo e era mais valioso do que seis regimentos; o MI6 mandava agentes para a França.

O professor Percival Godliman entrou no MI5 no outono de 1940. Apareceu no Departamento de Guerra em Whitehall numa manhã fria de setembro, depois de passar uma noite inteira apagando incêndios por todo o East End: a Blitz estava no auge e ele era bombeiro auxiliar.

Em tempos de paz, a Inteligência Militar era administrada por soldados, e nessas épocas – na opinião de Godliman – a espionagem não servia para nada. Mas agora, ele descobriu, o lugar estava repleto de amadores, e o professor ficou deliciado ao perceber que conhecia metade das pessoas do MI5. No primeiro dia, encontrou um advogado que era sócio do seu clube, um historiador de arte com quem tinha estudado na faculdade, um arquivista de sua própria universidade e seu escritor de romances policiais predileto.

Foi levado à sala do coronel Terry às dez da manhã. Fazia horas que Terry estava ali: havia dois maços de cigarros vazios na lixeira.

– Devo chamá-lo de "senhor" agora? – perguntou Godliman.

– Por aqui não há muito essas bobagens, Percy. "Tio Andrew" está bom. Sente-se.

Mesmo assim, havia uma brusquidão em Terry que não estivera presente no dia em que almoçaram no Savoy. Godliman notou que ele não sorria e que sua atenção se desviava para uma pilha de mensagens não lidas sobre a mesa.

Terry consultou o relógio e disse:

– Vou lhe passar uma breve noção geral. Depois do almoço termino a leitura que comecei.

Godliman sorriu.

– Desta vez não vou reagir mal.

Terry acendeu outro cigarro.

– Os espiões de Canaris na Grã-Bretanha eram pessoas inúteis. – Terry continuou como se a conversa dos dois tivesse sido interrompida cinco minutos atrás, e não três meses antes. – Dorothy O'Grady é um exemplo: nós a apanhamos cortando fios de telefones militares na Ilha de Wight. Escrevia cartas para Portugal com o tipo de tinta secreta que se compra em lojas de brinquedos.

Uma nova leva de espiões começou em setembro. A tarefa deles era fazer reconhecimento na Grã-Bretanha como preparativo para a invasão: mapear praias adequadas ao desembarque, campos e estradas que pudessem ser usados por planadores carregando tropas, armadilhas para tanques, bloqueios de estradas e obstáculos com arame farpado.

Pareciam ter sido mal selecionados, convocados às pressas, treinados inadequadamente e mal equipados. Os quatro que chegaram na madrugada de 2 para 3 de setembro eram característicos: Meier, Kieboom, Pons e Waldberg. Kieboom e Pons pousaram ao amanhecer perto de Hythe e foram presos pelo soldado Tollervey, da Infantaria Ligeira de Somerset, que os encontrou nas dunas devorando um enorme salsichão sujo.

Waldberg até conseguiu mandar uma mensagem para Hamburgo:

Cheguei Em Segurança. Documento Destruído. Patrulha Inglesa A 200 Metros Do Litoral. Praia Com Redes Marrons E Vagões Dormitórios De Trem À Distância De 50 Metros. Sem Minas. Poucos Soldados. Casamata Inacabada. Estrada Nova. Waldberg.

Obviamente ele não sabia onde estava nem tinha um codinome. A qualidade de seu informe indicava que ele não conhecia as leis de licenciamento inglesas: entrou num bar às nove da manhã e pediu um litro de cidra.

(Godliman riu e Terry falou: "Espere só, a coisa fica mais engraçada ainda.")

O proprietário disse a Waldberg que voltasse às dez horas. Sugeriu que ele passasse a hora seguinte visitando a igreja do povoado. Espantosamente, Waldberg voltou às dez em ponto, quando dois policiais de bicicleta o prenderam.

("É como um episódio de *It's That Man Again!*", disse Godliman.)

Meier foi encontrado algumas horas depois. Outros onze agentes foram apanhados nas semanas posteriores; a maior parte deles, logo após pousar em solo britânico. Quase todos foram destinados ao cadafalso.

("*Quase* todos?", perguntou Godliman. Terry explicou: "É. Uns dois foram entregues à nossa seção B-1(a). Volto a falar nisso em um minuto.")

Outros pousaram no Eire. Um deles foi Ernst Weber-Drohl, um conhecido acrobata que tinha dois filhos ilegítimos na Irlanda – havia feito turnês em teatros de lá como "O Homem Mais Forte do Mundo". Foi preso pela Garda Siochána, multado em três libras e entregue ao B-1(a).

Outro foi Hermann Goetz, que por engano desceu de paraquedas no Ulster, em vez do Eire, foi roubado pelo IRA, nadou pelado no Boyne e acabou engolindo sua pílula de suicida. Tinha uma lanterna onde estava escrito "Feita em Dresden".

("Se é tão fácil pegar esses trapalhões", declarou Terry, "por que estamos usando pessoas inteligentes como você para isso? Por dois motivos. Um: não temos como saber quantos nós *não* pegamos. Dois: o que importa é o que fazemos com aqueles que não enforcamos. É aí que entra o B-1(a). Mas, para explicar isso, preciso voltar a 1936.")

Alfred George Owens era engenheiro eletricista, dono de uma empresa que tinha alguns contratos com o governo. Visitou a Alemanha várias vezes nos anos 1930 e voluntariamente passou ao almirantado informações técnicas conseguidas lá. Mais adiante, a Inteligência Naval o repassou para o MI6, que começou a treiná-lo como agente. A Abwehr o recrutou mais ou menos na mesma época, o que o MI6 descobriu quando interceptou uma carta dele para um conhecido endereço usado pelos alemães. Era um homem sem lealdades: só queria ser espião. Nós o chamamos de "Snow"; os alemães o chamaram de "Johnny".

Em janeiro de 1939, Snow recebeu uma carta contendo: 1) instruções para o uso de um transmissor sem fio e 2) um tíquete para o depósito de bagagens da Victoria Station.

Foi preso um dia depois do início da guerra, e ele e seu transmissor (que ele apanhara numa mala quando apresentou o tíquete do depósito) foram trancados na prisão de Wandsworth. Ele continuou a se comunicar com Hamburgo, mas agora todas as mensagens eram escritas pela seção B-1(a) do MI5.

A Abwehr colocou-o em contato com mais dois agentes alemães na Inglaterra, que pegamos imediatamente. Além disso, deram a ele um código e procedimentos detalhados para usar o rádio, coisas valiosíssimas.

Depois de Snow, vieram Charlie, Rainbow, Summer, Biscuit e um pequeno exército de espiões inimigos, todos em contato regular com Canaris, todos aparentemente de sua confiança e todos totalmente controlados pelo aparato de contraespionagem britânico.

Nesse ponto, o MI5 começou a vislumbrar uma perspectiva espantosa e fascinante: com um pouco de sorte, *poderia controlar e manipular toda a rede de espionagem alemã na Grã-Bretanha.*

– Transformar agentes em agentes duplos em vez de enforcá-los tem duas vantagens cruciais – completou Terry. – Como o inimigo acha que seus espiões ainda estão na ativa, não tenta substituí-los por outros que podem não ser apanhados. E como *nós* estamos fornecendo as informações que os espiões contam aos controladores, podemos enganar o inimigo e atrapalhar suas estratégias.

– Não é possível que seja tão fácil – disse Godliman.

– Claro que não é fácil. – Terry abriu uma janela para deixar sair a fumaça de cigarro e cachimbo. – Para funcionar, o sistema precisa ser completo. Se houver um número substancial de agentes genuínos aqui, as informações deles vão contradizer as dos agentes duplos e a Abwehr vai farejar a tramoia.

– Parece bastante empolgante – observou Godliman.

Seu cachimbo tinha apagado.

Terry sorriu pela primeira vez naquela manhã.

– As pessoas daqui vão dizer que é um trabalho duro, longas horas, tensão, frustração. Mas, sim, claro que é empolgante. – Ele consultou o relógio. – Agora quero que você conheça um membro jovem e brilhante do meu pessoal. Vou levá-lo à sala dele.

Saíram do escritório de Terry, subiram uma escada e passaram por vários corredores.

– O nome dele é Frederick Bloggs – continuou Terry. – Nós o tiramos da Scotland Yard, ele era inspetor da Divisão Especial. Se você precisar de braços e pernas, use os dele. Você terá um posto acima do dele, mas não deve levar esse fato muito a sério. Aqui não levamos. Acho que nem preciso dizer isso.

Entraram numa sala pequena e quase sem móveis, com uma janela que dava para uma parede nua. Não havia tapete. A foto de uma jovem bonita estava pendurada na parede e havia um par de algemas no cabideiro.

– Frederick Bloggs, Percival Godliman. Vou deixá-los a sós – disse Terry.

O homem atrás da mesa era louro, atarracado e baixo. Devia ter a altura mínima para entrar na polícia, pensou Godliman. Sua gravata era horrorosa, mas ele tinha um rosto agradável e franco, além de um sorriso largo e atraente. O aperto de mão era firme.

– Deixe-me dizer uma coisa, Percy. Eu ia dar um pulinho em casa para almoçar. Por que não vem comigo? Minha mulher faz uma salsicha com batatas fritas ótima – falou ele, com um forte sotaque do East End.

Salsicha com batata frita não era a refeição predileta de Godliman, mas ele aceitou o convite mesmo assim. Caminharam até a Trafalgar Square e pegaram um ônibus para Hoxton.

– Eu me casei com uma moça maravilhosa, mas que cozinha muito mal. Como salsicha com batata frita todo dia – declarou Bloggs.

Ainda havia fumaça na área leste de Londres devido ao ataque aéreo da noite anterior. Os dois passaram por grupos de bombeiros e voluntários revirando o entulho, apontando mangueiras d'água para os incêndios agonizantes e tirando a sujeira das ruas. Viram um velho carregando um rádio precioso para fora de uma casa arruinada.

– Então vamos caçar espiões juntos – falou Godliman, puxando assunto.

– Vamos tentar, Percy.

Bloggs morava numa casa geminada, de três quartos, numa rua com construções exatamente iguais. Os minúsculos quintais da frente estavam sendo usados para plantar legumes e verduras. A Sra. Bloggs era a moça bonita da foto na parede do escritório. Parecia cansada.

– Ela dirige uma ambulância durante os ataques, não é, amor? – disse Bloggs.

Ele sentia orgulho da mulher. Ela se chamava Christine.

– Toda manhã, quando estou voltando para casa, me pergunto se a ambulância ainda vai estar aqui – declarou Christine.

– Veja que ela está preocupada com a casa, e não comigo – observou Bloggs.

Godliman pegou uma medalha que estava num estojo sobre a lareira.

– Como você ganhou isso?

– Ele tirou a espingarda de um bandido que estava roubando uma agência dos correios – respondeu Christine.

– Vocês formam um tremendo casal – declarou Godliman.

– Você é casado, Percy? – perguntou Bloggs.

– Viúvo.

– Sinto muito.

– Minha mulher morreu de tuberculose em 1930. Não tivemos filhos.

– Nós não vamos ter – disse Bloggs. – Pelo menos enquanto o mundo estiver desse jeito.

– Ah, Fred, ele não está interessado nisso! – exclamou Christine, se dirigindo para a cozinha.

Sentaram-se para comer em torno de uma mesa quadrada no centro da sala. Godliman sentiu-se tocado pelo casal e pela cena doméstica, e se pegou pensando em sua Eleanor. Isso era incomum: ele ficara imune aos sentimentos durante alguns anos. Talvez as emoções estivessem retornando à sua vida. A guerra fazia coisas curiosas.

A comida de Christine era mesmo horrível. As salsichas estavam queimadas. Bloggs afogou sua refeição em ketchup e Godliman o imitou animadamente.

~

Quando voltaram a Whitehall, Bloggs mostrou a Godliman o dossiê sobre agentes inimigos não identificados que ainda poderiam estar atuando na Grã-Bretanha.

Havia três fontes de informação sobre essas pessoas. A primeira eram os registros de imigração do Ministério do Interior. Fazia tempo que o controle de passaportes era um braço da Inteligência Militar, e existia uma lista – remontando à última guerra – de estrangeiros que entraram no país e que não tinham ido embora nem haviam sido registrados de outras maneiras, como por morte ou naturalização. Com o início da guerra, todos se apresentaram a tribunais, que os classificaram em três grupos. A princípio, apenas estrangeiros classe "A" eram presos, mas, em julho de 1940, depois de alguns alarmes dados pela Fleet Street, as classes "B" e "C" foram tiradas de circulação. Havia um pequeno número de imigrantes que não podiam ser localizados e era razoável supor que alguns eram espiões.

Os documentos deles estavam no dossiê de Bloggs.

A segunda fonte eram as transmissões por rádio. A Seção C do MI8 examinava as ondas de rádio toda noite, gravava tudo o que não tinha certeza de que fosse nosso e repassava à Escola de Códigos e Criptogramas do governo. Esse instituto, que fora transferido recentemente da Berkeley Street, em Londres, para uma casa de campo em Bletchley Park, não era uma escola, e sim um grupo de campeões de xadrez, músicos, matemáticos e entusiastas de palavras cruzadas dedicados à crença de que, se um homem podia inventar um código, outro poderia decifrá-lo. Mensagens enviadas do Reino Unido que não pudessem ser atribuídas a algum dos Serviços eram consideradas de espiões.

As mensagens decodificadas estavam no dossiê de Bloggs.

Finalmente, havia os agentes duplos; mas o valor deles era mais suposto do que real. Mensagens da Abwehr para eles alertaram sobre vários agentes que estavam chegando e revelaram um espião residente – a Sra. Matilda Krafft, de Bournemouth, que mandara dinheiro para Snow pelo correio e depois fora encarcerada na prisão de Holloway. Mas os agentes duplos não conseguiram revelar a identidade nem a localização do tipo de espiões profissionais discretos e efetivos que são os mais valiosos para um serviço secreto de informações. Havia pistas: alguém, por exemplo, trouxera o transmissor de Snow da Alemanha e o deixara no guarda-volumes da Victoria Station para que ele o recolhesse. Mas tanto a Abwehr quanto os próprios espiões foram cautelosos demais para ser apanhados pelos agentes duplos.

Mas as pistas estavam no dossiê de Bloggs.

Outras fontes estavam sendo desenvolvidas: os cientistas trabalhavam para melhorar os métodos de triangulação (a orientação direcional dos transmissores de rádio) e o MI6 estava tentando reconstruir a rede de agentes na Europa que naufragara sob o maremoto dos exércitos de Hitler.

As poucas informações que existiam estavam no dossiê de Bloggs.

– Às vezes pode ser irritante – disse ele a Godliman. – Veja isso.

Ele pegou na pasta uma longa interceptação de rádio falando dos planos britânicos para montar uma força expedicionária para a Finlândia.

– Isso foi captado no início do ano. A informação é impecável. Eles estavam tentando descobrir a origem quando o sujeito parou a transmissão no meio, sem motivo aparente. Talvez tenha sido interrompido. Ele retomou a comunicação alguns minutos depois, mas saiu do ar de novo antes que nossos rapazes conseguissem localizá-lo.

– O que significa "Lembranças ao Willi"? – perguntou Godliman.

– Ah, isso é importante. – Bloggs estava ficando entusiasmado. – Aqui está um pedaço de outra mensagem recente. Veja: "Lembranças ao Willi." Desta vez houve uma resposta. Ele é chamado de "Die Nadel".

– A Agulha.

– O sujeito é profissional. Repare nas mensagens dele: concisas, econômicas, mas detalhadas e totalmente sem ambiguidades.

Godliman estudou o fragmento da segunda mensagem.

– Parece ser sobre os efeitos do bombardeio.

– Ele obviamente circulou pelo East End. É um profissional, um profissional.

– O que mais sabemos sobre Die Nadel?

A expressão de ansiedade juvenil de Bloggs desmoronou de modo quase cômico.

– Infelizmente, só isso.

– O codinome dele é Die Nadel, ele se despede com "Lembranças ao Willi" e tem boas informações. Só isso?

– Infelizmente.

Godliman sentou-se na beirada da mesa e olhou pela janela. Na parede do prédio do lado oposto, sob um parapeito ornamentado, dava para ver um ninho de andorinhas.

– Com base nisso, que chance temos de pegá-lo?

Bloggs deu de ombros.

– Com base nisso, absolutamente nenhuma.

CAPÍTULO CINCO

É PARA LUGARES ASSIM que a palavra "desolado" foi inventada.

A ilha é um pedaço de rocha em forma de J que se ergue soturnamente do mar do Norte. No mapa, parece a metade superior de uma bengala quebrada, paralela ao Equador mas muito, muito ao norte. O cabo curvo é virado na direção de Aberdeen e o cotoco quebrado e serrilhado aponta ameaçadoramente para a distante Dinamarca. Tem pouco mais de 15 quilômetros de comprimento.

Ao redor da maior parte da costa, os penhascos se erguem do mar frio sem a cortesia de uma praia. Com raiva dessa grosseria, as ondas golpeiam a rocha numa fúria impotente; um ataque de mau humor que dura dez mil anos e a ilha ignora impunemente.

Na curva interna do J, o mar é mais calmo, já que teve uma recepção mais agradável. As marés lançaram tanta areia, algas, seixos e conchas nessa curva que agora existe, entre o pé do penhasco e a beira da água, um crescente de algo que se assemelha a terra seca: é mais ou menos uma praia.

A cada verão, a vegetação no topo do penhasco joga um punhado de sementes na praia, como um rico lança moedas aos mendigos. Se o inverno é ameno e a primavera chega cedo, algumas sementes se enraízam, mas fragilmente, e nunca têm saúde o bastante para florescer e espalhar suas próprias sementes, de modo que a praia existe a cada ano à base de esmolas.

Na terra propriamente dita, mantida fora do alcance do mar pelos penhascos, coisas verdes crescem e se multiplicam. A vegetação é de capim áspero, suficiente apenas para alimentar as poucas ovelhas ossudas, mas forte o bastante para prender o solo ao leito de rocha da ilha. Existem alguns arbustos, todos espinhentos, que servem de lar para coelhos, e um corajoso agrupamento de coníferas na encosta ao abrigo do vento, na extremidade leste.

O ponto mais alto do terreno é dominado pelas urzes. A intervalos de poucos anos, o homem – sim, há um homem aqui – põe fogo nas urzes, o capim cresce e as ovelhas podem pastar ali também; mas passado algum tempo as urzes voltam, Deus sabe de onde, e expulsam as ovelhas até que o homem as queime de novo.

Os coelhos estão aqui porque nasceram aqui; as ovelhas estão aqui porque foram trazidas; e o homem está aqui para cuidar das ovelhas; mas os pássaros estão aqui porque gostam. Há centenas de milhares deles: caminheiros de pernas longas assobiando *pip pip pip* enquanto voam e *pi-pi-pi-pi* enquanto mergulham como um Spitfire, vindo da direção do sol, contra um Messerschmitt; codornizões, que o homem raramente vê, mas sabe que estão ali porque seus grasnidos não o deixam dormir à noite; gralhas, corvos e incontáveis gaivotas; e águias douradas contra as quais o homem atira porque *sabe* – apesar do que dizem os naturalistas e especialistas de Edimburgo – que elas *atacam* cordeiros vivos, não somente as carcaças dos que já morreram.

O visitante mais frequente da ilha é o vento. Em geral ele vem do nordeste, de lugares *realmente* frios onde existem fiordes, geleiras e icebergs; costuma trazer presentes como neve, chuva forte e névoa muito fria. Às vezes chega de mãos vazias, só para uivar, assobiar e arrumar confusão, arrancando arbustos, entortando árvores e chicoteando o oceano irascível até provocar novos espasmos de fúria espumante. Esse vento é incansável, e esse é o seu erro. Se aparecesse ocasionalmente, poderia pegar a ilha de surpresa e causar algum dano verdadeiro, mas, como está quase sempre presente, a ilha aprendeu a conviver com ele. As plantas lançam raízes profundas, os coelhos se escondem longe, no meio dos arbustos, as árvores crescem com as costas já encurvadas para o açoitamento, os pássaros fazem ninho nas saliências cobertas e a casa do homem é baixa e sólida, construída com a habilidade de quem conhece esse velho vento.

A casa é feita de grandes pedras e ardósia cinzentas, da cor do mar. Tem janelas pequenas, portas bem ajustadas e uma chaminé na ponta da cumeeira. Fica no topo do morro, na extremidade leste da ilha, perto do cotoco lascado da bengala quebrada. Coroa o morro, desafiando o vento e a chuva, não por bravata, mas para que o homem possa ver as ovelhas.

Há outra casa, muito parecida, a pouco mais de 15 quilômetros de distância, na extremidade oposta da ilha, perto da quase praia, mas ninguém mora lá. Antigamente havia outro homem. Ele achou que sabia mais do que a ilha, achou que poderia plantar aveia e batatas e criar algumas vacas. Lutou durante três anos com o vento, o frio e o solo antes de admitir que estava errado. Quando foi embora, ninguém quis sua casa.

É um lugar duro. Apenas coisas resistentes sobrevivem: rocha dura, capim áspero, ovelhas resistentes, aves selvagens, casas rústicas e homens fortes.

Coisas duras, frias, cruéis, amargas e pontudas; coisas severas, lentas e decididas; coisas frias, duras e implacáveis como a própria ilha.

É para lugares assim que a palavra "desolado" foi inventada.

~

– Chama-se Ilha da Tormenta – disse Alfred Rose. – Acho que vocês vão gostar.

David e Lucy Rose estavam sentados na proa do barco de pesca, olhando por cima da água revolta. Era um belo dia de novembro, frio e com alguma brisa, mas límpido e seco. Um sol fraco rebrilhava nas ondas pequenas.

– Eu a comprei em 1926 – continuou o pai de David –, quando achamos que haveria uma revolução e precisaríamos de um local para nos esconder da classe trabalhadora. É o lugar perfeito para uma convalescença.

Lucy achou aquela empolgação um tanto suspeita, mas tinha que admitir que o lugar parecia bonito: ventoso, natural e revigorante. E essa decisão fazia sentido. Precisavam se afastar dos pais e recomeçar a vida de casados, e não havia razão para mudar-se para uma cidade que seria bombardeada quando nenhum dos dois estava suficientemente bem para ajudar. Então o pai de David revelara que era dono de uma ilha no litoral da Escócia, e pareceu bom demais para ser verdade.

– Também sou dono das ovelhas – acrescentou o Sr. Rose. – Os tosquiadores vêm do continente a cada primavera, e a lã gera dinheiro quase suficiente para pagar o salário de Tom McAvity. O velho Tom é o pastor.

– Quantos anos ele tem? – perguntou Lucy.

– Santo Deus, deve ter... uns 70, talvez?

– Imagino que seja excêntrico.

O barco entrou na baía e Lucy viu duas figuras pequenas no cais: um homem e um cachorro.

– Excêntrico? Não mais do que você seria, se morasse sozinha durante vinte anos. Ele conversa com o cachorro.

Lucy se virou para o capitão do pequeno barco.

– Com que frequência o senhor vem aqui?

– De quinze em quinze dias, senhora. Trago as compras do Tom, o que não é muita coisa, e a correspondência dele, que é menos ainda. É só me dar sua lista, segunda-feira sim, segunda-feira não. Se as coisas puderem ser compradas em Aberdeen, eu trago.

Ele desligou o motor e jogou uma corda para Tom. O cachorro latiu e correu em círculos, louco de empolgação. Lucy pôs um pé na amurada e pulou no cais.

Tom segurou a mão dela. Tinha um rosto que parecia feito de couro e um enorme cachimbo com tampa. Era mais baixo do que ela, atarracado, mas era forte e aparentava ser absurdamente saudável. Usava o paletó de tweed mais felpudo que ela já vira, com um suéter de tricô que devia ter sido feito por uma irmã idosa, além de um boné xadrez e coturnos do exército. Seu nariz era enorme, vermelho e cheio de veias.

– Prazer em conhecê-la – cumprimentou educadamente, como se ela fosse a nona visita do dia, e não o primeiro rosto humano que ele via em duas semanas.

– Como vai, Tom? – disse o capitão, entregando-lhe duas caixas que tirou do barco. – Desta vez não trouxe ovos, mas tem uma carta vinda de Devon.

– Deve ser da minha sobrinha.

Lucy pensou: Isso explica o suéter.

David ainda estava no barco. O capitão ficou atrás dele e perguntou:

– Está pronto?

Tom e o Sr. Rose se curvaram sobre o barco para ajudar, e os três levantaram David na cadeira de rodas, colocando-o no cais em seguida.

– Se eu não for agora, vou ter que esperar quinze dias pelo próximo ônibus – disse o Sr. Rose com um sorriso. – A casa foi muito bem arrumada. Todas as suas coisas estão lá. Tom vai mostrar tudo para vocês. – Ele deu um beijo em Lucy, um tapinha no ombro de David e apertou a mão de Tom. – Aproveitem esses meses para descansar e ficar juntos, recuperem-se totalmente e depois voltem: há importantes serviços de guerra para vocês dois.

Lucy sabia que eles não voltariam; não antes do fim da guerra. Mas ela ainda não contara isso a ninguém.

O Sr. Rose voltou para o barco, que se afastou girando em pequenos círculos. Lucy esperou até que ele desaparecesse atrás do promontório.

Tom empurrou a cadeira de rodas e Lucy levou as compras dele. Entre a extremidade do cais e o topo do penhasco havia uma rampa longa, íngreme e estreita que se elevava acima da praia como uma ponte. Lucy teria tido dificuldade para levar a cadeira de rodas até o alto, mas Tom conseguiu fazer isso aparentemente sem qualquer esforço.

O chalé era perfeito.

Era pequeno e cinza, abrigado do vento por uma pequena elevação do terreno. Toda a madeira era recém-pintada e uma roseira brava crescia junto à soleira da porta. Espirais de fumaça subiam da chaminé e eram sopradas pela brisa. As janelas minúsculas davam para a baía.

– Adorei! – exclamou Lucy.

O interior tinha sido limpo, arejado e pintado, e havia tapetes grossos no piso de pedra. Eram quatro cômodos: embaixo, uma cozinha reformada e uma sala com lareira de pedra; em cima, dois quartos. Uma extremidade da casa tinha sido cuidadosamente remodelada para receber encanamento moderno, com um banheiro em cima e uma extensão da cozinha embaixo.

As roupas estavam nos armários. Havia toalhas no banheiro e comida na cozinha.

– Tem uma coisa no celeiro que preciso mostrar – disse Tom.

Era um galpão, não um celeiro. Ficava escondido atrás do chalé, e dentro dele havia um jipe novo e reluzente.

– O Sr. Rose disse que foi adaptado especialmente para o jovem Sr. Rose dirigir – explicou Tom. – Tem câmbio automático e o acelerador e o freio são manuais. Foi o que ele falou.

Tom parecia repetir as palavras como um papagaio, como se só tivesse uma vaga ideia do que fosse um câmbio, um freio e um acelerador.

– Não é fantástico, David? – perguntou Lucy.

– Formidável. Mas aonde eu posso ir com ele?

– Vocês podem ir me visitar para fumar um cachimbo e tomar um gole de uísque. Eu estava ansioso para ter vizinhos de novo – propôs Tom.

– Obrigada – falou Lucy.

– Esse é o gerador – continuou Tom, virando-se e apontando. – Eu tenho um igual. A gente coloca o combustível aqui. Ele produz corrente alternada.

– Isso é incomum – observou David. – Os geradores pequenos costumam ser de corrente contínua.

– É. Na realidade, não sei qual é a diferença, mas dizem que esse é mais seguro.

– Verdade. Um choque disso arremessaria você para o outro lado do cômodo, mas a corrente contínua o mataria.

Eles voltaram para o chalé.

– Bem, vocês devem estar querendo se acomodar e eu preciso cuidar das ovelhas, por isso vou me despedir. Ah! Para vocês saberem: numa emergência, posso entrar em contato com terra firme pelo rádio – informou Tom.

David ficou surpreso.

– Você tem um radiotransmissor?

– Tenho – respondeu Tom com orgulho. – Sou vigia de aviões inimigos da Royal Observer Corps.

– E já viu algum? – indagou David.

Lucy mostrou desaprovação diante do sarcasmo na voz de David, mas Tom não pareceu notar.

– Ainda não – respondeu ele.

– Espetacular! – exclamou David.

Quando Tom saiu, Lucy disse:

– Ele só quer fazer a parte dele.

– Há vários de nós que querem fazer sua parte – declarou David com amargura.

E esse era o problema, refletiu Lucy. Ela deixou o assunto de lado e empurrou a cadeira do marido aleijado até a casa nova.

~

Quando pediram que Lucy falasse com a psicóloga do hospital, ela logo imaginou que David sofrera algum dano no cérebro. Mas não era isso.

– A única coisa errada com a cabeça dele é um hematoma feio na têmpora esquerda – explicou a psicóloga. E continuou: – Mas a amputação das duas pernas provoca um trauma, e não dá para saber como isso vai afetar o estado mental dele. Ele queria muito ser piloto?

Lucy refletiu por um instante.

– Ele tinha medo, mas acho que, mesmo assim, queria muito.

– Bem, ele vai precisar de toda a força e de todo o apoio que você puder dar. E de paciência também: uma coisa que podemos prever é que ele vai ficar ressentido e mal-humorado durante algum tempo. Vai precisar de amor e descanso.

Porém, durante os primeiros meses na ilha ele não parecia querer nem uma coisa nem outra. Não fazia amor com ela, talvez porque estivesse esperando até que os ferimentos sarassem totalmente. Mas também não descansava. Mergulhou no trabalho de cuidar das ovelhas, percorrendo a ilha em seu jipe com a cadeira de rodas na parte de trás. Construiu cercas ao longo dos penhascos mais traiçoeiros, atirava nas águias, ajudou Tom a treinar um cachorro novo quando Betsy começou a ficar cega, queimou as urzes; e, na primavera, saía toda noite, para fazer o parto das ovelhas. Um dia derrubou um pinheiro grande e velho perto da casa de Tom e passou quinze dias desbastando os galhos, cortando-os em toras fáceis de transportar e levando-as para casa, como lenha. Gostava do trabalho manual árduo. Aprendeu a se amarrar com firmeza à cadeira, para manter o corpo preso enquanto usava um machado ou uma marreta. Esculpiu um par de maças e se exercitava com elas durante horas quando Tom não conseguia arranjar algo para ele fazer. Os músculos dos braços e das costas ficaram desproporcionais, como os dos homens que vencem campeonatos de fisiculturismo.

Recusava-se a lavar louça, fazer comida ou limpar a casa.

Lucy não estava infeliz. Sentira medo de que ele ficasse sentado diante da lareira o dia todo, lamentando o azar. O modo como David trabalhava era um tanto preocupante porque era obsessivo demais, mas pelo menos ele não estava vegetando.

No Natal, contou a ele sobre o bebê.

De manhã, deu a ele uma serra com motor a gasolina e ele lhe deu um rolo de seda. Tom veio para o jantar e os dois comeram um ganso selvagem que ele caçara. David levou o pastor para casa depois do chá. E, quando ele voltou, Lucy abriu uma garrafa de conhaque.

Então ela falou:

– Tenho outro presente, mas você só vai poder abrir em maio.

Ele riu.

– De que diabo você está falando? Bebeu quantas doses desse conhaque enquanto eu estava fora?

– Vou ter um bebê.

Ele a encarou e toda a alegria sumiu do seu rosto.

– Santo Deus, era só o que faltava!

– David!

– Bem, pelo amor de Deus... Quando foi que isso aconteceu?

– Não é muito difícil deduzir, não é? – respondeu ela com amargura. – Deve ter sido uma semana antes do casamento. É um milagre que tenha sobrevivido ao acidente.

– Você já se consultou com um médico?

– Hum... quando eu poderia ter feito isso?

– Então como você pode ter certeza?

– Ah, David, não seja tão importuno. Eu tenho certeza porque minha menstruação parou, meus mamilos estão doendo, eu vomito de manhã e minha barriga está dez centímetros maior do que antes. Se você ao menos *olhasse* para mim, também teria certeza.

– Certo.

– Qual é o seu problema? Você deveria estar emocionado!

– Ah, claro. Talvez seja um menino. Aí vou poder levá-lo para passear, vamos jogar futebol juntos e, quando crescer, ele vai querer ser igual ao pai, um herói de guerra, uma porra de uma piada sem pernas!

– Ah, David, David – sussurrou ela, ajoelhando-se diante da cadeira de rodas. – Não pense assim. Ele vai respeitar você. Vai admirá-lo porque você reconstruiu sua vida, porque consegue fazer o serviço de dois homens em sua cadeira de rodas e porque enfrentou a deficiência com coragem e alegria.

– Não seja tão condescendente – reagiu ele com rispidez. – Está parecendo um padre hipócrita.

Ela se levantou.

– Bem, não aja como se a culpa fosse minha. Os homens também podem se precaver, sabia?

– Não é possível se precaver contra caminhões invisíveis no meio da escuridão!

Essa era uma desculpa idiota e frágil, e os dois sabiam, por isso Lucy não falou nada. Agora toda a ideia do Natal parecia absolutamente sem sentido: os pedaços de papel colorido nas paredes, a árvore no canto e os restos de um ganso na cozinha esperando para serem jogados fora – nada ali tinha a ver com a vida dela. Lucy começou a se perguntar o que estava fazendo naquela ilha desolada, com um homem que não parecia amá-la, prestes a ter um bebê que ele não queria. Por que não deveria... Por que não?... Bem, ela poderia... Então percebeu que não tinha para onde ir, não tinha mais nada para fazer, não poderia ser mais ninguém além de a Sra. David Rose.

Depois de um tempo, David anunciou:

– Vou para a cama.

Ele foi até o corredor, arrastou-se para fora da cadeira e subiu a escada de costas. Lucy o ouviu rastejar pelo chão, ouviu a cama ranger quando ele se sentou nela, escutou as roupas batendo no canto do quarto enquanto ele se despia e ouviu o gemido final das molas quando ele se deitou e puxou o cobertor.

E ainda assim ela não chorou.

Olhou para a garrafa de conhaque e pensou: Se eu beber essa garrafa toda agora e tomar um banho, talvez não esteja grávida pela manhã.

Pensou nisso por um longo tempo, até chegar à conclusão de que a vida sem David, sem a ilha e sem o bebê seria pior ainda, porque seria vazia.

Não chorou, não bebeu o conhaque e não abandonou a ilha. Em vez disso, subiu a escada e ficou acordada junto do marido adormecido, escutando o vento e tentando não pensar, até que as gaivotas começaram a piar e um alvorecer cinzento e chuvoso se esgueirou pelo mar do Norte, enchendo o quartinho com uma luz fria, triste e prateada. E finalmente adormeceu.

Durante a primavera, uma espécie de paz se instalou dentro dela, como se todas as ameaças tivessem sido adiadas para depois do nascimento do bebê. Quando a neve de fevereiro derreteu, ela plantou flores e legumes no terreno entre a porta da cozinha e o celeiro, sem acreditar realmente que elas cresceriam. Limpou toda a casa e disse a David que, se ele quisesse que isso fosse feito de novo antes de agosto, teria que agir sozinho. Escreveu para a mãe, fez bastante tricô e encomendou fraldas pelo correio. Sugeriram que ela fosse ter o bebê na casa da família, mas Lucy sabia que, se fosse, jamais voltaria. Fazia longas caminhadas acima da charneca, com um livro de pássaros embaixo do braço, até que seu peso aumentou tanto que ficou difícil ir muito longe. Mantinha a garrafa de conhaque num armário que David nunca usava, e sempre que ficava triste ia olhá-la e se lembrar do que quase havia perdido.

Três semanas antes do nascimento do bebê, pegou o barco para Aberdeen. David e Tom acenaram do cais. O mar estava tão violento que Lucy e o capitão ficaram aterrorizados com a hipótese de ela dar à luz antes de chegarem em terra. Lucy foi para um hospital em Aberdeen e, quatro semanas depois, levou o bebê para casa no mesmo barco.

David não quis saber de nada daquilo. Provavelmente achava que as mulheres davam à luz com a mesma facilidade das ovelhas. Não sabia da dor das contrações, daquela dilatação horrorosa e impossível, da inflamação posterior e das enfermeiras autoritárias, que sabiam tudo e não queriam que você *tocasse* em seu bebê porque você não era rápida, eficiente, treinada e *esterilizada* como elas. Ele simplesmente a viu sair grávida e voltar com um menininho lindo e saudável enrolado em panos brancos. Então disse:

– Vamos chamá-lo de Jonathan.

Acrescentaram Alfred em homenagem ao pai de David, Malcolm em homenagem ao de Lucy e Thomas por causa do velho Tom, mas chamavam o menino de Jo, porque era pequeno demais para ser Jonathan, quanto mais Jonathan Alfred Malcolm Thomas Rose. David aprendeu a lhe dar a mamadeira, a colocá-lo para arrotar e a trocar a fralda, e até o balançava no colo de vez em quando, mas seu interesse era distante, sem envolvimento. Tinha uma abordagem do tipo solução de problemas, como as enfermeiras; para ele não era como para Lucy. Tom era mais próximo do bebê do que David. Lucy não permitia que ele fumasse no cômodo em que o pequeno estivesse, então o velho deixava seu grande cachimbo com tampa no bolso durante horas enquanto conversava com Jo, ou o olhava chutar o ar ou ajudava Lucy a lhe dar banho. Lucy sugeriu, discretamente, que talvez ele estivesse negligenciando as ovelhas. Tom disse que elas não precisavam que ele as olhasse pastar: preferia ver Jo sendo alimentado. Fez um chocalho com madeira trazida pelo mar, encheu-o com pedrinhas redondas e ficou radiante quando Jo o agarrou e sacudiu, de primeira, sem que precisassem ensinar.

E David e Lucy continuavam sem fazer amor.

Primeiro havia os ferimentos dele, depois a gravidez dela, em seguida o resguardo do parto... Mas agora os motivos haviam acabado.

Certa noite, ela falou:

– Já voltei ao normal.

– O que você quer dizer com isso?

– Depois do bebê. Meu corpo está normal. Estou curada.

– Ah, sei. Que bom.

E ele virou de costas.

Ela fazia questão de ir para a cama junto com ele, para que a visse se despir, mas David sempre virava de costas.

Enquanto estavam deitados, antes de dormir, ela se movia de modo que sua mão, sua coxa ou seu seio roçassem nele, um convite casual mas inconfundível. Não havia reação.

Lucy acreditava piamente que não havia nada de errado com ela. Não era uma ninfomaníaca: não queria simplesmente sexo; queria sexo com David. Tinha certeza de que, mesmo que houvesse outro homem com menos de 70 anos na ilha, não ficaria tentada. Não tinha fome apenas de sexo, tinha fome de amor.

O momento decisivo veio numa das noites em que os dois estavam deitados de costas, lado a lado, ambos acordados, ouvindo o vento lá fora e os sons baixos de Jo no quarto contíguo. Para Lucy, pareceu que era hora de abrir o jogo; que ele ia evitar o assunto até que ela o abordasse à força; e que era melhor forçá-lo agora do que continuar vivendo por mais tempo numa incompreensão desolada.

Então, roçou o braço nas coxas dele e abriu a boca para falar – e quase gritou de choque ao descobrir que David estava tendo uma ereção. Então ele conseguia! E queria, caso contrário não estaria daquele jeito. A mão dela se fechou triunfante sobre a evidência do desejo dele. Lucy se aproximou mais e suspirou.

– David...

– Ah, pelo amor de Deus! – reagiu ele.

Em seguida segurou o pulso dela, empurrou a mão para longe e se virou para o outro lado.

Mas dessa vez ela não aceitaria a rejeição em silêncio.

– David, por que não?

– Meu Deus!

Ele jogou os cobertores longe, escorregou para o chão, pegou o edredom com uma das mãos e se arrastou até a porta.

Lucy sentou-se na cama e gritou:

– Por que não?

Jo começou a chorar.

David puxou as pernas vazias de seu pijama cortado, apontou para a pele franzida e branca dos cotocos e berrou:

– Por isso! Por isso!

Ele deslizou até o andar de baixo para dormir no sofá e Lucy foi para o quarto ao lado, reconfortar Jo.

Levou muito tempo para fazê-lo dormir de novo, provavelmente porque ela mesma estava precisando demais de conforto. O bebê sentiu o gosto das lágrimas nas bochechas da mãe e ela se perguntou se ele teria alguma ideia do que elas significavam: será que as lágrimas eram a primeira coisa que um bebê entendia? Não conseguiu se obrigar a cantar para ele nem murmurar que estava tudo bem; por isso abraçou-o com força e o ninou e, quando *ele* a havia consolado com seu calor e aconchego, o menino dormiu nos braços dela.

Lucy colocou-o de volta no berço e o fitou por algum tempo. Não adiantava voltar para a cama. Podia ouvir o ronco de David na sala – ele tomava comprimidos fortes, caso contrário a velha dor o mantinha acordado. Lucy precisava se afastar dele, tinha que ir para algum lugar onde não pudesse vê-lo nem ouvi-lo, onde, mesmo que quisesse, ele não poderia encontrá-la durante algumas horas. Vestiu uma calça e um suéter, um casaco pesado e botas, desceu nas pontas dos pés e saiu para a noite.

Havia uma névoa úmida e muito fria, característica da ilha. Levantou a gola do casaco e pensou em voltar para pegar um cachecol, mas decidiu não fazer isso. Foi chapinhando pelo caminho lamacento, apreciando a névoa cortante no pescoço, o pequeno desconforto do clima afastando sua mente da dor maior que sentia.

Chegou ao topo do penhasco e desceu com cautela a rampa íngreme e estreita, pisando com cuidado nas tábuas escorregadias. Embaixo, saltou na areia e foi até a beira-mar.

O vento e a água continuavam em sua eterna disputa, o vento descendo para provocar as ondas e o mar chiando e cuspindo ao se chocar contra a terra, os dois condenados a brigar para sempre porque um não podia ficar calmo enquanto o outro estivesse ali, mas nenhum dos dois tinha outro lugar para onde ir.

Lucy caminhou pela areia dura, deixando o barulho e o ar penetrarem em sua mente, até que a praia terminou numa ponta onde a água encontrava o penhasco, então ela deu meia-volta e retornou. Ficou caminhando a noite toda. Perto do amanhecer, um pensamento lhe veio à cabeça: é o modo que ele arranjou de ser forte.

Esse pensamento não ajudava muito, mas ela se concentrou nele por algum tempo até vê-lo transformar-se no que parecia uma pequena pérola de sabedoria aninhada na palma da mão: talvez a frieza de David em relação a ela fosse apenas mais uma forma de mostrar autonomia, como sua capacidade de derrubar árvores, de despir-se, de dirigir o jipe, de fazer exercícios com as maças e ir morar numa ilha fria e cruel no mar do Norte...

O que ele dissera mesmo? "... o pai, um herói de guerra, uma piada sem pernas..." David tinha algo a provar, algo que pareceria banal se fosse posto em palavras; algo que ele poderia ter feito como piloto de caça, mas que agora tinha a ver com árvores, cercas, maças e uma cadeira de rodas. Não deixariam que ele fizesse a prova, mas ele queria poder dizer: "Eu teria passado, *vejam* quanto sou capaz de suportar."

Era cruel e insuportavelmente injusto: ele tivera a coragem e sofrera os ferimentos, mas não podia sentir orgulho disso. Se um Messerschmitt tivesse arrancado suas pernas, a cadeira de rodas seria como uma medalha, um distintivo de coragem. Porém, agora, durante toda a vida precisaria dizer: "Foi durante a guerra. Mas não, não participei de nenhuma ação, foi um acidente de carro. Fiz o treinamento e ia lutar no dia seguinte. Já tinha visto meu avião, que era uma beleza, e eu *teria* sido corajoso, eu sei..."

Sim, era o seu jeito de ser forte. E talvez ela também pudesse ser. Poderia encontrar maneiras de remendar os destroços da vida e colocá-la no prumo outra vez. David tinha sido bom, gentil e amoroso, e agora ela poderia aprender a esperar com paciência enquanto ele batalhava para se tornar o homem completo de antes. Lucy poderia encontrar novas esperanças, outras coisas pelas quais viver. Outras mulheres haviam encontrado forças para enfrentar as dificuldades, tendo as casas bombardeadas e os maridos em campos de prisioneiros de guerra.

Pegou uma pedra e jogou-a no mar com toda a força. Não viu nem ouviu quando ela bateu na água: era como se tivesse continuado voando para sempre, dando a volta na terra como um satélite numa história espacial.

– Eu também posso ser forte! – gritou.

Então se virou e começou a subir a rampa até o chalé. Estava quase na hora da primeira mamada de Jo.

CAPÍTULO SEIS

PARECIA UMA MANSÃO, e até certo ponto era isso: uma casa grande, em terreno próprio, na arborizada cidade de Wohldorf, perto do norte de Hamburgo. Poderia ter pertencido a um dono de mina, a um importador bem-sucedido ou a um industrial. Na verdade, era da Abwehr.

Seu destino tinha sido decidido pelo clima – não o dali, mas o de pouco mais de 300 quilômetros a sudoeste, em Berlim, onde as condições atmosféricas eram inadequadas para a comunicação por rádio com a Inglaterra.

Era uma mansão apenas a partir do térreo. Abaixo havia dois enormes abrigos de concreto e vários milhões de Reichsmarks em equipamentos de rádio. O sistema eletrônico fora montado por um tal de major Werner Trautmann, que fez um bom trabalho. Cada corredor tinha vinte pequenos postos de escuta à prova de som, ocupados por operadores de rádio capazes de reconhecer um espião pelo modo como ele batia a mensagem, e o fazia tão facilmente quanto alguém é capaz de reconhecer a letra da própria mãe num envelope.

O equipamento de recepção fora construído tendo em mente a qualidade, já que os transmissores que mandavam as mensagens haviam sido projetados para ser compactos, e não potentes. A maioria era dos pequenos conjuntos em malas, chamados de Klamotten, desenvolvidos pela Telefunken para o almirante Wilhelm Canaris, chefe da Abwehr.

Naquela noite, as ondas estavam relativamente silenciosas, de modo que todo mundo soube quando Die Nadel se comunicou. A mensagem foi captada por um dos operadores mais antigos. Ele respondeu dizendo que recebera a mensagem, transcreveu-a rapidamente, arrancou a folha do caderno e foi até o telefone. Leu o conteúdo pela linha direta para o quartel-general da Abwehr no Sophien Terrace, em Hamburgo, e retornou ao seu cubículo para fumar.

Ofereceu um cigarro ao jovem do cubículo ao lado e os dois passaram alguns minutos fumando de pé, encostados na parede.

– Alguma coisa? – perguntou o rapaz.

O sujeito mais velho deu de ombros.

– Sempre há *alguma coisa* quando ele se comunica. Mas desta vez não foi muito. A Luftwaffe errou de novo a catedral de St. Paul.

– Não temos resposta para ele?

– Não achamos que ele espere respostas. É um filho da mãe independente. Sempre foi. Fui eu que o treinei para usar o transmissor, e quando terminei ele achou que sabia mais do que eu.

O rapaz ficou impressionado.

– Você *conheceu* Die Nadel?

– Ah, sim – respondeu o veterano, batendo a cinza.

– Como ele é?

– Como parceiro de bebida é tão divertido quanto um peixe morto. Acho que ele gosta de mulheres, discretamente, mas quanto a beber com a rapaziada... esqueça. Mesmo assim, é o melhor agente que temos.

– É mesmo?

– Sem dúvida. Dizem que é o melhor espião que já existiu. Conta-se uma história de que ele passou cinco anos fazendo carreira na NKVD, na Rússia, e acabou como um dos auxiliares de maior confiança de Stalin... Não sei se é verdade, mas é o tipo de coisa que ele faria. É um verdadeiro profissional. E o Führer sabe.

– Hitler o conhece?

O homem mais velho assentiu.

– Antigamente ele fazia questão de ver todas as mensagens de Die Nadel. Não sei se ainda é assim. Não que isso faça diferença para Die Nadel. Nada impressiona o sujeito. Sabe de uma coisa? Ele olha para todo mundo do mesmo modo: como se pensasse em como mataria a pessoa se ela fizesse um movimento errado.

– Ainda bem que não precisei treiná-lo.

– Ele aprendeu depressa, devo admitir.

– Bom aluno?

– O melhor. Dedicava-se 24 horas por dia e, quando dominou o serviço, passou a não me dar mais nem bom-dia. Ele mal consegue se lembrar de prestar continência a Canaris.

– *Ach du meine Scheisse.*

– Ah, sim. Você não sabia? Ele sempre encerra a comunicação com "Lembranças ao Willi". Para ver como ele se importa com a patente.

– Não diga. Lembranças ao Willi? *Ach du meine Scheisse.*

Terminaram de fumar, jogaram os cigarros no chão e pisaram em cima. Depois o mais velho pegou as guimbas e pôs no bolso, porque não era permitido fumar no abrigo. Os rádios continuavam em silêncio.

– É, ele não usa o codinome – continuou o mais velho. – Foi Von Braun que lhe deu, e ele jamais gostou. Também jamais gostou de Von Braun. Você se lembra de quando... não, foi antes de você entrar. Braun disse a Nadel para ir ao campo de aviação em Farnborough, Kent. A mensagem voltou, rápida como um relâmpago: "Não existe campo de aviação em Farnborough, Kent. Há um em Farnborough, Hampshire. Felizmente a geografia da Luftwaffe é melhor do que a sua, seu merda." Assim.

– Acho compreensível. Quando cometemos erros, colocamos a vida deles em risco.

O mais velho franziu a testa. Era ele quem costumava fazer esse tipo de julgamento, e não gostava que sua plateia tivesse opiniões próprias.

– Talvez – disse com relutância.

O mais novo retornou a seu papel original, de olhos arregalados.

– Por que ele não gosta do codinome?

– Ele diz que um codinome tem um significado, e que uma palavra codificada com significado pode entregar a pessoa. Von Braun não quis saber.

– Um significado? A Agulha? O que quer dizer?

Mas nesse momento o rádio do operador mais velho soltou um trinado e ele voltou logo ao seu posto de escuta. Com isso, o mais novo nunca conseguiu descobrir.

PARTE DOIS

CAPÍTULO SETE

A MENSAGEM IRRITOU FABER, pois o obrigou a enfrentar questões que vinha evitando.

Hamburgo se certificara de que a mensagem chegasse a ele. Ele mandara seu sinal de chamada e, em vez do "Recebido – continue" de sempre, responderam "Vá ao ponto de encontro 1".

Ele acusou o recebimento da ordem, transmitiu seu relatório e guardou o rádio de volta na mala. Depois pegou a bicicleta, saiu da região pantanosa de Erith Marshes – seu disfarce era de observador de pássaros – e partiu para Blackheath. Enquanto voltava para o pequeno apartamento de dois cômodos, pensou se obedeceria ou não à ordem.

Tinha dois motivos para a desobediência: um profissional e um pessoal.

O profissional era que "ponto de encontro 1" era um código antigo, estabelecido por Canaris em 1937. Significava que ele deveria ir até a porta de uma determinada loja entre a Leicester Square e Piccadilly Circus para se encontrar com outro agente. Os dois se reconheceriam porque ambos estariam segurando uma Bíblia. Em seguida haveria um diálogo:

– Qual é o capítulo de hoje?

– Um Reis treze.

Então, se tivessem certeza de que não estavam sendo seguidos, concordariam que o capítulo era "muito inspirador". Caso contrário, um deles diria: "Infelizmente ainda não li."

A porta da loja podia não existir mais, porém não era isso que incomodava Faber. Ele achava que Canaris provavelmente dera o código à maioria dos amadores trapalhões que haviam atravessado o Canal da Mancha em 1940 e caído nos braços do MI5. Faber sabia que eles tinham sido apanhados porque os enforcamentos foram divulgados, sem dúvida para tranquilizar a população de que alguma coisa estava sendo feita com relação aos quinta-colunistas. Eles certamente teriam revelado segredos antes de morrer, de modo que agora os ingleses talvez conhecessem o antigo código para encontros. Se tivessem interceptado a mensagem de Hamburgo, a porta daquela loja devia estar apinhada de jovens ingleses educados segurando uma Bíblia e ensaiando como dizer "muito inspirador" com sotaque alemão.

A Abwehr jogara o profissionalismo para o espaço naqueles dias inebriantes em que a invasão parecia tão próxima. Desde então, Faber não confiara mais em Hamburgo. Não dizia a eles onde morava, recusava-se a se comunicar com outros agentes na Grã-Bretanha, variava a frequência com que fazia transmissões sem se importar se estava passando por cima da mensagem de outra pessoa.

Se sempre tivesse obedecido aos seus superiores, não teria sobrevivido por tanto tempo.

Em Woolwich, Faber encontrou um grupo de outros ciclistas. Muitos deles eram mulheres saindo da fábrica de munições no fim do turno do dia. O cansaço alegre dos ciclistas fez com que Faber se lembrasse de seu motivo pessoal para a desobediência: achava que seu lado estava perdendo a guerra.

Certamente não estava vencendo. Os russos e os americanos haviam entrado no conflito, a África estava perdida, os italianos tinham caído; os Aliados deviam invadir a França ainda esse ano, 1944.

Faber não queria arriscar a vida à toa.

Chegou em casa e guardou a bicicleta. Enquanto lavava o rosto percebeu que, contra toda a lógica, *queria* ir ao encontro.

Era um risco idiota, assumido por uma causa perdida, mas estava ansioso para ir, pelo simples motivo de que estava insuportavelmente entediado. As transmissões de rotina, a observação de pássaros, a bicicleta, os chás na pensão: já fazia quatro anos que tinha experimentado algo remotamente parecido com ação. Parecia não correr nenhum perigo, e isso o deixava nervoso, pois imaginava perigos invisíveis. Ficava mais feliz quando podia identificar uma ameaça e agir para neutralizá-la.

Sim, iria ao encontro. Mas não como eles esperavam.

~

Apesar da guerra, ainda havia muita gente no West End de Londres. Faber imaginou se a situação era a mesma em Berlim. Comprou uma Bíblia na livraria Hatchard's, em Piccadilly, e escondeu-a no bolso interno do paletó. Era um dia ameno e úmido, com uma chuvinha intermitente, e Faber levava um guarda-chuva.

O encontro estava marcado para acontecer entre as nove e as dez da manhã ou entre as cinco e as seis da tarde, e o combinado era ir todo dia até que a outra pessoa aparecesse. Se nenhum contato fosse feito em cinco dias consecutivos, o agente iria lá dia sim, dia não, durante duas semanas. Depois disso, desistiria.

Faber chegou à Leicester Square às 9h10. O contato estava lá, junto à porta da tabacaria, com uma Bíblia encadernada em preto embaixo do braço, fingindo se proteger da chuva. Faber o viu pelo canto do olho e passou rapidamente, de cabeça baixa. O sujeito era jovem, tinha um bigode louro e parecia bem nutrido. Usava um sobretudo preto transpassado e impermeável, estava lendo o *Daily Express* e mascando chiclete. Não era familiar.

Quando Faber passou pela segunda vez, na calçada oposta da rua, viu que alguém seguia o sujeito. Um homem baixo e atarracado, usando o tipo de capa e chapéu de feltro que os policiais ingleses à paisana adoravam; estava parado na entrada de um prédio comercial, observando, através da porta de vidro, o espião do outro lado da rua.

Havia duas possibilidades. Se o agente não sabia que estava sendo seguido, Faber só precisava tirá-lo do ponto de encontro e despistar o seguidor. Mas a alternativa era que o agente tivesse sido capturado e que o homem na porta da loja fosse um substituto, e nesse caso nem ele nem o seguidor deveriam ver o rosto de Faber.

Faber presumiu o pior, depois pensou num modo de lidar com a situação.

Havia uma cabine telefônica na praça. Faber entrou e memorizou o número. Depois encontrou na Bíblia o Primeiro Livro de Reis, capítulo 13, rasgou a página e escreveu na margem: "Vá à cabine telefônica da praça."

Deu uma volta pelas ruas atrás da Galeria Nacional, até encontrar um menino de cerca de 10 anos sentado numa soleira, jogando pedras em poças.

– Sabe onde é a tabacaria da praça? – perguntou.

– Sei.

– Gosta de chiclete?

– Gosto.

Faber lhe deu a página arrancada da Bíblia.

– Tem um homem na porta da tabacaria. Se você entregar isso a ele, ele vai lhe dar um chiclete.

– Está bem. – O menino se levantou. – O velho é ianque?

– É – respondeu Faber.

O garoto saiu correndo. Faber foi atrás. Enquanto o menino se aproximava do agente, Faber se enfiou na entrada do prédio do lado oposto. O policial ainda estava lá, espiando pelo vidro. Faber ficou do lado de fora da porta, bloqueando a visão do policial, e abriu o guarda-chuva. Fingiu que estava tendo dificuldade com isso. Viu o agente entregar algo ao menino e se afastar. Terminou a encenação com o guarda-chuva e seguiu na direção oposta à que o agente seguira. Olhou por cima do ombro e viu o policial correr para a rua, procurando o agente que havia sumido.

Faber parou na cabine telefônica mais próxima e discou o número da cabine da praça. Demorou alguns minutos para atenderem. Finalmente uma voz grave falou:

– Alô?

– Qual é o capítulo de hoje? – indagou Faber.

– Um Reis treze.

– Muito inspirador.

– É mesmo, não é?

O idiota não tem ideia da encrenca em que está, pensou Faber. E disse em voz alta:

– E então?

– Preciso ver você.

– Impossível.

– Mas eu preciso!

Faber achou que havia na voz um tom quase desesperado.

– A mensagem vem bem de cima, entende? – insistiu o outro.

Faber fingiu hesitar.

– Certo... Encontro você daqui a uma semana debaixo do arco da Euston Station, às nove da manhã.

– Não pode ser antes?

Faber desligou e saiu. Andando rápido, virou duas esquinas e ficou observando a cabine da praça. Viu o agente indo na direção de Piccadilly. Não havia sinal do policial. Faber seguiu o agente.

O homem entrou na estação de metrô de Piccadilly Circus e comprou um bilhete para Stockwell. Faber imediatamente percebeu que havia um caminho mais curto para lá. Saiu da estação, andou rapidamente até a Leicester Square e pegou um trem da Northern Line. O agente precisaria trocar de trem em Waterloo, ao passo que o de Faber era direto; assim, Faber chegaria a Stockwell primeiro, ou, na pior das hipóteses, os dois chegariam no mesmo trem.

Na verdade, Faber precisou esperar do lado de fora da estação de Stockwell por 25 minutos até que o agente aparecesse. Faber o seguiu de novo. Ele entrou num café.

Não havia nenhum lugar nas proximidades onde um homem pudesse ficar por algum tempo à toa: nenhuma vitrine de loja para olhar, nenhum banco para se sentar nem praças onde caminhar, nenhum ponto de ônibus ou de táxi, nenhum prédio público. Era um subúrbio feio e vazio. Faber andou pela rua, indo por um lado da calçada e voltando pelo outro, enquanto o agente permanecia sentado à vontade no estabelecimento, tomando chá e comendo torradas.

Meia hora depois, ele saiu. Faber o seguiu por uma série de ruas residenciais. O agente sabia aonde estava indo, mas não tinha pressa: andava como se não tivesse o que fazer pelo resto do dia. Não olhava para trás, e Faber pensou: outro amador.

Por fim, ele entrou numa casa – uma das pensões pobres, anônimas e comuns usadas por espiões em toda parte. Havia uma janela no telhado: ali devia ser o quarto do agente, bem no alto, para melhor recepção do rádio.

Faber passou direto, examinando o lado oposto da rua. Sim: ali. Um movimento atrás de uma janela no andar de cima, um vislumbre de um terno com gravata, um rosto sério observando: a oposição também estava a postos. O agente devia ter ido ao ponto de encontro no dia anterior e se deixado seguir pelo MI5. A não ser, claro, que ele *fosse* do MI5.

Faber virou a esquina e seguiu pela próxima rua paralela, contando as casas. Praticamente atrás do lugar onde o agente entrara, havia a estrutura remanescente do que haviam sido duas casas geminadas, danificadas por bombas. Ótimo.

Enquanto voltava à estação, sentiu-se animado. Seu passo estava mais ágil, o coração batia um pouco mais depressa e ele olhava ao redor com interesse e olhos brilhantes. Isso era bom. O jogo tinha começado.

~

Naquela noite, se vestiu de preto: chapéu de lã, um suéter de gola rulê sob uma jaqueta de aviador curta, de couro, calças enfiadas nas meias, sapatos com solas de borracha, tudo preto. Ficaria quase invisível, já que Londres também estava em pleno blecaute.

Percorreu de bicicleta as ruas silenciosas com luzes fracas, mantendo-se longe das vias principais. Passava da meia-noite e ele não viu ninguém. Deixou a bicicleta a pouco mais de meio quilômetro do destino, prendendo-a com cadeado à cerca do quintal de um bar.

Não foi à casa do agente, e sim à estrutura bombardeada na outra rua. Atravessou com cuidado o entulho no quintal da frente, entrou pela porta escancarada e atravessou a casa até os fundos. Estava muito escuro. Nuvens baixas e densas escondiam a lua e as estrelas. Faber precisava andar devagar, com as mãos à frente do corpo.

Chegou ao fim do quintal, pulou a cerca e atravessou os outros dois quintais. Numa das casas um cachorro latiu durante um minuto.

O quintal da casa que funcionava como pensão era malcuidado. Faber tropeçou num pé de amora e os espinhos arranharam seu rosto. Abaixou-se sob um varal com roupas – havia luz suficiente para enxergar pelo menos isso.

Encontrou uma janela da cozinha e pegou no bolso um pequeno punhal com lâmina curva. A massa em volta do vidro era velha e quebradiça, já se soltando em vários pontos. Em vinte minutos de trabalho silencioso ele tirou o vidro do caixilho e o colocou delicadamente na grama. Acendeu uma lanterna, apontou-a para dentro, para garantir que não havia obstáculos barulhentos no caminho, e depois entrou.

A casa escura cheirava a peixe cozido e desinfetante. Faber destrancou a porta dos fundos – precaução para uma fuga rápida – antes de entrar no corredor. Acendeu e apagou rapidamente a lanterna em miniatura. Nesse instante de luz, viu um corredor de ladrilhos, uma mesinha em forma de rim, da qual precisaria desviar, uma fileira de casacos em ganchos e uma escada acarpetada à direita.

Subiu em silêncio.

Estava na metade do patamar do segundo andar quando viu a luz debaixo da porta. Uma fração de segundo depois, escutou uma tosse asmática e o som de descarga num vaso sanitário. Chegou à porta em dois passos e se imobilizou contra a parede.

A luz inundou o corredor quando a porta se abriu. Faber tirou seu punhal de dentro da manga. O velho saiu do banheiro e atravessou o corredor, deixando a luz acesa. Diante da porta de seu quarto ele resmungou, virou-se e voltou.

Ele vai me ver, pensou Faber. Apertou com mais força o cabo do punhal. Os olhos semiabertos do velho estavam voltados para o chão. Ele levantou a cabeça enquanto estendia a mão para o cordão do interruptor e Faber quase o matou nesse momento – mas o velho ficou tentando achar o interruptor, e Faber percebeu que ele estava tão sonolento que era praticamente um sonâmbulo.

A luz se apagou, o velho voltou para a cama arrastando os pés e Faber respirou de novo.

Só havia uma porta no topo do segundo lance de escada. Faber a testou delicadamente. Estava trancada.

Pegou outra ferramenta no bolso do paletó. O barulho da caixa d'água enchendo encobriu o som enquanto ele arrombava a fechadura. Abriu a porta e apurou os ouvidos.

Ouviu uma respiração profunda e regular. Entrou. O som vinha do canto oposto do quarto. Não dava para enxergar nada. Atravessou muito devagar o cômodo totalmente escuro, tateando o ar a cada passo, até chegar ao lado da cama.

Estava com a lanterna na mão esquerda, o punhal solto dentro da manga, e a mão direita livre. Acendeu a lanterna e apertou a garganta do sujeito adormecido, quase estrangulando-o.

Os olhos do agente se abriram de súbito, cheios de medo, mas ele não conseguia emitir qualquer som. Faber subiu na cama e sentou-se em cima dele.

– Um Reis treze – sussurrou, relaxando o aperto.

– Você! – exclamou o agente, olhando para a lanterna e tentando ver o rosto de Faber.

Ele esfregou o pescoço onde a mão de Faber apertara.

– Fique quieto! – sibilou Faber, apontando a lanterna para os olhos do agente e sacando o punhal com a mão direita.

– Você não vai deixar eu me levantar?

– Prefiro você na cama, onde não pode causar mais danos.

– Danos? Mais danos?

– Você estava sendo seguido na Leicester Square, deixou que eu o seguisse até aqui, e eles estão observando essa casa. Devo confiar em você para fazer qualquer coisa?

– Meu Deus, sinto muito.

– Por que o mandaram?

– A mensagem precisava ser transmitida pessoalmente. As ordens vieram do próprio Führer.

O agente parou de falar.

– E então? Que ordens?

– Eu... preciso ter certeza de que é você.

– E como pode ter certeza?

– Preciso ver o seu rosto.

Faber hesitou. Depois, por um breve instante, apontou a lanterna para si mesmo.

– Satisfeito?

– Die Nadel – disse o homem, ofegante.

– E quem é você?

– Major Friedrich Kaldor, ao seu dispor, senhor.

– Então devo chamá-lo de "senhor".

– Oh, não. O senhor foi promovido durante sua ausência. Agora é tenente--coronel.

– Eles não têm nada melhor para fazer em Hamburgo?

– Não está satisfeito?

– Eu ficaria satisfeito em voltar e colocar o major Von Braun de serviço limpando latrinas.

– Posso me levantar, senhor?

– Claro que não. E se o major Kaldor estiver definhando numa cela em Wandsworth e você for um substituto, só esperando para dar algum sinal a seus amigos que estão vigiando na casa do outro lado?

– Está bem.

– E então... quais são as tais ordens do próprio Hitler?

– Bem, senhor, o Reich acredita que haverá uma invasão da França este ano.

– Brilhante, brilhante. Continue.

– Eles acreditam que o general Patton está reunindo o Primeiro Grupamento do Exército dos Estados Unidos na parte da Inglaterra conhecida como Ânglia Oriental. Se esse exército for a força de invasão, significa que eles vão atacar através de Pas-de-Calais.

– Faz sentido. Mas não vi nenhum sinal desse exército de Patton.

– Há alguma dúvida nos círculos superiores de Berlim. O astrólogo do Führer...

– O quê?

– É, senhor, ele tem um astrólogo que lhe diz para defender a Normandia.

– Meu Deus. As coisas estão tão ruins assim por lá?

– Ele também recebe conselhos terrenos. Acredito que usa o astrólogo como desculpa quando acha que os generais estão errados mas não consegue encontrar nenhuma falha nos argumentos deles.

Faber suspirou. Ultimamente sentia medo de receber notícias assim.

– Continue.

– Sua tarefa é avaliar a força desse exército: número de homens, artilharia, apoio aéreo...

– Eu sei avaliar exércitos, obrigado.

– Claro. – Ele fez uma pausa. – Fui instruído a enfatizar a importância dessa missão, senhor.

– E fez isso. Diga-me: as coisas estão mesmo ruins em Berlim?

O agente hesitou, depois declarou:

– Não, senhor. O moral está elevado, a produção de munições aumenta a cada mês, as pessoas cospem ao ver os bombardeiros da RAF...

– Deixe para lá – interrompeu Faber. – Posso receber a propaganda pelo rádio.

O agente ficou em silêncio.

– Tem mais alguma coisa para me dizer? – perguntou Faber. – Quero dizer, oficialmente.

– Sim. Durante o tempo da missão o senhor terá uma rota de fuga especial.

– Eles acham *mesmo* que isso é importante.

– O senhor deve se encontrar com um submarino militar no mar do Norte, a 15 quilômetros de uma cidade chamada Aberdeen. Basta se comunicar com eles pela sua frequência de rádio normal e eles virão à superfície. Assim que o senhor ou eu dissermos a Hamburgo que as ordens foram passadas de mim para o senhor, a rota estará aberta. O submarino estará lá toda sexta e segunda-feira às seis da tarde e esperará até as seis da manhã.

– Aberdeen é uma cidade grande. Você tem uma referência exata do local?

– Tenho.

O agente recitou os números do mapa e Faber os memorizou.

– É só isso, major?

– Sim, senhor.

– O que você planeja fazer com relação aos cavalheiros do MI5 que estão na casa do outro lado da rua?

O agente deu de ombros.

– Preciso despistá-los.

Faber pensou: Não adianta.

– Quais são suas ordens para depois de se encontrar comigo? Tem uma rota de fuga?

– Não. Tenho que ir a um lugar chamado Weymouth e roubar um barco para voltar à França.

Isso não era plano. Assim, Faber pensou: Canaris sabia como iria ser. Muito bem.

– E se você for apanhado pelos ingleses e torturado? – perguntou.

– Tenho uma pílula de suicídio.

– E vai usá-la?

– Com certeza.

Faber o encarou.

– Acho que deveria mesmo.

Em seguida, pôs a mão esquerda no peito do agente e colocou o peso em cima, como se fosse se levantar da cama. Desse modo, pôde sentir exatamente onde as costelas terminavam e começava a barriga macia. Enfiou a ponta do punhal logo abaixo das costelas e golpeou para cima, até o coração.

Os olhos do agente se arregalaram num instante de terror. Um grito lhe veio à garganta, mas não escapou. Seu corpo teve uma convulsão. Faber empurrou o punhal mais alguns centímetros. Os olhos se fecharam e o corpo ficou sem forças.

– Você viu o meu rosto – disse Faber.

CAPÍTULO OITO

— ACHO QUE PERDEMOS o controle da situação – disse Percival Godliman.

Frederick Bloggs assentiu, e acrescentou:

– A culpa é minha.

O garoto parecia esgotado, pensou Godliman. Fazia quase um ano que Bloggs estava com aquela expressão, desde a noite em que haviam arrastado os restos esmagados de sua esposa de debaixo dos escombros da casa bombardeada em Hoxton.

– Não estou interessado em encontrar culpados – falou Godliman rapidamente. – O fato é que aconteceu alguma coisa na Leicester Square naqueles poucos segundos em que você perdeu o Louro de vista.

– Você acha que o contato foi feito?

– Possivelmente.

– Quando o encontramos de novo em Stockwell, achei que ele tivesse desistido do contato naquele dia.

– Nesse caso, ele teria ido ao encontro de novo ontem e hoje. – Godliman fazia desenhos na mesa utilizando palitos de fósforos, algo que o ajudava a pensar e que ele havia transformado em hábito. – Ainda não houve movimento na casa?

– Nada. Ele está lá há 48 horas. – Bloggs repetiu: – A culpa é minha.

– Não insista nisso, meu amigo. Foi decisão minha deixá-lo à solta, para que ele nos levasse a outra pessoa. Ainda acho que foi a atitude certa.

Bloggs ficou sentado imóvel, com o rosto inexpressivo, as mãos nos bolsos da capa de chuva.

– Se o contato foi feito, não deveríamos demorar para pegar o Louro e descobrir qual era a missão dele.

– Desse jeito perderemos qualquer chance de seguir o Louro até alguém perigoso de verdade.

– A decisão é sua.

Godliman havia feito uma igreja com os fósforos. Ficou olhando-a por um momento, depois pegou uma moeda no bolso e jogou-a para o alto.

– Coroa – falou. – Vamos dar mais 24 horas a ele.

O senhorio era um republicano irlandês de meia-idade proveniente de Lisdoonvarna, no condado de Clare, que tinha uma esperança secreta de que os alemães vencessem a guerra, libertando para sempre a Ilha Esmeralda da opressão inglesa. Por conta da artrite, mancava pela casa antiga, recolhendo os aluguéis semanais, pensando em quanto ganharia se esses aluguéis pudessem subir até o verdadeiro valor de mercado. Não era rico – possuía apenas duas casas, essa e a menor, onde morava. Vivia num mau humor permanente.

No primeiro andar, bateu à porta do velho que sempre ficava satisfeito ao vê-lo. Provavelmente ficava satisfeito ao ver qualquer pessoa. O inquilino disse:

– Olá, Sr. Riley, aceita uma xícara de chá?

– Hoje não tenho tempo.

– Ah, sim. – O velho entregou o dinheiro. – Imagino que tenha visto a janela da cozinha.

– Não, não fui lá.

– Ah! Bem, está faltando um vidro. Cobri o buraco com uma cortina grossa, mas o vento gelado continua entrando, é claro.

– Quem quebrou o vidro? – perguntou o senhorio.

– Engraçado, ele não está quebrado. Só está caído lá na grama. Acho que a massa velha cedeu. Eu mesmo posso consertar, se o senhor conseguir um pouco de massa de vidraceiro.

Velho idiota, pensou o senhorio. Em voz alta, disse:

– Imagino que não lhe ocorreu que ela pode ter sido arrombada, não é?

O velho pareceu atônito.

– Nem pensei nisso!

– Ninguém sentiu falta de algo valioso?

– Ninguém comentou nada comigo.

O senhorio foi até a porta.

– Certo, vou dar uma olhada quando descer.

O velho o seguiu para fora do quarto.

– Acho que o sujeito novo, lá de cima, não está aí. Faz dois dias que não escuto nenhum som.

O senhorio estava fungando.

– Ele andou cozinhando no quarto?

– Não sei, Sr. Riley.

Os dois subiram a escada.

– Se estiver aí, ele está muito quieto – falou o velho.

– O que quer que ele esteja cozinhando, vai ter que parar. O cheiro está horroroso.

O senhorio bateu à porta. Ninguém atendeu. Abriu-a e entrou. O velho foi atrás.

~

– Ora, ora, ora – disse o velho sargento com entusiasmo. – Acho que temos um morto. – Ele parou junto à porta, examinando o quarto. – Tocou em alguma coisa, irlandês?

– Não – respondeu o senhorio. – E meu nome é Riley.

O policial ignorou isso.

– Pelo visto não faz muito tempo que ele morreu. Já senti cheiro pior.

Em seu exame, encontrou a velha cômoda, a mala na mesa baixa, o tapete desbotado, as cortinas sujas na água-furtada e a cama desarrumada no canto. Não havia sinais de luta.

Foi até a cama. O rosto do rapaz estava tranquilo, as mãos cruzadas no peito.

– Se ele não fosse tão novo, eu diria que foi ataque cardíaco.

Não havia nenhum frasco de comprimidos indicando suicídio. Ele pegou a carteira de couro em cima do peito e olhou o conteúdo. Havia um documento de identidade, um bloco de cupões de racionamento e um maço de notas razoavelmente grosso.

– Documentos em ordem, ele não foi roubado.

– Ele só está aqui há uma semana, mais ou menos – informou o senhorio. – Não sei muita coisa sobre ele. Veio de Gales do Norte para trabalhar numa fábrica.

– Se ele era tão saudável quanto aparenta, deveria estar no exército – observou o sargento. Em seguida abriu a mala na mesa. – Que diabo é isso?

O senhorio e o velho haviam se esgueirado para dentro do quarto. O senhorio disse:

– É um rádio.

Ao mesmo tempo, o velho falou:

– Ele está sangrando.

– Não toque nesse corpo! – ordenou o sargento.

– Ele levou uma facada na barriga – insistiu o velho.

O sargento levantou com cuidado uma das mãos do morto, revelando uma pequena mancha de sangue seco.

– Ele *estava* sangrando. Onde fica o telefone mais próximo?

– Na quinta casa descendo a rua – respondeu o senhorio.

– Tranque este quarto e não entre aqui até eu voltar.

O sargento saiu da casa e bateu à porta do vizinho que tinha telefone. Uma mulher atendeu.

– Bom dia, senhora. Posso usar seu telefone?

– Entre. – Ela indicou o aparelho numa mesinha no corredor. – O que aconteceu? Algo grave?

– Um inquilino morreu numa pensão aqui perto – respondeu ele enquanto discava.

– Assassinado? – perguntou ela com os olhos arregalados.

– Vou deixar isso com os especialistas. Alô? Superintendente Jones, por favor. Aqui é o Canter. – Ele olhou para a mulher. – Posso pedir que vá para a cozinha enquanto falo com meu chefe?

Ela saiu, desapontada.

– Olá, superintendente. Tem um corpo com um ferimento de faca e uma mala com um rádio.

– Qual é mesmo o endereço, sargento?

O sargento Canter respondeu.

– Sim, é o que eles estavam vigiando – disse o outro. – É um serviço para o MI5, sargento. Vá até o número 42 e conte à equipe de tocaia o que achou. Eu falo com o chefe deles. Vá.

Canter agradeceu à mulher e atravessou a rua. Estava animado: era seu segundo assassinato em 31 anos como policial metropolitano, e envolvia espionagem! Talvez ainda fosse promovido a inspetor.

Bateu à porta do número 42. Ela se abriu e havia dois homens ali. O sargento Canter perguntou:

– Vocês são os agentes secretos do MI5?

~

Bloggs chegou ao mesmo tempo que o homem da Divisão Especial, o detetive-inspetor Harris, que ele conhecera quando trabalhara na Scotland Yard. Canter mostrou o corpo aos dois.

Ficaram parados um momento, olhando o rosto jovem e tranquilo, com bigode louro.

– Quem é ele? – indagou Harris.

– Codinome Louro – respondeu Bloggs. – Achamos que ele chegou de paraquedas há duas semanas. Captamos uma mensagem de rádio para outro agente marcando um encontro. Conhecíamos o código, de modo que podíamos vigiar o local. Esperávamos que o Louro nos levasse ao espião residente, que seria muito mais perigoso.

– E o que aconteceu aqui?

– Não faço a menor ideia.

Harris olhou o ferimento do espião.

– Punhal?

– Algo do tipo. Um serviço perfeito. Por baixo das costelas e subindo direto para o coração. Rápido.

– Existem maneiras piores de morrer.

– Gostaria de ver como ele entrou? – perguntou o sargento Canter.

Seguiram para a cozinha. Os dois observaram a janela e o vidro inteiro, caído no gramado.

– Além disso, a fechadura do quarto foi arrombada – destacou Canter.

Sentaram-se à mesa da cozinha e Canter fez chá. Bloggs explicou:

– Aconteceu na noite em que fui despistado na Leicester Square. Estraguei tudo.

– Ninguém é perfeito – falou Harris.

Ficaram bebendo o chá em silêncio por um tempo.

– Como vão as coisas com você, afinal? Você não aparece na Yard – disse Harris.

– Ando ocupado.

– Como vai Christine?

– Morreu no bombardeio.

Os olhos de Harris se arregalaram.

– Meu Deus, coitado de você.

– E você, está bem?

– Perdi meu irmão no Norte da África. Chegou a conhecer o Johnny?

– Não.

– Ainda era uma criança. Bebia. Nunca vi coisa igual. Gastava tanto com bebida que não conseguiu ter dinheiro para se casar. O que foi bom, visto o que aconteceu.

– A maioria das pessoas perdeu alguém.

– Se estiver sozinho, venha jantar com a gente no domingo.

– Obrigado, mas agora trabalho aos domingos.

Harris assentiu.

– Bem, apareça quando quiser.

Um detetive enfiou a cabeça pela porta e falou com Harris:

– Podemos começar a recolher as provas, chefe?

Harris olhou para Bloggs.

– Já terminei – afirmou Bloggs.

– Certo, filho, pode ir em frente – disse Harris a ele.

– Vamos supor que ele tenha feito contato após eu tê-lo perdido de vista e determinado que o espião residente viesse aqui – falou Bloggs. – O residente pode ter suspeitado de uma armadilha: isso explicaria ter entrado pela janela e arrombado a fechadura.

– Isso faz dele um desgraçado diabolicamente desconfiado – observou Harris.

– Deve ser por isso que nunca conseguimos colocar as mãos nele. De qualquer modo, ele entrou no quarto do Louro e o acordou. Então percebeu que não era uma armadilha, certo?

– Certo.

– E por que matou o Louro?

– Talvez os dois tenham discutido.

– Não há sinais de luta.

Harris franziu a testa para sua xícara vazia.

– Talvez tenha descoberto que o Louro estava sendo vigiado e sentiu medo de que pegássemos o garoto e o fizéssemos abrir o bico.

– Isso faz dele um desgraçado implacável.

– Deve ser por isso que nunca conseguimos colocar as mãos nele.

~

– Entre. Sente-se. Acabei de receber um telefonema do MI6. Canaris foi demitido.

Bloggs entrou, se acomodou e perguntou:

– Isso é bom ou ruim?

– Muito ruim – respondeu Godliman. – Aconteceu no pior momento possível.

– Posso saber por quê?

Godliman fitou-o estreitando os olhos.

– Acho que você precisa saber – falou. – Nesse momento, temos quarenta agentes duplos mandando informações falsas para Hamburgo sobre planos da invasão dos Aliados à França.

Bloggs assobiou.

– Eu não sabia que a operação era tão grande. Imagino que os duplos estejam dizendo que vamos desembarcar em Cherbourg, mas na verdade vai ser em Calais, ou vice-versa.

– Algo assim. Aparentemente não preciso saber os detalhes. De qualquer modo, não me contaram. Mas está tudo correndo perigo. Nós conhecíamos Canaris; sabíamos que o estávamos enganando; poderíamos continuar enganando. Um recém-chegado pode desconfiar dos agentes do antecessor. E mais: tivemos algumas deserções do outro lado, gente que pode ter traído pessoas da Abwehr aqui, se já não tiverem sido traídas. É mais um motivo para os alemães começarem a suspeitar de nossos agentes duplos.

Ele fez uma pequena pausa, respirou fundo e continuou:

– E há a possibilidade de um vazamento. Milhares de pessoas, literalmente, sabem sobre o sistema de duplos. Há agentes desse tipo na Islândia, no Canadá e no Ceilão. Criamos um sistema de duplos no Oriente Médio. E cometemos um erro tremendo no ano passado ao repatriar um alemão chamado Erich Carl. Mais tarde soubemos que ele era agente da Abwehr, um agente verdadeiro, e que, enquanto esteve preso na Ilha de Man, pode ter descoberto sobre dois duplos chamados Mutt e Jeff, e possivelmente sobre um terceiro chamado Tate.

Godliman suspirou.

– Portanto, estamos andando em gelo fino. Se um espião decente da Abwehr na Grã-Bretanha ficar sabendo sobre o Fortaleza, o codinome do plano para enganá-los, toda a estratégia vai estar correndo perigo. Para ser mais exato: a gente poderia perder a porra da guerra.

Bloggs conteve um sorriso: ele se lembrava de uma época em que o professor Godliman não sabia nem que palavras assim existiam.

O professor continuou:

– O Comitê dos Vinte deixou bastante claro que querem a minha garantia de que não há nenhum espião decente da Abwehr na Grã-Bretanha.

– Na semana passada estávamos bem confiantes de que não havia.

– Agora sabemos que há pelo menos um.

– E nós o deixamos escapar por entre os dedos.

– Então precisamos encontrá-lo de novo.

– Não sei – disse Bloggs, soturno. – Não sabemos em que parte do país ele está atuando, não temos a menor ideia da aparência dele. O sujeito é habilidoso demais para ser encontrado através de triangulação enquanto está transmitindo, caso contrário nós o teríamos descoberto há muito tempo. Não sabemos nem qual é o codinome dele. Bem, por onde começamos?

– Crimes não solucionados – respondeu Godliman. – Veja bem: um espião costuma violar a lei. Falsifica documentos, rouba combustível e munição, tira fotos e, quando as pessoas o descobrem, ele as mata. A polícia deve saber de algum crime assim, se o espião vem atuando há algum tempo. Se pesquisarmos os crimes não solucionados desde o início da guerra, vamos encontrar rastros.

– Você não sabe que a *maioria* dos crimes não é solucionada? – perguntou Bloggs, incrédulo. – Os arquivos encheriam o Albert Hall!

Godliman deu de ombros.

– Então devemos nos restringir a Londres, e vamos começar com os assassinatos.

~

Encontraram o que procuravam no primeiro dia de busca.

Foi Godliman quem achou, e a princípio não percebeu sua importância.

Era a ficha do assassinato de uma tal Sra. Una Garden, em Highgate, em 1940. A mulher teve a garganta cortada e foi molestada sexualmente, mas não estuprada. Foi encontrada no quarto do inquilino com uma quantidade considerável de álcool no sangue. A imagem era bastante clara: a mulher tinha um caso com o inquilino, ele quis ir mais longe do que ela queria permitir, os dois discutiram e ele a matou, e o assassinato neutralizou sua libido. Mas a polícia jamais encontrou o inquilino.

Godliman estava pronto para descartar a ficha: espiões não se envolvem em agressões sexuais. Mas era um homem meticuloso com os registros, por isso leu cada palavra e, consequentemente, descobriu que a infeliz Sra. Garden tinha ferimentos de punhal nas costas, além do ferimento fatal no pescoço.

Godliman e Bloggs estavam em lados opostos de uma mesa de madeira na sala de arquivos da Scotland Yard. Godliman jogou a ficha por cima da mesa e disse:

– Acho que é isso.

Bloggs leu e concordou:

– O punhal.

Assinaram a retirada da pasta de documentos e caminharam pela curta distância até o Ministério da Guerra. Quando voltaram à sala de Godliman, havia na mesa uma mensagem decodificada. Ele a leu casualmente, depois bateu na mesa, empolgado.

– É ele!

Bloggs leu em voz alta:

– "Ordens recebidas. Lembranças ao Willi."

– Lembra-se dele? – perguntou Godliman. – Die Nadel?

– Lembro – respondeu Bloggs, hesitante. – A Agulha. Mas não há muita informação aí.

– Pense, pense! Um punhal é como uma agulha. É o mesmo homem: o assassinato da Sra. Garden, todas aquelas mensagens em 1940 que não conseguimos rastrear, o encontro com o Louro...

– É possível – falou Bloggs, pensativo.

– Posso provar – disse Godliman. – Lembra-se da transmissão sobre a Finlândia, que você me mostrou no dia em que vim para cá? A que foi interrompida?

– Lembro.

Bloggs foi até o arquivo para procurá-la.

– Se não me falha a memória, a data daquela transmissão é a mesma desse assassinato... e aposto que a hora da morte coincide com a interrupção.

Bloggs olhou a mensagem no arquivo.

– Está duplamente certo.

– Pronto!

– Ele atua em Londres há pelo menos cinco anos e nós demoramos até agora para descobrir – refletiu Bloggs. – Não vai ser fácil pegá-lo.

Godliman pareceu subitamente cruel.

– Ele pode ser esperto, mas não tanto quanto eu – declarou com intensidade. – Vou pegá-lo na porra da parede.

Bloggs gargalhou.

– Meu Deus, você mudou, professor.

– Percebeu que é a primeira vez em um ano que você ri?

CAPÍTULO NOVE

O BARCO DE SUPRIMENTOS contornou o promontório e entrou na baía da Ilha da Tormenta sob um céu azul. Havia duas mulheres nele: uma era a esposa do capitão – ele fora convocado e agora ela cuidava dos negócios – e a outra era a mãe de Lucy.

Ela saiu do barco usando um conjunto prático: um tailleur com uma saia acima do joelho. Lucy lhe deu um abraço apertado.

– Mãe! Que surpresa!

– Mas eu escrevi para você.

A carta estava no barco, junto com o resto da correspondência – sua mãe esquecera que o correio só chegava à Ilha da Tormenta de duas em duas semanas.

– Esse é o meu neto? Que garoto grande!

O pequeno Jo, com quase 3 anos, ficou acanhado e se escondeu atrás da saia de Lucy. Tinha cabelos escuros, e era bonito e alto para sua idade.

– É igualzinho ao pai! – exclamou a mãe de Lucy.

– É. – A concordância tinha um tom de desaprovação. – A senhora deve estar congelando. Vamos para casa. *Onde* conseguiu essa saia?

Pegaram as compras e começaram a subir a rampa até o topo do penhasco. Sua mãe falava sem parar.

– É a moda, querida. Economiza tecido. Mas em terra firme não estava tão frio como aqui. Que vento! Acho que posso deixar minha mala no cais, ninguém vai roubar! Jane ficou noiva de um soldado americano. Branco, graças a Deus. Ele é de um lugar chamado Milwaukee e não masca tabaco. Não é ótimo? Agora só tenho mais quatro filhas para casar. Seu pai virou capitão da Guarda Territorial, já contei? Fica acordado metade da noite patrulhando o parque, esperando paraquedistas alemães. O armazém do tio Stephen foi bombardeado. Não sei o que ele vai fazer, é um Ato de Guerra ou algo assim...

– Não precisa ter pressa, mamãe, a senhora tem duas semanas para contar as novidades – falou Lucy, rindo.

Chegaram ao chalé.

– Mas que *lindo*! – disse a mãe. E quando as duas entraram: – Achei simplesmente lindo.

Lucy acomodou a mãe à mesa da cozinha e preparou um chá.

– Tom vai subir com sua mala. Ele chega daqui a pouco para almoçar.

– O pastor?

– É.

– Então ele arranja coisas para o David fazer?

Lucy riu.

– É o contrário. Tenho certeza de que ele próprio vai lhe contar. A senhora não disse por que veio.

– Querida, já era hora de eu ver você. Sei que não deveríamos fazer viagens desnecessárias, mas uma em quatro anos não é nenhuma extravagância, é?

Ouviram o jipe do lado de fora e um instante depois David entrou com sua cadeira de rodas. Deu um beijo na sogra e apresentou Tom.

– Tom, você pode fazer por merecer o almoço de hoje trazendo a mala de mamãe, já que ela carregou suas compras – disse Lucy.

David estava esquentando as mãos no fogão.

– Hoje está frio.

– Então você está realmente levando a sério a criação de ovelhas? – perguntou a mãe de Lucy.

– O rebanho é o dobro do que era há três anos – respondeu David. – Meu pai nunca levou a sério a produção nesta ilha. Eu cerquei 10 quilômetros do topo do penhasco, melhorei o pasto e introduzi métodos de reprodução modernos. Não somente temos mais ovelhas, como cada animal dá mais carne e lã.

A mãe observou, hesitante:

– Imagino que Tom faça o trabalho físico e você dê as ordens.

David riu.

– Somos sócios igualitários.

Almoçaram coração de cordeiro. Os dois homens comeram montanhas de batatas. A mãe elogiou os modos de Jo à mesa. Depois David acendeu um cigarro e Tom encheu seu cachimbo.

– O que eu quero mesmo saber é quando vocês vão me dar mais netos – declarou a mãe, com um sorriso luminoso.

Seguiu-se um longo silêncio.

～

– Bem, acho maravilhoso o modo como David enfrenta as dificuldades – disse a mãe.

– É – concordou Lucy, num tom de desaprovação.

Estavam andando pelo topo do penhasco. O vento havia diminuído no terceiro dia da visita da mãe, e o clima estava suficientemente ameno para saírem. Levaram Jo, vestido com um suéter de pescador e um casaco de pele. Pararam no topo de uma colina para olhar David, Tom e o cachorro pastoreando as ovelhas. Lucy pôde ver no rosto da mãe uma luta interna, a preocupação disputando com a discrição. Decidiu poupá-la do esforço de perguntar.

– Ele não me ama – disse.

A mãe olhou rapidamente para se certificar de que Jo não estava escutando.

– Não sei se isso é tão ruim, querida. Homens diferentes demonstram o amor de formas dif...

– Mãe, nós não somos marido e mulher... adequadamente... desde que nos casamos.

– Mas...

Ela indicou Jo com um gesto de cabeça.

– Foi uma semana antes do casamento.

– Ah! Ah, meu Deus! – Ela estava chocada. – É... por causa do acidente?

– É, mas não como a senhora imagina. Não é nada físico. Ele simplesmente... não quer – falou Lucy, chorando baixinho, as lágrimas escorrendo pelas bochechas expostas ao vento.

– Vocês já conversaram sobre isso?

– Eu tentei. Mamãe, o que devo fazer?

– Talvez com o tempo...

– Já são quase quatro anos!

Houve uma pausa. Começaram a caminhar entre as urzes, ao sol fraco de outono. Jo corria atrás de gaivotas.

– Eu quase deixei seu pai, uma vez – contou a mãe.

Foi a vez de Lucy ficar chocada.

– Quando?

– Logo depois do nascimento de Jane. Não estávamos muito bem naquela época, sabe? Seu pai ainda trabalhava para o pai dele, e houve um período ruim nos negócios. Eu estava grávida pela terceira vez em três anos, e pareceu que uma vida inteira de bebês e controle de gastos surgia à minha frente, sem nada para aliviar a monotonia. Então descobri que ele estava se encontrando com uma velha paixão, Brenda Simmonds. Você não a conhece, ela foi para Basingstoke. De repente me perguntei por que estava fazendo aquilo e não consegui pensar numa resposta que fizesse sentido.

Lucy tinha lembranças esparsas daquela época: o avô com o bigode branco; o pai numa versão mais magra; refeições em família na grande cozinha de fazenda; muitos risos, sol e animais. Mesmo então o casamento dos pais parecia representar um contentamento sólido, uma permanente felicidade.

– Por que não foi embora? – perguntou.

– Ah, naquele tempo as pessoas não faziam isso. Não existiam tantos casos de divórcio, e uma mulher não conseguia arranjar emprego se fosse divorciada.

– Agora as mulheres trabalham em todo tipo de coisas.

– Também trabalhavam em todo tipo de coisas na última guerra, mas tudo mudou depois, com o desemprego. Imagino que dessa vez vá acontecer a mesma coisa. Os homens, em termos gerais, conseguem o que querem, sabe?

– E a senhora está satisfeita por ter ficado.

Não era uma pergunta.

– As pessoas da minha idade não deveriam fazer declarações sobre a vida. Mas a *minha* vida tem sido uma questão de me virar com o que tenho, e o mesmo acontece com a maioria das mulheres que conheço. A constância sempre parece um sacrifício, mas em geral não é. De qualquer modo, não vou lhe dar conselhos. Você não aceitaria, e, se aceitasse, acabaria me culpando pelos seus problemas.

– Ah, mãe – disse Lucy, e sorriu.

– Vamos voltar? – propôs a mãe. – Acho que já fomos longe por um dia.

~

Certa tarde, na cozinha, Lucy disse a David:

– Eu gostaria que mamãe ficasse mais duas semanas, se ela quiser.

A mãe estava no andar de cima colocando Jo na cama, contando uma história.

– Quinze dias não bastam para vocês dissecarem minha personalidade? – perguntou David.

– Não seja bobo, David.

Ele se aproximou da cadeira dela.

– Está dizendo que vocês não falam sobre mim?

– Claro que falamos. Você é meu marido.

– E o que você conta a ela?

– Por que está tão preocupado? – perguntou Lucy, não sem malícia. – Do que tem vergonha?

– Dane-se, não tenho do que me envergonhar. Ninguém quer ter a vida pessoal revirada por uma dupla de mulheres fofoqueiras.

– Nós não fazemos fofoca sobre você.

– Sobre o que conversam?

– Nossa, está tão sensível!

– Responda à minha pergunta.

– Eu digo que quero deixar você e ela tenta me convencer a não fazer isso. Ele girou a cadeira e se afastou.

– Diga para ela que eu não preciso que me defenda.

– Está falando sério? – gritou Lucy.

Ele parou.

– Eu não preciso de ninguém, entendeu? Posso me virar sozinho. Sou autossuficiente.

– E eu? – perguntou ela baixinho. – Talvez eu precise de alguém.

– Para quê?

– Para me amar.

A mãe entrou e percebeu o clima que pairava no ar.

– Ele dorme rápido. Apagou antes de Cinderela ir para o baile. Acho que vou arrumar umas coisas para a viagem, não quero deixar tudo para amanhã.

Ela saiu de novo.

– Você acha que isso vai mudar algum dia, David? – perguntou Lucy.

– Não sei o que você quer dizer.

– Algum dia a gente vai ser... como antigamente, antes do casamento?

– Minhas pernas não vão crescer de volta, se é isso que você quer dizer.

– Ah, meu Deus, você não sabe que isso não me incomoda? Só quero ser amada.

David deu de ombros.

– Isso é problema seu.

E saiu antes que ela começasse a chorar.

~

A mãe não ficou para a segunda quinzena. No dia seguinte, Lucy desceu com ela até o cais. Chovia forte e as duas usavam capas. Ficaram em silêncio esperando o barco, olhando a chuva perfurar o mar com pequenas crateras. A mãe estava com Jo no colo.

– Com o tempo, as coisas vão mudar – disse ela. – Quatro anos não é nada num casamento.

– Não creio que isso vá acontecer, mas não há muito que eu possa fazer, além de dar uma chance. Há o Jo, a guerra e a deficiência do David. Como posso ir embora?

O barco chegou e Lucy trocou sua mãe por três caixas de compras e cinco cartas. A água estava revolta. A mãe sentou-se na cabine minúscula do barco. As duas acenaram uma para a outra até o barco contornar o promontório e sumir. Lucy sentiu-se muito solitária.

Jo começou a chorar.

– Não quero que a vovó vá embora!

– Nem eu.

CAPÍTULO DEZ

EM LONDRES, GODLIMAN E BLOGGS caminhavam lado a lado pela calçada de uma rua comercial destruída pelas bombas. Formavam uma dupla desigual: o professor encurvado, parecendo um pássaro, com óculos de lentes grossas e um cachimbo, dando passos curtos e rápidos, sem olhar para onde ia; e o jovem decidido, louro e resoluto, com a capa de chuva de detetive e chapéu melodramático: um cartum procurando uma legenda.

Godliman estava dizendo:

– Acho que Die Nadel tem boas conexões.

– Por quê?

– É a única coisa que explica ele ser tão impunemente insubordinado. A frase "Lembranças ao Willi". Deve se referir a Canaris.

– Você acha que ele era amigo de Canaris.

– Ele é amigo de alguém, talvez alguém mais poderoso do que Canaris.

– Tenho a sensação de que você está querendo chegar a algum lugar com essa conversa.

– As pessoas bem conectadas geralmente fazem essas conexões na escola, na universidade ou na academia militar. Olhe aquilo.

Estavam diante de uma loja que tinha um enorme espaço vazio onde antes havia sido uma vitrine. Uma placa grosseira, pintada à mão e pregada à moldura, dizia: "Mais aberta do que nunca."

– Vi uma do lado de fora de uma delegacia de polícia bombardeada: "Seja bom. Ainda estamos abertos" – disse Bloggs, rindo.

– Isso está virando uma forma de arte.

Continuaram andando.

– Bem, e se Die Nadel estudou com alguém do alto comando na Wermacht? – perguntou Bloggs.

– As pessoas sempre tiram fotos na escola. Midwinter, que trabalha no porão de Kensington, aquela casa onde ficava o MI6 antes da guerra, tem uma coleção de milhares de fotos de oficiais alemães: fotos de escola, festas de refeitório, desfiles de formatura, apertando a mão do Adolf, fotos de jornais... tudo.

– Sei. Então, se você estiver certo e Die Nadel tiver passado pelo equivalente a Eton e Sandhurst na Alemanha, provavelmente temos uma foto dele.

– Quase com certeza. Os espiões são tímidos diante de máquinas fotográficas, mas só viram espiões depois de adultos. O que vamos encontrar nos arquivos de Midwinter será um Die Nadel jovem.

Deram a volta por uma enorme cratera do lado de fora de uma barbearia. O estabelecimento continuava intacto, mas o tradicional mastro listrado em vermelho e branco estava despedaçado na calçada. A placa na vitrine dizia: "Nos livramos de raspão – venha e raspe a barba também."

– Como vamos reconhecê-lo? – indagou Bloggs. – Ninguém jamais o viu.

– Viu, sim. Na pensão da Sra. Garden, em Highgate, ele é bem conhecido.

~

A casa vitoriana ficava numa colina com vista para a cidade de Londres. Era de tijolos vermelhos e Bloggs pensou que ela estava olhando furiosamente para os danos causados por Hitler à sua cidade. Ficava bem no alto, um bom lugar para fazer transmissões. Die Nadel devia ter morado no último andar. Bloggs se perguntou que segredos o espião teria transmitido para Hamburgo a partir daquele lugar nos dias sombrios de 1940. Referências de mapas para fábricas de aviões e metalúrgicas, detalhes de defesas costeiras, fofocas políticas, máscaras de gás, abrigos e sacos de areia, o moral britânico, informes de danos causados pelas bombas: "Parabéns, rapazes, finalmente vocês acertaram Christine Bloggs..." Cale a boca.

A porta foi aberta por um homem idoso usando paletó preto e calças listradas.

– Bom dia. Sou o inspetor Bloggs, da Scotland Yard. Gostaria de trocar uma palavrinha com o proprietário, por favor.

Bloggs viu o medo saltar nos olhos do homem, então uma mulher jovem apareceu junto à porta e disse:

– Entre, por favor.

O corredor ladrilhado cheirava a cera de assoalho. Bloggs pendurou o chapéu e o casaco num suporte. O velho desapareceu nas profundezas da casa e a mulher conduziu Bloggs até uma sala. Era antiquada e mobiliada com luxo. Havia garrafas de uísque, gim e xerez num carrinho; nenhuma garrafa fora aberta. A mulher sentou-se numa poltrona com estampa floral e cruzou as pernas.

– Por que o velho está com medo da polícia? – perguntou Bloggs.

– Meu sogro é um judeu alemão. Veio para cá em 1935 para escapar de Hitler, e em 1940 vocês o colocaram num campo de concentração. Diante disso, a mulher dele se matou. Ele acabou de ser solto da Ilha de Man. Recebeu uma carta do rei, desculpando-se pela inconveniência pela qual ele passou.

– Nós não temos campos de concentração – disse Bloggs.

– Fomos nós que os inventamos. Na África do Sul. Não sabia? Nós estudamos história, mas esquecemos alguns pedaços. Somos especialistas em fechar os olhos para os fatos desagradáveis.

– Talvez seja assim mesmo.

– O quê?

– Em 1939, fechamos os olhos para o fato desagradável de que não poderíamos vencer uma guerra contra a Alemanha, e veja o que aconteceu.

– É o que meu sogro diz. Ele não é tão cínico quanto eu. O que podemos fazer para ajudar a Scotland Yard?

Bloggs estava gostando da conversa, e foi com relutância que voltou a atenção para o trabalho.

– É sobre um assassinato que aconteceu aqui há quatro anos.

– Tanto tempo!

– Surgiram algumas evidências novas.

– Sei sobre o crime, claro. A proprietária anterior foi morta por um inquilino. Meu marido comprou a casa do testamenteiro dela. Ela não tinha herdeiros.

– Eu gostaria de encontrar os outros inquilinos da época.

– Sim. – A hostilidade da mulher desaparecera e seu rosto inteligente mostrava o esforço para lembrar. – Quando chegamos aqui, havia três que estavam desde antes do assassinato: um oficial reformado da marinha, um vendedor e um rapaz de Yorkshire. O rapaz entrou para o exército, e ainda escreve para nós. O vendedor foi convocado e morreu no mar. Sei porque duas das cinco mulheres dele entraram em contato conosco! E o comandante ainda vive aqui.

– Ainda vive aqui!

Que sorte.

– Eu gostaria de vê-lo, por favor.

– Certamente – disse ela, levantando-se. – Está bem velho. Vou levar o senhor ao quarto dele.

Subiram a escada acarpetada até o primeiro andar.

– Enquanto o senhor estiver conversando com ele, vou procurar a última carta do rapaz que está no exército.

Ela bateu à porta. Era mais do que a senhoria de Bloggs teria feito, ele pensou com ironia.

Uma voz informou:

– Está aberta.

Bloggs entrou. O comandante estava sentado numa poltrona perto da janela, com um cobertor sobre os joelhos. Usava um blazer, colarinho falso, gravata e óculos. O cabelo era ralo, o bigode grisalho, a pele flácida e enrugada sobre um rosto que fora forte no passado. O quarto era o lar de um homem que vivia de lembranças: havia pinturas de navios a vela, um sextante, uma luneta e uma foto dele quando jovem a bordo do *Winchester*.

– Olhe isso – disse ele sem se virar. – Diga por que aquele sujeito não está na marinha.

Bloggs foi até a janela. Uma carroça de padeiro estava junto ao meio-fio diante da casa, o cavalo velho enfiando a cabeça em seu saco de ração enquanto as entregas eram feitas. O "sujeito" era uma mulher de cabelo louro e curto, usando calça comprida. Tinha um busto magnífico. Bloggs riu.

– É uma mulher usando calça – explicou.

– Nossa, é mesmo! – O comandante se virou. – Hoje em dia não dá para saber. Mulheres usando calça!

Bloggs se apresentou e disse:

– Nós reabrimos o caso de um assassinato cometido nesta casa em 1940. Creio que o senhor morava aqui na mesma época do principal suspeito, um homem chamado Henry Faber.

– Morava, sim! O que posso fazer para ajudar?

– O senhor se lembra bem de Faber?

– Perfeitamente. Um sujeito alto, cabelo escuro, educado, quieto. Roupas bastante surradas. Se você fosse do tipo que julga pelas aparências, poderia se enganar com ele. Eu não desgostava dele, até apreciaria conhecê-lo melhor, mas ele não tinha interesse nisso. Acho que tinha mais ou menos a sua idade.

Bloggs reprimiu um sorriso. Estava acostumado às pessoas presumirem que ele era mais velho simplesmente por ser detetive.

– Tenho certeza de que não foi ele quem fez aquilo – acrescentou o comandante. – Sei um pouco sobre o caráter das pessoas, não é possível comandar um navio sem aprender isso. E, se aquele homem era um maníaco sexual, eu sou Hermann Goering.

De repente, Bloggs conectou a loura de calça comprida com o engano sobre sua idade, e a conclusão o desanimou.

– O senhor sempre deveria pedir para ver a identificação de um policial, sabia? – disse.

O comandante ficou ligeiramente espantado.

– Então está bem, quero ver a sua.

Bloggs abriu a carteira e a dobrou, mostrando uma foto de Christine.

– Aqui.

O comandante a examinou por um momento e falou:

– Está bem parecido.

Bloggs suspirou. O velho era quase cego. Levantou-se.

– Por enquanto é só isso. Obrigado.

– De nada. Ajudarei no que for possível. Hoje em dia não tenho muito valor para a Inglaterra: é preciso ser bem inútil para ser recusado pela Guarda Territorial, sabia?

– Adeus.

Bloggs saiu.

A mulher ainda estava no corredor do andar de baixo. Entregou uma carta a ele.

– O endereço é uma caixa postal militar – informou. – Sem dúvida, o senhor poderá descobrir onde fica.

– A senhora sabia que o comandante não seria útil.

– Acho que sim. Mas uma visita anima o dia dele.

Ela abriu a porta. Num impulso, Bloggs perguntou:

– A senhora aceitaria jantar comigo?

Uma sombra cruzou o rosto dela.

– Meu marido ainda está na Ilha de Man.

– Sinto muito, eu pensei...

– Tudo bem. Fico lisonjeada.

– Eu queria convencê-la de que não somos iguais à Gestapo.

– Sei que não são. Uma mulher sozinha simplesmente fica mais amarga.

– Eu perdi minha mulher num bombardeio – disse Bloggs.

– Então o senhor sabe como isso faz a gente odiar.

– É. Faz a gente odiar.

Ele desceu os degraus da frente. A porta se fechou. Tinha começado a chover.

~

Chovia, na ocasião. Bloggs estava atrasado. Estivera examinando um material novo com Godliman. Agora se apressava para ter meia hora com Christine antes que ela saísse para dirigir a ambulância. Estava escuro e o ataque já havia começado. As coisas que Christine via à noite eram tão medonhas que ela parara de falar a respeito.

Bloggs sentia orgulho dela, muito orgulho. As pessoas com quem Christine trabalhava diziam que ela era melhor do que dois homens: percorria Londres inteira na escuridão, a toda a velocidade, dirigindo feito uma veterana, virando esquinas em duas rodas, assobiando e contando piadas enquanto a cidade se transformava em chamas ao redor. Diziam que ela não tinha medo. Bloggs sabia que não era assim: ela ficava aterrorizada, mas não demonstrava. Sabia porque via os olhos dela de manhã, quando ele se levantava e ela se deitava; quando a guarda dela baixava e desaparecia durante algumas horas. Ele sabia que não era falta de medo, e sim coragem, e sentia orgulho.

Chovia mais forte quando ele desceu do ônibus. Abaixou o chapéu sobre o rosto e levantou a gola. Num quiosque comprou cigarros para Christine, que, como muitas mulheres, tinha começado a fumar recentemente. O vendedor só deixou que ele levasse cinco, por causa da escassez. Bloggs os colocou numa cigarreira de baquelita da Woolworth.

Um policial o parou e pediu sua carteira de identidade: mais dois minutos desperdiçados. Uma ambulância passou por ele, semelhante à que Christine dirigia; era um caminhão de entrega de frutas confiscado, pintado de cinza.

Ao se aproximar de casa, começou a ficar nervoso. As explosões estavam mais próximas e ele ouvia nitidamente os aviões. O East End ia ter mais uma noite sofrida: Bloggs dormiria no abrigo Morrison. Houve uma explosão grande, terrivelmente perto, e ele apressou o passo. Jantaria no abrigo, também.

Entrou em sua rua, viu as ambulâncias e os caminhões de bombeiros e começou a correr.

A bomba caíra no seu lado da rua, mais ou menos no meio dela. Devia ter sido perto da sua casa. Deus do céu, não nós, não...

Uma bomba acertara o telhado em cheio e a casa foi literalmente achatada. Ele correu para as pessoas na rua, vizinhos, bombeiros e voluntários.

– Minha mulher está bem? Ela saiu? ELA ESTÁ LÁ DENTRO?

Um bombeiro olhou-o com compaixão.

– Ninguém saiu de lá, amigo.

O pessoal do resgate estava revirando os escombros.

– Aqui! – gritou um deles de repente. E em seguida: – Meu Deus, é a Bloggs Destemida!

Frederick correu até o homem. Christine estava embaixo de um pedaço enorme de alvenaria, com o rosto visível: os olhos estavam fechados.

– Guindaste! Depressa! – berrou o sujeito.

Christine deu um gemido e se mexeu.

– Ela está viva! – exclamou Bloggs, ajoelhando-se ao lado dela e enfiando as mãos embaixo dos escombros.

– Você não vai conseguir mover isso, filho – disse o sujeito do resgate.

Bloggs ergueu o pedaço de alvenaria.

– Caramba, você vai acabar morrendo! – exclamou o homem, se abaixando para ajudar.

Quando a placa de alvenaria estava a uns 60 centímetros do chão, os dois enfiaram os ombros embaixo dele. Agora o peso não estava mais sobre Christine. Um terceiro homem se juntou aos dois, e um quarto. Todos fizeram força juntos.

– Vou retirá-la – falou Bloggs.

Enfiou-se sob o pedaço de alvenaria inclinado e abraçou a mulher.

– Está escorregando, porra! – gritou alguém.

Bloggs se arrastou de debaixo da placa com Christine apertada contra o peito. Assim que conseguiu sair, os homens soltaram a alvenaria e pularam para longe. A placa caiu no chão com um baque odioso; e, quando Bloggs se deu conta de que *aquilo* tinha caído em cima de Christine, soube que ela morreria.

Carregou-a até a ambulância, que partiu imediatamente. Ela abriu os olhos de novo uma vez, antes de morrer, e falou:

– Você terá que ganhar a guerra sem mim, garoto.

Mais de um ano depois, enquanto descia a ladeira de Highgate, com a chuva no rosto se misturando de novo com as lágrimas, pensou que a mulher na casa do espião dissera uma grande verdade: isso faz a gente odiar.

~

Na guerra, os meninos viram homens, os homens viram soldados e os soldados são promovidos. Por isso, Billy Parkin, de 18 anos – que deveria ser aprendiz no curtume do pai em Scarborough e que o exército achava que tinha 21 anos –, foi promovido a sargento e recebeu a ordem de levar seu esquadrão por uma floresta quente e seca na direção de um empoeirado vilarejo italiano com casas caiadas.

Os italianos tinham se rendido, mas os alemães, não, e eram os alemães que estavam defendendo a Itália contra a invasão dos britânicos e americanos. Os Aliados iam em direção a Roma, e para o esquadrão do sargento Parkin era uma caminhada longa.

Saíram da floresta no topo de uma colina e se deitaram de bruços no chão, para olhar o vilarejo. Parkin pegou seu binóculo e disse:

– Que porra eu não daria por uma porra de uma xícara de chá.

Ele se iniciara na bebida, nos cigarros e nas mulheres, e sua linguagem era igual à dos soldados de toda parte. Não ia mais às reuniões de oração.

Alguns daqueles vilarejos eram defendidos e outros não. Parkin reconhecia isso como uma boa tática: não se sabia quais não eram defendidos, por isso se aproximavam de todos com cautela, e cautela custava tempo.

A parte inferior do morro tinha cobertura escassa – apenas alguns arbustos –, e o vilarejo começava logo abaixo. Havia umas poucas casas brancas, um rio com uma ponte de madeira e mais casas em volta de uma pequena praça, com um prédio da prefeitura e uma torre de relógio. Havia uma linha direta de visão desde a torre até a ponte: se o inimigo estivesse ali, estaria na prefeitura. Algumas pessoas trabalhavam nos campos ao redor. Só Deus sabia quem eram. Podiam ser camponeses genuínos ou pertencer a alguma das muitas facções: fascistas, mafiosos, corsos, guerrilheiros, comunistas... ou até alemães. Não dava para saber de que lado estavam até que o tiroteio começasse.

– Certo, cabo – disse Parkin.

O cabo Watkins desapareceu na floresta e surgiu, cinco minutos depois, na estrada de terra que ia até o vilarejo, usando chapéu de civil e um cobertor velho e imundo por cima do uniforme. Mais cambaleava do que andava, e no ombro tinha um volume que podia ser qualquer coisa, desde um saco de cebolas até um coelho morto. Chegou perto dos limites do vilarejo e sumiu na escuridão de uma casa baixa.

Após alguns instantes, saiu. Parado junto à parede, onde não podia ser visto por alguém no vilarejo, olhou para os soldados no morro e acenou: uma, duas, três vezes.

O esquadrão desceu a colina até o vilarejo.

– Todas as casas estão vazias, sargento – informou Watkins.

Parkin assentiu. Isso não queria dizer nada.

Seguiram por entre as casas até a beira do rio.

– Sua vez, Risonho. Vá nadar no Mississippi – disse Parkin.

O soldado Hudson Risonho arrumou seu equipamento numa pilha, tirou o capacete, os coturnos e a túnica e entrou no rio estreito. Saiu do outro lado, subiu pela margem e desapareceu entre as casas. Dessa vez, houve uma espera mais longa: mais áreas para verificar. Finalmente, ele voltou pela ponte de madeira.

– Se estão aqui, estão escondidos – declarou.

Pegou seu equipamento de volta e o esquadrão atravessou a ponte, entrando no vilarejo. Mantinham-se nas laterais da rua enquanto iam na direção da praça. Um pássaro voou de um telhado e assustou Parkin. Alguns homens abriram portas a chutes ao passar. Não havia ninguém.

Pararam na beira da praça. Parkin indicou a prefeitura com um aceno de cabeça.

– Você entrou ali, Risonho?

– Entrei, senhor.

– Parece que o vilarejo é nosso, então.

– Sim, senhor.

Parkin se adiantou para atravessar a praça e então a tempestade desabou. Houve um espocar de fuzis e as balas uivavam em torno deles. Alguém gritou. Parkin estava correndo, desviando-se, abaixando-se. Watkins, à frente dele, gritou de dor e segurou a perna. Parkin o pegou no colo. Uma bala ricocheteou em seu capacete. Ele correu para a casa mais próxima, chocou-se contra a porta e caiu dentro dela.

Os tiros pararam. Parkin se arriscou a espiar lá fora. Havia um homem ferido na praça: Hudson. Justiça cruel. Hudson se mexeu e um tiro solitário ressoou. Então ele ficou imóvel.

– Filhos da puta – disse Parkin.

Watkins estava fazendo alguma coisa com a perna, praguejando.

– A bala ainda está aí? – perguntou Parkin.

– Ai! – uivou Watkins. Depois riu, segurando algo. – Não está mais.

Parkin olhou de novo para fora.

– Eles estão na torre do relógio. Não deve haver muito espaço. Não podem ser muitos.

– Mas podem atirar.

– Sim. Estão com a gente na mira. – Parkin franziu a testa. – Tem algum fogo de artifício?

– Tenho.

– Vamos dar uma olhada. – Parkin abriu a mochila de Watkins e pegou a dinamite. – Aqui. Ponha um pavio de dez segundos.

Os outros estavam numa casa do outro lado da rua. Parkin gritou:

– Ei!

Um rosto apareceu à porta.

– Sargento?

– Vou jogar um tomate. Quando eu gritar, dê fogo de cobertura.

– Certo.

Parkin acendeu um cigarro. Watkins lhe entregou um feixe de dinamite.

– Fogo! – berrou Parkin.

Em seguida, acendeu o pavio com o cigarro, saiu à rua, deu impulso com o braço e jogou a bomba contra a torre do relógio. Enfiou-se de novo na casa, com os tiros de seus homens ressoando nos ouvidos. Uma bala acertou a madeira da porta e uma farpa se cravou embaixo do seu queixo. Ele ouviu a dinamite explodir.

Antes que pudesse olhar, alguém gritou do outro lado da rua:

– Na mosca!

Parkin saiu. A antiga torre do relógio desmoronara. Um som de carrilhão soou incongruente enquanto a poeira baixava sobre as ruínas.

– O senhor joga críquete? – perguntou Watkins. – Foi um arremesso fantástico.

Parkin foi até o centro da praça. Parecia haver partes humanas espalhadas suficientes para fazer uns três alemães.

– A torre já não tinha firmeza nenhuma. Provavelmente teria caído se todos nós espirrássemos ao mesmo tempo. – Parkin se virou. – Mais um dia, mais um dólar.

Era uma expressão usada pelos ianques.

– Sargento! Rádio – falou o operador de telecomunicações.

Parkin voltou e pegou o fone do aparelho.

– Sargento Parkin.

– Major Roberts. Você está dispensado do serviço a partir de agora, sargento.

– Por quê?

O primeiro pensamento de Parkin foi que eles tinham descoberto sua idade verdadeira.

– O chefe quer você em Londres. Não pergunte por quê. Eu não sei. Deixe seu cabo no comando e volte à base. Um carro vai encontrá-lo na estrada.

– Sim, senhor.

– As ordens também dizem que você não deve arriscar sua vida de jeito nenhum. Entendido?

Parkin riu, pensando na torre do relógio e na dinamite.

– Entendido.

– Certo. Ande logo. Cara sortudo.

~

Todo mundo dissera que ele era um garoto, mas o haviam conhecido antes de ele entrar para o exército, pensou Bloggs. Agora sem dúvida era um homem. Andava com confiança e elegância, olhava ao redor com firmeza e era respeitoso sem parecer constrangido na companhia de oficiais superiores. Bloggs sabia que ele estava mentindo sobre a idade, não por causa da aparência e dos modos, mas pelos pequenos sinais que surgiam sempre que o fator idade era mencionado – sinais que Bloggs, interrogador experiente, captava por hábito.

O rapaz achara divertido quando disseram que queriam que ele examinasse fotos. Agora, no terceiro dia no porão empoeirado do Sr. Midwinter, em Kensington, a diversão fora embora e o tédio se instalara. O que o irritava mais era a regra de não fumar.

Era mais tedioso ainda para Bloggs, que precisava ficar sentado observando-o.

Num determinado momento, Parkin disse:

– Vocês não me trariam de volta da Itália para ajudar num caso de assassinato de quatro anos atrás que poderia esperar até o fim da guerra. Se eu devo ficar de bico calado sobre esse caso, é melhor que me digam.

– Você deve ficar de bico calado – falou Bloggs.

Parkin voltou às fotos.

Todas eram velhas, na maioria marrons e desbotadas. Muitas tinham saído de livros, revistas e jornais. Às vezes, Parkin pegava uma lente que o Sr. Midwinter lhe dera, para poder olhar com mais atenção um rosto minúsculo num grupo; e a cada vez que isso acontecia o coração de Bloggs se acelerava. Mas acabava desacelerando quando Parkin afastava a lupa e pegava a foto seguinte.

Foram almoçar num bar próximo. A cerveja era fraca, como a maioria encontrada no tempo de guerra, mas Bloggs ainda achava sensato restringir o jovem Parkin a dois copos. Se fosse deixado à vontade, ele teria engolido um galão.

– O Sr. Faber era do tipo silencioso – disse Parkin. – Não dava para imaginar que ele fosse capaz de uma coisa assim. Veja bem, a senhoria não era feia. E ela queria. Pensando bem, acho que eu mesmo poderia ter ficado com ela se soubesse como fazer. Na ocasião eu tinha só... 18 anos.

Comeram pão e queijo e Parkin engoliu mais de dez cebolas em conserva. Na volta, pararam do lado de fora enquanto Parkin fumava mais um cigarro.

– Veja bem, o sujeito era meio grande, bonito, educado. Todos nós achávamos que ele não era grande coisa porque usava roupas surradas, andava de bicicleta e não tinha dinheiro. Acho que podia ser um tipo de disfarce sutil – disse Parkin, suas sobrancelhas se erguendo diante da hipótese.

– Podia – concordou Bloggs.

Naquela tarde, Parkin encontrou não uma, mas três fotos de Faber.

Uma era de apenas nove anos antes.

E o Sr. Midwinter tinha o negativo.

～

Henrik Rudolph Hans von Muller-Guder ("Vamos chamá-lo simplesmente de Faber", disse Godliman, rindo) nasceu em 26 de maio de 1900, numa cidadezinha chamada Oln, na Prússia Ocidental. A família de seu pai era proprietária de muitas terras na região há gerações. O pai era o segundo filho; Henrik também. Todos os segundos filhos eram oficiais do exército. A mãe, filha de um importante oficial do Segundo Reich, nasceu e foi criada para ser esposa de aristocrata, e era exatamente isso.

Aos 13 anos ele foi matriculado na escola de cadetes de Karlsruhe, em Baden; dois anos depois, foi transferido para a mais prestigiosa Gross-

-Lichterfelde, perto de Berlim. Os dois lugares eram instituições rígidas, disciplinadoras, onde a mente dos alunos era aprimorada com surras de bengala, banhos frios e comida ruim. Mas Henrik aprendeu a falar inglês e francês e estudou história. E passou no Reifeprüfung com a maior nota registrada desde a virada do século. Só houve três outros acontecimentos dignos de nota em sua carreira estudantil: durante um inverno rigoroso, ele se rebelou contra a autoridade a ponto de sair da escola escondido à noite e caminhar 240 quilômetros até a casa de sua tia; quebrou o braço de seu instrutor de luta livre durante um treino; foi açoitado por insubordinação.

Serviu brevemente como cadete na zona neutra de Friedrichsfeld, perto de Wesel, em 1920; fez treinamento para oficial na Escola de Guerra de Metz em 1921 e recebeu o posto de segundo-tenente em 1922.

("Qual foi a expressão que você usou?", perguntou Godliman a Bloggs. "O equivalente alemão a Eton e Sandhurst.")

Nos anos seguintes, teve pequenos períodos de serviço em meia dúzia de lugares, como alguém que estivesse sendo preparado para o Estado-maior. Continuou a se destacar como atleta, especializando-se em corridas de longa distância. Não fez amizades íntimas, jamais se casou e se recusou a entrar para o Partido Nacional-Socialista. Sua promoção a tenente foi adiada devido a um incidente vago envolvendo a gravidez da filha de um tenente-coronel que trabalhava no Ministério da Defesa, mas acabou sendo concedida em 1928. Seu hábito de falar com oficiais superiores como se tivessem o mesmo nível que ele passou a ser aceito como perdoável num jovem que, além de aristocrata prussiano, era também um oficial em ascensão.

No final da década de 1920, o almirante Wilhelm Canaris ficou amigo de um tio de Henrik, Otto, irmão mais velho de seu pai, e passou vários feriados na propriedade da família em Oln. Em 1931, Adolf Hitler, que ainda não era chanceler da Alemanha, foi recebido lá.

Em 1933, Henrik foi promovido a capitão e mandado a Berlim para serviços não especificados. Essa é a data da última fotografia.

Mais ou menos nessa época, segundo as informações divulgadas, ele parece ter deixado de existir.

~

– Podemos presumir o resto – disse Percival Godliman. – A Abwehr o treina em comunicações por rádio, códigos, confecção de mapas, roubo, chantagem, sabotagem e morte silenciosa. Ele vem para Londres mais ou menos em 1937, com tempo suficiente para se estabelecer com um disfarce sólido; talvez dois. Seus instintos de homem solitário são afiados pelo jogo da espionagem. Quando a guerra começa, ele se considera licenciado para matar. – Ele olhou a foto sobre a mesa. – É um sujeito bem-apessoado.

Era uma foto da equipe de corrida do 10º Batalhão Jaeger de Hanôver. Faber estava no meio, segurando uma taça. Tinha testa ampla, cabelo cortado curto, queixo comprido e boca pequena encimada por um bigode fino.

Godliman passou a foto para Billy Parkin.

– Ele mudou muito?

– Parece muito mais velho, mas essa pode ser a... postura dele. – Parkin examinou a foto, pensativo. – Agora o cabelo está mais comprido e o bigode sumiu. – Ele devolveu a foto por cima da mesa. – Mas é ele, sim.

– Há mais dois itens no dossiê, ambos suposições – disse Godliman. – Primeiro, dizem que ele pode ter entrado para o serviço secreto em 1933: é a suposição de rotina quando os registros de um oficial são interrompidos sem motivo aparente. O segundo item é um boato, não confirmado por nenhuma fonte confiável, de que ele passou alguns anos como conselheiro confidencial de Stalin, usando o nome Vasily Zankov.

– Isso é incrível – falou Bloggs. – Não acredito.

Godliman deu de ombros.

– *Alguém* convenceu Stalin a executar a nata de seus oficiais durante os anos em que Hitler ascendeu ao poder.

Bloggs balançou a cabeça e mudou de assunto:

– E agora, o que faremos?

Godliman refletiu.

– Vamos pedir que o sargento Parkin seja transferido para nós. Ele é o único homem que sabemos ter visto Die Nadel. Além disso, sabe demais para nos arriscarmos a deixá-lo na linha de frente: poderia ser capturado e interrogado, e entregaria o jogo. Em seguida, vamos fazer uma boa cópia dessa foto, mandar um artista de retoque aumentar o cabelo e apagar o bigode. Então poderemos distribuir cópias.

– Queremos começar um estardalhaço? – perguntou Bloggs, em dúvida.

– Não. Por enquanto seremos cautelosos. Se colocarmos a foto nos jornais, ele vai ficar sabendo e sumir. Mande-a por ora apenas para as forças policiais.

– Mais alguma coisa?

– Acho que não. A não ser que você tenha outras ideias.

Parkin pigarreou.

– Senhor?

– Sim.

– Eu realmente preferiria voltar para a minha unidade. Não sou do tipo administrativo, se é que o senhor me entende.

– Não estamos lhe oferecendo uma escolha, sargento. Nesse estágio do conflito, um vilarejo italiano a mais ou a menos não faz diferença. Mas esse tal de Faber pode fazer com que a gente perca a guerra. Como dizem os americanos: não estou brincando.

CAPÍTULO ONZE

FABER FORA PESCAR.

Estava estendido no convés de um barco de 30 pés, aproveitando o sol de primavera, movendo-se pelo canal a cerca de 3 nós. Uma das mãos, preguiçosa, segurava a cana do leme, enquanto a outra se apoiava numa vara de pesca com a linha se estendendo pela água atrás do barco.

Não tinha pegado nada o dia inteiro.

Além de pescar, observava os pássaros – tanto por interesse (na verdade, estava aprendendo bastante sobre as malditas aves) quanto como uma desculpa para andar com um binóculo. Mais cedo vira um ninho de martim-pescador.

O pessoal no estaleiro em Norwich tinha adorado alugar a embarcação para ele durante duas semanas. Os negócios andavam mal: atualmente possuíam apenas dois barcos, e um deles não era usado desde Dunquerque. Faber pechinchou, só por formalidade. No fim, eles acrescentaram uma caixa de comida enlatada.

Havia comprado iscas numa loja ali perto e a vara de pesca ele adquirira em Londres. No estaleiro, disseram que o tempo estava ótimo e desejaram boa pesca. Ninguém nem mesmo pediu para ver sua identidade.

Por ora, tudo bem.

A parte complicada viria em seguida. Era difícil avaliar a força de um exército, e primeiro era preciso encontrá-lo.

Em tempos de paz, o exército colocaria suas próprias placas de sinalização na estrada. Agora tinham arrancado não somente suas próprias placas, mas também todas as outras.

A solução simples seria entrar num carro e seguir o primeiro veículo militar que visse, até ele parar. Mas Faber não tinha carro – para um civil era quase impossível alugar um – e, mesmo se tivesse, não conseguiria combustível para ele. Além disso, um civil andando de carro pelo campo atrás de caminhões do exército, e olhando para acampamentos do exército, provavelmente seria preso.

Daí o barco.

Alguns anos antes, quando ainda não era ilegal vender mapas, Faber descobrira que a Inglaterra tinha milhares de quilômetros de vias aquáticas.

A rede original de rios fora ampliada durante o século XIX com uma teia de canais. Em algumas regiões, havia quase tantas vias aquáticas quanto estradas. Norfolk era uma delas.

O barco oferecia muitas vantagens. Numa estrada, a pessoa estava se dirigindo a algum lugar; num rio, ela estava apenas velejando. Dormir num carro estacionado causava desconfiança; dormir num barco atracado era natural. As vias aquáticas eram solitárias. E quem já ouvira falar no bloqueio de um canal?

Havia desvantagens. Os campos de aviação e os alojamentos tinham que ficar perto de estradas, mas, se o acesso a eles precisasse ser feito pela água, não havia nenhuma indicação que se pudesse seguir. Faber precisava explorar a área rural à noite, deixando o barco atracado e andando pelas colinas ao luar, caminhadas exaustivas, de 60 quilômetros, em que ele poderia facilmente deixar de ver o que estava procurando por causa da escuridão ou porque simplesmente não tinha tempo para verificar cada quilômetro quadrado de terreno.

Quando voltava, algumas horas depois do alvorecer, dormia até meio-dia e ia em frente, parando de vez em quando para subir uma colina próxima e verificar a região. Nas eclusas, em fazendas isoladas e nos bares de beira de rio, conversava com as pessoas, esperando sugestões de presença militar. Até aquele momento não houvera nenhuma.

Estava começando a imaginar se estava na área certa. Tentara pensar com a cabeça do general Patton: se eu estivesse planejando invadir a França pelo leste do Sena, a partir de uma base no leste da Inglaterra, onde colocaria essa base? Norfolk era um local óbvio: uma vastidão de território isolado, cheio de terrenos planos para os aviões e perto do mar para uma partida rápida. E o Wash era um lugar natural para reunir uma frota de navios. Mas, por motivos que ele desconhecia, suas suposições poderiam estar erradas. Então precisaria considerar uma mudança rápida para uma nova área: talvez a região dos Fens.

Uma eclusa apareceu à frente e ele ajustou as velas para reduzir a velocidade. Deslizou suavemente até lá e bateu contra a comporta. A casa do vigia ficava junto à margem. Faber pôs as mãos em concha em volta da boca e gritou um olá. Em seguida se acomodou, esperando. Aprendera que os vigias das eclusas eram do tipo que não podia ser apressado. Além do mais, era hora do chá, e na hora do chá eles não podiam ser retirados de onde estavam.

Uma mulher chegou à porta da casa e acenou. Faber acenou de volta, depois pulou na margem, amarrou o barco e entrou na casa. O vigia estava com uma camisa com as mangas dobradas, sentado à mesa da cozinha.

– O senhor não está com pressa, não é? – perguntou ele.

Faber sorriu.

– Nenhuma.

– Sirva uma xícara de chá a ele, Mavis.

– Não, obrigado – disse Faber, educadamente.

– Tudo bem, acabamos de fazer um bule.

– Obrigado.

Faber sentou-se. A cozinha pequena era arejada e limpa, e seu chá veio numa bela xícara de porcelana.

– Está de folga pescando? – perguntou o vigia.

– Pescando e observando pássaros. Estou pensando em atracar daqui a pouco e passar uns dois dias em terra.

– Ah, sim. Bem, então é melhor ficar do outro lado do canal. Este lado é área restrita.

– É mesmo? Eu não sabia que havia um território do exército nessa região.

– É, começa a menos de um quilômetro daqui. Se é do exército, não sei. Eles não dizem.

– Bem, imagino que a gente não precise saber – comentou Faber.

– Sim. Então beba seu chá e eu permito que passe pela comporta. Obrigado por me deixar terminar o meu.

Quando saíram da casa, Faber entrou no barco e soltou as amarras. O portão atrás dele se fechou e o vigia abriu a comporta. O barco baixou aos poucos, junto com o nível da água, então o homem abriu a comporta da frente.

Faber ajustou a vela e saiu. O vigia acenou.

Parou de novo uns 6 quilômetros adiante e atracou o barco a uma árvore forte da margem. Enquanto esperava a noite cair, fez uma refeição com salsichas em lata, biscoitos e água mineral. Vestiu as roupas pretas, colocou numa bolsa a tiracolo o binóculo, a máquina fotográfica e um livro sobre pássaros raros da Ânglia Oriental, pôs a bússola no bolso e pegou a lanterna. Estava preparado.

Apagou o lampião, trancou a porta da cabine e pulou na margem. Consultando a bússola à luz da lanterna, entrou no cinturão de árvores ao longo do canal.

Caminhou para o sul por quase um quilômetro até chegar à cerca. Tinha 2 metros de altura e era feita de tela de arame com rolos de arame farpado em cima. Voltou para a floresta e subiu numa árvore alta.

Havia nuvens esparsas no céu. A lua aparecia periodicamente através delas. Do outro lado da cerca ficava um terreno aberto, uma encosta suave. Faber já fizera esse tipo de coisa – em Biggin Hill, Aldershot e em várias áreas militares por todo o sul da Inglaterra. Havia dois níveis de segurança: uma patrulha móvel em volta da cerca e sentinelas estacionários nas instalações.

Com paciência e cautela, ambos podiam ser evitados.

Desceu da árvore e voltou à cerca. Escondeu-se atrás de um arbusto e se acomodou para esperar.

Precisava saber quando a patrulha móvel passava por aquele ponto. Se ela não aparecesse até o amanhecer, ele simplesmente voltaria na noite seguinte. Se tivesse sorte, ela passaria dali a pouco. Pelo tamanho aparente da área cercada, supôs que a vigilância só fizesse um circuito completo da cerca por noite.

Teve sorte. Logo depois das dez horas ouviu o som de passos e três homens passaram pelo lado interno da cerca.

Cinco minutos depois, Faber a atravessou.

Caminhou para o sul: quando todas as direções são iguais, o melhor é seguir uma linha reta. Não usou a lanterna. Sempre que podia, ficava perto de cercas vivas e árvores, evitando o terreno elevado onde um clarão súbito do luar poderia revelar sua silhueta. O terreno com vegetação rala era uma abstração em preto, cinza e prata. O chão era meio encharcado, como se houvesse pântanos por perto. Uma raposa passou correndo diante dele, rápida como um galgo, graciosa como um gato.

Eram onze e meia quando encontrou as primeiras indicações de atividade militar. E eram indicações muito estranhas.

A lua apareceu e ele viu, uns 500 metros à sua frente, várias fileiras de construções de um andar, organizadas com a precisão inconfundível de um quartel do exército. Deitou-se no chão de imediato, mas já estava duvidando da realidade do que via, pois não havia luzes nem ruídos.

Ficou parado por dez minutos, para dar uma chance de surgir alguma coisa que explicasse aquilo, porém não aconteceu nada, a não ser um texugo que apareceu, olhou-o e saiu correndo.

Faber rastejou para a frente.

Quando chegou mais perto, percebeu que os alojamentos estavam não apenas desocupados, mas inacabados. A maioria era pouco mais do que um teto sustentado por colunas nos cantos. Alguns tinham uma parede.

Um barulho repentino o fez parar: o riso de um homem. Ficou deitado, imóvel, e observou. Um fósforo se acendeu e se apagou, deixando dois pontos vermelhos reluzentes num dos alojamentos inacabados: guardas.

Faber tocou o punhal dentro da manga e começou a rastejar de novo, indo para o lado do acampamento mais distante dos sentinelas.

Os alojamentos semiconstruídos não tinham piso nem alicerces. Não havia, nas proximidades, veículos de construção, caminhões, betoneiras, pás ou pilhas de tijolos. Uma estradinha de terra saía do acampamento e cruzava os campos, mas o capim estava crescendo nas marcas de pneus: ela não estava sendo muito usada ultimamente.

Era como se alguém tivesse decidido instalar dez mil homens ali e mudado de ideia semanas depois do início da obra.

Mas havia algo no lugar que não se encaixava nessa explicação.

Faber andou com cuidado, atento à possibilidade de os sentinelas decidirem fazer uma patrulha. Havia um grupo de veículos militares no centro do acampamento. Eram velhos, enferrujados e tinham sido depenados: nenhum deles tinha motor ou qualquer componente interno. Mas, se alguém fosse canibalizar veículos obsoletos, por que não levar a lataria para o ferro-velho?

Os alojamentos que tinham uma parede estavam nas fileiras mais externas e as paredes eram viradas para o lado de fora. Parecia um cenário de cinema, e não um local de construção.

Faber decidiu que já descobrira tudo que era possível naquele lugar. Caminhou até a extremidade leste do campo, ficou de quatro e engatinhou para longe, posicionando-se atrás de uma cerca viva, fora das vistas. Quase um quilômetro depois, perto do topo de uma colina, olhou para trás. Dali, o lugar se parecia de novo com um alojamento.

Uma ideia começou a se formar em sua mente. Ele deu tempo para ela se desenvolver.

O terreno era relativamente plano, interrompido apenas por ondulações suaves. Faber se aproveitou de alguns trechos de floresta e de mato alto. Em certo momento, precisou desviar de um lago, cuja superfície era um espelho prateado sob a lua. Ouviu o pio de uma coruja e olhou em sua direção. Nesse momento, avistou um celeiro meio destruído a distância.

Oito quilômetros adiante, viu o campo de aviação.

Havia mais aviões ali do que ele achou que toda a Força Aérea Real possuísse. Pathfinders para soltar sinalizadores, Lancasters e B-17 americanos para bombardeios iniciais, Hurricanes, Spitfires e Mosquitos para reconhecimento e disparos com metralhadora: aviões suficientes para uma invasão.

Só que os trens de pouso se encontravam afundados na terra e eles estavam enfiados na lama até a barriga.

Mais uma vez, não havia luzes nem sons.

Faber seguiu o mesmo procedimento, rastejando na direção dos aviões até localizar os guardas. No meio do campo de aviação havia uma pequena barraca. A claridade fraca de um lampião atravessava a lona. Dois homens, talvez três.

Conforme Faber se aproximava dos aviões, eles pareciam ficar mais chapados, como se todos tivessem sido esmagados.

Chegou ao mais próximo e tocou-o, pasmo. Tratava-se de um pedaço de compensado de um centímetro e meio de espessura, cortado com a silhueta de um Spitfire, pintado com estampa de camuflagem e preso com uma corda ao chão.

Todos os outros aviões eram a mesma coisa.

Havia mais de mil.

Faber se levantou, olhando a barraca com o canto do olho, pronto para se jogar no chão ao menor sinal de movimento. Circundou todo o falso campo de aviação, olhando os caças e bombardeiros de mentira, conectando-os com os alojamentos parecidos com cenários de cinema, tonto com as implicações do que tinha encontrado.

Sabia que, se continuasse a explorar, acharia mais campos de aviação como aquele, mais alojamentos semiconstruídos. Se fosse ao Wash, descobriria uma frota de destroieres e de navios de transporte de tropas feitos de compensado.

Aquilo era uma farsa gigantesca, meticulosa, cara e ultrajante.

É claro, não seria capaz de enganar um observador por muito tempo. Mas não tinha sido projetado para enganar pessoas no chão.

Tinha sido construído para ser visto do ar.

Até mesmo um avião de reconhecimento voando baixo, equipado com as máquinas fotográficas mais recentes e filmes sensíveis, voltaria com fotos mostrando, inconfundivelmente, uma enorme concentração de homens e máquinas.

Não era de estranhar que o Estado-maior estivesse prevendo uma invasão a leste do Sena.

Supôs que deviam existir outros elementos na farsa. Em mensagens, os ingleses deviam se referir ao grupamento do exército dos Estados Unidos usando códigos que sabiam que seriam decifrados. Haveria falsos relatórios de espionagem canalizados através da mala diplomática espanhola em Hamburgo. As possibilidades eram infinitas.

Os britânicos tiveram quatro anos para se armar para aquela invasão. A maior parte do exército alemão estava lutando na Rússia. Assim que os Aliados pusessem o pé em solo francês, seria impossível pará-los. A única chance dos alemães era pegá-los nas praias e aniquilá-los quando saíssem dos navios de transporte de tropas.

Se estivessem esperando no lugar errado, perderiam essa chance única.

Toda a estratégia ficou clara. Era simples e devastadora.

Faber precisava contar a Hamburgo.

Imaginou se iriam acreditar.

Raramente a estratégia de guerra era alterada a partir da palavra de um só homem. Ele tinha uma posição elevada, mas seria tão elevada assim?

Precisava de provas e depois precisava levá-las a Berlim.

Precisava de fotografias.

Tiraria fotos daquele gigantesco exército de mentira, em seguida iria para a Escócia, encontraria o submarino e entregaria as fotos pessoalmente ao Führer. Era o máximo que poderia fazer.

Para fotografar, necessitaria de luz. Teria que esperar até de manhã. Lá atrás havia um celeiro destruído: podia passar o resto da noite lá.

Verificou a bússola e partiu. O celeiro ficava mais longe do que pensara, e a caminhada demorou uma hora. Era uma velha construção de madeira com buracos no telhado. Fora abandonado pelos ratos muito tempo antes, por falta de comida, mas havia morcegos no palheiro.

Faber se deitou sobre algumas tábuas, mas não conseguiu dormir, sabendo que agora era capaz de alterar o curso da maior guerra da história.

~

O amanhecer seria às 5h21. Às 4h20, Faber saiu do celeiro.

Apesar de não ter dormido, as duas horas de imobilidade tinham descansado seu corpo e acalmado sua mente, e ele se sentia ótimo. As nuvens se dissipavam com o vento que soprava do oeste, então, apesar de a lua ter sumido, ainda havia a luz das estrelas.

Sua noção de tempo estava boa. O céu ia ficando cada vez mais claro à medida que ele se aproximava do "campo de aviação".

Os sentinelas continuavam na barraca. Com sorte, estariam dormindo. Faber sabia, por experiência própria nesse tipo de serviço, que era mais difícil ficar acordado nas últimas horas do revezamento.

E, se os guardas saíssem, ele teria apenas que matá-los.

Escolheu a posição e pôs em sua Leica um rolo de 36 poses de filme 35mm Agfa, de alta velocidade. Esperava que a química sensível à luz não tivesse estragado, pois o filme estava em sua mala desde antes da guerra – atualmente não era possível comprar filme na Grã-Bretanha. Devia estar bom, porque ele o mantivera numa sacola à prova de luz, protegido do calor.

Quando a borda vermelha do sol surgiu no horizonte, Faber começou a fotografar. Fez uma série de fotos de diferentes pontos de vista e várias distâncias, terminando com um close de um avião de mentira: as fotos mostrariam a ilusão e a realidade.

Ao tirar a última, percebeu movimento com o canto do olho. Deitou-se no chão e se arrastou por baixo de um avião de compensado. Um soldado saiu da barraca, deu alguns passos e urinou no chão. Espreguiçou-se e bocejou, depois acendeu um cigarro. Olhou o campo de aviação ao redor, estremeceu e voltou à barraca.

Faber se levantou e correu.

Cerca de 500 metros depois, olhou para trás. Já não enxergava o campo de aviação. Seguiu para o oeste, na direção dos alojamentos.

Aquele não seria apenas um golpe de espionagem corriqueiro. Durante toda a vida, Hitler se considerara o único que sabia de tudo. O homem que levasse provas de que, de novo, o Führer estava certo e todos os especialistas estavam errados poderia esperar mais do que um tapinha nas costas. Faber sabia que Hitler já o considerava o melhor agente da Abwehr; esse triunfo provavelmente lhe garantiria o posto de Canaris.

Se ele conseguisse levar as informações.

Apressou o passo, correndo 20 metros, andando os 20 seguintes e correndo de novo, de modo que chegou ao quartel às 6h30. O dia estava claro e ele não podia se aproximar muito, pois os sentinelas não estavam numa barraca, e sim num dos alojamentos sem paredes, com visão clara de tudo ao redor. Deitou-se perto da cerca viva e fez fotos de longe. Cópias comuns só mostrariam um quartel, mas grandes ampliações deveriam revelar os detalhes da farsa.

Quando voltou para o barco, tinha tirado trinta fotos. De novo se apressou, porque agora estava bastante visível: um homem vestido de preto carregando uma sacola de lona com equipamentos, correndo por campos abertos numa área restrita.

Chegou à cerca uma hora depois, não tendo visto nada além de gansos selvagens. Enquanto passava por cima do arame farpado, sentiu uma enorme liberação da tensão. Dentro da área cercada, a balança da suspeita pendia contra ele; do lado de fora, pendia a seu favor. Poderia voltar ao papel de observador de pássaros e pescador. O período de maior perigo havia passado.

Caminhou pelo cinturão de árvores, recuperando o fôlego e deixando a tensão do trabalho noturno se esvair. Decidiu que velejaria mais alguns quilômetros adiante, antes de atracar de novo para dormir algumas horas.

Chegou ao canal. Pronto. O barco estava bonito ao sol da manhã. Assim que estivesse a caminho, faria um pouco de chá, depois...

Um homem uniformizado saiu da cabine do barco e disse:

– Ora, ora. Quem é você?

Faber ficou totalmente imóvel, deixando a calma gélida e os antigos instintos tomarem conta de seu corpo. O intruso usava uniforme de capitão da Guarda Territorial. Tinha uma pistola num coldre com aba abotoada. Era alto e magro, mas parecia ter quase 60 anos. O cabelo branco surgia por baixo do quepe. Ele não fez qualquer menção de sacar a arma. Faber observou tudo isso e falou:

– O senhor está no meu barco, por isso acho que eu é que deveria perguntar quem é o senhor.

– Capitão Stephen Langham, Guarda Territorial.

– James Baker.

Faber permaneceu na margem. Um capitão não patrulhava sozinho.

– E o que está fazendo?

– Estou de férias.

– Onde você estava?

– Observando pássaros.

– Desde antes do amanhecer? Tome conta dele, Watson.

Um sujeito mais novo, com uniforme de brim, apareceu à esquerda de Faber segurando uma espingarda. Faber olhou em volta. Havia outro homem à sua direita e mais um atrás.

– De que direção ele veio, cabo? – gritou o capitão.

A resposta veio da copa de um carvalho:

– Da área restrita, senhor.

Faber estava calculando suas chances. Quatro contra um. Até que o cabo descesse da árvore. Eles tinham apenas duas armas: a espingarda e a pistola do capitão. E eram amadores. O barco também ajudaria.

– Área restrita? – perguntou. – Eu só vi uma cerca. Será que você se importa de apontar esse bacamarte para outro lado? Ele pode disparar sem querer.

– Ninguém observa pássaros no escuro – falou o capitão.

– Se você montar o esconderijo na escuridão, vai estar escondido quando os pássaros acordarem. É o modo adequado de fazer. Agora, veja, a Guarda Territorial é muito patriótica, eficiente e tal, mas não vamos levar isso longe demais, está bem? Vocês não têm simplesmente que verificar meus documentos e preencher um relatório?

O capitão estava parecendo meio em dúvida.

– O que há nessa bolsa de lona?

– Binóculo, uma máquina fotográfica e um livro de referência – respondeu Faber estendendo as mãos para a bolsa.

– Não, não faça isso – advertiu o capitão. – Olhe dentro, Watson.

E ali estava: o erro de amador.

– Levante as mãos – ordenou Watson.

Faber ergueu as mãos acima da cabeça, a direita perto da manga esquerda do paletó. Coreografou os próximos segundos: não deveria haver nenhum tiro.

Watson chegou ao seu lado, apontando a espingarda, e abriu a bolsa. Faber tirou o punhal da manga, aproximou-se de Watson e mergulhou a arma para baixo, até o cabo, no pescoço dele. Sua outra mão arrancou a espingarda do rapaz.

Os outros dois soldados na margem vieram em sua direção e o cabo começou a descer, de forma atabalhoada, pelos galhos do carvalho.

Faber retirou o punhal do pescoço de Watson enquanto o homem tombava no chão. O capitão abriu a aba do coldre. Faber saltou dentro do barco, que balançou, fazendo o capitão cambalear. Faber o acertou com o punhal, mas o sujeito estava longe demais para um golpe preciso. A ponta se prendeu na lapela do uniforme e subiu de modo brusco, cortando o queixo dele. A mão do capitão se afastou do coldre para pressionar o ferimento.

Faber girou de frente para a margem. Um dos soldados pulou. Faber deu um passo à frente e estendeu o braço direito. No meio do salto o soldado acabou empalado na agulha de 20 centímetros.

O impacto derrubou Faber, que soltou o punhal. O soldado caiu em cima da arma. Faber se ajoelhou – não havia tempo para recuperar o punhal, já que o capitão estava com as mãos no coldre. Faber saltou sobre ele, as mãos indo na direção do rosto no momento em que a arma saía do coldre. Os polegares de Faber apertaram os olhos do capitão, que gritou de dor e tentou empurrar seus braços.

Houve um som oco quando o quarto guarda pulou no barco. Faber deu as costas para o capitão, que agora seria incapaz de enxergar para disparar a pistola, mesmo se conseguisse destravá-la. O homem segurava um cassetete, e baixou-o com força. Faber desviou para a direita, de modo que o golpe errou sua cabeça e acertou o ombro esquerdo. Seu braço esquerdo ficou momentaneamente paralisado. Ele acertou o pescoço do sujeito com o lado da mão direita, um golpe poderoso e preciso. Espantosamente, o guarda se recuperou e levantou o cassetete para um segundo golpe. Faber se aproximou mais. A sensibilidade voltou ao braço esquerdo, que começou a doer muito. Ele segurou o rosto do soldado com as duas mãos, empurrou, torceu e empurrou de novo. Um estalo soou quando o pescoço do homem se partiu. No mesmo instante, o cassetete baixou de novo, desta vez na cabeça de Faber. Ele cambaleou para longe, atordoado.

O capitão trombou com ele, ainda oscilando. Faber o empurrou. O quepe saiu voando enquanto o homem balançava para trás, por cima da amurada, e caía no canal, espirrando água para todo lado.

O cabo pulou os últimos 2 metros do carvalho para o chão. Faber recuperou o punhal cravado no guarda e saltou para a margem. Watson ainda estava vivo, mas não por muito tempo: o sangue jorrava do ferimento no pescoço.

Faber e o cabo se entreolharam. O cabo tinha um revólver.

Estava aterrorizado. Nos poucos segundos que levara para descer do carvalho, aquele estranho matara três de seus colegas e derrubara o capitão no canal. O horror brilhava em seus olhos como a luz de uma lanterna.

Faber olhou o revólver. Era *velho* – parecia uma peça de museu. Se o cabo tivesse alguma confiança nele, já teria disparado.

O homem deu um passo à frente e Faber notou que ele não se apoiava na perna direita – talvez a tivesse machucado ao descer da árvore. Faber deu um passo para o lado, obrigando o cabo a colocar o peso na perna fraca enquanto girava para manter a arma voltada para o alvo. Faber pôs o bico do sapato embaixo de uma pedra e chutou-a para cima. Os olhos do cabo se viraram rapidamente para a pedra e Faber saltou.

O cabo puxou o gatilho e nada aconteceu. O revólver antigo emperrara. Mesmo se tivesse disparado, ele não acertaria Faber: seus olhos estavam virados para a pedra, ele cambaleara na perna fraca e Faber tinha se movimentado.

Faber o matou com um golpe no pescoço.

Só restava o capitão.

Faber viu o sujeito saindo da água na margem oposta. Encontrou uma pedra e a atirou. Ela acertou a cabeça do capitão, mas ele conseguiu chegar a terra firme e começou a correr.

Faber se adiantou para a margem, mergulhou, deu algumas braçadas e saiu do outro lado. O capitão estava a 100 metros de distância, correndo. Mas era velho. Faber o perseguiu. Foi diminuindo a distância entre eles até ouvir a respiração agonizante e áspera do homem. O capitão reduziu a velocidade e desmoronou sobre um arbusto.

Faber chegou até ele e o virou de barriga para cima.

– Você é um... demônio – declarou o capitão.

– Você viu meu rosto – disse Faber, e o matou.

CAPÍTULO DOZE

O TRIMOTOR DE TRANSPORTE JU-52, com suásticas nas asas, parou chacoalhando na pista molhada de chuva em Rastenburg, na floresta da Prússia Oriental. Um homem pequeno com feições abrutalhadas – nariz enorme, boca larga, orelhas grandes – desembarcou e atravessou rapidamente a pista até o Mercedes que o aguardava.

Enquanto o carro seguia pela floresta sombria e úmida, o marechal de campo Erwin Rommel tirou o quepe e passou a mão nervosamente pelos cabelos cada vez mais ralos. Dentro de poucas semanas, sabia que outro homem percorreria aquela rota levando uma bomba na pasta – uma bomba destinada ao próprio Führer. Enquanto isso, a luta precisaria continuar, de modo que o novo líder da Alemanha – que poderia até mesmo ser o próprio Rommel – conseguisse negociar com os Aliados a partir de uma posição de força.

Após pouco mais de 15 quilômetros, o carro chegou ao Wolfsschanze, o Covil do Lobo, que agora era o quartel-general de Hitler e do círculo cada vez menor e mais neurótico de generais que o cercavam.

Chuviscava, e gotas de chuva caíam das altas coníferas que circundavam o complexo. Junto ao portão dos aposentos pessoais de Hitler, Rommel pôs o quepe e saiu do carro. Sem dizer uma palavra, o Oberführer Rattenhuber, chefe dos guarda-costas da SS, estendeu a mão para receber a pistola de Rommel.

A reunião aconteceria no bunker subterrâneo, um abrigo frio, úmido e sem ventilação, revestido de concreto. Rommel desceu a escada e entrou. Já havia cerca de uma dezena de homens ali, esperando o encontro do meio-dia: Himmler, Goering, Von Ribbentrop, Keitel. Rommel cumprimentou-os com a cabeça e sentou-se numa cadeira dura para esperar.

Todos se levantaram quando Hitler entrou. Ele usava túnica cinza e calça preta, e Rommel observou que ele estava ficando cada vez mais encurvado. Foi até a outra extremidade do bunker, onde um grande mapa de parede mostrando o noroeste da Europa estava grudado no concreto. Parecia cansado e irritadiço. Falou sem preâmbulos:

– Haverá uma invasão aliada à Europa. Acontecerá este ano. Será lançada a partir da Inglaterra, com tropas inglesas e americanas. Eles vão desembarcar na França. Vamos destruí-los na praia. Quanto a isso, não há espaço para discussão.

Olhou em volta, como se desafiasse seu Estado-maior a contradizê-lo. Todos mantiveram o silêncio. Rommel estremeceu: o bunker era frio como a morte.

– A questão é: onde eles vão desembarcar? Von Roenne, seu relatório.

O coronel Alexis von Roenne, que assumira o posto de Canaris, ficou de pé. No início da guerra ele era um mero capitão, mas se distinguiu com um relatório soberbo sobre os pontos fracos do exército da França – um documento que foi considerado fator decisivo na vitória alemã. Ele havia se tornado chefe do serviço secreto em 1942, e esse departamento absorveu a Abwehr depois da queda de Canaris. Rommel ouvira dizer que ele era orgulhoso e falastrão, mas competente.

Roenne disse:

– Nossas informações são amplas, mas nem de longe completas. O codinome dos Aliados para a invasão é Overlord. As concentrações de tropas na Grã-Bretanha são as seguintes. – Ele pegou um ponteiro e atravessou a sala até o mapa. – Primeira: ao longo do litoral sul. Segunda: aqui na região chamada Ânglia Oriental. Terceira: na Escócia. A concentração na Ânglia Oriental é, *de longe*, a maior. Concluímos que a invasão terá três pontas. Primeira: um ataque na Normandia para distrair a atenção. Segunda: o golpe principal, atravessando o Estreito de Dover até o litoral de Calais. Terceira: uma invasão de flanco vinda da Escócia, atravessando o mar do Norte até a Noruega. Todas as fontes de informações sustentam esse prognóstico.

Ele se sentou.

– Comentários? – perguntou Hitler.

Rommel, comandante do Grupo B do Exército, que controlava o litoral norte da França, disse:

– Posso confirmar uma coisa: Pas-de-Calais recebeu a maior quantidade de bombas.

Goering falou:

– Que fontes sustentam seu prognóstico, Von Roenne?

Roenne se levantou de novo.

– São três: reconhecimento aéreo, monitoramento dos comunicados inimigos por rádio e os informes dos agentes.

Ele se sentou.

Hitler cruzou as mãos como se protegesse a genitália, um hábito nervoso que era sinal de que ia fazer um discurso.

– Agora vou lhes dizer como eu pensaria se fosse Winston Churchill – começou. – Duas opções estão à minha frente: a leste do Sena ou a oeste do Sena. O leste tem uma vantagem: fica mais perto. Mas na guerra moderna só há duas distâncias: *dentro* do alcance dos caças e *fora* do alcance dos caças. As *duas* opções estão dentro do alcance dos caças. Então a distância não é importante. O oeste tem um grande porto, Cherbourg, mas o leste não tem nenhum. E, mais importante: o leste é mais bem fortificado do que o oeste. O inimigo também tem serviço de reconhecimento aéreo. Portanto, eu escolheria o oeste. E como procederia nesse caso? Tentaria fazer com que os alemães pensassem o oposto! Mandaria dois bombardeiros a Pas-de-Calais para cada um que mandasse à Normandia. Tentaria derrubar todas as pontes sobre o Sena. Mandaria mensagens falsas por rádio, relatos de espionagem falsos, disporia minhas tropas de modo a enganar. Enganaria idiotas como Rommel e Von Roenne. Esperaria enganar o próprio Führer!

Depois de um longo silêncio, Goering foi o primeiro a falar:

– Meu Führer, acredito que o senhor lisonjeia Churchill ao considerá-lo com uma engenhosidade equivalente à sua.

Houve uma perceptível liberação de tensão no constrangido bunker. Goering tinha dito exatamente a coisa certa, conseguindo verbalizar a discordância na forma de um elogio. Os outros o acompanharam, cada um enfatizando mais um pouco a posição: os aliados escolheriam a travessia marítima mais curta, para ter velocidade; o litoral mais próximo permitiria que os aviões de caça dando cobertura reabastecessem e retornassem em pouco tempo; o sudeste era um ponto de embarque melhor, com mais estuários e portos; era improvável que todos os relatos do serviço de inteligência estivessem errados.

Hitler escutou durante meia hora, depois ergueu a mão pedindo silêncio. Pegou um maço de papéis amarelados na mesa e os balançou.

– Em 1941, lancei minha diretriz *Construção de defesas costeiras*, em que prevejo que o desembarque decisivo dos Aliados aconteceria nas partes salientes da Normandia e da Bretanha, onde os portos excelentes garantiriam cabeças de praia ideais. Foi isso que minha intuição disse na época e é o que ela diz agora!

Um pouquinho de espuma apareceu no lábio inferior do Führer.

Von Roenne se manifestou. (Ele tem mais coragem do que eu, pensou Rommel.)

– Meu Führer, nossas averiguações continuam, naturalmente, e o senhor precisa saber de uma linha de investigação especial que está em andamento. Nas últimas semanas, mandei um emissário à Inglaterra para contatar o agente conhecido como Die Nadel.

Os olhos de Hitler brilharam.

– Ah! Eu o conheço. Continue.

– As ordens são para Die Nadel avaliar a força do Primeiro Grupamento do Exército dos Estados Unidos sob o comando do general Patton na Ânglia Oriental. Se ele descobrir que os informes foram exagerados, devemos reconsiderar nosso prognóstico. Mas, se ele informar que o exército é tão forte quanto acreditamos atualmente, teremos poucas dúvidas de que o alvo é Calais.

Goering olhou para Von Roenne.

– Quem é esse Nadel?

Foi Hitler quem respondeu:

– O único agente decente que Canaris já recrutou na vida, porque o recrutou a meu pedido. Conheço a família dele, é um pilar do Reich. Alemães fortes, leais, íntegros. E Die Nadel... é um homem brilhante, brilhante! Vejo todos os informes dele. Ele está em Londres desde antes de os ingleses entrarem na guerra. Antes disso, na Rússia...

Von Roenne interrompeu-o:

– Meu Führer...

Hitler encarou-o irritado, mas pareceu perceber que o chefe da espionagem estava certo em fazê-lo parar.

– Sim?

– Então o senhor aceitará o relatório de Die Nadel? – perguntou Von Roenne, hesitante.

Hitler assentiu.

– Aquele homem descobrirá a verdade.

PARTE TRÊS

CAPÍTULO TREZE

FABER ENCOSTOU NUMA ÁRVORE, tremendo, e vomitou.
Depois pensou se deveria enterrar os cinco mortos.

Demoraria entre trinta e sessenta minutos, pensou, dependendo de quão bem escondesse os corpos. Durante esse tempo poderia ser apanhado.

Precisava pesar esse risco em comparação com as horas preciosas que ganharia atrasando a descoberta das mortes. Logo a falta dos homens seria sentida – por volta das nove da manhã uma busca já estaria sendo empreendida. Presumindo que os cinco estivessem numa patrulha regular, seu caminho seria de conhecimento geral. O primeiro passo do pessoal de busca seria verificar a rota deles. Se Faber deixasse os corpos expostos, alguém os encontraria e daria o alarme. Mas se ele os enterrasse, ninguém acharia nada a princípio e uma busca em escala total seria organizada, com cães farejadores e policiais revistando os arbustos. Nesse caso, talvez demorassem o dia todo para localizar os cadáveres. Quando isso acontecesse, Faber já poderia estar em Londres. Era importante estar fora de alcance antes que soubessem que deviam procurar um assassino. Decidiu assumir o risco da hora adicional de trabalho.

Atravessou o canal de volta a nado, arrastando o capitão idoso consigo. Largou-o sem nenhuma cerimônia atrás de um arbusto. Pegou os dois corpos dentro do barco e os empilhou em cima do capitão. Depois acrescentou Watson e o cabo ao monte.

Não tinha pá, e precisava de uma sepultura grande. Encontrou um trecho de terra fofa alguns metros dentro da floresta. O chão era ligeiramente côncavo, o que lhe dava uma vantagem. Pegou uma panela na cozinha minúscula do barco e começou a cavar.

Por cerca de meio metro havia apenas folhas mofadas, e o trabalho foi fácil. Então chegou ao barro, e ficou extremamente difícil cavar. Em meia hora tinha acrescentado apenas mais 50 centímetros de profundidade ao buraco. Teria que bastar.

Carregou os corpos até o buraco, um a um, e os jogou dentro. Depois tirou as roupas enlameadas e sujas de sangue e as atirou por cima. Cobriu a sepultura com terra e uma camada de folhagem que arrancou de arbustos e árvores próximos. Deveria ser o suficiente para passar pela primeira inspeção superficial.

124

Chutou terra por cima da área perto da margem, onde o sangue de Watson havia jorrado. Havia sangue no barco também, onde o soldado empalado tinha caído. Faber encontrou um trapo e lavou o convés.

Depois vestiu roupas limpas, enfunou as velas e partiu.

Não pescou nem observou pássaros: não era hora de incrementos agradáveis ao disfarce. Em vez disso, ajustou as velas, colocando o máximo de distância possível entre ele e a sepultura. Precisava sair da água e conseguir algum transporte mais veloz o mais rápido possível. Enquanto velejava, pensou se seria melhor pegar um trem ou roubar um carro. Um carro era mais rápido, se ele encontrasse um que conseguisse roubar; mas a busca ao veículo poderia começar logo, independentemente de o roubo ser associado à patrulha da Guarda Territorial desaparecida. Achar uma estação de trem poderia demorar muito, mas parecia mais seguro: se ele fosse cuidadoso, poderia escapar de qualquer suspeita durante a maior parte do dia.

Pensou o que fazer com o barco. Em termos ideais ele o afundaria, mas poderia ser visto fazendo isso. Se o deixasse em algum porto ou simplesmente o atracasse na beira do canal a polícia iria ligá-lo aos assassinatos muito mais cedo, e isso revelaria que direção ele tinha tomado. Adiou a decisão.

Infelizmente não tinha certeza de onde estava. Seu mapa das vias aquáticas da Inglaterra indicava todas as pontes, portos e eclusas, mas não as ferrovias. Calculou que estaria a uma ou duas horas de caminhada de meia dúzia de vilarejos, mas um vilarejo não significava necessariamente uma estação.

Por fim, a sorte resolveu dois problemas de uma vez: o canal passou por baixo de uma ponte ferroviária.

Faber pegou a bússola, o filme da máquina, a carteira e o punhal. Todas as outras posses afundariam com o barco.

O caminho ao longo dos dois lados do canal era sombreado por árvores e não havia estradas por perto. Ele enrolou as velas, desmontou a base do mastro e o deitou no convés. Depois tirou a tampa do furo de drenagem da quilha e foi para a margem, segurando a corda.

Enchendo-se aos poucos de água, o barco deslizou por baixo da ponte. Faber segurou a corda para mantê-lo posicionado sob o arco de tijolos enquanto afundava. A popa desceu primeiro, a proa foi em seguida e finalmente a água do canal se fechou sobre o teto da cabine. Houve algumas bolhas, e depois nada. A silhueta do barco estava escondida de um olhar casual pela sombra da ponte. Faber jogou a corda na água.

A ferrovia corria de nordeste para sudoeste. Faber subiu pelo barranco e seguiu na direção sudoeste, o caminho de Londres. Era uma ferrovia com duas linhas, provavelmente um ramal rural. Haveria poucos trens, mas parariam em todas as estações.

O sol ficou mais forte à medida que ele andava e o exercício o deixou com calor. Depois de enterrar as roupas pretas ensanguentadas ele tinha vestido um blazer trespassado e calças de flanela grossas. Tirou o blazer e o pendurou no ombro.

Depois de quarenta minutos, ouviu um *tchuf-tchuf-tchuf* distante e se escondeu num arbusto ao lado da linha. Uma velha locomotiva a vapor passou lentamente, indo para o nordeste, soltando grandes nuvens de fumaça e puxando um trem com vagões de carvão. Se um viesse na direção oposta ele poderia pular em cima. Será que deveria? Isso lhe pouparia uma caminhada longa. Por outro lado, ele ficaria muito sujo e poderia ter problemas para desembarcar sem ser visto. Não, era mais seguro andar.

A linha seguia reta como uma flecha pelo terreno plano. Faber passou por um agricultor arando um campo com um trator. Era impossível não ser visto. O agricultor acenou para ele sem parar o trabalho. Estava longe demais para olhar direito o rosto de Faber.

Tinha andado pouco mais de 15 quilômetros quando viu uma estação adiante. Estava a cerca de um quilômetro e só dava para ver as plataformas e um punhado de sinais. Saiu da linha e atravessou os campos, mantendo-se perto das árvores, até encontrar uma estrada.

Depois de alguns minutos, entrou no vilarejo. Não havia nada que indicasse o nome do lugar. Agora que a ameaça de invasão era uma lembrança, placas de sinalização estavam sendo recolocadas, mas aquele vilarejo ainda não tinha feito isso.

Havia um prédio dos correios, um armazém e um bar chamado O Touro. Uma mulher empurrando um carrinho de bebê lhe deu um amigável "Bom dia!" enquanto ele passava pelo memorial de guerra. A pequena estação repousava sonolenta ao sol de primavera. Faber entrou.

Havia uma tabela de horários pregada num quadro de avisos. Faber parou à frente. De trás da janelinha do guichê, uma voz disse:

– Eu não confiaria nisso, se fosse o senhor. É a maior obra de ficção desde *A família Forsyte*.

Faber sabia que os horários estariam desatualizados, mas precisava descobrir se os trens iriam para Londres. Iriam. Disse:

– Sabe o horário do próximo trem para Liverpool Street?

O funcionário deu uma risada sarcástica.

– Em algum momento ainda hoje, se o senhor tiver sorte.

– Vou comprar um bilhete assim mesmo. Só de ida, por favor.

– Cinco libras e quatro pence. Dizem que os trens italianos chegam na hora certa.

– Não mais – observou Faber. – De qualquer modo, prefiro ter trens ruins e a nossa política.

O homem lhe lançou um olhar nervoso.

– Está certo, claro. Quer esperar no Touro? O senhor vai escutar o trem. Se não, mando chamá-lo.

Faber não queria que mais pessoas vissem seu rosto.

– Não, obrigado, eu só iria gastar dinheiro.

Em seguida pegou o bilhete e foi para a plataforma.

O funcionário foi atrás dele alguns minutos depois e se sentou ao seu lado no banco, sob o sol. Disse:

– Está com pressa?

Faber balançou a cabeça.

– Já perdi o dia. Acordei tarde, discuti com o chefe e o caminhão que me deu carona quebrou.

– Um dia daqueles. Ah, bom. – O funcionário olhou seu relógio. – O trem subiu no horário hoje de manhã. E, como dizem, tudo que sobe, desce. Talvez o senhor tenha sorte.

Ele voltou para seu escritório.

Faber teve sorte. O trem chegou vinte minutos depois. Estava apinhado de agricultores, famílias, homens de negócio e soldados. Faber encontrou um lugar no chão, perto de uma janela. Enquanto o trem partia sacolejando, ele achou um jornal largado, de dois dias antes, pegou um lápis emprestado e começou a fazer as palavras cruzadas. Tinha orgulho de sua habilidade para fazer palavras cruzadas em inglês: era o teste máximo de fluência numa língua estrangeira. Depois de um tempo o movimento do trem o fez mergulhar num sono leve e ele sonhou.

~

Era um sonho familiar, o sonho de sua chegada a Londres.

Tinha vindo da França com um passaporte belga no nome de Jan van Gelder, representante da Philips (o que explicaria o rádio na mala, caso a alfândega a abrisse). Na época seu inglês era fluente, mas não coloquial. A alfândega não o incomodou: ele era um aliado. Pegou o trem para Londres. Naquele tempo havia muitos assentos vazios nos vagões e era possível fazer uma refeição. Faber jantou rosbife e *Yorkshire pudding*. Achou divertido. Conversou sobre a situação política na Europa com um estudante de história, de Cardiff. O sonho era igual à realidade até que o trem parou em Waterloo. Então se transformou em pesadelo.

O problema começou na roleta de bilhetes. Como todos os sonhos, esse tinha sua própria falta de lógica. O documento que eles examinaram não era seu passaporte falso, e sim seu bilhete ferroviário perfeitamente legítimo.

– Isso é um bilhete da Abwehr – informou o funcionário.

– Não é, não – respondeu Faber, falando com um sotaque alemão ridiculamente forte. O que tinha acontecido com suas belas consoantes britânicas? Não saíam. – Eu tenho em Dover gekauft. – Maldição, isso o entregava.

Mas o funcionário, que tinha se transformado num policial londrino com capacete e tudo, pareceu ignorar o súbito lapso em alemão. Sorriu educadamente e disse:

– É melhor verificar o seu Klamotte, senhor.

A estação estava apinhada. Faber pensou que, se conseguisse se misturar à multidão, conseguiria escapar. Largou a mala com o rádio e saiu correndo, abrindo caminho pela massa de gente. De repente percebeu que tinha deixado as calças no trem e havia suásticas nas suas meias. Teria de comprar calças na primeira loja, antes que as pessoas percebessem o nazista correndo por aí só com as roupas de baixo. Então alguém colocou o pé para fazê-lo tropeçar, dizendo:

– Já vi seu rosto antes.

Ele caiu com uma pancada, se esborrachando no piso do vagão onde tinha dormido.

~

Piscou, bocejou e olhou em volta. Estava com dor de cabeça. Por um momento ficou aliviado porque tudo tinha sido um sonho, então se divertiu com o ridículo do simbolismo: meias com suásticas, pelo amor de Deus!

Um homem de macacão, ao seu lado, disse:

– O senhor dormiu bem.

Faber ergueu os olhos rapidamente. Sempre tinha medo de falar dormindo e se denunciar.

– Tive um sonho desagradável – disse.

O homem não respondeu.

Estava escurecendo. Ele *tinha* dormido muito tempo. A luz do vagão se acendeu de repente, uma única lâmpada, e alguém fechou as cortinas. Os rostos das pessoas se transformaram em ovais pálidos e sem feições. O operário ficou tagarela de novo.

– O senhor perdeu a bagunça – comentou o homem.

Faber franziu a testa.

– O que aconteceu?

Não era possível que ele tivesse dormido durante algum tipo de verificação policial.

– Um daqueles trens dos ianques passou por nós. Estava a uns 15 quilômetros por hora, com um crioulo conduzindo, tocando o sino, com uma porcaria de um limpa-trilhos enorme na frente! Parecia coisa do Velho Oeste.

Faber sorriu e pensou no sonho. Na verdade, sua chegada a Londres tinha ocorrido sem qualquer incidente. A princípio se hospedou num hotel, usando o disfarce belga. Em uma semana tinha visitado vários cemitérios de igrejas no interior, anotando o nome de homens da sua idade que via nas lápides, e solicitado três segundas vias de certidões de nascimento. Depois alugou quartos e encontrou trabalhos humildes, usando referências falsas de uma firma inexistente, de Manchester. Chegou a ir ao cartório eleitoral em Highgate antes da guerra. Votou nos conservadores. Quando começou o racionamento, os cupons eram entregues pelos senhorios a cada pessoa que tivesse dormido na casa numa noite específica. Faber conseguiu passar partes daquela noite em três casas diferentes, por isso obteve documentos para cada um dos seus personagens. Queimou o passaporte belga. Caso precisasse de um passaporte – o que era improvável –, poderia conseguir três britânicos.

O trem parou, e pelo barulho do lado de fora os passageiros souberam que tinham chegado. Quando Faber saiu, percebeu que estava faminto e morto de sede. Sua última refeição tinha sido salsicha, biscoitos secos e água mineral, no dia anterior. Passou pela roleta e achou o bufê da estação. Estava cheio de gente, na maioria soldados, dormindo ou tentando dormir sentados às mesas. Faber pediu um sanduíche de queijo e uma xícara de chá.

– A comida é reservada para os militares – disse a mulher atrás do balcão.

– Só o chá, então.

– Você tem uma xícara?

Faber ficou surpreso.

– Não.

– Nem nós, meu chapa.

Faber saiu, enojado. Pensou em ir jantar no hotel Great Eastern, mas isso tomaria tempo. Encontrou um pub e bebeu dois copos de cerveja fraca, depois comprou uma porção de batatas fritas embrulhadas em jornal numa loja de *fish and chips* e comeu de pé na calçada. A comida o fez sentir-se surpreendentemente cheio.

Agora precisava encontrar uma loja para revelar o filme e arrombá-la.

Queria revelar o filme para garantir que as fotos tinham saído. Não se arriscaria a voltar para a Alemanha com um rolo de filme estragado e inútil. Se as imagens não estivessem boas ele precisaria roubar mais filme e voltar. A ideia era insuportável.

Teria que ser uma loja pequena e independente, e não uma filial de uma cadeia que revelasse os filmes numa sede central. Devia ser numa área em que os moradores tivessem dinheiro para comprar máquinas fotográficas (ou que pudessem tê-las comprado antes da guerra). A parte do East London, onde ficava a Liverpool Street Station, não servia. Decidiu ir para Bloomsbury.

As ruas iluminadas pelo luar estavam silenciosas. Até o momento, as sirenes não tinham tocado. Dois policiais militares o pararam na Chancery Lane e pediram sua carteira de identidade. Faber fingiu que estava ligeiramente bêbado e os homens não perguntaram o que ele estava fazendo na rua.

Encontrou a loja que estava procurando na extremidade norte da Southampton Row. Havia uma placa da Kodak na vitrine. Surpreendentemente, o estabelecimento estava aberto. Entrou.

Um homem encurvado, irritadiço, com cabelo ralo e óculos estava atrás do balcão. Usava um jaleco branco.

– Só estamos abertos para a compra de medicamentos com receita médica – disse.

– Tudo bem. Só quero perguntar se o senhor revela fotos.

– Sim, se o senhor voltar amanhã...

– O senhor revela aqui mesmo? É porque eu preciso delas com rapidez.

– Sim, se o senhor voltar amanhã...

– Eu poderia pegar as ampliações no mesmo dia? Meu irmão está de licença e quer levar as fotos de volta...

– O melhor que podemos fazer é entregar em 24 horas. Volte amanhã.

– Obrigado, vou voltar – mentiu Faber.

Enquanto saía notou que a farmácia fecharia dali a dez minutos. Atravessou a rua e ficou escondido, esperando.

Exatamente às nove horas o homem saiu, trancou a loja e seguiu andando pela rua. Faber foi na direção oposta e virou duas esquinas.

Parecia não existir acesso para os fundos do estabelecimento. Isso era um inconveniente: Faber não queria invadi-la pela frente, para o caso de a porta destrancada ser vista por algum policial de patrulha enquanto ele estivesse lá dentro. Andou pela rua paralela, procurando um modo de entrar. Pelo jeito, não havia. Mas tinha que existir algum tipo de área aberta nos fundos, já que as duas ruas eram distantes demais uma da outra para que os prédios fossem unidos pela parte de trás.

Finalmente, passou por uma casa grande e antiga com uma placa indicando que era um dormitório de uma faculdade próxima. A porta da frente estava destrancada. Faber entrou e foi rapidamente até uma cozinha comunitária. Havia uma jovem sentada à mesa sozinha, tomando café e lendo um livro.

– Verificação de blecaute – murmurou Faber.

Ela assentiu e voltou ao texto. Faber saiu pela porta dos fundos.

Atravessou um pátio, trombando em algumas latas de lixo no caminho, e encontrou uma porta que dava num beco. Em segundos estava nos fundos da loja que queria. Aquela entrada obviamente nunca era usada. Ele passou por cima de alguns pneus e colchões abandonados e golpeou a porta com o ombro. A madeira podre cedeu com facilidade e Faber entrou.

Encontrou o laboratório fotográfico e se trancou dentro. O interruptor ligava uma luz vermelha e fraca no teto. O lugar era muito bem equipado, com frascos de químicos rotulados, um ampliador e até uma secadora para as cópias.

Faber trabalhou rápida mas cuidadosamente, deixando a temperatura dos tanques no nível exato, agitando os líquidos para revelar bem o filme, marcando o tempo do processo com os ponteiros de um grande relógio elétrico na parede.

Os negativos estavam perfeitos.

Deixou-os secar, depois os colocou no ampliador e fez um jogo completo de cópias de 20x25cm. Ficou animado ao ver as imagens surgindo gradualmente com o revelador. Por Deus, tinha feito um ótimo trabalho!

Agora havia uma decisão importante a tomar.

O problema estivera na sua mente o dia todo, e, agora que as fotos estavam ali, foi obrigado a enfrentá-lo.

E se não conseguisse chegar lá?

A viagem, para dizer o mínimo, era perigosa. Confiava em sua capacidade de chegar ao ponto de encontro apesar das restrições às viagens e da segurança costeira, mas não podia ter certeza de que o submarino estivesse lá, ou que ele voltaria atravessando o mar do Norte. Na verdade, Faber poderia sair dali e ser atropelado por um ônibus.

A possibilidade de que, depois de descobrir o maior segredo da guerra, pudesse morrer levando-o junto era terrível demais para ser contemplada.

Precisava de um estratagema de reserva, um segundo método para garantir que a prova da farsa aliada chegasse à Abwehr. E isso significava escrever para Hamburgo.

Não existia, é claro, serviço de correios entre a Inglaterra e a Alemanha. As correspondências precisavam passar por um país neutro. Todas essas correspondências certamente eram analisadas pela censura. Ele poderia escrever em código, mas não adiantava: precisava mandar as fotos, porque elas eram as provas do que diria.

Existia um caminho, mas era antigo. Na embaixada portuguesa em Londres havia um funcionário simpatizante da Alemanha – por motivos políticos e porque recebia um suborno alto – que enviava mensagens através da mala diplomática para a embaixada alemã em Lisboa. Essa rota tinha sido aberta no início de 1939 e Faber nunca a usara, a não ser num teste de rotina que Canaris tinha pedido.

Teria que servir.

Faber sentiu uma raiva irracional. *Detestava* depender de outras pessoas. Essa rota poderia não estar mais aberta ou poderia ser insegura. Nesse caso, os ingleses poderiam ficar sabendo que ele havia descoberto seu segredo.

Uma regra fundamental da espionagem era que a oposição não deveria saber que segredos dela você havia desvendado. Se isso acontecesse, o valor de suas descobertas era anulado. Mas esse caso não se encaixava nessa regra: o que os ingleses poderiam fazer se descobrissem? Ainda teriam o problema de conquistar a França.

A mente de Faber ficou clara. A balança dos argumentos era indiscutivelmente favorável a confiar seu segredo ao contato na embaixada portuguesa.

Contra todos os instintos, sentou-se para escrever uma carta.

CAPÍTULO CATORZE

FREDERICK BLOGGS tinha passado uma tarde desagradável no campo.
Quando cinco mulheres preocupadas contataram a delegacia de polícia local dizendo que os maridos não tinham voltado para casa, um policial do interior colocou em prática seus limitados poderes de dedução e concluiu que toda uma patrulha da Guarda Territorial havia sumido. Tinha quase certeza de que eles estavam simplesmente perdidos – eram todos surdos, malucos ou senis, caso contrário estariam no exército –, mas mesmo assim notificou a delegacia central, só para se resguardar. O sargento de plantão, que recebeu a mensagem, percebeu no mesmo instante que os homens desaparecidos estavam patrulhando uma área militar particularmente importante e notificou seu inspetor, que notificou a Scotland Yard, que mandou um homem da Divisão Especial para lá e notificou o MI5, que mandou Bloggs.

O homem da Divisão Especial era Harris, que havia trabalhado no caso de assassinato em Stockwell. Ele e Bloggs se encontraram no trem, uma das locomotivas do Velho Oeste emprestadas à Inglaterra pelos americanos por causa da escassez de trens. Harris repetiu o convite para jantar num domingo, e Bloggs disse mais uma vez que trabalhava na maioria dos domingos.

Quando saíram do trem, pegaram bicicletas emprestadas para seguir pelo caminho na margem do canal até encontrarem a equipe de busca. Harris, dez anos mais velho do que Bloggs e 25 quilos mais pesado, ficou exausto.

Encontraram parte da equipe de busca embaixo de uma ponte ferroviária. Harris aproveitou a oportunidade para descer da bicicleta.

– O que vocês acharam? – perguntou. – Corpos?

– Não, um barco – respondeu um policial. – Quem são vocês?

Eles se apresentaram. Um policial vestido apenas com a roupa de baixo estava mergulhando para examinar o barco. Ele emergiu segurando um tampão.

Bloggs olhou para Harris.

– Afundado de propósito?

– É o que parece. – Harris se virou para o mergulhador. – Notou mais alguma coisa?

– Não faz muito tempo que ele está aí, pois apresenta boas condições e o mastro foi removido, e não quebrado.

– É muita informação para um minuto só embaixo d'água – comentou Harris.

– Sou marinheiro de fim de semana, senhor – explicou o mergulhador.

Harris e Bloggs montaram nas bicicletas e foram em frente.

Quando acharam o grupo principal, os corpos tinham sido encontrados.

– Assassinados, todos os cinco – informou o policial uniformizado que estava no comando. – Capitão Langham, cabo Lee e soldados Watson, Dayton e Forbes. O pescoço de Dayton foi quebrado, o resto foi morto com algum tipo de faca. O corpo de Langham esteve no canal. Todos foram encontrados juntos numa cova rasa. Assassino maldito.

Ele estava bastante abalado.

Harris olhou atentamente os cinco corpos arrumados um ao lado do outro.

– Já vi ferimentos assim, Fred – disse.

Bloggs olhou de perto.

– Meu Deus, é ele.

Harris assentiu.

– Punhal.

O inspetor ficou atônito.

– Vocês sabem quem foi?

– Podemos supor – respondeu Harris. – Achamos que ele já matou duas vezes antes. É o mesmo homem, sabemos *quem* ele é, mas não *onde* está.

Os olhos do inspetor se estreitaram.

– Com a área restrita tão perto, a Divisão Especial e o MI5 chegando tão depressa, há mais alguma coisa que eu precise saber sobre o caso?

– Só precisa ficar quieto até que seu chefe tenha falado com o nosso pessoal – respondeu Harris.

– Está bem.

– Encontraram mais alguma coisa, inspetor? – quis saber Bloggs.

– Ainda estamos passando pente fino na área, mas por enquanto nada mais. Havia algumas roupas na sepultura – acrescentou ele, apontando.

Bloggs tocou as peças com cautela: calça preta, suéter preto, jaqueta de aviador preta e curta, estilo da RAF.

– Roupas para trabalho noturno – disse Harris.

– Para um homem grande – acrescentou Bloggs.

– Qual é a altura do sujeito de vocês?

– Mais de 1,80.

– Vocês passaram pelo homem que encontrou o barco afundado? – perguntou o inspetor.

– Passamos. – Bloggs franziu a testa. – Onde fica a eclusa mais próxima?

– Seis quilômetros canal acima.

– Se o sujeito estava num barco, o vigia da eclusa deve tê-lo visto, não é?

– Deve – concordou o inspetor.

– É melhor falarmos com ele – disse Bloggs, e voltou para a bicicleta.

– Mais 6 quilômetros, não – resmungou Harris.

– É bom para queimar um pouco do jantar de domingo.

Demoraram quase uma hora para percorrer os 6 quilômetros, porque o caminho era feito para cavalos, e não veículos com rodas: era irregular, lamacento, cheio de pedras soltas e raízes de árvores. Harris suava e praguejava quando chegaram à eclusa.

O vigia estava sentado do lado de fora de sua casinha, fumando um cachimbo e aproveitando o clima ameno da tarde. Era um homem de meia-idade, fala vagarosa e movimentos mais vagarosos ainda. Olhou os dois ciclistas com um leve ar de diversão.

Bloggs falou, porque Harris estava sem fôlego:

– Somos policiais.

– É mesmo? – disse o vigia. – O que está acontecendo?

Ele parecia animado como um gato na frente de uma lareira.

Bloggs pegou na carteira a foto de Die Nadel e entregou ao sujeito.

– O senhor viu este homem?

O vigia pôs a foto no colo enquanto levava outro fósforo ao cachimbo. Em seguida a examinou por um tempo e devolveu.

– E então? – perguntou Harris.

– Vi. – O vigia assentiu lentamente. – Ele esteve aqui ontem, mais ou menos a essa hora. Entrou para tomar uma xícara de chá. É um sujeito bacana. O que ele fez, acendeu uma luz depois da hora do blecaute?

Bloggs se sentou pesadamente.

– Mais ou menos isso – respondeu.

Harris pensou em voz alta:

– Ele atraca o barco mais para baixo no canal e vai para a área restrita depois que escurece. – Falava baixinho, para que o vigia não escutasse. – Quando volta, vê que a Guarda Territorial encontrou o barco. Ele lida com os guardas, desce de barco até mais um pouco à frente, até a ferrovia, afunda o barco e... pula num trem?

Bloggs disse ao vigia:

– A linha de trem que atravessa o canal a alguns quilômetros daqui... Para onde ela vai?

– Londres.

– Ah, merda – disse Bloggs.

~

Bloggs chegou ao Departamento de Guerra em Whitehall à meia-noite. Godliman e Parkin estavam lá, esperando-o.

– É ele, sim – disse Bloggs, e contou a história.

Parkin ficou animado. Godliman só pareceu tenso. Quando Bloggs terminou, Godliman disse:

– Então agora ele voltou a Londres e estamos de novo procurando uma agulha num palheiro. – Ele estava brincando com palitos de fósforo, formando uma imagem sobre a mesa. – Sabem, sempre que eu olho aquela foto tenho a sensação de que já *estive* com o desgraçado.

– Bom, pense! – exclamou Bloggs. – Onde?

Godliman balançou a cabeça, frustrado.

– Deve ter sido só uma vez, e em algum lugar estranho. É como um rosto que eu vi na plateia de uma palestra ou ao fundo num coquetel. Apenas um vislumbre, um encontro casual. Quando me lembrar, provavelmente não vai adiantar nada.

– O que há naquela área? – perguntou Parkin.

– Não sei, o que significa que provavelmente é muito importante – respondeu Godliman.

Houve silêncio. Parkin acendeu um cigarro com um dos fósforos de Godliman. Bloggs ergueu os olhos.

– Poderíamos imprimir um milhão de cópias da foto dele, dar uma a cada policial, cada chefe do serviço de prevenção antiaérea, cada membro da Guarda Territorial, soldado, carregador de estação de trem; grudar em quadros de aviso e publicar nos jornais...

Godliman balançou a cabeça.

– É muito arriscado. E se ele já informou a Hamburgo o que viu? Se fizermos um estardalhaço público sobre o sujeito, eles vão saber que a informação é importante. Só iríamos lhe dar credibilidade.

– Precisamos fazer alguma coisa.

– Certamente. Vamos distribuir a foto dele entre os policiais. Vamos informar a descrição dele à imprensa dizendo que é um assassino comum. Podemos dar os detalhes dos assassinatos em Highgate e Stockwell, sem revelar que a segurança está envolvida.

– O que o senhor está dizendo é que podemos lutar com uma das mãos amarrada às costas – observou Parkin.

– Pelo menos por enquanto.

– Vou falar com a Scotland Yard – disse Bloggs, e pegou o telefone.

Godliman olhou seu relógio.

– Não há muito que possamos fazer esta noite, mas não estou com vontade de ir para casa. Não vou conseguir dormir.

Parkin se levantou.

– Nesse caso vou arranjar uma chaleira e fazer um chá.

Em seguida ele saiu.

Os fósforos na mesa de Godliman formavam a imagem de um cavalo com uma carruagem. Ele pegou uma perna do cavalo e acendeu o cachimbo com ela.

– Você tem namorada, Fred? – perguntou em tom despreocupado.

– Não.

– Não desde que...?

– É.

Godliman soltou uma baforada do cachimbo.

– O luto precisa ter um fim, você sabe.

Bloggs não respondeu.

– Olhe – disse Godliman –, talvez eu não devesse falar com você desse modo direto. Mas sei como você se sente, também já passei por isso. A única diferença é que eu não tinha a quem culpar.

– Você não se casou de novo – observou Bloggs, sem olhar para Godliman.

– Não. E não quero que você cometa o mesmo erro. Quando a gente chega à meia-idade, viver sozinho pode ser bastante deprimente.

– Já contei que o pessoal a chamava de Bloggs Destemida?

– Já.

Finalmente Bloggs olhou para Godliman.

– Diga, onde eu poderia encontrar outra mulher assim?

– Ela precisa ser uma heroína?

– Depois de Christine, precisa.

– A Inglaterra está cheia de heroínas, Fred.

Nesse momento o coronel Terry entrou.

– Ah, tio Andrew... – disse Godliman.

Terry o interrompeu:

– Não precisam se levantar. Isso é importante. Preste atenção, porque eu tenho que ser rápido. Bloggs, você também precisa saber disso. Quem matou aqueles cinco homens da Guarda Territorial ficou sabendo do nosso segredo mais importante. – Ele olhou para os dois e continuou: – Número um: nossa força de invasão da Europa vai desembarcar na Normandia. Número dois: os alemães acreditam que será em Calais. Número três: um dos aspectos mais vitais da farsa é um enorme exército de mentira, chamado de Primeiro Grupo do Exército dos Estados Unidos, localizado na área restrita que aqueles homens estavam patrulhando. Lá há alojamentos falsos, aviões de papelão, tanques de borracha: um enorme exército de brinquedo que parece verdadeiro para os observadores nos aviões de reconhecimento que nós deixamos entrar.

– Como o senhor tem certeza de que o espião descobriu isso? – perguntou Bloggs.

Terry foi até a porta.

– Entre, Rodriguez.

Um homem alto e bem-apessoado, com cabelos pretos e nariz comprido entrou na sala e assentiu educadamente para Godliman e Bloggs.

– O senhor Rodriguez é nosso homem na embaixada portuguesa – informou Terry. – Diga a eles o que aconteceu, Rodriguez.

O sujeito parou junto à porta, segurando o chapéu.

– Um táxi chegou à embaixada mais ou menos às onze horas. O passageiro não saiu, mas o motorista foi até a porta com um envelope endereçado a Francisco. O porteiro me chamou, como tinha sido instruído, e eu peguei o envelope. Cheguei a tempo de ver o número do táxi.

– Mandei encontrarem o motorista do táxi – disse Terry. – Está bem, Rodriguez, é melhor você voltar. E obrigado.

O português alto saiu da sala. Terry entregou a Godliman um envelope pardo grande, endereçado a Manuel Francisco. Godliman o abriu – já tinha sido deslacrado – e tirou um segundo envelope onde estava escrita uma série de letras sem sentido, presumivelmente um código.

Dentro do envelope interno havia diversas folhas de papel escritas à mão e várias fotografias 20x25cm. Godliman examinou a carta.

– Parece um código bastante básico – disse.

– Não precisamos decifrar – observou Terry, impaciente. – Olhem as fotos.

Godliman obedeceu. Havia cerca de trinta, e ele viu todas elas antes de falar qualquer coisa. Entregou-as a Bloggs e disse:

– Isso é uma catástrofe.

Bloggs examinou as fotos e as deixou na mesa. Godliman apontou:

– Isso são só cópias. Ele ainda tem os negativos, *e vai a algum lugar com eles.*

Os três ficaram sentados, imóveis, na sala pequena, como num quadro vivo. A única iluminação vinha de uma luminária na mesa de Godliman. Com as paredes pintadas de creme, a janela com cortina de blecaute, a mobília esparsa e o tapete gasto, eles poderiam estar em qualquer lugar do mundo.

– Terei de contar a Churchill – disse Terry.

O telefone tocou e o coronel atendeu.

– Sim. Bom. Traga-o aqui agora mesmo, por favor. Mas antes pergunte onde ele deixou o passageiro. O quê? É mesmo? Obrigado, venha depressa. – Ele desligou. – O taxista deixou nosso homem no hospital do University College.

– Talvez ele tenha se ferido na luta com os homens da Guarda Territorial – sugeriu Bloggs.

– Onde fica esse hospital? – perguntou Terry.

– A uns cinco minutos a pé da Euston Station – respondeu Godliman. – Os trens que saem de Euston vão para Holyhead, Liverpool, Glasgow... são todos lugares de onde é possível pegar uma balsa para a Irlanda.

– De Liverpool para Belfast – sugeriu Bloggs. – Depois um carro até a fronteira, entrar em Eire, e um submarino no litoral do Atlântico. Ele não se arriscaria a ir de Holyhead a Dublin por causa do controle de passaportes, e não haveria sentido em ir mais além, de Liverpool a Glasgow.

– Fred – disse Godliman –, é melhor você ir à estação e mostrar a foto de Faber, ver se alguém o viu entrando num trem. Eu vou ligar para lá e avisar que você está indo. Aproveite e descubra que trens partiram desde as dez e meia, mais ou menos.

Bloggs pegou seu chapéu e o sobretudo.

– Estou indo.

Godliman levantou o telefone.

– É, estamos indo.

~

Ainda havia bastante gente na Euston Station. Em tempos normais a estação fechava por volta de meia-noite, mas os atrasos da época de guerra eram tão grandes que o último trem frequentemente não saía antes que o primeiro trem do leite chegasse de manhã. O saguão era uma confusão de bolsas de viagem e gente adormecida.

Bloggs mostrou a foto a três policiais ferroviários. Nenhum deles reconheceu o rosto. Tentou com dez carregadoras. Foi a cada uma das roletas de bilhetes.

– Nós checamos os bilhetes, não o rosto das pessoas – disse um dos guardas.

Mostrou a foto a meia dúzia de passageiros, sem resultado. Por fim foi até a bilheteria e falou com todos os funcionários.

Um deles, muito gordo, careca, com dentadura mal encaixada, reconheceu o rosto.

– Eu faço um jogo – contou ele a Bloggs. – Tento descobrir alguma coisa que indique por que um determinado passageiro vai pegar um trem. Por exemplo, ele pode estar com uma gravata preta para um enterro, botas enlameadas significam que é um agricultor indo para casa, ou pode haver um cachecol de faculdade, ou uma marca branca no dedo de uma mulher onde antes havia uma aliança... e por aí vai. Esse trabalho é chato... não que eu esteja reclamando...

– O que o senhor notou nesse sujeito? – interrompeu Bloggs.

– Nada. Não consegui deduzir nada sobre ele. Era quase como se ele estivesse tentando ser invisível, passar despercebido, sabe como é?

– Sei como é. – Bloggs fez uma pausa. – Bom, quero que o senhor pense com cuidado. Para onde ele estava indo? Consegue lembrar?

– Sim – respondeu o funcionário gordo. – Inverness.

~

– Isso não quer dizer que ele esteja indo para lá – disse Godliman.

– Ele é um profissional, sabe que podemos fazer perguntas em estações de trem. Imagino que ele sempre compre bilhetes para o destino errado. – Olhou para o relógio. – Deve ter pegado o das 11h45. Esse trem está chegando agora em Stafford. Eu verifiquei com a ferrovia, eles verificaram com o sinaleiro – explicou. – Vão parar o trem deste lado de Crewe. Tenho um avião esperando para levar vocês dois a Stoke-on-Trent. Parkin – continuou ele –, você vai embarcar no trem onde ele parou, nos arredores de Crewe. Vai estar vestido como inspetor de bilhetes e vai olhar cada bilhete e cada rosto naquele trem. Quando encontrar Faber, apenas fique perto dele.

Bloggs, você vai esperar na roleta de saída em Crewe, só para o caso de Faber decidir desembarcar lá. Mas ele não fará isso. Você vai entrar no trem e ser o primeiro a descer em Liverpool, e vai esperar na roleta até que Parkin e Faber saiam. Metade da polícia local estará lá para apoiar vocês.

– Isso vai dar certo se ele não me reconhecer – disse Parkin. – E se ele se lembrar do meu rosto, de Highgate?

Godliman abriu uma gaveta na mesa, pegou uma pistola e entregou a Parkin.

– Se ele reconhecer você, atire no desgraçado.

Parkin pôs a arma no bolso sem comentários.

– Quero que vocês dois tenham muita clareza da importância disso – falou Godliman. – Se não pegarmos esse sujeito, a invasão da Europa terá que ser adiada, talvez por um ano. Nesse ano a balança da guerra pode pender contra nós. Talvez o tempo nunca mais seja tão favorável.

– Disseram quando vai ser o Dia D? – perguntou Bloggs.

– Só sei que é uma questão de semanas.

Parkin estava pensativo.

– Vai ser em junho, então.

– Merda – disse Bloggs.

– Sem comentários – acrescentou Godliman.

O telefone tocou e Godliman atendeu. Depois de um momento ergueu os olhos.

– O carro chegou.

Bloggs e Parkin se levantaram.

– Esperem um minuto – falou Godliman.

Os dois pararam junto à porta, olhando o professor. Ele estava dizendo:

– Sim, senhor. Certamente. Farei isso. Adeus, senhor.

Bloggs não conseguia pensar em alguém que Godliman chamasse de senhor.

– Quem era? – perguntou.

– Churchill.

– O que ele disse? – quis saber Parkin, perplexo.

– Desejou boa sorte a vocês dois.

CAPÍTULO QUINZE

O INTERIOR DO VAGÃO estava escuro como breu. Faber pensou nas piadas que as pessoas faziam: "Tire a mão do meu joelho. Não, você, não. Você." Os ingleses faziam piada com qualquer coisa. Agora suas ferrovias estavam piores do que nunca, mas ninguém reclamava mais porque era por uma boa causa. Faber preferia a escuridão: ela era anônima.

Antes tinha havido cantorias. Três marinheiros no corredor haviam começado e o vagão inteiro participou com várias canções.

Houve um alerta de ataque aéreo e o trem reduziu a velocidade para 50 quilômetros por hora. Todos deveriam se deitar no chão, mas, claro, não havia espaço. Uma voz feminina disse:

– Ah, meu Deus, estou com medo.

Ao que uma voz masculina, igualmente anônima, mas com sotaque do East End londrino, retrucou:

– Você está no lugar mais seguro que existe, garota. Eles não podem acertar um alvo em movimento.

Então todo mundo riu e ninguém mais ficou com medo. Alguém abriu uma mala e passou adiante um pacote de sanduíches de ovos.

Um dos marinheiros queria jogar baralho.

– Como vamos jogar no escuro?

– Sinta as bordas. Todas as cartas do Harry são marcadas.

O trem parou às quatro da manhã, sem motivo aparente. Uma voz de pessoa culta – a mesma que tinha distribuído os sanduíches de ovos – disse:

– Acho que estamos nos arredores de Crewe.

– Conhecendo as ferrovias, podemos estar em qualquer lugar, desde Bolton até Bournemouth – falou o sujeito do East End.

O trem sacolejou e andou de novo, e todos comemoraram. Onde estava o estereótipo do inglês, pensou Faber, com sua reserva gélida e o ar superior? Não dentro daquele trem.

Alguns minutos depois alguém no corredor falou:

– Bilhetes, por favor.

Faber notou o sotaque de Yorkshire: agora estavam no norte. Procurou o bilhete no bolso.

Estava no banco do canto, perto da porta, de modo que podia enxergar

143

o corredor. O inspetor apontava uma lanterna para os bilhetes. Faber viu a silhueta do sujeito na luz refletida. Parecia vagamente familiar.

Ajeitou-se no banco, à espera. Lembrou-se do pesadelo – "Esse é um bilhete da Abwehr" – e sorriu no escuro.

Então franziu a testa. O trem tinha parado inexplicavelmente; pouco depois começara uma inspeção de bilhetes; o rosto do inspetor era vagamente familiar... Podia não ser nada, mas Faber permanecia vivo preocupando-se com coisas que *poderiam* não ser nada. Olhou de novo pelo corredor, mas o homem tinha entrado numa cabine.

O trem parou brevemente – a estação era a de Crewe, segundo a opinião das pessoas que estavam na cabine de Faber – e se moveu de novo.

Faber olhou de novo o rosto do inspetor, e então se lembrou. A pensão em Highgate! O garoto de Yorkshire que queria entrar para o exército!

Observou-o com atenção. A lanterna dele apontava para o rosto de cada passageiro. Ele não estava olhando só os bilhetes.

Não, disse Faber a si mesmo, não tire conclusões precipitadas. Como poderiam tê-lo descoberto? Não tinham como saber em que trem ele estava, nem como ter encontrado uma das poucas pessoas no mundo que conheciam sua aparência e mandado o homem entrar naquele trem, vestido de inspetor de bilhetes, em tão pouco tempo. Era inacreditável.

Parkin, era esse o nome dele. Billy Parkin. De algum modo ele parecia muito mais velho agora. Estava se aproximando de Faber.

Só podia ser um sósia – talvez um irmão mais velho. Aquilo tinha que ser coincidência.

Parkin entrou na cabine ao lado da de Faber. Não havia tempo.

Faber presumiu o pior e se preparou para enfrentá-lo.

Levantou-se, saiu da cabine e foi andando pelo corredor passando por cima de malas, sacos de viagem e pessoas, a caminho do lavatório. Estava vazio. Entrou e trancou a porta.

Só estava tentando ganhar tempo: os inspetores de bilhetes não deixavam de verificar os banheiros. Sentou-se no vaso e imaginou como sair daquela situação. O trem tinha acelerado e estava indo depressa demais para que ele pulasse. Além disso, alguém o veria, e se realmente estivessem procurando-o parariam o trem.

– Todos os bilhetes, por favor.

Parkin estava chegando perto de novo.

Faber teve uma ideia. O acoplamento entre os vagões era um espaço minúsculo cercado por um fole, fechado nas duas extremidades por portas, por causa do barulho e das correntes de ar. Saiu do banheiro, abriu caminho até o fim do vagão, abriu a porta e saiu para a passagem. Fechou a porta atrás de si.

Fazia um frio de rachar e o barulho era terrível. Faber sentou-se no chão e se enrolou, fingindo que dormia. Só um morto poderia dormir ali, mas nesses dias as pessoas faziam coisas estranhas nos trens. Tentou não tremer.

A porta se abriu atrás dele.

– Bilhete, por favor.

Ele ignorou. Ouviu a porta se fechar.

– Acorde, Bela Adormecida.

A voz era inconfundível.

Faber fingiu que acordava, depois se levantou de costas para Parkin. Quando se virou, estava com o punhal na mão. Empurrou Parkin contra a porta, pressionou a ponta da arma no pescoço dele e disse:

– Fique parado ou eu mato você.

Com a mão esquerda, pegou a lanterna de Parkin e a apontou para o rosto do rapaz, que não parecia tão apavorado quanto deveria.

– Ora, ora – disse Faber. – Billy Parkin, que queria entrar para o exército e acabou na ferrovia. Mesmo assim, é um uniforme.

– Você? – falou Parkin.

– Você sabe muito bem que sou eu, pequeno Billy. Você estava me procurando. Por quê?

Faber estava se esforçando para parecer cruel.

– Não sei por que deveria estar procurando você. Não sou policial.

Faber sacudiu o punhal num gesto dramático.

– Pare de mentir.

– É verdade, Sr. Faber. Me solte. Prometo que não vou contar a ninguém que vi o senhor.

Faber começou a ter dúvidas. Ou Parkin estava dizendo a verdade ou estava atuando tão bem quanto ele próprio.

Parkin se mexeu, o braço direito se movendo no escuro. Faber agarrou o pulso dele num aperto de aço. Parkin lutou por um momento, mas Faber afundou a ponta afiada do punhal por apenas um milímetro no pescoço do rapaz, que ficou imóvel. Faber encontrou o bolso que Parkin tinha tentado alcançar e tirou uma arma.

– Inspetores de bilhetes não andam armados – disse. – Com quem você está, Parkin?

– Agora todos nós andamos com armas. Vários crimes são cometidos dentro dos trens por causa da escuridão.

Parkin estava mentindo com coragem e persistência. Faber decidiu que ameaças não bastariam para fazê-lo falar.

Seu movimento foi súbito, rápido e preciso. A lâmina do punhal saltou em sua mão. A ponta penetrou um centímetro no olho esquerdo de Parkin e saiu de novo.

A mão de Faber cobriu a boca de Parkin. O grito abafado de agonia foi encoberto pelo barulho do trem. As mãos de Parkin foram até o olho arruinado.

Faber aproveitou a vantagem.

– Salve seu outro olho, Parkin. Com quem você está?

– Com a Inteligência Militar. Ah, meu Deus, por favor, não faça isso de novo.

– Quem? Menzies? Masterman?

– Ah, meu Deus, é o Godliman. Percy Godliman.

– Godliman! – Faber conhecia o nome, mas não era hora de buscar os detalhes na memória. – O que eles têm?

– Uma foto. Eu descobri você nos arquivos.

– Que foto? *Que foto?*

– De uma equipe de corrida... com uma taça... no exército...

Faber se lembrou. Por Deus, onde eles tinham conseguido aquilo? Era seu pesadelo: *eles tinham uma foto.* As pessoas reconheceriam seu rosto. Seu *rosto.*

Aproximou o punhal do olho direito de Parkin.

– Como você soube onde eu estava?

– Não faça isso, por favor. Um agente na embaixada portuguesa interceptou sua carta... pegou o número do táxi... perguntas na Euston Station... por favor, o outro olho, não...

Ele cobriu os dois olhos com as mãos.

– Qual é o plano? Onde está a armadilha?

– Glasgow. Estão esperando você em Glasgow. O trem vai ser esvaziado lá.

Faber baixou o punhal para a barriga de Parkin. Para distraí-lo, disse:

– Quantos homens?

Em seguida o enfiou com força, para dentro e para cima, até o coração.

O olho único de Parkin o encarou horrorizado e ele não morreu. Era essa a desvantagem do método de assassinato preferido de Faber. Em geral o choque da faca bastava para fazer o coração parar. Mas se o coração fosse forte, isso nem sempre funcionava – afinal de contas, às vezes os cirurgiões cravam uma agulha hipodérmica direto no coração para injetar adrenalina. Se o coração continua a bombear, o movimento abre um buraco em volta da lâmina, por onde o sangue vaza. É igualmente fatal, mas demora mais.

Finalmente o corpo de Parkin ficou frouxo. Faber o segurou contra a parede por um momento, pensando. Tinha havido alguma coisa – um lampejo de coragem, a sugestão de um sorriso – antes que o sujeito morresse. Aquilo significava algo. Essas coisas sempre significam.

Deixou o corpo cair no chão, depois o arrumou como se estivesse dormindo, com os ferimentos escondidos. Chutou o quepe do uniforme da ferrovia para um canto. Limpou o punhal na calça de Parkin e secou o líquido ocular das mãos. Tinha feito uma sujeira enorme.

Guardou o punhal na manga e abriu a porta do vagão. Voltou no escuro para seu compartimento.

Enquanto ele se sentava, ouviu do sujeito do East End:

– Você demorou. Tinha fila?

– Deve ter sido alguma coisa que eu comi – retrucou Faber.

– Provavelmente um sanduíche de ovo – falou o homem, e em seguida gargalhou.

Faber estava pensando em Godliman. Conhecia o nome, e até conseguia associá-lo a um rosto vago: um rosto de meia-idade, com óculos, cachimbo e ar ausente, professoral. Era isso: ele era um professor.

A lembrança estava retornando. Em seus primeiros dois anos em Londres, Faber tivera pouca coisa para fazer. A guerra ainda não havia começado e a maior parte das pessoas achava que ela não aconteceria. (Faber não estava entre os otimistas.) Tivera a oportunidade de fazer alguns serviços úteis – principalmente verificando e revisando os mapas desatualizados da Abwehr, além de informes gerais baseados em suas observações e na leitura dos jornais –, mas não muita coisa. Para preencher o tempo, melhorar seu inglês e incrementar o disfarce, fazia turismo.

Seu objetivo ao visitar a catedral de Cantuária tinha sido inocente, mas comprou uma foto com a vista aérea da cidade e da catedral, que mandou para a Luftwaffe – não que isso tivesse adiantado grande coisa, porque eles passaram praticamente o ano inteiro de 1942 errando o alvo. Faber levara um dia inteiro para ver a construção toda, lendo as antigas iniciais gravadas em paredes, distinguindo os diferentes estilos arquitetônicos, lendo o guia linha por linha enquanto andava devagar.

Estava na galeria sul do coro, olhando as arcadas cegas, quando percebeu outra pessoa distraída a seu lado, um homem mais velho.

– Fascinante, não é? – disse o sujeito.

Faber perguntou o que ele queria dizer.

– O único arco gótico em meio aos redondos. Não há motivo para isso: esta seção obviamente não foi reconstruída. Por algum motivo alguém simplesmente alterou aquele. Fico me perguntando por quê.

Faber percebeu ao que ele se referia. O coro era românico e a nave era gótica; no entanto, ali no coro havia um arco gótico solitário.

– Talvez – disse Faber – os monges tenham pedido para ver como seria a aparência dos arcos pontudos, e o arquiteto tenha feito esse para mostrar.

O sujeito mais velho o encarou.

– Que conjectura esplêndida! Claro que esse é o motivo. Você é historiador?

Faber riu.

– Não, sou apenas um escriturário e leitor ocasional de livros de história.

– As pessoas conseguem bolsas de doutorado com suposições inspiradas como essa!

– O senhor é? Quero dizer, historiador?

– Sou. Cada um tem o castigo que merece. – Ele estendeu a mão. – Percy Godliman.

Seria possível, pensou Faber enquanto o trem chacoalhava em direção a Lancashire, que aquela figura desinteressante, com terno de tweed, fosse o homem que descobrira sua identidade? Em geral os espiões se apresentavam como funcionários públicos ou algo igualmente vago, não historiadores – essa mentira poderia ser descoberta com muita facilidade. No entanto, segundo boatos, a Inteligência Militar tinha sido incrementada com uma quantidade de acadêmicos. Faber tinha imaginado que eles seriam jovens, em forma, agressivos e belicosos, além de inteligentes. Godliman era inteligente, mas nenhuma das outras coisas. A não ser que tivesse mudado.

Faber o tinha visto mais uma vez, mas não falara com ele nessa segunda ocasião. Depois da breve interação na catedral, Faber viu o anúncio de uma palestra aberta ao público sobre Henrique II, feita pelo professor Godliman em sua faculdade. Foi assistir, por curiosidade. A palestra foi erudita, animada e convincente. Godliman ainda era uma figura ligeiramente cômica, andando de um lado para outro atrás do púlpito, entusiasmado com o tema; mas estava claro que tinha a mente afiadíssima.

Então aquele era o homem que tinha descoberto a aparência de Die Nadel. Meu Deus, um *amador*.

Bom, ele cometia erros de amador. Mandar Billy Parkin havia sido um: Faber reconhecera o rapaz. Godliman deveria ter enviado alguém que Faber nunca houvesse visto. Parkin tinha uma chance melhor de reconhecê-lo, mas não tinha absolutamente nenhuma chance de sobreviver ao encontro. Um profissional saberia disso.

O trem parou com um solavanco e uma voz abafada do lado de fora anunciou que tinham chegado a Liverpool. Faber praguejou baixinho: deveria ter aproveitado aquele tempo planejando seu próximo passo, não se lembrando de Percival Godliman.

Antes de morrer, Parkin tinha dito que eles estariam esperando em Glasgow. Por que Glasgow? As perguntas que fizeram na Euston Station teriam revelado que ele estava indo para Inverness. E se suspeitavam de que Inverness era uma pista falsa, teriam especulado que ele iria para ali, Liverpol, porque era o ponto de ligação mais próximo para uma balsa que levasse à Irlanda.

Faber detestava tomar decisões rápidas.

Precisava sair do trem, independentemente de qualquer coisa.

Levantou-se, abriu a porta, saiu e foi para a roleta.

Pensou em outra coisa. Qual o significado do lampejo nos olhos de Billy Parkin antes de ele morrer? Não era ódio, nem medo, nem dor – ainda que todas essas coisas estivessem presentes. Era algo mais parecido com... triunfo.

Faber ergueu os olhos para além do funcionário que recolhia os bilhetes e entendeu.

Esperando do outro lado, de chapéu e capa de chuva, estava o jovem louro que tinha seguido o agente na Leicester Square.

Mesmo morrendo de agonia, humilhação e traição, Parkin tinha enganado Faber no último instante. A armadilha estava ali.

O homem com capa de chuva ainda não tinha avistado Faber no meio da multidão. Faber se virou e voltou para dentro do trem. Assim que entrou, puxou a cortina e espiou. O sujeito estava examinando os rostos na multidão. Não havia notado o homem que retornara para o trem.

Faber ficou observando enquanto os passageiros passavam pelo portão, até que a plataforma ficou vazia. O louro falou ansiosamente com o funcionário que recolhia os bilhetes e este balançou a cabeça. O louro pareceu insistir. Depois de um momento, acenou para alguém fora de vista. Um policial saiu das sombras e falou com o funcionário da ferrovia. O guarda da plataforma se juntou ao grupo, seguido por um homem com terno civil que presumivelmente era um funcionário de posto mais alto na ferrovia.

O maquinista e o fornalheiro saíram da locomotiva e foram até a roleta. Houve mais braços gesticulando e cabeças balançando.

Enfim os funcionários da ferrovia deram de ombros, viraram-se ou reviraram os olhos, todos aparentando desistência. O louro e o policial chamaram outros policiais, que seguiram decididamente em direção à plataforma.

Iam revistar o trem.

Todos os funcionários da ferrovia, inclusive o pessoal da locomotiva, tinham desaparecido na direção oposta, sem dúvida para pegar chá e sanduíches enquanto os lunáticos tentavam revistar um trem apinhado. Isso deu uma ideia a Faber.

Ele abriu a porta e pulou para o lado errado do trem, o oposto à plataforma. Escondido da polícia pelos vagões, correu ao longo dos trilhos, tropeçando nos dormentes e escorregando no cascalho, indo em direção à locomotiva.

~

Só podia ser alguma coisa ruim, claro. Desde o momento em que percebeu que Billy Parkin não sairia daquele trem, Frederick Bloggs soube que Die Nadel tinha escapado por entre os dedos deles outra vez. Enquanto os policiais uniformizados iam em duplas para o trem, dois homens para revistar cada vagão, Bloggs pensou em várias explicações possíveis para a não aparição de Parkin, e todas eram deprimentes.

Levantou a gola do sobretudo e andou pela plataforma fria. Queria com todas as forças pegar Die Nadel: não só por causa da invasão – ainda que isso fosse motivo suficiente, Deus sabia –, mas por Percy Godliman, pelos cinco guardas territoriais e por Christine.

Olhou seu relógio: quatro horas. Logo iria amanhecer. Bloggs tinha passado a noite toda acordado e não havia comido nada desde o café da manhã do dia anterior, mas até o momento vinha funcionando à base de adrenalina. O fracasso da armadilha – ele tinha certeza de que ela *havia* fracassado – exauriu suas forças. A fome e a fadiga o dominaram. Precisava fazer um esforço consciente para não ficar sonhando acordado com comida quente e cama aconchegante.

– Senhor! – Um policial estava se inclinando para fora de um vagão e acenando para ele. – Senhor!

Bloggs andou na direção do sujeito, depois começou a correr.

– O que você achou?

– Pode ser o seu colega, Parkin.

Bloggs subiu no vagão.

– Como assim, pode ser?

– É melhor o senhor dar uma olhada.

O policial abriu a porta que ligava os vagões e apontou a lanterna para dentro.

Era Parkin; Bloggs soube pelo uniforme de inspetor de bilhetes. Estava encolhido no chão. Bloggs pegou a lanterna do policial, ajoelhou-se ao lado de Parkin e o virou.

Viu o rosto dele, desviou os olhos rapidamente e disse:

– Ah, santo Deus.

– Então é ele? – perguntou o policial.

Bloggs assentiu. Levantou-se muito devagar, sem olhar de novo para o corpo.

– Vamos interrogar todo mundo neste vagão e no próximo – disse. – Qualquer um que tenha visto ou ouvido alguma coisa incomum terá que ser detido para responder a perguntas adicionais. Não que isso vá adiantar alguma coisa: o assassino deve ter pulado do trem antes de chegar aqui.

Bloggs voltou para a plataforma. Todos os policiais tinham completado a busca e estavam reunidos. Separou seis deles para ajudar com o interrogatório.

O inspetor da polícia concluiu:

– Então o seu bandido pulou do trem.

– Tenho quase certeza disso – confirmou Bloggs. – Vocês olharam em todos os toaletes e na cabine da guarda?

– Olhamos, e em cima e embaixo do trem, na locomotiva e no vagão de carvão.

Um passageiro saiu do trem e se aproximou de Bloggs e do inspetor. Era um homem pequeno com pulmões ruins, que chiava muito.

– Com licença.

– Sim, senhor – disse o inspetor.

– Será que vocês estão procurando alguém? – perguntou o passageiro.

– Por que quer saber?

– Bom, se estão, seria um sujeito alto?

– Por que quer saber? – repetiu o inspetor.

Bloggs o interrompeu, impaciente:

– Sim, um homem alto. Vamos, desembuche.

– Bom, é só que um cara alto saiu pelo lado errado do trem.

– Quando?

– Um ou dois minutos depois que o trem chegou à estação. Ele entrou e depois saiu, pelo lado errado. Pulou nos trilhos. Só que não tinha bagagem, sabe, o que foi mais uma coisa esquisita, e eu fiquei pensando...

– Maldição! – exclamou o inspetor.

– Ele deve ter descoberto a armadilha – disse Bloggs. – Mas como? Ele não conhece o meu rosto e seus homens estavam escondidos.

– Alguma coisa o fez desconfiar.

– Então ele atravessou a linha até a outra plataforma e foi naquela direção. Ele não seria visto?

O inspetor deu de ombros.

– Não tem muita gente por aí a essa hora. E, se ele fosse visto, poderia dizer que estava com pressa demais para entrar na fila da roleta.

– Vocês não puseram guardas nas outras roletas?

– Não pensei nisso.

– Nem eu.

– Bom, podemos revistar a área em volta, e mais tarde podemos verificar vários lugares na cidade, e, claro, vamos vigiar a balsa...

– Sim, por favor, façam isso – pediu Bloggs.

Mas de algum modo sabia que Faber não seria encontrado.

~

Passou-se mais de uma hora antes que o trem começasse a se mover. Faber estava com cãibras na panturrilha esquerda e partículas de poeira no nariz. Ouviu o pessoal da locomotiva voltando e captou trechos de conversa sobre um corpo encontrado no trem. Houve um chacoalhar metálico quando o fornalheiro jogou carvão na fornalha, depois o chiado de vapor, o ruído de pistons, um solavanco e um suspiro de fumaça enquanto o trem se movia. Agradecendo silenciosamente, Faber mudou de posição e soltou um espirro contido. Depois sentiu-se melhor.

Estava na parte de trás do vagão de combustível, enterrado no carvão, onde alguém com uma pá levaria dez minutos de trabalho árduo até que ele ficasse exposto. Como tinha esperado, a busca da polícia no vagão de carvão tinha consistido em uma boa olhada, nada mais.

Imaginou se poderia se arriscar a sair agora. Devia estar clareando: será que seria possível avistá-lo de alguma ponte acima da linha férrea? Achou que não. Agora sua pele estava preta, e num trem em movimento à luz fraca do alvorecer ele seria apenas um borrão escuro num fundo também escuro. Sim, correria o risco. Devagar e com cuidado, emergiu da sepultura de carvão.

Respirou fundo o ar frio. O carvão era tirado do vagão por um pequeno buraco na frente, com o uso de uma pá. Mais tarde talvez o fornalheiro precisasse entrar no vagão, quando a pilha de combustível ficasse menor. Mas por enquanto Faber estava em segurança.

Enquanto a luz aumentava, ele deu uma olhada em si mesmo. Estava coberto com pó de carvão da cabeça aos pés, como um mineiro saindo do poço. Precisaria dar um jeito de tomar banho e trocar de roupa.

Arriscou-se a espiar por cima da lateral do vagão. O trem ainda estava no subúrbio, passando por fábricas, armazéns e fileiras de casinhas sujas. Faber precisava pensar no próximo passo.

Seu plano original tinha sido saltar do trem em Glasgow, pegar outro para Dundee e subir pela costa leste até Aberdeen. Ainda era possível desembarcar em Glasgow. Não poderia sair na estação, claro, mas poderia saltar logo antes ou logo depois. Havia riscos, no entanto. O trem certamente pararia em estações intermediárias entre Liverpool e Glasgow, e nessas paradas Faber poderia ser visto. Não: precisava sair logo do trem e encontrar outro meio de transporte.

O lugar ideal seria um trecho deserto da estrada próximo a uma cidade ou um povoado. Tinha que ser um lugar solitário porque ele não podia ser visto pulando do vagão de carvão, mas precisava ser razoavelmente perto de casas para que ele pudesse roubar roupas e um carro. E tinha que ser num momento de subida de uma ladeira, de modo que o trem estivesse suficientemente devagar para que ele pulasse.

Nesse momento a velocidade era de uns 60 quilômetros por hora. Faber se deitou de costas no carvão para esperar. Não podia ficar o tempo todo olhando a região por onde passava, por medo de ser visto. Decidiu que olharia para fora sempre que o trem diminuísse a velocidade. Afora isso ficaria deitado imóvel.

Depois de alguns minutos se pegou caindo no sono, apesar da cama desconfortável. Mudou de posição e se apoiou nos cotovelos, reclinado, de modo que, se dormisse, cairia e seria acordado pelo impacto.

O trem estava acelerando. Entre Londres e Liverpool parecera mais parado do que em movimento; agora partia pelo interior a uma boa velocidade. Para completar o desconforto de Faber, começou a chover, uma garoa fria e constante que atravessava as roupas e parecia virar gelo em contato com a pele. Era mais um motivo para sair logo do trem: ele poderia morrer por exposição ao clima antes de chegarem a Glasgow!

Depois de meia hora em alta velocidade, Faber começou a pensar em matar a equipe da locomotiva e parar o trem. Uma cabine de sinalização salvou a vida deles. O trem reduziu a velocidade de repente quando os freios foram acionados, e desacelerou em estágios. Faber supôs que os trilhos fossem marcados com limites de redução de velocidade. Olhou para fora. Estavam no campo de novo. Viu por que estavam indo mais devagar: aproximavam-se de um entroncamento e os sinais estavam fechados para o trem.

Faber ficou no vagão enquanto o trem permanecia parado. Depois de cinco minutos ele começou a andar de novo. Faber subiu pela lateral do vagão, empoleirou-se na borda por um momento e pulou.

Caiu no aterro e ficou deitado de bruços no mato crescido. Quando o trem sumiu de vista, ele se levantou. O único vestígio de civilização ali perto era a cabine de sinalização, uma estrutura de madeira de dois andares e janelas grandes na sala de controle no topo, uma escada externa e uma porta no térreo. Do outro lado havia uma trilha de cascalho indo para longe.

Faber percorreu um círculo amplo para se aproximar da cabine pelos fundos, onde não havia janelas. Entrou por uma porta no térreo e encontrou o que esperava: um vaso sanitário, uma pia e um casaco pendurado num gancho.

Tirou a roupa encharcada, lavou as mãos e o rosto e se esfregou vigorosamente com uma toalha encardida. A latinha cilíndrica de filme contendo os negativos ainda estava presa com fita adesiva ao seu peito. Vestiu as roupas de novo, mas trocou o próprio casaco molhado pelo sobretudo do sinaleiro.

Agora só precisava de um transporte. O sinaleiro devia ter chegado ali de algum modo. Faber saiu e encontrou uma bicicleta presa com cadeado a um corrimão do outro lado da pequena construção. Abriu o cadeado pequeno com a lâmina do punhal. Afastando-se em linha reta da parede sem janelas dos fundos da cabine de sinalização, empurrou a bicicleta até sair da vista da construção. Depois atravessou o campo até chegar à estradinha de cascalho, montou na bicicleta e foi embora.

CAPÍTULO DEZESSEIS

PERCIVAL GODLIMAN tinha trazido de casa uma pequena cama de campanha. Estava deitado em seu escritório, de calça e camisa, tentando dormir. Em vão. Fazia quase quarenta anos que não sofria de insônia, desde que tinha feito as provas finais na universidade. Trocaria de boa vontade os problemas que o mantinham acordado agora pelas preocupações daqueles dias.

Na época ele era um homem diferente, e sabia disso. Não apenas mais novo, mas muito menos... distraído. Era extrovertido, determinado, ambicioso: planejava entrar para a política. Não passava muito tempo estudando, ou seja, tinha motivo para ficar ansioso com as provas.

Seus dois entusiasmos desconexos naqueles dias eram debates e bailes. Tinha falado com distinção na Oxford Union e fotos suas dançando valsa com debutantes haviam sido publicadas na *The Tattler*. Não era um mulherengo: queria transar com uma mulher que amasse, mas não porque acreditava em algum princípio elevado, e sim porque era assim que sentia.

Por isso, quando conheceu Eleanor, ainda era virgem. Ela não era uma das debutantes, mas uma brilhante matemática cheia de graça e vivacidade, cujo pai estava morrendo de doença pulmonar depois de quarenta anos como mineiro. O jovem Percival a levou para conhecer sua família. O pai dele era o representante da monarquia no condado, e aos olhos de Eleanor a casa pareceu uma mansão, mas ela se mostrou natural e charmosa, nem um pouco impressionada; e quando a mãe de Percy foi lamentavelmente condescendente com ela num determinado momento, Eleanor reagiu com uma espirituosidade implacável, e isso o fez amá-la mais ainda.

Godliman fez seu mestrado e depois da Primeira Guerra deu aulas numa escola de elite e se candidatou em três eleições. Ambos ficaram desapontados ao descobrir que não podiam ter filhos, mas se amavam e eram felizes. A morte dela foi a tragédia mais terrível que Godliman vivenciou. Isso encerrou seu interesse pelo mundo real e ele se refugiou na Idade Média.

O mesmo tipo de sofrimento o uniu a Bloggs. A guerra havia trazido Godliman de volta à vida, fazendo renascerem nele a ousadia, a determinação e o fervor que o tinham tornado um ótimo orador, professor e a esperança do Partido Liberal. Desejava que acontecesse alguma coisa na vida de Bloggs que o resgatasse de uma existência amarga e introvertida.

Enquanto Godliman pensava nele, Bloggs telefonou de Liverpool para dizer que Die Nadel havia escapulido por entre as malhas da rede e que Parkin tinha sido morto.

Sentado na beira da cama de campanha para falar ao telefone, Godliman fechou os olhos, desesperado.

– Eu deveria ter colocado você naquele trem – murmurou.

– Obrigado! – disse Bloggs.

– Porque ele não conhece o seu rosto.

– Agora talvez conheça – retrucou Bloggs. – Suspeitamos que ele descobriu a armadilha, e o meu rosto era o único visível quando ele saiu do trem.

– Mas onde ele poderia ter visto você? Ah! Não, certamente... na Leicester Square?

– Não sei como, mas no fim das contas... nós sempre parecemos subestimá-lo.

– Quem dera ele estivesse do nosso lado... – murmurou Godliman. – Você mandou vigiarem a balsa?

– Mandei.

– Ele não vai usá-la, é claro. É óbvia demais. É mais provável que roube um barco. Por outro lado, ele ainda pode estar indo para Inverness.

– Alertei a polícia de lá.

– Ótimo. Mas, olhe, acho que não devemos fazer qualquer suposição sobre o destino dele. Vamos manter a mente aberta.

– Concordo.

Godliman se levantou, pegou o telefone e começou a andar de um lado para outro.

– Além disso, não presuma que foi ele que saiu do trem pelo lado errado. Trabalhe com a premissa de que ele saiu antes, em Liverpool ou depois. – A mente de Godliman estava acelerada de novo, avaliando possibilidades. – Deixe-me falar com o superintendente-chefe.

– Ele está aqui.

Houve uma pausa, então uma outra voz disse:

– Aqui é o superintendente-chefe Anthony.

– O senhor concorda comigo que nosso homem saiu do trem em algum lugar na sua área? – disse Godliman.

– Parece provável, sim.

– Ótimo. Agora a primeira coisa de que ele precisa é um meio de transporte, então quero que o senhor consiga detalhes de cada carro, barco, bicicleta ou jumento roubado num raio de 150 quilômetros ao redor de Liverpool nas próximas 24 horas. Mantenha-me a par de tudo, mas divida as informações com o Bloggs e trabalhe com ele nas pistas.

– Sim, senhor.

– Fique de olho em outros crimes que possam ser cometidos por um fugitivo: roubo de comida ou roupas, agressões inexplicadas, irregularidades com documentos de identificação e assim por diante.

– Certo.

– Agora, Sr. Anthony, o senhor percebe que esse homem é mais do que um simples assassino?

– Presumo que sim, senhor, devido ao seu envolvimento. Mas não sei os detalhes.

– E nem deve saber. Basta dizer que é uma questão de segurança nacional tão séria que o primeiro-ministro entra em contato de hora em hora com este departamento.

– Entendo. Ah, o Sr. Bloggs quer falar com o senhor.

Bloggs voltou à linha.

– Você se lembrou de como conhece o rosto dele?

– Ah, sim, mas não tem importância, como eu imaginava. Eu o conheci por acaso na catedral de Cantuária e tivemos uma conversa sobre a arquitetura de lá. Isso só revela que ele é inteligente. Fez algumas observações muito interessantes, pelo que lembro.

– Já sabíamos que ele é inteligente.

– Sabemos até demais.

~

O superintendente-chefe Anthony era um sujeito corpulento, de classe média, com um sotaque de Liverpool cuidadosamente suavizado. Não sabia se deveria ficar irritado pelo modo como o MI5 lhe dava ordens ou animado com a chance de salvar a Inglaterra em seu próprio quintal.

Bloggs percebia a luta interna do sujeito – via esse tipo de coisa o tempo todo quando trabalhava com forças policiais de outras cidades – e sabia como fazer a balança pender para o seu lado. Disse:

– Obrigado pela ajuda, superintendente-chefe. Essas coisas não passam despercebidas em Whitehall.

– Só estamos cumprindo com o nosso dever – respondeu Anthony.

Ele não sabia muito bem se deveria chamar Bloggs de "senhor".

– Ainda assim, há uma grande diferença entre a assistência relutante e a ajuda voluntária.

– Sim. Bem, provavelmente vai demorar algumas horas até localizarmos de novo o rastro desse sujeito. Quer tirar um cochilo?

– Quero – respondeu Bloggs, agradecido. – Se você tiver uma cadeira em algum canto por aí...

– Fique aqui – disse Anthony, indicando seu escritório. – Estarei na sala de operações. Vou acordá-lo assim que descobrirmos alguma coisa. Fique à vontade.

Quando Anthony saiu, Bloggs foi até uma poltrona e se sentou com os olhos fechados. Viu imediatamente o rosto de Godliman, como se estivesse projetado como um filme na parte de trás das pálpebras, dizendo: "Tem que haver um fim para o luto... não quero que você cometa o mesmo erro." De repente Bloggs percebeu que não queria que a guerra terminasse, porque isso o obrigaria a encarar questões como a que Godliman havia levantado. A guerra simplificava a vida: ele sabia por que odiava o inimigo e o que deveria fazer com relação a isso. Depois... o pensamento em outra mulher parecia desleal, não somente para com Christine, mas, de algum modo obscuro, para com a Inglaterra.

Bocejou e afundou mais ainda na poltrona, o pensamento ficando turvo enquanto o sono se esgueirava. Se Christine tivesse morrido antes da guerra, ele se sentiria de outra forma com relação a se casar de novo. Sempre havia gostado dela e a respeitado, é claro, mas, depois que ela começara a trabalhar dirigindo a ambulância, o respeito profissional se transformara em admiração e o apreço virara amor. Então os dois construíram algo especial, algo que sabiam que outros amantes não compartilhavam. Agora, mais de um ano depois, seria fácil para Bloggs encontrar outra mulher que poderia respeitar e de quem poderia gostar, mas tinha certeza de que isso jamais bastaria. Um casamento comum com uma mulher comum sempre o faria lembrar que um dia ele tivera a pessoa ideal.

Remexeu-se na poltrona, tentando afastar os pensamentos imponderáveis para conseguir dormir. Godliman tinha dito que a Inglaterra era cheia de heroínas. Se Die Nadel conseguisse escapar, o país estaria cheio de escravos. Primeiro o mais importante...

~

Alguém o sacudiu. Ele dormia profundamente. Sonhava que estava numa sala com Die Nadel mas não conseguia identificá-lo porque o homem o havia cegado com o punhal. Quando acordou, continuou com a sensação de que estava cego, porque não conseguia ver quem o sacudia, até perceber que estava simplesmente de olhos fechados. Abriu-os e viu a grande figura uniformizada do superintendente Anthony.

Empertigou-se na poltrona e esfregou os olhos.

– Conseguiu alguma coisa? – perguntou.

– Várias coisas – respondeu Anthony. – A questão é: qual delas tem importância? Aqui está o seu café da manhã.

Ele colocou uma xícara de chá e um biscoito na mesa e se sentou do outro lado dela.

Bloggs se levantou da poltrona e puxou uma cadeira para perto da mesa. Bebeu um gole do chá. Estava fraco e muito doce.

– Vamos lá – disse.

Anthony lhe entregou umas cinco ou seis folhas de papel.

– Não diga que esses são os únicos crimes na sua área... – falou Bloggs.

– Claro que não. Não estamos interessados em bebedeiras, brigas domésticas, violações do blecaute, questões de trânsito ou crimes que já levaram a prisões.

– Desculpe. Ainda estou acordando. Me dê um tempinho para ler isso aqui.

Havia três invasões de residência. Em duas tinham sido levados objetos de valor: joias num caso, casacos de pele no outro. Bloggs disse:

– Ele pode ter roubado objetos de valor só para nos despistar. Marque esses no mapa, está bem? Eles podem indicar algum padrão.

Devolveu as duas folhas a Anthony. O terceiro roubo tinha acabado de ser informado, e não havia detalhes disponíveis. Anthony marcou o local no mapa.

Centenas de blocos de cupões de racionamento tinham sido roubados do Escritório de Alimentação em Manchester. Bloggs disse:

– Ele não precisa de cupões de racionamento, precisa de comida.

Pôs esse de lado. Havia um roubo de bicicleta perto de Preston e um estupro em Birkenhead.

– Não creio que ele seja um estuprador, mas mesmo assim marque – disse Bloggs a Anthony.

O roubo da bicicleta e a terceira invasão de residência tinham sido próximos um do outro.

– A cabine de sinalização de onde a bicicleta foi roubada fica na linha férrea principal? – quis saber Bloggs.

– Acho que sim.

– Suponha que Faber estivesse escondido naquele trem e a gente não o tenha encontrado. A cabine de sinalização seria o primeiro lugar onde o trem parou depois de sair de Liverpool?

– Talvez.

Bloggs olhou o papel.

– Um sobretudo foi roubado e um casaco molhado foi deixado no lugar.

Anthony deu de ombros.

– Pode significar qualquer coisa.

– Nenhum carro foi roubado? – perguntou Bloggs, cético.

– Nem barcos, nem jumentos. Não temos muitos roubos de carro atualmente. Os carros são fáceis de encontrar. O que as pessoas roubam é gasolina.

– Tenho certeza de que ele roubaria um carro se estivesse em Liverpool. – Bloggs bateu no joelho, frustrado. – Uma bicicleta não deve ter muita utilidade para ele.

– Mesmo assim, acho que deveríamos seguir essa pista – insistiu Anthony. – É a melhor que temos.

– Certo. Mas enquanto isso verifique de novo as invasões para ver se roubaram comida ou roupas. Os donos das casas podem não ter notado, a princípio. Mostre a foto de Faber para a vítima de estupro, também. E continue verificando todos os crimes. Pode me conseguir um transporte até Preston?

– Vou arranjar um carro.

– Quanto tempo vai demorar para conseguir os detalhes dessa terceira invasão de residência?

– Provavelmente estão interrogando as vítimas agora mesmo – respondeu Anthony. – Quando você chegar à cabine de sinalização já devo ter o quadro completo.

– Não deixe que eles embromem. – Bloggs pegou seu sobretudo. – Ligo para você assim que chegar lá.

– Anthony? Aqui é o Bloggs. Estou na cabine de sinalização.

– Não precisa perder tempo aí. A terceira invasão foi feita pelo seu homem.

– Tem certeza?

– A não ser que haja dois sacanas correndo por aí e ameaçando pessoas com punhais.

– Quem?

– Duas mulheres idosas que moram sozinhas num chalé pequeno.

– Ah, meu Deus. Estão mortas?

– Não, a não ser que tenham morrido de empolgação.

– O quê?

– Vá até lá. Você vai entender o que quero dizer.

– Estou indo.

Era o típico chalé de senhoras idosas que moram sozinhas. Pequeno, quadrado e antigo, com uma roseira em volta da porta fertilizada por milhares de bules de folhas de chá usadas. Fileiras de verduras brotavam numa pequena horta na frente, com uma cerca viva bem aparada. Havia cortinas cor-de-rosa e brancas nas janelas com caixilhos de chumbo e o portão rangia. A porta da frente tinha sido pintada meticulosamente por algum amador, e a aldrava era um enfeite de arreio de cavalo.

Quando Bloggs bateu, uma octogenária veio atender com uma espingarda na mão.

– Bom dia – cumprimentou ele. – Sou da polícia.

– Não, não é – disse ela. – A polícia já veio. Agora vá embora antes que eu estoure seus miolos.

Bloggs a encarou. A mulher tinha menos de um metro e meio, cabelos brancos espessos presos num coque e rosto pálido e enrugado. Suas mãos eram finas como palitos, mas seguravam a espingarda com firmeza. O bolso do avental estava cheio de pregadores de roupa. Bloggs olhou os pés da mulher e viu que ela usava botas de trabalho masculinas.

– Os policiais que vieram eram daqui – explicou ele. – Eu sou da Scotland Yard.

– Como vou saber disso?

Bloggs se virou e chamou seu motorista policial. O homem saiu do carro e foi até o portão.

– O uniforme basta para convencê-la? – perguntou Bloggs à senhora.

– Está bem – disse ela, e deu um passo para o lado para que ele entrasse.

Bloggs entrou numa sala de teto baixo com piso de ladrilhos, atulhada de móveis pesados e antigos. Cada superfície era decorada com enfeites de louça e vidro. Um pequeno fogo de carvão ardia na lareira. O lugar cheirava a lavanda e gatos.

Uma segunda mulher se levantou de uma poltrona. Era como a primeira, mas com o dobro da largura. Dois gatos saltaram do seu colo quando ela se levantou.

– Olá, sou Emma Parton, e minha irmã é a Jessie. Não ligue para essa espingarda. Não está carregada, graças a Deus. Jessie adora um drama. Quer se sentar? O senhor parece muito novo para ser da polícia. Fico surpresa porque a Scotland Yard está interessada no nosso pequeno roubo. O senhor veio de Londres hoje cedo? Faça uma xícara de chá para o rapaz, Jessie.

Bloggs se sentou.

– Se estivermos certos com relação à identidade do ladrão, ele é um fugitivo da justiça – disse.

– Eu falei! – exclamou Jessie. – Nós podíamos estar mortas, trucidadas a sangue-frio!

– Não seja boba. – Emma se virou para Bloggs. – Ele era um homem muito gentil.

– Conte o que aconteceu – pediu Bloggs.

– Bom, eu tinha ido para os fundos – começou Emma. – Estava no galinheiro pegando uns ovos. Jessie estava na cozinha...

– Ele me surpreendeu – interrompeu Jessie. – Não tive tempo de pegar minha arma.

– Você assiste a muitos filmes de caubói – censurou Emma.

– São melhores do que seus filmes de amor... cheios de lágrimas e beijos...

Bloggs pegou a foto de Faber na carteira.

– Era esse homem?

Jessie olhou com atenção.

– Era.

– Como vocês são espertos! – exclamou Emma, maravilhada.

– Se fôssemos espertos já o teríamos apanhado – disse Bloggs. – O que ele fez?

Foi Jessie quem respondeu:

– Encostou uma faca no meu pescoço e disse: "Um movimento em falso e eu corto sua garganta." E estava falando sério.

– Ah, Jessie, você me contou que ele disse: "Não vou lhe fazer mal se a senhora fizer o que eu mandar."

– Mesma coisa, Emma!

– O que ele queria? – perguntou Bloggs.

– Comida, um banho, roupas secas e um carro. Bom, nós lhe demos os ovos, é claro. Achamos umas roupas do Norman, o falecido marido de Jessie...

– Poderia descrever as roupas?

– Sim. Um casaco de lã azul, um macacão azul e uma camisa xadrez. E ele levou o carro do pobre Norman. Não sei como vamos ao cinema sem ele. É o nosso único vício, sabe: filmes.

– Que tipo de carro?

– Um Morris. Norman comprou em 1924. Aquele carrinho nos serviu muito bem.

– Mas ele não teve o banho quente! – falou Jessie.

– Bem, eu precisei explicar que duas senhoras que moram sozinhas não podiam ter um homem tomando banho na cozinha... – observou Emma, ficando vermelha.

– Você preferiria ter a garganta cortada do que ver um homem só com a roupa de baixo, não é, sua boba? – falou Jessie.

– O que ele disse quando as senhoras recusaram? – perguntou Bloggs.

– Ele riu – respondeu Emma. – Mas acho que entendeu nossa situação. Bloggs não conseguiu evitar um sorriso.

– Acho as senhoras muito corajosas – elogiou.

– Isso eu já não sei – disse Emma.

– Então ele foi embora num Morris 1924, usando macacão e um casaco azul. A que horas foi isso?

– Mais ou menos às nove e meia.

Bloggs acariciou distraidamente um gato amarelo. Ele piscou e ronronou.

– Havia muita gasolina no carro?

– Uns dois galões. Mas ele levou nossos cupões de racionamento.

Um pensamento ocorreu a Bloggs.

– Como as senhoras se qualificam para receber cupons de racionamento para gasolina?

– Objetivos agrícolas – respondeu Emma, na defensiva.

Ficou ruborizada.

Jessie expirou com força.

– E vivemos isoladas, e somos idosas. Claro que temos direito.

– Sempre vamos aos armazéns na mesma hora do cinema – acrescentou Emma. – Não desperdiçamos gasolina.

Bloggs sorriu e levantou a mão.

– Tudo bem, não se preocupem. De qualquer modo, o racionamento não tem a ver com meu departamento. O carro é veloz?

– Nós nunca passamos de 50 quilômetros por hora – respondeu Emma.

Bloggs olhou seu relógio.

– Mesmo a essa velocidade ele pode já estar a 120 quilômetros daqui. – Ele se levantou. – Preciso telefonar passando os detalhes para Liverpool. As senhoras não têm telefone, não é?

– Não.

– De que modelo é o Morris?

– Um Cowley. Norman chamava de Bullnose.

– Cor?

– Cinza.

– Número da placa?

– MLN 29.

Bloggs anotou tudo.

– O senhor acha que vamos recuperar nosso carro? – perguntou Emma.

– Espero que sim, mas pode não estar em condições muito boas. Quando alguém dirige um carro roubado geralmente não cuida bem dele.

Bloggs foi até a porta.

– Espero que o senhor o pegue – gritou Emma.

Jessie o levou para fora. Ainda estava segurando a espingarda. Junto à porta ela segurou a manga de Bloggs e disse num sussurro teatral:

– Me conte... o que ele é? Um fugitivo da prisão? Assassino? Estuprador?

Bloggs a encarou. Os olhos pequenos e verdes brilhavam de empolgação. Ela acreditaria em qualquer coisa que ele dissesse. Abaixou a cabeça e falou baixinho no ouvido dela:

– Não conte a ninguém, mas ele é um espião alemão.

CAPÍTULO DEZESSETE

FABER ATRAVESSOU a Sark Bridge e entrou na Escócia pouco depois de meio-dia. Passou pelo Sark Toll Bar House, uma construção baixa com uma placa informando que era a primeira casa da Escócia. Acima da porta havia uma tabuleta com alguma história sobre casamentos, que ele não conseguiu ler. Cerca de meio quilômetro depois entendeu, quando entrou no povoado de Gretna: soube que era um lugar para onde pessoas fugiam para casar.

As estradas ainda estavam úmidas por causa da chuva matinal, mas o sol secava-as rapidamente. Postes e placas com nomes dos lugares tinham sido recolocados desde que as precauções quanto à invasão haviam sido afrouxadas, e Faber passou por uma série de povoados nas terras baixas: Kirkpatrick, Kirtlebridge, Ecclefechan. A área rural era agradável, com os pântanos verdes brilhando ao sol.

Faber tinha parado para abastecer em Carlisle. A frentista, uma mulher de meia-idade com avental sujo, não fez nenhuma pergunta inconveniente. Faber encheu o tanque e a lata de reserva presa no estribo do lado do carona.

Estava muito satisfeito com o carrinho de dois lugares. Ainda chegava a 80 quilômetros por hora, apesar da idade. O motor de quatro cilindros, 1.548 cilindradas e válvulas laterais trabalhava bem e incansavelmente enquanto ele subia e descia as colinas escocesas. O banco com estofamento de couro era confortável. Ele apertou a buzina para espantar uma ovelha desgarrada.

Passou pela pequena cidade-mercado de Lockerbie, atravessou o rio Annan pela pitoresca ponte Johnstone e começou a subir para Beattock Summit. Pegou-se usando cada vez mais o câmbio de três marchas.

Tinha decidido não fazer o caminho mais curto para Aberdeen, passando por Edimburgo e a estrada litorânea. Boa parte da costa leste da Escócia, dos dois lados do estuário do Forth, era uma área restrita. Visitas eram proibidas numa faixa de terra de 15 quilômetros de largura. Claro, as autoridades não conseguiam policiar de fato uma orla tão grande, mas mesmo assim era menos provável que Faber fosse parado e interrogado se ficasse fora da zona de segurança.

Em algum momento precisaria entrar nela – quanto mais tarde, melhor –, e começou a pensar na história que contaria se alguém perguntasse alguma coisa. As viagens de lazer tinham praticamente acabado nos últimos dois anos, por causa do racionamento de gasolina cada vez mais rígido, e as pessoas que tinham carro para viagens indispensáveis podiam até ser processadas caso se afastassem alguns metros da rota necessária por motivos pessoais. Faber tinha lido sobre um empresário famoso que foi preso por usar gasolina fornecida para objetivos agrícolas levando vários atores de um teatro para o hotel Savoy. Propagandas intermináveis diziam às pessoas que um bombardeiro Lancaster precisava de 7 mil litros de combustível para chegar ao Ruhr. Em circunstâncias normais nada agradaria mais a Faber do que desperdiçar gasolina que poderia ser usada para bombardear sua pátria; mas ser parado agora, com as informações que estavam grudadas no seu peito, e ser preso por uma violação do racionamento seria uma ironia insuportável.

Era difícil. A maior parte do tráfego era militar, mas ele não tinha documentos militares. Não podia dizer que estava entregando suprimentos essenciais porque não tinha nada no carro para entregar. Franziu a testa. Quem viajava nesses tempos? Marinheiros de licença, autoridades, raras pessoas de férias, trabalhadores hábeis... Era isso. Ele seria um engenheiro especializado em algum campo obscuro, como óleos de alta temperatura para caixas de transmissão, indo resolver um problema de fabricação numa indústria em Inverness. Se perguntassem qual era a fábrica, diria que era confidencial. (Seu destino fictício precisava ser bem longe do verdadeiro, de modo que jamais fosse interrogado por alguém que tivesse certeza de que uma fábrica assim não existia.) Duvidava de que engenheiros fazendo consultoria usariam um macacão como o que ele tinha roubado das irmãs idosas, mas em tempo de guerra qualquer coisa era possível.

Depois de pensar em tudo isso, sentiu que estava razoavelmente seguro com relação a qualquer ponto de verificação aleatório. O perigo de ser parado por alguém que procurasse especificamente Henry Faber, espião fugitivo, era outro problema. Eles tinham aquela foto – *conheciam seu rosto. Seu rosto!* – e em pouco tempo teriam uma descrição do carro que ele havia roubado. Não achava que fariam bloqueios de estradas, já que não tinham como adivinhar para onde ele ia, mas tinha certeza de que todos os policiais estariam procurando um Morris Cowley Bullnose cinza, placa MLN 29.

Se fosse visto em terreno aberto não seria capturado imediatamente, já que os policiais dos condados usavam bicicletas, e não carros. Mas o policial telefonaria para as delegacias e em alguns minutos haveria carros perseguindo-o. Se visse um policial, decidiu, teria de abandonar o carro, roubar outro e desviar da rota planejada. Mas nas terras baixas escocesas, pouco povoadas, havia boas chances de chegar até Aberdeen sem passar por um policial do interior. Já as cidades eram outro departamento. Lá o perigo de ser perseguido por uma viatura era muito grande. Ele teria poucas chances de escapar: seu carro era velho e relativamente vagaroso, e em geral os policiais eram bons motoristas. Sua melhor chance seria sair do veículo e ter esperança de se misturar à multidão ou se perder em alguma rua afastada. Pensou em abandonar o carro e roubar outro a cada vez que fosse obrigado a entrar numa cidade grande. O problema era que estaria deixando um rastro enorme para o MI5 seguir. Talvez a melhor solução fosse um meio-termo: entraria nas cidades, mas tentaria só usar ruas secundárias. Olhou seu relógio. Chegaria a Glasgow por volta da hora do crepúsculo, depois teria o benefício da escuridão.

Bom, isso não era satisfatório, mas o único modo de estar totalmente seguro era não ser um espião.

Quando chegou ao topo do Beattock Summit, com 300 metros de altura, começou a chover. Faber parou o carro e saiu para levantar a capota de lona. O ar estava quente de uma forma opressiva. O céu tinha nublado muito rapidamente. Havia a promessa de trovões e raios.

Enquanto dirigia descobriu alguns problemas no carro. O vento e a chuva entravam através de várias falhas na capota de lona e o pequeno limpador passando na metade superior do para-brisa proporcionava apenas uma visão de túnel da estrada adiante. À medida que o terreno ficava cada vez mais montanhoso, o motor começou a emitir um som ligeiramente irregular. Não era de surpreender: o carro de vinte anos estava sendo muito forçado.

A chuva passou. A ameaça de tempestade não se concretizou, mas o céu continuava escuro e a atmosfera, hostil.

Faber passou por Crawford, aninhada em colinas verdes; por Abington: uma igreja e uma agência dos correios na margem oeste do rio Clyde; e por Lesmahagow, à margem de um pântano cheio de urzes.

Meia hora depois chegou aos arredores de Glasgow. Assim que entrou na área urbana, virou ao norte da estrada principal, com esperança de dar a volta ao redor da cidade. Seguiu por uma sucessão de ruas secundárias, atravessando as avenidas principais até o lado leste, e chegou à Cumbernauld Road, onde virou para o leste de novo e partiu rapidamente para fora da cidade.

Tinha sido mais rápido do que ele esperava. Sua sorte estava se sustentando.

Estava na estrada A80, passando por fábricas, minas e fazendas. Mais nomes de lugares escoceses entravam e saíam da sua consciência: Millerston, Stepps, Muirhead, Mollinsburn, Condorrat.

A sorte acabou entre Cumbernauld e Stirling.

Estava acelerando por um trecho reto de estrada, numa descida suave, com campos abertos dos dois lados. Quando a agulha do velocímetro apontou para 72 quilômetros por hora, ouviu um barulho súbito e muito alto no motor – um chacoalhar pesado, como o som de uma corrente grande sendo puxada por cima de um dente de engrenagem. Reduziu para 50, mas o ruído não diminuiu. Sem dúvida alguma peça grande e importante do mecanismo havia falhado. Faber ouviu com atenção. Era um rolamento rachado na transmissão ou um buraco num terminal. Sem dúvida não era algo simples como um carburador entupido ou um arame de ignição sujo. Nada que pudesse ser consertado fora de uma oficina.

Parou no acostamento e olhou embaixo do capô. Parecia haver óleo em toda parte, mas afora isso não conseguia ver nenhuma pista. Voltou para trás do volante e partiu de novo. Houve uma nítida perda de potência, mas o carro continuou andando.

Cinco quilômetros adiante começou a sair vapor do radiador. Faber percebeu que o carro logo pararia. Procurou um lugar para abandoná-lo.

Encontrou uma trilha de lama saindo da estrada principal, presumivelmente em direção a uma fazenda. A 100 metros da estrada a trilha fazia uma curva atrás de uma amoreira. Faber parou o carro perto do arbusto e desligou o motor. O chiado do vapor escapando foi diminuindo aos poucos. Ele saiu e trancou a porta. Sentiu uma pontada de pesar por Emma e Jessie, que teriam muita dificuldade em ver o carro consertado antes do fim da guerra.

Voltou à estrada principal. Dali o carro não podia ser visto. Talvez se passasse um dia, ou mesmo dois, antes que o veículo abandonado levantasse suspeitas. Até lá, pensou Faber, posso já estar em Berlim.

Começou a andar. Cedo ou tarde chegaria a uma cidade onde poderia roubar outro veículo. Estava indo bastante bem: fazia menos de 24 horas que havia saído de Londres e ainda tinha um dia inteiro antes que o submarino chegasse ao ponto de encontro, às seis da tarde do dia seguinte.

O sol já tinha se posto havia algum tempo, e de repente a escuridão baixou. Faber mal conseguia enxergar. Felizmente havia uma linha branca pintada no meio da estrada – uma inovação de segurança que se tornara necessária devido ao blecaute – e ele estava conseguindo segui-la. Como era uma noite silenciosa, poderia ouvir perfeitamente algum carro que se aproximasse.

Na verdade, só um automóvel passou por ele. Faber ouviu o motor grave à distância, afastou-se alguns metros da estrada e se deitou fora de vista até que ele sumisse. Era um carro grande, um Vauxhall Ten, supôs, e seguia em alta velocidade. Esperou que ele passasse, em seguida se levantou e voltou a caminhar. Vinte minutos depois o viu de novo, parado no acostamento. Teria feito um desvio pelo campo se tivesse notado o carro a tempo, mas as luzes estavam apagadas e o motor, silencioso, e ele quase trombou no veículo no escuro.

Antes que pudesse pensar no que fazer, uma lanterna apontou para ele de debaixo do capô do carro e uma voz disse:

– Tem alguém aí?

Faber entrou no facho de luz.

– Está com problemas? – perguntou.

– Parece que sim.

A lanterna agora estava apontada para baixo, e, quando Faber se aproximou, viu, à luz refletida, o rosto com bigode de um homem de meia-idade, com sobretudo trespassado. Na outra mão ele segurava, inseguro, uma chave de boca. Parecia não saber o que faria com ela.

Faber olhou para o motor.

– O que há de errado?

– Perda de potência – respondeu o homem, com um sotaque forte. – Num momento ele estava andando muito bem, no outro começou a engasgar. Acho que não sou grande coisa como mecânico. – Ele apontou a lanterna para Faber de novo. – O senhor é? – acrescentou, esperançoso.

– Não exatamente, mas sei identificar um cabo desconectado. – Ele pegou a lanterna do sujeito, estendeu a mão em direção ao motor e conectou o cabo solto na cabeça do cilindro. – Tente agora.

O homem entrou no carro e ligou o motor.

– Perfeito! – gritou acima do barulho. – O senhor é um gênio! Entre.

Passou pela mente de Faber que aquilo poderia ser uma elaborada armadilha do MI5, mas descartou a ideia: no caso improvável de saberem onde ele estava, por que agiriam com cuidado? Poderiam simplesmente mandar vinte policiais e carros blindados para pegá-lo.

Entrou.

O motorista acelerou e trocou rapidamente as marchas até o carro chegar a uma boa velocidade. Faber se acomodou confortavelmente.

– Aliás, me chamo Richard Porter – falou o homem.

Faber pensou rapidamente no documento de identidade que estava em sua carteira.

– James Baker.

– Como vai? Devo ter passado pelo senhor lá atrás, na estrada. Não o vi.

Faber percebeu que o sujeito estava se desculpando por não ter lhe dado carona: desde que começara a escassez de gasolina, todo mundo parava para os andarilhos.

– Tudo bem – disse. – Provavelmente eu estava fora da estrada, atrás de um arbusto, atendendo a um chamado da natureza. Realmente ouvi um carro passando.

– Está vindo de longe? – perguntou Porter, oferecendo-lhe um charuto.

– É gentileza sua, mas eu não fumo. Sim, estou vindo de Londres.

– Veio de carona desde lá?

– Não, meu carro quebrou em Edimburgo. Parece que ele precisava de uma peça que não estava no estoque, então precisei deixá-lo na oficina.

– Que azar. Bem, estou indo para Aberdeen e posso deixá-lo em qualquer lugar no caminho.

Faber pensou depressa. Isso era sorte. Fechou os olhos e visualizou um mapa da Escócia.

– Isso é maravilhoso – disse. – Estou indo para Banff, de modo que Aberdeen ajudaria um bocado. Mas estava planejando pegar a estrada principal, porque não consegui um passe. Aberdeen é área restrita?

– Só o porto. De qualquer modo, não precisa se preocupar com esse tipo de coisa enquanto estiver no meu carro: sou juiz de paz e membro do Comitê de Vigilância. Que tal?

Faber sorriu no escuro. Era seu dia de sorte.

– Obrigado – disse. Decidiu mudar de assunto. – É um serviço de horário integral? Quero dizer, o de magistrado?

Porter levou um fósforo até o charuto e soltou uma baforada.

– Na verdade, não. Estou semiaposentado. Era procurador, até que descobriram meu coração fraco.

– Ah – falou Faber, tentando simular um pouco de compaixão na voz.

– Espero que não se incomode com a fumaça – disse Porter, acenando com o charuto grosso.

– Nem um pouco.

– O que o leva a Banff?

– Sou engenheiro. Há um problema numa fábrica... na verdade o trabalho é confidencial.

Porter levantou a mão.

– Não diga mais nada. Eu entendo.

Os dois ficaram em silêncio por um tempo. O carro passou por várias cidades. Porter claramente conhecia muito bem a estrada, para dirigir tão rápido no blecaute. O carro grande devorava os quilômetros. Seu progresso fácil era um sonífero. Faber conteve um bocejo.

– Ora, o senhor deve estar cansado – disse Porter. – Idiotice minha. Não seja educado demais e tire um cochilo.

– Obrigado. Farei isso.

Faber fechou os olhos.

O movimento do carro era como o balanço de um trem, e Faber teve de novo seu pesadelo da chegada a Londres, só que dessa vez foi ligeiramente diferente. Em vez de jantar no trem e falar de política com outro passageiro, por algum motivo desconhecido foi obrigado a viajar no vagão de carvão, sentado na mala do rádio com as costas apoiadas na lateral de ferro. Quando o trem chegou a Waterloo, todo mundo – inclusive os passageiros que desembarcavam – tinha na mão uma pequena foto de Faber na equipe de corrida, e todos olhavam uns para os outros comparando os rostos que viam com o da foto. Na roleta de saída o funcionário segurou seu ombro e disse: "Você é o homem da foto, não é?" Faber ficou feito idiota. Só conseguia olhar a foto e pensar em como tinha corrido para ganhar aquela taça. Meu Deus, como tinha corrido! Havia alcançado o ritmo máximo um pouco cedo demais, começou o tiro final cerca de meio quilômetro antes do que havia planejado e nos últimos 500 metros queria morrer – e agora talvez fosse mesmo morrer, por causa daquela foto na mão do coletor de bilhetes... O funcionário estava dizendo: "Acorde! Acorde!"

E de repente Faber estava de volta ao Vauxhall Ten de Richard Porter, e era Porter que dizia para ele acordar.

Sua mão direita estava a meio caminho da manga esquerda, onde o punhal ficava embainhado, quando ele de repente se lembrou de que, para Porter, James Baker era um andarilho inocente. Então ele abaixou a mão e relaxou.

– O senhor acorda como um soldado – comentou Porter, achando divertido. – Estamos em Aberdeen.

Faber notou como ele havia pronunciado "soldado" e lembrou que Porter era magistrado e membro da polícia. Olhou-o à luz fraca da manhã. O homem tinha o rosto vermelho e o bigode com gel, e seu sobretudo marrom parecia caro. Ele devia ser rico e poderoso naquela cidade. Se desaparecesse, sua falta seria sentida quase imediatamente. Faber decidiu não matá-lo.

– Bom dia – disse.

Olhou para a cidade de granito do lado de fora da janela. Estavam seguindo devagar pela rua principal, com lojas dos dois lados. Havia vários trabalhadores por ali, todos indo decididamente na mesma direção. Pescadores, percebeu Faber. Parecia um lugar frio e ventoso.

– Gostaria de fazer a barba e tomar café da manhã antes de continuar a viagem? – perguntou Porter. – O senhor seria bem-vindo em minha casa.

– O senhor é muito gentil...

– De jeito nenhum. Se não fosse o senhor, eu ainda estaria na estrada em Stirling, esperando que uma oficina abrisse.

– ... mas não, obrigado. Quero continuar logo a viagem.

Porter não insistiu e Faber suspeitou que ele estivesse aliviado pelo convite não ter sido aceito.

– Nesse caso vou deixá-lo na George Street. É o início da A96, que vai direto até Banff. – Um instante depois ele parou o carro numa esquina. – Aí está.

Faber abriu a porta.

– Obrigado pela carona.

– Foi um prazer. – Porter estendeu a mão. – Boa sorte.

Faber saiu e fechou a porta, e o carro se afastou. Não tinha o que temer da parte de Porter, pensou. O sujeito iria para casa e dormiria o dia inteiro, e quando percebesse que tinha ajudado um fugitivo seria tarde demais para fazer qualquer coisa.

Esperou o Vauxhall sumir de vista, depois atravessou a rua e entrou na Market Street. Logo se viu no cais e, seguindo o cheiro, chegou ao mercado de peixes. Sentiu-se anônimo e seguro naquele lugar agitado, barulhento e fedido, onde todo mundo usava roupas de trabalho como ele. Peixes frescos e palavrões animados estavam em toda parte. Faber achava difícil entender o sotaque gutural e de vogais curtas. Numa barraca, comprou um chá quente e forte numa caneca lascada e um pão com um pedaço de queijo branco.

Sentou-se num barril para comer. Aquela noite seria a ocasião ideal para roubar um barco. Era irritante ter que esperar o dia inteiro, porque ainda por cima precisava se esconder durante as próximas doze horas. Mas tinha chegado longe demais para correr riscos, e roubar um barco em plena luz do dia era muito mais arriscado do que no crepúsculo.

Terminou de comer e se levantou. Ainda se passariam algumas horas até que o resto da cidade acordasse. Usaria o tempo para escolher um bom esconderijo.

Circulou pelas docas e pelo porto. A segurança era fraca e ele viu vários lugares onde poderia passar pelos pontos de controle. Deu a volta até a praia e andou pelos 3 quilômetros de areia. Na extremidade oposta havia uns dois iates de lazer atracados na foz do rio Don. Eles serviriam bem para o objetivo de Faber, mas não teriam combustível.

Uma grossa camada de nuvens escondeu o nascer do sol. O ar ficou de novo muito quente e trovões começaram a ribombar. Alguns veranistas determinados saíram dos hotéis e se sentaram teimosos na praia, esperando o sol. Faber duvidou de que ele surgiria.

A praia poderia ser o lugar ideal para se esconder. A polícia verificaria a estação ferroviária e a de ônibus, mas não faria uma busca em escala total na cidade. Poderia checar alguns hotéis e pousadas, mas era improvável que abordasse alguém na praia. Decidiu passar o dia numa espreguiçadeira.

Comprou um jornal numa banca e alugou uma cadeira. Tirou a camisa e a vestiu de volta por cima do macacão. Ficou sem o paletó.

Se algum policial aparecesse, Faber poderia vê-lo bem antes que o sujeito chegasse até ele. Haveria tempo suficiente para sair da praia e sumir no meio das ruas.

Começou a ler o jornal. A matéria comemorava uma nova ofensiva aliada na Itália. Faber ficou cético. Anzio tinha sido uma carnificina. O jornal era mal impresso e não havia fotos. Leu que a polícia estava procurando um tal de Henry Faber, que tinha assassinado duas pessoas em Londres com um punhal...

Uma mulher com roupa de banho passou, olhando-o intensamente. O coração dele parou por um momento. Então Faber percebeu que ela estava flertando com ele. Por um instante sentiu vontade de falar com ela. Fazia tanto tempo... Repreendeu-se mentalmente. Paciência, paciência. No dia seguinte estaria em casa.

~

Era um pequeno barco de pesca, com 50 ou 60 pés de comprimento e largo no centro, com motor interno. A antena revelava um rádio potente. A maior parte do convés continha alçapões para o pequeno porão. A cabine ficava na popa e só comportava dois homens de pé, além do painel e dos controles. O casco era de pranchas sobrepostas, recém-calafetado, e a pintura parecia nova.

Dois outros barcos no porto também serviriam, mas Faber tinha ficado no cais olhando e vira a tripulação desse atracá-lo e reabastecer antes de ir para casa.

Esperou alguns minutos para que estivessem bem distantes, depois andou pela beira do cais e pulou para dentro do barco. Ele se chamava *Marie II*.

O timão estava trancado com uma corrente. Faber sentou-se no chão da pequena cabine, fora de vista, e passou dez minutos arrombando o cadeado. A escuridão avançava rápido por causa da camada de nuvens que ainda encobria o céu.

Quando libertou o timão, içou a pequena âncora, em seguida pulou de novo no cais e soltou as amarras. Voltou à cabine, injetou óleo no motor a diesel e deu a partida. O motor tossiu e morreu. Tentou de novo. Desta vez o motor começou a funcionar, com um rugido. Manobrou-o para fora do atracadouro.

Afastou-se das outras embarcações junto ao cais e localizou o canal principal para sair do porto, marcado por boias. Supôs que apenas barcos de calado muito mais fundo precisassem realmente permanecer no canal, mas não viu mal em ser cauteloso.

Assim que saiu do porto sentiu uma brisa forte e esperou que não fosse um sinal de que o tempo pioraria. O mar estava surpreendentemente revolto e o barquinho forte subia alto nas ondas. Faber acelerou ao máximo, consultou a bússola no painel e estabeleceu um curso. Encontrou alguns mapas num armário embaixo do timão. Pareciam velhos e pouco usados – sem dúvida o piloto conhecia bem demais as águas ao redor para precisar de mapas. Faber verificou a referência que tinha memorizado naquela noite em Stockwell, estabeleceu um curso mais exato e prendeu a trava do timão.

As janelas da cabine estavam obscurecidas pela água. Faber não sabia se era chuva ou se eram borrifos do mar. Agora o vento cortava a crista das ondas. Ele pôs a cabeça para fora da porta da cabine por um momento e ficou com o rosto completamente molhado.

Ligou o rádio, que zumbiu por um momento e depois estalou. Moveu o controle de frequência, navegando pelas ondas do ar, e captou algumas mensagens emboladas. O aparelho estava funcionando perfeitamente. Achou a frequência do submarino e desligou – era cedo demais para fazer contato.

As ondas aumentaram de tamanho enquanto ele seguia para águas mais profundas. Agora o barco empinava em cada onda feito um cavalo chucro, depois se equilibrava momentaneamente no topo antes de mergulhar no espaço entre duas ondas. Faber olhava pelas janelas da cabine e não enxergava nada. A noite havia caído e ele sentia um ligeiro enjoo.

Cada vez que se convencia de que as ondas não poderiam ficar maiores, um novo monstro mais alto do que os outros levantava o barco na direção do céu. O intervalo entre elas começou a diminuir, de modo que o barco estava sempre inclinado com a proa apontada para o céu ou para o leito do mar. Num espaço particularmente fundo entre duas ondas o barquinho ficou iluminado por um clarão de relâmpago, como se fosse dia. Faber viu uma montanha de água verde-acinzentada descer sobre a proa e varrer o convés e a cabine onde ele estava. Não sabia se o estrondo terrível que soou um segundo depois era o trovão ou o barulho das tábuas se partindo. Examinou a cabine desesperado procurando um colete salva-vidas. Não havia.

Depois disso os relâmpagos se sucediam. Faber segurou o timão travado e firmou as costas contra a parede da cabine para permanecer de pé. Agora não havia sentido em operar os controles – o barco iria para onde o mar o jogasse.

Ficou dizendo a si mesmo que a embarcação tinha sido construída de modo a suportar essas tempestades de verão súbitas, mas não conseguiu se convencer. Pescadores experientes provavelmente teriam visto os sinais daquela tempestade e evitado sair do porto, sabendo que a embarcação não sobreviveria a um clima assim.

Não tinha ideia de onde se encontrava. Poderia estar quase de volta a Aberdeen ou poderia estar no ponto de encontro. Sentou-se no piso da cabine e ligou o rádio. Os balanços e tremores ensandecidos tornavam difícil operar o aparelho. Quando ele esquentou, Faber testou os botões e não captou sinal nenhum. Aumentou o volume ao máximo: ainda não havia som.

A antena devia ter se partido no ponto de fixação no teto da cabine.

Mudou para o modo de transmissão e repetiu a mensagem simples: "Venha, por favor", várias vezes, depois deixou o aparelho no modo de recepção. Tinha pouca esperança de que sua mensagem fosse chegar ao destino.

Desligou o motor para poupar combustível. Teria que cavalgar a tempestade – se pudesse – e depois encontrar um modo de consertar a antena. Poderia precisar do combustível.

O barco deslizou terrivelmente de lado, descendo a enorme onda seguinte, e Faber percebeu que dependia da força do motor para garantir que a embarcação atacasse as ondas de frente. Deu a partida, mas nada aconteceu. Tentou várias vezes e desistiu, xingando a si mesmo por tê-lo desligado.

O barco tombou com tanta força que Faber caiu e bateu com a cabeça no timão. Ficou atordoado no chão da cabine, esperando que a embarcação emborcasse a qualquer minuto. Outra onda veio e dessa vez os vidros das janelas se despedaçaram. De repente Faber estava embaixo d'água. Certo de que o barco estava afundando, lutou para ficar de pé e chegou à superfície. Todas as janelas tinham se quebrado, mas a embarcação continuava flutuando. Ele abriu a porta da cabine com um chute e a água jorrou para fora. Segurou o timão para não ser varrido para o mar.

De forma inacreditável, a tempestade piorou mais ainda. Um dos últimos pensamentos coerentes de Faber foi que aquelas águas provavelmente só viam uma tempestade assim uma vez a cada século. Então ele concentrou toda a sua força de vontade no problema de segurar o timão. Deveria ter se amarrado a ele, mas agora não ousava soltá-lo por tempo suficiente para encontrar um pedaço de corda. Perdeu toda a noção de orientação enquanto o barco adernava e rolava em ondas que pareciam penhascos. Ventos de tempestade e milhares de litros de água se esforçavam para arrancá-lo do lugar. Seus pés escorregavam continuamente no chão e nas paredes molhadas e os músculos dos braços queimavam de dor. Faber sugava o ar quando ficava com a cabeça acima d'água, mas afora isso prendia o fôlego. Muitas vezes esteve prestes a apagar. Percebeu vagamente que o teto plano da cabine havia desaparecido.

Tinha vislumbres breves do mar, como num pesadelo, quando um relâmpago espocava. Ficava sempre surpreso ao ver em que lugar a onda estava: à frente, embaixo, subindo atrás dele ou completamente fora de vista. Descobriu, perplexo, que não conseguia sentir as mãos e olhou para ver que ainda estavam agarradas ao timão, congeladas num aperto que parecia rigor mortis. Havia um rugido contínuo nos ouvidos, e era impossível distinguir o vento dos trovões e do mar.

A capacidade de ter pensamentos inteligentes foi se esvaindo aos poucos. Em algo que era menos do que uma alucinação, porém mais do que um devaneio, viu a jovem que tinha olhado para ele na praia. Ela caminhava interminavelmente na sua direção, por cima do convés corcoveante do barco de pesca, a roupa de banho grudada no corpo, aproximando-se cada vez mais, porém nunca o alcançando. Faber sabia que, quando ela chegasse à distância de tocá-lo, ele arrancaria as mãos mortas do timão e tentaria segurá-la, mas ficava dizendo "Ainda não, ainda não", enquanto ela andava, sorria e balançava os quadris. Ficou tentado a largar o timão e ir na direção dela, mas alguma coisa no fundo da mente lhe dizia que, caso se movesse, jamais a alcançaria, por isso esperava, olhava e sorria de volta para ela de vez em quando, e, mesmo quando fechava os olhos, ainda conseguia vê-la.

Agora estava perdendo e recuperando a consciência. Sua mente se apagava, o mar e o barco desaparecendo primeiro, depois a moça, até que ele se sacudia, acordando, e descobria que incrivelmente ainda estava de pé, ainda segurava o timão, ainda estava vivo. Então, durante um tempo, forçava-se a permanecer consciente, mas com o tempo a exaustão o dominava outra vez.

Num dos últimos momentos de clareza notou que as ondas se moviam numa mesma direção, carregando o barco. Um relâmpago espocou de novo e ele viu de um lado uma enorme massa escura, uma onda impossivelmente grande... não, não era uma onda, era um penhasco... A percepção de que estava perto de terra firme foi suplantada pelo medo de ser lançado contra o penhasco e esmagado. Estupidamente, apertou o botão de partida, em seguida voltou a mão depressa para o timão, mas ela não conseguia segurar de novo.

Uma nova onda levantou o barco e logo depois o atirou para baixo como um brinquedo descartado. Enquanto caía pelo ar, ainda segurando o timão com uma das mãos, Faber viu uma rocha pontuda como um punhal se projetando no espaço entre duas ondas. Certamente empalaria o barco. Mas o casco passou raspando pela beira da rocha e foi carregado para além dela.

Agora as ondas gigantescas estavam se quebrando. A que veio em seguida foi demais para as tábuas da embarcação aguentarem. O barco bateu no espaço entre ela e a seguinte com um impacto sólido e o som do casco se partindo rachou a noite como uma explosão. Faber soube que o barco estava acabado.

A água recuou e Faber percebeu que o casco havia quebrado porque tinha batido em terra. Olhou atônito enquanto um novo clarão de relâmpago revelava uma praia. O mar levantou o barco arruinado da areia enquanto a água varria o convés outra vez, derrubando Faber. Mas naquele momento ele tinha visto tudo com uma clareza cristalina. A praia era estreita e as ondas se quebravam sem trégua indo até o penhasco. Mas havia um cais à direita e uma espécie de ponte que ligava o cais até o topo do penhasco. Faber sabia que, se saísse do barco para a praia, a onda seguinte o mataria com toneladas de água ou quebraria sua cabeça como um ovo contra o penhasco. Mas se ele conseguisse alcançar o cais no espaço entre duas ondas, poderia subir pela ponte o suficiente para ficar fora do alcance da água.

Ainda era possível sobreviver.

A onda seguinte abriu o convés como se ele fosse feito de papel. O barco desmoronou embaixo de Faber e ele se viu sendo sugado para trás, pela água que recuava. Levantou-se com as pernas parecendo feitas de geleia e começou a correr, espadanando pela água rasa na direção do cais. Correr aqueles poucos metros foi a coisa mais difícil que ele já havia feito. *Queria* tropeçar, de modo a descansar na água e morrer, mas se obrigou a ficar de pé, como tinha feito ao vencer a corrida de 5 quilômetros, até bater numa das colunas do cais. Agarrou as tábuas com as mãos erguidas, forçando-as a voltar à vida por alguns segundos. Ergueu-se até estar com o queixo acima da borda. Depois balançou as pernas para o alto e rolou por cima dela.

A onda chegou quando ele estava de joelhos. Jogou-se para a frente. A água o carregou por alguns metros e depois o lançou com brutalidade contra as pranchas de madeira. Faber engoliu água e viu estrelas. Quando o peso saiu das suas costas, tentou encontrar a força de vontade para se mover. Ela não veio. Sentiu-se sendo arrastado implacavelmente para trás. Uma fúria súbita o dominou. Não seria derrotado, não agora! Gritou de ódio contra a tempestade, o mar, os ingleses e Percival Godliman, e de repente estava de pé, correndo para longe do mar e subindo a rampa, correndo de olhos fechados, boca aberta e loucura no coração, desafiando os pulmões a explodir e os ossos a se partir, lembrando-se debilmente de que tinha invocado essa mesma loucura uma vez e quase morrido, correndo sem sentido de destino, mas sabendo que não pararia até perder a consciência.

A rampa era longa e íngreme. Um homem forte poderia correr até o topo se estivesse treinado e descansado. Um atleta olímpico, se estivesse cansado, poderia chegar à metade. Um homem mediano de 40 anos teria conseguido correr um ou 2 metros.

Faber chegou ao topo.

A um metro do fim da rampa, teve um leve ataque cardíaco e perdeu a consciência, mas suas pernas deram mais dois passos antes que ele caísse no chão encharcado.

Não soube quanto tempo ficou ali. Quando abriu os olhos, a tempestade continuava furiosa, mas o dia tinha nascido e ele pôde ver, a poucos metros, uma casinha que parecia desabitada.

Ficou de quatro e começou a se arrastar pelo caminho imenso até a porta da frente.

CAPÍTULO DEZOITO

O *U-505* GIRAVA num círculo tedioso, os poderosos motores a diesel estrepitando devagar enquanto o submarino atravessava as profundezas como um tubarão cinza e sem dentes. O comandante Werner Heer estava bebendo uma imitação de café e tentando não fumar mais nenhum cigarro. Tinha sido um dia e uma noite longos. Ele não gostava da missão, já que era um homem de luta e não havia luta alguma por ali, e também não gostava do silencioso oficial de olhos azuis da Abwehr, um convidado indesejável no submarino.

O homem do serviço secreto, o major Wohl, estava sentado diante do capitão. O desgraçado jamais parecia cansado. Seus olhos azuis espiavam ao redor, absorvendo tudo, mas a expressão neles nunca mudava. Seu uniforme nunca ficava amarrotado, apesar dos rigores da vida embaixo d'água. Ele acendia um cigarro novo a cada vinte minutos em ponto e o fumava até uma guimba de 6 milímetros. Heer teria parado de fumar só para poder impor regras e impedir que Wohl desfrutasse do tabaco, mas o próprio Heer era viciado demais.

Heer jamais gostara do pessoal do serviço secreto, porque sempre tinha a sensação de que eles estavam reunindo informações a seu respeito. E não gostava de trabalhar com a Abwehr. Sua embarcação era feita para a batalha, não para ficar escondida no litoral da Grã-Bretanha esperando para recolher agentes secretos. Parecia loucura arriscar uma máquina cara de guerra, para não falar da tripulação cheia de habilidades, por um homem que talvez nem aparecesse.

Esvaziou sua xícara e fez uma careta.

– Porcaria de café – disse. – O gosto é péssimo.

O olhar inexpressivo de Wohl pousou nele por um instante e se afastou, sem que o homem dissesse nada.

Heer se remexeu, inquieto, no assento. No passadiço de um navio ele andaria de um lado para outro, mas num submarino os homens aprendiam a evitar movimentos desnecessários.

– Seu homem não aparecerá com um tempo desse, você sabe – disse.

Wohl olhou para seu relógio.

– Vamos esperar até as seis da manhã – respondeu calmamente.

Não era uma ordem, já que Wohl não podia dar ordens a Heer, mas mesmo assim a declaração crua era um insulto a um oficial superior.

– Maldito seja, o comandante dessa embarcação sou eu! – exclamou Heer.

– Nós dois vamos obedecer às nossas ordens – disse Wohl. – Como o senhor sabe, elas vêm de uma autoridade muito elevada.

Heer conteve a raiva. O jovem pretensioso estava certo, claro. Heer obedeceria às ordens. Quando voltassem ao porto ele denunciaria Wohl por insubordinação. Não que isso adiantasse grande coisa: quinze anos na marinha tinham ensinado a Heer que o pessoal do quartel-general escrevia as próprias leis.

– Se o seu homem foi idiota a ponto de se aventurar esta noite – disse –, certamente não é marujo o bastante para sobreviver.

A única resposta de Wohl foi o mesmo olhar vazio de sempre.

Heer gritou para o operador de rádio:

– Weissman?

– Nada, senhor.

Wohl disse:

– Tenho a sensação desagradável de que os murmúrios que ouvimos há algumas horas eram dele.

– Se eram, ele estava muito longe do ponto de encontro, senhor – sugeriu o operador de rádio. – Para mim parecia mais um relâmpago.

– Se não era ele, não era ele. Se era, agora está afogado – acrescentou Heer em um tom presunçoso.

– Você não conhece o sujeito – disse Wohl, e dessa vez havia um traço de emoção em sua voz.

Heer ficou em silêncio. O som do motor se alterou ligeiramente e ele achou ter ouvido um leve chacoalhar. Se o ruído aumentasse na viagem para casa, mandaria que o examinassem no porto. Poderia fazer isso de qualquer modo, só para evitar outra viagem com o insuportável major Wohl.

Um marinheiro olhou para dentro da cabine.

– Café, senhor?

Heer balançou a cabeça.

– Se eu beber mais, vou acabar mijando café.

– Eu quero, por favor – disse Wohl, e pegou um cigarro.

Isso fez Heer olhar seu relógio. Eram seis e dez. O sutil major Wohl tinha adiado seu cigarro das seis horas para manter o submarino ali por mais alguns minutos.

– Estabeleça o rumo para casa – disse Heer.

– Um momento – interveio Wohl. – Acho que deveríamos dar uma olhada na superfície antes de irmos embora.

– Não seja idiota – reagiu Heer. Sabia que agora estava em terreno seguro. – Você sabe o tamanho da tempestade que está caindo lá em cima? Nós não poderíamos abrir a escotilha e o periscópio não vai mostrar nada que esteja a mais de alguns metros.

– Como você sabe qual é o tamanho da tempestade estando nessa profundidade?

– Experiência – respondeu Heer.

– Então pelo menos mande uma mensagem para a base, dizendo que o nosso homem não fez contato. Eles podem ordenar que fiquemos aqui.

Heer deu um suspiro exasperado.

– Não é possível fazer contato por rádio nessa profundidade, pelo menos com a base.

Finalmente a calma de Wohl chegou ao fim.

– Comandante Heer, recomendo enfaticamente que o senhor suba à superfície e mande uma mensagem por rádio para casa antes de sair deste ponto de encontro. O homem que devemos coletar tem informações vitais para o futuro do Reich. O próprio Führer está esperando o relatório dele!

Heer o encarou.

– Obrigado por me dar sua opinião, major – disse e se virou em seguida. – Força total adiante, os dois motores! – gritou.

O som dos dois motores a diesel cresceu até se tornar um rugido e o submarino começou a ganhar velocidade.

PARTE QUATRO

CAPÍTULO DEZENOVE

QUANDO LUCY ACORDOU, a tempestade que tinha começado na tarde anterior continuava furiosa. Ela se inclinou sobre a beira da cama, movendo-se com cuidado de modo a não incomodar David, e pegou seu relógio de pulso na porta. Passava um pouco das seis horas. O vento uivava ao redor do telhado. David podia continuar dormindo – não haveria muita coisa que pudesse fazer hoje.

Imaginou se teriam perdido alguma peça de ardósia do telhado durante a noite. Precisaria verificar o sótão. Essa tarefa teria que esperar até que David saísse, caso contrário ele ficaria furioso por ela não ter lhe pedido que a fizesse.

Levantou-se da cama. Estava muito frio. O tempo quente dos últimos dias tinha sido um falso verão, o prenúncio da tempestade. Agora estava gelado como em novembro. Tirou a camisola de flanela pela cabeça e vestiu rapidamente a roupa de baixo, calças e um suéter. David se remexeu. Ela olhou: ele se virou, mas não acordou.

Lucy atravessou o patamar minúsculo e olhou o quarto de Jo. O menino de 3 anos tinha trocado o berço por uma cama, e frequentemente caía à noite, sem acordar. Hoje ele estava na cama, dormindo de costas com a boca escancarada. Lucy sorriu. Jo era adorável durante o sono.

Desceu rapidamente, imaginando por um instante por que teria acordado tão cedo. Talvez Jo tivesse feito algum barulho, ou talvez tivesse sido a tempestade.

Ajoelhou-se diante da lareira, arregaçou as mangas do suéter e começou a acender o fogo. Enquanto limpava a grade, assobiou uma música que tinha ouvido no rádio, *Is You Is Or Is You Ain't My Baby?* Tirou as cinzas frias, usando os pedaços maiores para formar a base do fogo que acenderia. Samambaias secas serviram como acendalha, e Lucy acrescentou lenha e carvão em cima dos ramos. Às vezes ela só usava lenha, mas nesse clima o carvão era melhor. Segurou uma página de jornal sobre a lareira durante alguns minutos para criar uma corrente ascendente na chaminé. Quando a retirou, a madeira estava queimando e o carvão reluzindo, vermelho. Dobrou o jornal e o colocou embaixo do balde de carvão para ser usado no dia seguinte.

Logo o fogo aqueceria o chalé, mas até lá uma xícara de chá quente ajudaria. Lucy entrou na cozinha e colocou a chaleira no fogão elétrico. Pôs duas xícaras numa bandeja, depois encontrou os cigarros e o cinzeiro de David. Fez o chá, encheu as xícaras e carregou a bandeja pelo corredor até a escada.

Estava com um pé no primeiro degrau quando ouviu a batida. Parou, franziu a testa e decidiu que era o vento chacoalhando alguma coisa. Subiu mais um degrau. O som veio de novo. Parecia alguém batendo à porta da frente.

Isso era ridículo, claro. Não havia ninguém para bater à porta – só Tom, e ele sempre entrava pela porta da cozinha, sem bater.

A batida soou de novo.

Só para aplacar a curiosidade, ela desceu a escada e, equilibrando a bandeja numa das mãos, abriu a porta.

Largou a bandeja, em choque. O homem caiu para dentro da casa, derrubando-a. Lucy gritou.

Ficou apavorada só por um momento. O estranho estava deitado em cima dela no chão do saguão, obviamente incapaz de fazer mal a alguém. Suas roupas estavam encharcadas e as mãos e o rosto, totalmente pálidos por conta do frio.

Lucy se levantou. David desceu a escada sentado, arrastando-se pelos degraus, e disse:

– O que foi? O que foi?

– Ele – respondeu Lucy, e apontou.

David chegou ao pé da escada, usando um pijama, e se ergueu para a cadeira de rodas.

– Não vejo motivo para gritar – disse.

Em seguida se aproximou mais e olhou o sujeito caído no chão.

– Desculpe. Ele me assustou.

Lucy se abaixou e, segurando o sujeito pelas axilas, arrastou-o para a sala. David foi atrás. Ela deitou o homem na frente da lareira.

David olhou pensativo para o corpo inconsciente.

– De onde diabo ele veio?

– Deve ser um marinheiro naufragado.

– Claro.

Mas ele estava usando roupas de operário, não de marinheiro, notou Lucy. Examinou-o. Era um homem bem grande, maior do que o tapete diante da lareira, que media 1,80 metro, e tinha pescoço e ombros robustos. O rosto era forte e de feições finas, testa ampla e maxilar comprido. Podia ser bonito, pensou, se não estivesse tão lívido.

O estranho se remexeu e abriu os olhos. A princípio pareceu apavorado, como uma criança que acorda num lugar estranho, mas muito rapidamente sua expressão relaxou e ele olhou ao redor com atenção, o olhar pousando brevemente em Lucy, em David, na janela, na porta e na lareira.

– Temos que tirar essas roupas dele – disse Lucy. – Pegue um pijama e um roupão, David.

David se afastou na cadeira de rodas e Lucy se ajoelhou ao lado do estranho. Primeiro tirou as botas e as meias dele. Havia um ar meio divertido nos olhos do homem, enquanto ele a observava. Mas quando ela estendeu a mão para o paletó ele cruzou os braços, protegendo o peito.

– Você vai morrer de pneumonia se ficar com essa roupa – disse ela com sua voz mais gentil. – Deixe-me tirá-la.

– Realmente acho que não temos intimidade suficiente – retrucou ele. – Afinal de contas, não fomos apresentados.

Era a primeira vez que ele falava. Sua voz era tão confiante, as palavras tão bem formadas, que o contraste com a aparência terrível fez Lucy gargalhar.

– Você é tímido? – perguntou.

– Só acho que um homem deve preservar um ar de mistério.

Ele estava sorrindo abertamente, mas o sorriso se desfez em um instante e seus olhos se fecharam de dor.

David voltou com um pijama limpo pendurado no braço.

– Vocês dois já parecem estar se dando tremendamente bem.

– Você terá que tirar as roupas dele – disse Lucy. – Ele não quer que eu faça isso.

A expressão de David era inescrutável.

– Eu posso fazer isso sozinho, obrigado. Isto é, se não for indelicado demais da minha parte – falou o homem.

– Como quiser – disse David.

Em seguida largou a roupa numa cadeira e se afastou.

– Vou fazer mais um pouco de chá – atalhou Lucy, indo atrás dele e fechando a porta da sala depois de sair.

Na cozinha, David já estava enchendo a chaleira, com um cigarro aceso entre os lábios. Lucy recolheu rapidamente a louça quebrada no saguão e se juntou a ele.

– Há cinco minutos eu não tinha certeza de que o sujeito estava vivo – comentou David. – Agora ele está se vestindo sozinho.

Lucy se ocupou com um bule.

– Talvez ele estivesse fingindo.

– A perspectiva de ser despido por você certamente provocou uma recuperação rápida.

– Não acredito que alguém possa ser tão tímido.

– Sua própria deficiência nesse aspecto pode levar você a subestimar a força desse mesmo aspecto nos outros.

Lucy fez barulho com as xícaras.

– Em geral você só fica tão azedo e mal-humorado depois do café da manhã. Além disso, como um aspecto pode ser forte?

– A semântica sempre foi sua última linha de defesa.

David apagou a guimba do cigarro numa poça d'água na pia.

Lucy derramou água fervente no bule.

– Não vamos discutir hoje. Temos uma coisa mais interessante para fazer, para variar.

Ela pegou a bandeja e entrou na sala.

O estranho estava abotoando a parte de cima do pijama. Virou de costas enquanto Lucy entrava. Ela pousou a bandeja na mesa e serviu o chá. Quando se virou, ele estava com o roupão de David.

– A senhora é muito gentil – disse ele, olhando diretamente para ela.

Ele realmente não parecia do tipo tímido, pensou Lucy. Mas era alguns anos mais velho do que ela – devia ter uns 40, supôs. Isso poderia explicar. A cada minuto ia parecendo menos um náufrago.

– Sente-se perto do fogo – sugeriu ela, e em seguida estendeu-lhe uma xícara de chá.

– Não sei se consigo segurar o pires. Meus dedos estão sem sensibilidade.

Ele pegou a xícara com a mão rígida, segurando-a entre as palmas das duas mãos, e a levou com cuidado aos lábios.

David entrou e ofereceu um cigarro. Ele recusou.

O estranho esvaziou a xícara.

– Onde estou? – perguntou.

– Este lugar se chama Ilha da Tormenta – respondeu David.

O homem demonstrou um vestígio de alívio.

– Achei que eu pudesse ter sido jogado de volta para a Escócia.

David abriu as mãos diante do fogo, para esquentar os dedos.

– Provavelmente o senhor foi varrido para dentro da baía. Em geral isso acontece. Foi assim que a praia foi formada.

Jo apareceu, com os olhos remelentos, arrastando um panda de pelúcia de um braço só, quase do tamanho dele. Quando viu o estranho, correu para Lucy e escondeu o rosto.

– Eu assustei sua menininha – disse o homem, sorrindo.

– É um menino. Preciso cortar o cabelo dele – falou Lucy, e pegou Jo no colo.

– Desculpe.

Os olhos do estranho se fecharam de novo e ele oscilou na poltrona.

Lucy se levantou, largando Jo no sofá.

– Precisamos pôr o coitado na cama, David.

– Só um minuto – disse David. Chegou mais perto do homem. – Será que há mais algum sobrevivente?

O homem levantou os olhos.

– Eu estava sozinho – murmurou.

Estava praticamente apagado.

– David... – começou Lucy.

– Mais uma pergunta: você notificou a guarda costeira sobre sua rota?

– Por que isso tem importância? – perguntou Lucy.

– Porque, se ele notificou, pode haver gente aí fora arriscando a vida procurando por ele, e podemos avisar que ele está em segurança.

O homem disse lentamente:

– Eu... não... notifiquei.

– Já chega – disse Lucy a David, e se ajoelhou na frente do homem. – O senhor consegue subir a escada?

Ele assentiu e se levantou devagar.

Lucy passou o braço dele sobre seus ombros e ajudou-o a andar.

– Vou colocá-lo na cama do Jo – disse.

Subiram a escada, parando a cada degrau. Quando chegaram ao topo, a pouca cor que o fogo havia trazido de volta ao rosto do homem tinha sumido de novo. Lucy o levou para o quarto menor. Ele desmoronou na cama.

Lucy arrumou os cobertores em cima dele, acomodou-o e saiu do quarto fechando a porta em silêncio.

O alívio inundou Faber num maremoto. Nos últimos minutos o esforço do autocontrole tinha sido sobre-humano. Sentiu-se sem forças, derrotado e doente.

Depois de a porta da casa ter sido aberta, ele havia se permitido desmoronar por um momento. O perigo chegou quando a linda jovem começou a despi-lo, e ele se lembrou da lata de filme grudada no peito. Lidar com isso havia restaurado sua condição alerta durante um tempo. Além disso, ele temera que os dois chamassem uma ambulância, mas isso não foi mencionado – talvez a ilha fosse pequena demais para ter um hospital. Pelo menos ele não estava no continente, onde seria impossível impedir o informe sobre o naufrágio. Mas as perguntas do marido o levavam a crer que nenhum informe seria dado imediatamente.

Faber não tinha energia para especular sobre os perigos no futuro. Por ora parecia estar em segurança, e era só até aí que seu raciocínio conseguia ir. Nesse meio-tempo, estava aquecido, seco e vivo, e a cama era macia.

Virou-se, examinando o quarto: porta, janela, chaminé. O hábito da cautela sobrevivia a tudo, menos à morte. As paredes eram cor-de-rosa, como se o casal tivesse esperado uma filhinha. Havia um trem de brinquedo e muitos livros ilustrados no chão. Era um lugar seguro, familiar – um lar. Ele era um lobo no redil dos cordeiros, mas era um lobo aleijado.

Fechou os olhos. Apesar da exaustão, precisava se obrigar a relaxar, músculo por músculo. Aos poucos sua cabeça se esvaziou de pensamentos e ele dormiu.

$\sim$

Lucy provou o mingau e acrescentou mais uma pitada de sal. Tinham passado a gostar do mingau como Tom fazia, no estilo escocês, sem açúcar. Ela jamais voltaria a fazer mingau doce, nem quando o açúcar fosse farto e não estivesse racionado de novo. Era engraçado como a gente se acostumava com as coisas quando era obrigada: pão preto, margarina e mingau salgado.

Arrumou tudo e a família se sentou para o café da manhã. O mingau de Jo era esfriado com um monte de leite. Ultimamente David comia quantidades enormes sem engordar: era a vida ao ar livre. Lucy olhou para as mãos dele sobre a mesa. Estavam ásperas e permanentemente morenas, mãos de um trabalhador braçal. Tinha notado as mãos do estranho. Os dedos eram longos, a pele branca por baixo dos ferimentos. Ele não estava acostumado ao trabalho abrasivo de tripulante num barco.

– Você não vai poder fazer muita coisa hoje – disse Lucy a David. – Parece que a tempestade vai continuar.

– Isso não faz diferença – resmungou David. – É preciso cuidar das ovelhas, não importa o clima.

– Onde você vai estar?

– Perto do Tom. Vou de jipe.

– Posso ir? – perguntou Jo.

– Hoje não – respondeu Lucy. – Está frio demais, chovendo muito.

– Mas eu não gosto daquele homem.

Lucy sorriu.

– Não seja bobo. Ele não vai fazer nenhum mal a nós. Está doente demais até para se mexer.

– Quem é ele?

– Não sabemos o nome. Ele naufragou e precisamos cuidar dele até que esteja bom para voltar a terra firme. É um homem muito gentil.

– Ele é meu tio?

– É só um estranho, Jo. Coma.

Jo pareceu desapontado. Tinha conhecido um tio, uma vez. Em sua mente os tios eram pessoas que davam balas, algo de que ele gostava, e dinheiro, para o qual não tinha uso.

David terminou o café e vestiu a capa de chuva. Era uma peça em forma de barraca, com mangas e um buraco para a cabeça e que cobria, além do corpo dele, a maior parte da cadeira de rodas. Pôs na cabeça um chapéu impermeável de aba larga e o amarrou embaixo do queixo. Deu um beijo em Jo e se despediu de Lucy.

Um ou dois minutos depois ela ouviu o jipe sendo ligado. Foi à janela olhar David partir pela chuva. As rodas traseiras do veículo derraparam na lama. Ele precisaria tomar cuidado.

Virou-se para Jo.

Ele disse:

– Um cachorro.

O menino estava fazendo um desenho na toalha de mesa, usando mingau e leite.

Lucy deu um tapa na mão dele, dizendo:

– Que sujeira horrível!

O rosto do menino ficou sério e emburrado, e Lucy pensou em como ele se parecia com o pai. Os dois tinham pele morena e cabelo quase preto, e o mesmo jeito de se recolher quando ficavam chateados. Mas Jo ria muito – herdara algo da família de Lucy, graças a Deus.

Jo confundiu seu olhar contemplativo com raiva e disse:

– Desculpe.

Ela o lavou na pia da cozinha, depois limpou a mesa do café, pensando no estranho lá em cima. Agora que a crise imediata havia passado e ela sabia que o homem não morreria, ficou tomada de curiosidade. Quem ele era? De onde vinha? O que estava fazendo na hora da tempestade? Teria família? Por que tinha roupas de operário, mãos de escriturário e sotaque da região de Londres? Isso era bem empolgante.

Ocorreu a Lucy que, se morasse em qualquer outro lugar, não acolheria tão tranquilamente um homem que aparecesse de forma tão súbita. Ele poderia ser um desertor, um criminoso ou mesmo um prisioneiro de guerra fugitivo. Mas vivendo na ilha era fácil esquecer que os outros seres humanos podiam ser ameaçadores em vez de sociáveis. Era tão bom ver um rosto novo que sentir suspeita parecia ingratidão. Talvez – pensamento desagradável – ela, mais do que outras pessoas, estivesse pronta para receber bem um homem atraente... Afastou essa ideia.

Boba, boba. O homem estava tão cansado e doente que não poderia ameaçar ninguém. Mesmo em terra firme, quem se recusaria a recebê-lo, esfarrapado e inconsciente? Quando ele estivesse melhor poderia ser interrogado, e se a história que contasse fosse pouco plausível, eles poderiam se comunicar com a terra firme pelo rádio da casa de Tom.

Quando terminou de lavar tudo, ela subiu de mansinho para espiá-lo. O estranho estava dormindo virado para a porta. E, quando ela o fitou, os olhos dele se abriram instantaneamente. De novo houve aquele clarão inicial de medo, que durou uma fração de segundo.

– Tudo bem – sussurrou Lucy. – Só vim ver se você está bem.

Ele fechou os olhos sem falar nada.

Lucy desceu de novo. Vestiu uma capa de chuva e calçou botas de borracha, fez o mesmo com Jo e os dois saíram. A chuva ainda caía torrencialmente e o vento estava furioso. Olhou para o telhado: tinham perdido algumas ardósias. Inclinando-se contra o vento, foi para o topo do penhasco.

Segurava a mão de Jo com força – ele poderia facilmente ser soprado para longe. Dois minutos depois desejou ter ficado dentro de casa. A chuva entrava por baixo da gola da capa e por cima do topo das botas, e ela estava encharcada. Jo também devia estar, mas agora que estavam molhados poderiam muito bem continuar assim por mais alguns minutos. Lucy queria ir à praia.

Mas quando chegaram ao topo da rampa ela percebeu que era impossível. A estreita passarela de madeira estava escorregadia, e com aquele vento ela poderia perder o equilíbrio e despencar por 20 metros até a praia. Precisou se contentar em olhar.

Era uma tremenda visão.

Ondas enormes, cada qual do tamanho de uma casa pequena, se seguiam rapidamente, uma atrás da outra. Enquanto seguiam na direção da praia, cresciam mais ainda, a crista se transformando num ponto de interrogação, depois se jogavam furiosas ao pé do penhasco. A água espirrava até o topo do penhasco, fazendo Lucy recuar depressa e Jo dar gritinhos de contentamento. Lucy só conseguia ouvir a risada do filho porque ele tinha pulado em seus braços e agora a boca do menino estava perto do seu ouvido. O som do vento e do mar abafava os ruídos mais distantes.

Havia algo terrivelmente empolgante em assistir aos elementos da natureza oscilarem e rugirem de fúria, em estar quase perto demais da beira do penhasco, sentindo-se ameaçada e segura ao mesmo tempo, tremendo de frio e ao mesmo tempo suando de medo. Era empolgante, e havia poucas empolgações na vida de Lucy.

Já ia voltar, preocupada com a saúde de Jo, quando viu o barco.

Não era mais um barco, claro; isso é que era chocante. Só o que restava eram as enormes tábuas do convés e a quilha, espalhadas nas pedras abaixo dos penhascos como um punhado de palitos de fósforo. Tinha sido um barco *grande*, percebeu Lucy. Um homem poderia pilotá-lo sozinho, mas não seria fácil. E os danos que o mar tinha causado à obra humana eram espantosos. Era difícil identificar dois pedaços de madeira ainda unidos.

Como, em nome de Deus, o estranho tinha saído dali vivo?

Lucy estremeceu ao pensar no que aquelas ondas e as rochas poderiam ter feito com uma pessoa. Jo percebeu a mudança súbita de humor e disse em seu ouvido:

– Vamos para casa agora.

Ela deu as costas rapidamente para o mar e voltou depressa pelo caminho lamacento.

Quando entrou em casa, tirou a capa molhada, o chapéu e as botas dos dois e pendurou tudo na cozinha para secar. Subiu a escada e olhou o estranho de novo. Dessa vez ele não abriu os olhos. Parecia dormir muito tranquilamente, mas Lucy teve a sensação de que ele havia acordado, ouvido os passos dela na escada e fechado os olhos de novo antes que ela abrisse a porta.

Preparou um banho quente. Ela e Jo estavam encharcados até o último fio de cabelo. Despiu o filho e o colocou na banheira, depois – num impulso – tirou a roupa e entrou com ele. O calor era maravilhoso. Fechou os olhos e relaxou. Isso também era bom: estar numa casa, sentindo-se aquecida, enquanto a tempestade golpeava, impotente, as grossas paredes de pedra.

De repente a vida tinha ficado interessante. Numa só noite tinha havido uma tempestade, um naufrágio e a chegada de um homem misterioso, isso depois de três anos de tédio. Esperava que o estranho acordasse logo, para descobrir tudo sobre ele.

Era hora de começar a fazer o almoço para os homens. Tinha um pouco de cordeiro para preparar um cozido. Saiu da banheira e se secou delicadamente. Jo estava se divertindo com seu brinquedinho de banho, um gato de borracha já todo mordido. Lucy se olhou no espelho, examinando as estrias que a gravidez tinha deixado em sua barriga. Estavam sumindo aos poucos, mas nunca desapareceriam completamente. Se bem que um bronzeamento de corpo inteiro ajudaria. Sorriu, pensando: Impossível! Além disso, quem se interessava pela sua barriga? Ninguém além dela mesma.

– Posso ficar mais um minuto? – pediu Jo.

Era uma frase que ele usava muito e podia significar qualquer período de tempo, até mesmo metade do dia.

– Só enquanto eu me visto.

Lucy pendurou a toalha num suporte e foi em direção à porta.

O homem estava na passagem, olhando-a.

Os dois se encararam. Era estranho que ela não tivesse sentido nenhum medo, pensou Lucy mais tarde. Era o modo como ele a olhava: não havia nada ameaçador na expressão, nem lascívia, nem sugestão de riso, nem um traço de luxúria. Ele não estava olhando seu púbis, nem mesmo os seios, e sim seu rosto – seus olhos. Ela olhou de volta, um pouco chocada mas não envergonhada, com apenas uma parte minúscula da mente se perguntando por que não gritava, não se cobria com as mãos e não batia a porta na cara dele.

Algo surgiu nos olhos dele, finalmente – talvez ela estivesse imaginando coisas, mas viu admiração, um leve brilho de humor sincero e um traço de tristeza. Então o feitiço se quebrou, ele virou as costas e voltou para o quarto, fechando a porta. Um instante depois Lucy ouviu as molas rangendo quando o peso dele se acomodou na cama.

E, absolutamente sem nenhum motivo, sentiu-se terrivelmente culpada.

CAPÍTULO VINTE

ÀQUELA ALTURA, Percival Godliman tinha partido para o esforço máximo.

Cada policial do Reino Unido havia recebido uma cópia da fotografia de Faber – e cerca de metade deles estava engajada na busca em tempo integral. Nas cidades, verificavam hotéis e pensões, estações de trem e terminais de ônibus, cafés e centros comerciais, além das pontes, arcos e terrenos bombardeados onde os moradores de rua ficavam. Na zona rural, procuravam em celeiros e silos, chalés vazios e castelos arruinados, bosques, clareiras e plantações de milho. Mostravam as fotos a vendedores de bilhetes, frentistas de postos de gasolina, tripulantes de balsas e cobradores de pedágio. Todos os portos e aeroportos que atendiam a passageiros estavam cobertos, com a foto pregada atrás de um quadro em cada mesa de controle de passaportes.

A polícia achava que estavam procurando um assassino comum.

Os policiais de rua sabiam que o homem da foto tinha matado duas pessoas em Londres. Os oficiais superiores sabiam um pouco mais: que um dos assassinatos tinha sido uma agressão sexual, outro acontecera aparentemente sem motivo, e um terceiro – sobre o qual seus subordinados não foram informados – fora um ataque violento e sem motivo a um soldado no trem que ia de Euston a Liverpool. Só os chefes de polícia e poucos oficiais da Scotland Yard sabiam que o soldado estivera a serviço temporário do MI5 e que todos os assassinatos tinham ligação com a segurança nacional.

Os jornais também achavam que era só uma caçada comum a um assassino. Um dia depois de Godliman ter divulgado os detalhes, a maioria dos periódicos havia publicado a história nas edições vespertinas (as edições matinais mandadas para a Escócia, Ulster e Gales do Norte não continham a matéria, de modo que eles fizeram uma versão reduzida no dia seguinte). A vítima de Stockwell fora identificada como um operário, recebera um nome falso e um passado nebuloso em Londres. O material de divulgação de Godliman ligava o assassinato à morte de uma tal Sra. Una Garden, em 1940, mas era vago com relação à natureza dessa ligação. Informava que a arma do crime era um punhal.

Os dois jornais de Liverpool ficaram sabendo muito rapidamente sobre o corpo no trem e ambos se perguntaram se o assassino do punhal de Londres seria o responsável. Ambos fizeram perguntas à polícia de Liverpool. Os editores das duas publicações receberam telefonemas do chefe de polícia. Nenhum dos dois veiculou a matéria.

Um total de 157 homens altos e morenos foram presos, suspeitos de serem Faber. Desses, 128 conseguiram provar que não podiam ter cometido os assassinatos. Funcionários do MI5 interrogaram os 29 restantes. Desses, 27 chamaram pais, parentes e vizinhos que afirmaram que eles tinham nascido na Inglaterra e que moravam lá durante a década de 1920, época em que Faber estava na Alemanha.

Os dois últimos foram levados a Londres e interrogados de novo, desta vez por Godliman. Ambos eram solteirões, moravam sozinhos e não tinham parentes vivos, levando uma vida em trânsito.

O primeiro era um homem bem vestido e confiante que afirmava, de modo implausível, que sua vida era viajar pelo país fazendo biscates como trabalhador braçal. Godliman explicou que estava procurando um espião alemão, e que ele – ao contrário da polícia – tinha poder para prender qualquer pessoa por toda a duração da guerra, sem questionamento. Além disso, continuou, não estava nem um pouco interessado em capturar criminosos comuns, e qualquer informação dada a ele ali no Departamento de Guerra seria estritamente confidencial e não iria mais longe.

O detido confessou prontamente que era um trambiqueiro e deu o endereço de dezenove senhoras idosas que havia convencido a lhe dar as joias antigas de família nas últimas três semanas. Godliman o entregou à polícia.

Não sentia obrigação nenhuma de ser honesto com um mentiroso profissional.

O último suspeito também abriu o bico depois do discurso de Godliman. Seu segredo era que ele não era solteirão, nem de longe. Tinha mulher em Brighton. E em Solihull, Birmingham. E em Colchester, Newbury e Exeter. Todas as cinco apresentaram certidões de casamento mais tarde naquele dia. O polígamo foi para a cadeia, aguardando julgamento.

Godliman dormia em sua sala enquanto a caçada continuava.

~

Bristol, Temple Meads, estação de trem.
– Bom dia, senhorita. Poderia dar uma olhada nisto, por favor?
– Ei, garotas, o policial vai mostrar as fotos dele para a gente!

– Ei, sem brincadeiras. Só digam se vocês o viram.

– Uau, ele é lindo! Eu gostaria de ter visto!

– Não gostaria, se soubesse o que ele fez. Querem todas dar uma olhada, por favor?

– Nunca vi – disse uma delas.

– Eu também não – acrescentou outra.

– Nem eu – afirmou a terceira.

– Não – garantiu a quarta.

– Quando vocês o pegarem, perguntem se ele quer conhecer uma garota legal, de Bristol.

– Vocês, garotas... não sei... Só porque lhes dão calças e trabalho de carregador, acham que devem agir feito homens...

~

Na balsa de Woolwich:

– Dia horrível, policial.

– Bom dia, capitão. Imagino que em mar aberto esteja pior.

– Em que posso ajudá-lo? Ou o senhor só está atravessando o rio?

– Quero que olhe a foto de um homem, capitão.

– Deixe-me colocar os óculos. Ah, não se preocupe, eu consigo enxergar para pilotar o navio. Só preciso dos óculos para ver as coisas de perto. Bom, agora sim...

– Desperta alguma lembrança?

– Desculpe, policial. Não me lembra nada.

– Bom, avise se o senhor o vir.

– Sem dúvida.

– Boa viagem.

~

Leak Street, número 35, Londres E1:

– Sargento Riley, que bela surpresa!

– Não precisa falar alto, Mabel. Quem você tem aí?

– Todos hóspedes respeitáveis, sargento. O senhor me conhece.

– Conheço sim, muito bem. É por isso que estou aqui. Será que algum dos seus hóspedes respeitáveis é um fugitivo?

– Desde quando você está recrutando para o exército?

– Não estou fazendo isso, Mabel, estou procurando um bandido, e, se ele estiver aqui, provavelmente disse a você que está escondido.

– Olha, Jack, se eu disser que não tem ninguém aqui que eu não conheça, você vai embora e para de pegar no meu pé?

– Por que eu confiaria em você?

– Em homenagem a 1936.

– Na época você era mais bonita, Mabel.

– Você também, Jack.

– Você venceu... Dê uma olhada nisto aqui. Se o cara aparecer, avise, está bem?

– Prometo.

– E não demore para fazer isso.

– Já entendi!

– Mabel... ele esfaqueou uma mulher da sua idade. Só estou querendo avisar.

– Eu sei. Obrigada.

– Tchau.

– Se cuida, Jacko.

~

Bill's Café, na A30 perto de Bagshot:

– Chá, por favor, Bill. Dois cubos de açúcar.

– Bom dia, policial Pearson. Dia horrível.

– O que tem nesse prato, Bill, pedregulhos de Portsmouth?

– Pãezinhos amanteigados, como você sabe muito bem.

– Ah! Vou querer dois, então. Obrigado... E aí, pessoal? Qualquer um que queira que seu caminhão seja vasculhado de cima a baixo pode sair imediatamente... Assim está melhor. Deem uma olhada nesta foto, por favor.

– O que você está procurando, policial? Alguém andando de bicicleta sem faróis?

– Deixe as piadas de lado, Harry, e vá passando a foto para os outros. Alguém deu carona para esse cara?

– Eu, não.

– Não.

– Desculpe, policial.

197

– Nunca vi mais gordo.

– Obrigado, rapazes. Se o virem, informem. Até mais.

– Policial?

– Sim, Bill?

– Você não pagou pelos pãezinhos.

– Estou confiscando como provas. Até.

~

Posto Smethwick's, Carslisle.

– Bom dia, senhora. Quando tiver um minuto...

– Já vou aí, policial. Só me deixe atender esse cavalheiro... Doze libras e seis pence, por favor, senhor. Obrigada. Até mais.

– Como vão os negócios?

– Péssimos, como sempre. O que posso fazer pelo senhor?

– Podemos falar no escritório um minuto?

– Sim, venha... E então?

– Dê uma olhada nessa foto e diga se vendeu gasolina recentemente para esse homem.

– Bom, não deve ser muito difícil. Não temos hordas de fregueses passando... Aaah! Sabe, acho que vendi!

– Quando?

– Anteontem de manhã.

– Tem certeza?

– Bom... ele parecia mais velho do que na foto, mas tenho quase certeza.

– Que carro ele estava dirigindo?

– Um cinza. Não sou boa em identificar marcas, na verdade o negócio é do meu marido, mas ele está na marinha...

– Bem, como era? Um carro esporte? Uma limusine?

– Era do tipo antigo, com capota de lona que sobe. De dois lugares. Esportivo. Tinha um tanque de gasolina reserva aparafusado no estribo, e eu enchi esse tanque também.

– A senhora lembra da roupa que o motorista estava usando?

– Não, não lembro. Acho que roupas de trabalho.

– Era alto?

– Era, mais alto do que o senhor.

– Incrível, acho que é ele! A senhora tem um telefone que eu possa usar?

~

William Duncan tinha 25 anos, 1,75 metro, pesava 68 quilos e tinha uma saúde de ferro. Sua vida ao ar livre e a completa falta de interesse pelo fumo, pela bebida, pelas noitadas e pela vida de farra o mantinham assim. Mas não estava nas forças armadas.

Até os 8 anos ele parecera uma criança normal, ainda que um pouco retraída, quando sua mente simplesmente parou de se desenvolver. Não houve nenhum trauma evidente, nenhum dano físico que explicasse o colapso súbito. Na verdade, alguns anos se passaram até que alguém percebesse que algo estava errado, já que aos 10 anos ele estava apenas um pouquinho atrasado, e aos 12 era apenas simplório; mas aos 15 ele era obviamente retardado e aos 18 era conhecido como Willie Pateta.

Seus pais pertenciam a um obscuro grupo religioso fundamentalista cujos membros não tinham permissão de se casar com pessoas de fora da igreja (o que podia ou não ter a ver com o retardo de Willie). Eles rezavam pelo filho, claro, mas também o levaram a um especialista em Stirling. O médico, um homem idoso, fez vários exames e informou, por cima dos óculos com aros de ouro, que o rapaz tinha idade mental de 8 anos e que sua mente jamais evoluiria mais do que isso. Eles continuaram a rezar, mas suspeitavam de que o Senhor tinha mandado um filho assim para testá-los, de modo que garantiram que Willie fosse salvo e estavam ansiosos pelo dia em que iriam encontrá-lo de novo na Glória e ele seria curado. Enquanto isso Willie precisava de um emprego.

Até um menino de 8 anos pode ser pastor de vacas, mas ainda assim pastorear vacas era um trabalho, de modo que Willie Pateta virou pastor de vacas. E foi pastoreando vacas que ele viu o carro pela primeira vez.

Presumiu que havia namorados dentro dele.

Willie sabia sobre namorados. Quer dizer, sabia que existiam e que eles faziam coisas indizíveis um com o outro em lugares escuros como bosques, cinemas e carros. Sabia também que não deveríamos falar sobre isso. Por isso passou rapidamente com as vacas pelo arbusto ao lado do qual estava parado o Morris Cowley Bullnose 1924, de dois lugares (ele sabia sobre carros, também, como qualquer menino de 8 anos), e se esforçou muito para não olhar lá dentro, para não ver nenhum pecado.

Levou seu pequeno rebanho para ser ordenhado no curral, foi para casa por um caminho tortuoso, jantou, leu um capítulo do Levítico para o pai – em voz alta, com dificuldade – e foi para a cama sonhar com namorados.

O carro ainda estava lá na tarde do dia seguinte.

Apesar de toda a sua inocência, Willie sabia que namorados não faziam o que quer que fizessem um com o outro durante 24 horas seguidas.

Dessa vez foi direto até o carro e olhou dentro. Estava vazio. O chão embaixo do motor estava preto e pegajoso de gasolina. Willie bolou uma explicação nova: o carro estava quebrado e fora abandonado pelo motorista. Não lhe ocorreu imaginar por que tinha sido meio escondido num arbusto.

Quando chegou ao curral, contou ao fazendeiro o que tinha visto.

– Tem um carro quebrado no caminho perto da estrada principal.

O fazendeiro era um homem grande, com sobrancelhas grossas, louro-escuras, que se franziam quando ele refletia sobre algo.

– Não tinha ninguém por perto?

– Não, e estava lá desde ontem.

– Por que você não me contou ontem, então?

Willie ficou vermelho.

– Achei que talvez fossem... namorados.

– Ah! – O fazendeiro percebeu que Willie não parecia tímido, estava genuinamente sem graça. Deu um tapinha no ombro do rapaz. – Bom, vá para casa e deixe que eu cuido disso.

Depois da ordenha, o fazendeiro foi olhar. Tentou imaginar por que o carro estaria meio escondido. Tinha ouvido falar do assassino do punhal em Londres, e, apesar de não ter concluído que o carro fora abandonado pelo criminoso, achou que deveria existir uma ligação entre o carro e algum crime. Assim, depois do jantar mandou o filho mais velho ao vilarejo, a cavalo, a fim de telefonar para a polícia em Stirling.

Os policiais chegaram antes que seu filho voltasse para casa. Eram mais de dez e todos pareciam beber chá sem parar. O fazendeiro e sua esposa passaram metade da noite por conta deles.

Willie Pateta foi chamado para contar sua história de novo, repetindo que tinha visto o carro pela primeira vez na tarde anterior, ruborizando de novo ao explicar que havia presumido que o veículo abrigava namorados.

Considerando tudo, era a noite mais empolgante da guerra.

~

Naquela tarde, antes de sua quarta noite consecutiva passada no escritório, Percival Godliman foi para casa tomar banho, trocar de roupa e preparar uma mala.

Morava num flat em Chelsea. Era um apartamento pequeno, mas com espaço suficiente para um homem solteiro. Era limpo e arrumado com exceção do escritório, onde a faxineira não tinha permissão de entrar, e em consequência o lugar estava atulhado de livros e papéis. Toda a mobília era anterior à guerra, claro, mas era de muito bom gosto, e o apartamento tinha um ar confortável. Havia poltronas de couro e um gramofone na sala, e a cozinha era cheia de utensílios, que raramente eram usados.

Enquanto a banheira estava enchendo ele fumou um cigarro – ultimamente havia passado para os cigarros, porque o cachimbo era trabalhoso demais – e olhou sua posse mais valiosa, uma cena medieval sinistramente fantástica, provavelmente de Hieronymus Bosch. Era uma herança de família e Godliman nunca a havia vendido, nem quando precisara de dinheiro, porque gostava dela.

Durante o banho pensou em Barbara Dickens e no filho dela, Peter. Não tinha contado a ninguém sobre ela, nem a Bloggs, embora quase a tivesse mencionado durante a conversa sobre casar-se de novo, mas o coronel Terry o havia interrompido. Era viúva: seu marido fora morto em combate no início da guerra. Godliman não sabia qual era a idade dela, mas Barbara aparentava uns 40 anos, jovem para ser mãe de um rapaz de 22. Trabalhava traduzindo mensagens interceptadas e era inteligente, divertida e muito bonita. E rica também. Godliman a havia levado para jantar três vezes, antes que a crise atual surgisse. Achava que ela estava apaixonada por ele.

Ela havia arranjado um encontro entre Godliman e seu filho, Peter, que era capitão. Godliman gostou do rapaz. Mas sabia algo que nem Barbara nem ele sabiam: Peter iria para a Normandia.

Mais um motivo para capturar Die Nadel.

Saiu da banheira e se barbeou devagar e com cuidado, pensando: estou apaixonado por ela? Não sabia como devia ser o amor na meia-idade. Certamente não a paixão ardente da juventude. Afeto, admiração, ternura e um traço de luxúria duvidosa? Se isso significasse amor, ele a amava.

E agora sentia necessidade de alguém com quem compartilhar a vida. Durante anos só desejara a solidão e sua pesquisa. Agora a camaradagem do serviço secreto estava atraindo-o: as festas, as noites em claro quando surgia alguma informação importante, o espírito de amadorismo dedicado, a busca frenética de prazer por parte de pessoas para quem a morte está sempre perto e jamais é previsível – tudo isso o havia contaminado. Essas coisas acabariam depois da guerra, ele sabia. Mas outras continuariam: a necessidade de falar com alguém próximo sobre as decepções e as vitórias, de ter alguém à noite, de dizer: "Ali! Olhe! Não é ótimo?"

A guerra era cansativa, opressiva, frustrante e desconfortável, mas havia amigos. Se a paz trouxesse de volta a solidão, Godliman achava que se tornaria infeliz.

Nesse momento, a sensação de estar com uma roupa de baixo limpa e uma camisa bem passada era o auge do luxo. Colocou mais peças limpas numa mala e se sentou para desfrutar de um copo de uísque antes de voltar ao escritório. O motorista militar no automóvel confiscado, lá fora, poderia esperar mais um pouco.

Estava enchendo um cachimbo quando o telefone tocou. Deixou o cachimbo e acendeu um cigarro.

Seu telefone era ligado à central do Departamento de Guerra. A telefonista informou que um tal de superintendente-chefe Dalkeith estava ligando de Stirling.

Esperou o estalo da conexão e então começou a falar:

– Aqui é Godliman.

– Nós encontramos o seu Morris Cowley – disse Dalkeith sem preâmbulo.

– Onde?

– Na A80, ao sul de Stirling.

– Vazio?

– Sim. Quebrado. Está lá há pelo menos 24 horas. Foi levado para fora da estrada principal e escondido atrás de um arbusto. Um rapaz retardado o encontrou.

– Há algum ponto de ônibus ou estação de trem a que se possa chegar a pé, a partir desse ponto?

– Não.

Godliman resmungou.

– Então é provável que o sujeito tenha precisado andar ou pegar carona depois que largou o carro.

– Sim.

– Nesse caso, será que você pode perguntar por aí...

– Já estamos tentando descobrir se alguém da região o viu ou lhe deu carona.

– Ótimo. Me avise... enquanto isso vou repassar a notícia à Scotland Yard. Obrigado, Dalkeith.

– Manteremos contato. Até logo, senhor.

Godliman pôs o fone no gancho e foi para o escritório. Sentou-se com um atlas aberto no mapa rodoviário do norte da Grã-Bretanha. Londres, Liverpool, Carlisle, Stirling... Faber estava indo para o nordeste da Escócia.

Pensou se deveria reconsiderar a teoria de que Faber estava tentando ir embora. O melhor caminho seria pelo oeste, através do neutro Eire. Mas o litoral leste da Escócia era local de atividade militar de vários tipos. Seria possível que Faber tivesse coragem de continuar seu serviço de reconhecimento, sabendo que o MI5 estava atrás dele? Era possível, decidiu – sabia que Faber era muito corajoso –, mas mesmo assim era improvável. Nada que o sujeito pudesse descobrir na Escócia seria tão importante quanto as informações que ele já possuía.

Portanto Faber iria embora pelo litoral leste. Godliman repassou os métodos de fuga disponíveis ao espião: um avião leve, pousando num pântano deserto; uma viagem solitária pelo mar do Norte numa embarcação roubada; um encontro com um submarino perto do litoral; uma passagem num navio mercante através de um país neutro até o Báltico, desembarcando na Suécia e atravessando a fronteira para a Noruega ocupada... havia muitos modos.

A Scotland Yard deveria ser informada dessa novidade. Eles pediriam que todas as polícias da Escócia tentassem encontrar alguém que tivesse pegado carona perto de Stirling. Godliman voltou à sala para telefonar, mas o aparelho tocou antes que ele chegasse. Atendeu.

– Godliman.

– Um homem chamado Richard Porter está ligando de Aberdeen.

– Ah! – Godliman estivera esperando que Bloggs ligasse de Carlisle. – Pode completar a ligação, por favor. Alô? Aqui é Godliman.

– Ah, meu nome é Richard Porter. Sou do Comitê de Vigilância daqui.

– O que posso fazer pelo senhor?

– Bom, na verdade, meu caro, é terrivelmente embaraçoso.

Godliman controlou a impaciência.

– Continue.

– Esse sujeito que vocês estão procurando, o assassino da faca. Bom, tenho quase certeza de que dei carona a ele no meu carro.

Godliman apertou o fone com mais força.

– Quando?

– Anteontem à noite. Meu carro quebrou na A80, perto de Stirling, no meio da noite. E surgiu um sujeito a pé, e simplesmente consertou o carro. De modo que naturalmente...

– Onde o senhor o deixou?

– Aqui mesmo em Aberdeen. Ele disse que iria até Banff. A questão é que eu dormi na maior parte do dia de ontem, de modo que só hoje à tarde...

– Não se censure, Sr. Porter. Obrigado por telefonar.

– Bom, adeus.

Godliman apertou o botão do gancho e a telefonista do Departamento de Guerra voltou à linha.

– Ache o Sr. Bloggs para mim, sim? – pediu ele. – Ele está em Carlisle.

– Ele está na linha esperando o senhor.

– Ótimo!

– Olá, Percy – disse Bloggs. – Quais são as novidades?

– Estamos no rastro dele outra vez, Fred. Ele abandonou o Morris perto de Stirling e pegou uma carona para Aberdeen.

– Aberdeen!

– Devia estar tentando passar pela porta do leste.

– Quando ele chegou a Aberdeen?

– Provavelmente ontem de manhã.

– Nesse caso não deve ter tido tempo de sair, a não ser que seja realmente muito rápido. Lá está acontecendo a pior tempestade de todos os tempos. Começou ontem à noite e ainda não parou. Nenhum navio vai sair, e certamente o tempo está ruim demais para um avião pousar.

– Ótimo! Chegue lá o mais rápido que puder. Enquanto isso vou acionar a polícia local. Me ligue quando chegar a Aberdeen.

– Estou a caminho.

– Fred?

– O quê?

– Ainda vamos pegar o filho da mãe.

Fred ainda estava rindo quando Godliman desligou.

204

CAPÍTULO VINTE E UM

QUANDO FABER ACORDOU, estava quase escuro. Pela janela do quarto dava para ver os últimos vestígios de escuridão serem apagados do céu pela noite que chegava. A tempestade não tinha diminuído: a chuva tamborilava no telhado e transbordava de uma calha, o vento uivava e soprava sem parar.

Acendeu o pequeno abajur ao lado da cama. O esforço o exauriu e ele se deixou cair de novo no travesseiro. Era apavorante estar tão fraco. Quem acredita que a Força é o Certo deve ser sempre forte, e Faber tinha consciência suficiente para saber as implicações de sua própria ética. O medo nunca estava longe da superfície de suas emoções; talvez por isso tivesse sobrevivido por tanto tempo. Era cronicamente incapaz de se sentir seguro. Entendia, daquele modo vago como entendemos as coisas mais fundamentais sobre nós mesmos, que sua insegurança era o motivo para ter escolhido a profissão de espião: era o único tipo de vida que lhe permitia matar instantaneamente alguém que representasse a menor ameaça. O medo de ser fraco fazia parte da síndrome que incluía sua independência obsessiva, sua insegurança e seu desprezo pelos superiores militares.

Ficou deitado na cama do menino, no quarto de paredes cor-de-rosa, e fez um inventário do próprio corpo. Parecia estar machucado em toda parte, mas pelo jeito não havia nada quebrado. Não se sentia febril: seu organismo tinha evitado uma infecção nos brônquios apesar da noite passada no barco. Havia somente a fraqueza. Suspeitava de que fosse mais do que exaustão. Lembrou-se de um momento, quando havia chegado ao topo da rampa, em que tinha pensado que morreria, e pensou se teria infligido algum dano permanente a si mesmo depois daquela corrida insensata morro acima.

Além disso, verificou suas posses. A lata de negativos fotográficos ainda estava junto ao peito, o punhal preso no braço esquerdo e os documentos e o dinheiro no bolso do paletó do pijama emprestado.

Empurrou os cobertores de lado e se sentou, apoiando os pés no chão. Um momento de tontura veio e foi embora. Levantou-se. Era importante não se permitir as atitudes psicológicas de um inválido. Vestiu o roupão e foi para o banheiro.

Quando voltou, suas roupas estavam ao pé da cama, limpas e passadas:

roupa de baixo, macacão e camisa. De repente se lembrou de ter levantado em algum momento durante a manhã e visto a mulher nua no banheiro: tinha sido uma cena estranha e ele não sabia direito o que ela significava. A mulher era muito bonita, lembrou.

Vestiu-se lentamente. Gostaria de fazer a barba, mas decidiu pedir permissão ao anfitrião antes de pegar emprestada a navalha que estava na prateleira do banheiro: alguns homens eram tão possessivos com suas navalhas quanto com a esposa. Mas ele tomou a liberdade de usar o pente de plástico do menino, que encontrou na gaveta de cima da cômoda.

Olhou-se no espelho sem orgulho. Não tinha vaidade. Sabia que algumas mulheres o achavam atraente e outras não, e presumia que fosse assim com a maior parte dos homens. Claro, tivera mais mulheres do que a maioria dos homens, mas atribuía isso a seu apetite, e não à aparência. Seu reflexo disse que ele estava apresentável, e era só isso que precisava saber.

Satisfeito, saiu do quarto e desceu lentamente a escada. De novo sentiu uma onda de fraqueza e de novo se obrigou a superá-la, agarrando o corrimão e se forçando a colocar um pé na frente do outro até chegar ao térreo.

Parou à entrada da sala e, como não ouviu nenhum barulho, foi à cozinha. Bateu e entrou. O jovem casal estava à mesa, terminando o jantar.

A mulher ficou de pé quando ele entrou.

– Você se levantou! – disse ela. – Tem certeza de que deveria?

Faber se permitiu ser levado a uma cadeira.

– Obrigado – disse. – A senhora realmente não deve me encorajar a fingir que estou doente.

– Não creio que o senhor perceba a experiência terrível pela qual passou. Está com fome?

– Não quero incomodar vo...

– De jeito nenhum. Não seja bobo. Mantive um pouco de sopa quente para o senhor.

– Vocês são muito gentis, e nem sei o nome de nenhum dos dois.

– David e Lucy Rose. – Ela serviu sopa numa tigela e a colocou na mesa, diante dele. – Corte um pedaço de pão, David, por favor.

– Eu me chamo Henry Baker.

Faber não soube por que disse isso: não tinha documentos com esse nome. Henry Faber era o homem que a polícia estava procurando, por isso ele deveria ter usado a identidade de James Baker. Mas por algum motivo queria que aquela mulher o chamasse de Henry, o equivalente em inglês mais próximo de seu nome verdadeiro, Henrik. Talvez não tivesse importância: ele poderia dizer simplesmente que seu nome era James mas que sempre o haviam chamado de Henry.

Tomou uma colherada da sopa e de repente se descobriu com uma fome voraz. Comeu tudo rapidamente, depois engoliu o pão. Quando terminou, Lucy riu. Ela ficava linda quando ria: a boca se abria mostrando um monte de dentes brancos e regulares, e os olhos se franziam, alegres, nos cantos.

– Mais? – ofereceu ela.

– Muito obrigado.

– Dá para ver que a comida está fazendo bem ao senhor. A cor está voltando às faces.

Faber percebeu que estava se sentindo fisicamente melhor. Tomou a segunda porção de sopa mais devagar, mais por educação do que por estar satisfeito.

– Como foi que o senhor saiu nessa tempestade? – perguntou David.

Era a primeira vez que falava.

– Não fique pegando no pé dele, David – censurou Lucy.

– Tudo bem – disse Faber. – Eu fui idiota, só isso. Foi a primeira viagem para pescar que eu fiz desde antes da guerra, e simplesmente me recusei a deixar que o clima atrapalhasse. O senhor é pescador?

David balançou a cabeça.

– Crio ovelhas.

– Tem muitos empregados?

– Só um, o velho Tom.

– Imagino que não haja outras fazendas de ovelhas na ilha, não é?

– Não há. Nós moramos nessa ponta, Tom na outra, e no meio não há nada além de ovelhas.

Faber assentiu devagar. Isso era bom, muito bom. Uma mulher, um aleijado, uma criança e um velho não poderiam representar obstáculo. E ele já estava se sentindo muito mais forte.

– Como vocês fazem contato com a terra firme? – indagou.

– Há um barco que vem a cada quinze dias. Deveria vir na próxima segunda-feira, se a tempestade der trégua. Há um transmissor de rádio na casa do Tom, mas só usamos em emergências. Se eu achasse que poderiam estar procurando pelo senhor, ou se o senhor precisasse de ajuda médica urgente, eu poderia usá-lo. Mas, como as coisas estão, não creio que seja necessário. Não adianta muito: ninguém pode vir pegá-lo na ilha até que a tempestade passe, e quando isso acontecer o barco virá de qualquer modo.

– Claro.

Faber escondeu a satisfação. O problema de como contatar o submarino na segunda-feira estivera incomodando-o. Ele tinha visto um rádio
comum na sala dos Rose, e numa emergência poderia transformá-lo num
transmissor. Mas o fato de Tom ter um rádio de verdade tornava tudo
muito mais fácil.

– Para que Tom precisa de um transmissor? – perguntou.

– Ele é membro da Unidade Real de Observação. Aberdeen foi bombardeada em julho de 1940. Não houve alerta de ataque aéreo, e por causa disso
aconteceram muitas baixas. Foi então que recrutaram o Tom. Ainda bem
que a audição dele é melhor do que a visão.

– Imagino que os bombardeiros venham da Noruega.

– Acho que sim.

Lucy se levantou.

– Vamos para a sala.

Os dois a acompanharam. Faber não sentia fraqueza nem tontura. Segurou
a porta da sala para David, que foi para perto da lareira. Lucy ofereceu conhaque a Faber. Ele recusou. Ela serviu a bebida para o marido e para si mesma.

Faber se acomodou e examinou o casal. A beleza de Lucy era mesmo im-
pressionante: tinha um rosto oval, olhos de uma cor incomum – um âmbar
felino –, e cabelos fartos, de um ruivo escuro. Sob o suéter de pescador e as
calças largas havia a sugestão de um corpo muito bem-feito, curvilíneo. Se
ela encaracolasse o cabelo e colocasse meias de seda e um vestido de baile,
poderia ficar muito glamurosa. David também era muito bem-apessoado
– quase bonito, a não ser pela sombra de uma barba muito escura. Seu
cabelo era quase preto e a pele tinha ares do mediterrâneo. Se tivesse pernas proporcionais aos braços, seria alto. Faber suspeitou que aqueles braços
deviam ter se tornado fortes e musculosos depois de anos empurrando a
cadeira de rodas de um lugar a outro.

Sim, eram um casal atraente – mas havia algo tremendamente errado
entre eles. Faber não era especialista em casamentos, mas seu treinamento
em técnicas de interrogatório tinha lhe ensinado a ler a linguagem não
verbal através de pequenos gestos e descobrir quando alguém estava com
medo, confiante, escondendo algo ou mentindo. Lucy e David raramente
se olhavam e jamais se tocavam. Falavam mais com ele do que um com o
outro. Circulavam um ao redor do outro, como perus tentando manter um
pequeno espaço vazio à sua frente. A tensão entre eles era enorme. Eram

como Churchill e Stalin, obrigados a lutar lado a lado temporariamente, suprimindo com todas as forças uma inimizade mais profunda. Faber se perguntou que trauma horrível estaria por trás do ódio entre os dois.

A casinha aconchegante devia ser uma panela de pressão emocional, apesar dos tapetes e da pintura clara, das poltronas florais, lareiras acesas e aquarelas emolduradas. Viver sozinhos, tendo apenas um velho e uma criança como companhia, com essa coisa entre eles... o fez se lembrar de uma peça que tinha visto em Londres, de um americano chamado Tennessee não sei das quantas.

David engoliu abruptamente sua bebida e disse:

– Preciso ir dormir. Minhas costas estão me matando.

Faber se levantou.

– Desculpem, mantive vocês acordados.

David acenou com a mão, descartando o comentário.

– De jeito nenhum. Você dormiu o dia inteiro, não vai querer voltar agora para a cama. Além disso, tenho certeza de que Lucy gostaria de conversar. É só que eu tratei mal minhas costas; as costas são projetadas para dividir a carga com as pernas, o senhor sabe.

– Então é melhor você tomar dois comprimidos hoje – sugeriu Lucy.

Ela pegou um frasco na prateleira de cima da estante, tirou duas pílulas e entregou ao marido.

David as engoliu a seco.

– Boa noite – disse ele, e se afastou na cadeira de rodas.

– Boa noite, David.

– Boa noite, Sr. Rose.

Depois de um momento Faber ouviu David se arrastando escada acima e imaginou como ele fazia aquilo.

Lucy falou, como se quisesse encobrir o barulho de David:

– Onde o senhor mora, Sr. Baker?

– Por favor, me chame de Henry. Moro em Londres.

– Faz anos que não vou a Londres. Provavelmente não resta muita coisa da cidade.

– Ela mudou, mas não tanto quanto você poderia pensar. Quando esteve lá pela última vez?

– Em 1940. – Ela se serviu de mais uma dose de conhaque. – Desde que viemos para cá só saí da ilha uma vez, para ter o bebê. Hoje em dia não se pode viajar muito, não é?

– O que os trouxe para cá?

– Hã... – disse ela, então se sentou, tomou um gole da bebida e olhou para o fogo.

– Talvez eu não devesse...

– Tudo bem. Nós sofremos um acidente no dia do casamento. Foi assim que David perdeu as pernas. Ele estava treinando para ser piloto de caça. Nós dois quisemos fugir, acho. Acredito que foi um erro, mas na ocasião pareceu uma boa ideia.

– Isso permitiu que o ressentimento dele encubasse.

Lucy o encarou incisivamente.

– Você é um homem perspicaz.

– É uma coisa óbvia. – Ele falou muito baixinho. – Você não merece essa infelicidade.

Ela piscou.

– Você enxerga demais.

– Não é difícil. Por que continua, se não está dando certo?

– Não sei o que dizer. Quer clichês? Os votos matrimoniais, Jo, a guerra... Se há outra resposta, não encontro palavras para ela.

– Culpa – sugeriu Faber. – Mas você está pensando em deixá-lo, não está?

Ela o encarou, balançando lentamente a cabeça com incredulidade.

– Como você sabe tanto?

– Em quatro anos nesta ilha você perdeu a arte de dissimular. Além disso, essas coisas são muito mais simples vistas de fora.

– Você já foi casado?

– Não. É isso que eu quero dizer.

– Por que não? Achei que você deveria ser casado.

Foi a vez de Faber olhar pensativo para o fogo. Por que não, afinal? Sua resposta pronta – para si mesmo – era a profissão. Mas não poderia dizer isso, e de qualquer modo era muito simplista. Respondeu de repente:

– Não confio em mim mesmo para amar alguém tanto assim.

As palavras tinham saído sem premeditação e ele se perguntou se seriam verdadeiras. Um instante depois pensou em como Lucy o tinha feito baixar a guarda, quando ele estava achando que estava desarmando-a.

Durante um tempo nenhum dos dois falou nada. O fogo estava morrendo. Algumas gotas de chuva desgarradas desceram pela chaminé e sibilaram nos restos de carvão que iam esfriando. A tempestade não dava sinais de trégua. Faber se pegou pensando na última mulher que havia tido. Qual era o nome dela? Gertrude. Fora sete anos antes, mas podia visualizá-la agora, no tremeluzir do fogo: um rosto redondo, alemão, cabelos louros, olhos verdes, seios lindos, quadris amplos demais, pernas gordas, pés feios... Falava rápido e tinha um entusiasmo louco, inesgotável, por sexo... Ela o havia adulado, elogiando sua inteligência (pelo que disse) e adorando seu corpo (o que não precisava ser dito). Escrevia letras para canções populares e as lia para ele num apartamento pobre de porão em Berlim; não era uma profissão lucrativa. Visualizou-a naquele quarto desarrumado, deitada nua, instigando-o a fazer coisas mais bizarras e eróticas: machucá-la, tocar-se, ficar completamente imóvel enquanto ela fazia amor com ele... Faber balançou a cabeça ligeiramente para afastar as lembranças. Em todos os anos em que estivera celibatário não tinha pensado nisso. Essas visões eram perturbadoras. Olhou para Lucy.

– Você estava longe – disse ela com um sorriso.

– Lembranças. Essa conversa sobre amor...

– Eu não deveria ficar pressionando você.

– Não está.

– Lembranças boas?

– Muito boas. E as suas? Você também estava pensativa.

Ela sorriu de novo.

– Era no futuro, e não no passado.

– O que você vê por lá?

Lucy pareceu a ponto de responder, mas mudou de ideia. Isso aconteceu duas vezes. Havia sinais de tensão em volta dos olhos dela.

– Vejo você encontrando outro homem – disse Faber. Enquanto falava, ele pensava: por que estou fazendo isso? – É um homem mais fraco do que David e menos bonito. Mas é pela fraqueza dele que você o ama. Ele é inteligente, mas não é rico; é compassivo sem ser sentimental; terno, carinhoso, amoroso. Ele...

A taça de conhaque se despedaçou com o aperto da mão de Lucy. Os cacos caíram no colo e no tapete, e ela os ignorou. Faber foi até a poltrona dela e se ajoelhou à sua frente. O polegar de Lucy estava sangrando. Ele segurou sua mão.

– Você se feriu.

Ela o encarou. Estava chorando.

– Desculpe – disse Faber.

O corte era superficial. Lucy pegou um lenço no bolso da calça e estancou o sangue. Faber soltou a mão dela e começou a recolher os cacos, desejando tê-la beijado quando teve chance. Colocou os pedaços de vidro no console da chaminé.

– Não queria chatear você – disse ele.

Lucy afastou o lenço e olhou o polegar. Ainda estava sangrando.

– Uma bandagem – sugeriu ele.

– Na cozinha.

Faber encontrou um rolo de gaze, uma tesoura e um alfinete de segurança. Encheu uma tigela pequena com água quente e voltou à sala.

Na sua ausência ela havia conseguido apagar a evidência das lágrimas no rosto. Ficou sentada passivamente, desanimada, enquanto ele lavava seu polegar com água quente, enxugava-o e colocava um pequeno pedaço de gaze em cima do corte. O tempo todo Lucy ficou olhando para o rosto dele, não para as mãos. Mas a expressão dela era indecifrável.

Faber terminou o serviço e se levantou abruptamente. Era idiotice: tinha levado as coisas longe demais. Estava na hora de acabar com aquilo.

– Acho melhor ir para a cama – disse.

Lucy assentiu.

– Desculpe...

– Pare de se desculpar – disse ela. – Não combina com você.

Seu tom era áspero. Faber supôs que ela também tinha sentido que as coisas haviam fugido ao controle.

– Vai ficar acordada? – perguntou.

Ela balançou a cabeça.

– Bom... – disse ele, indo até a porta e segurando-a aberta.

Lucy evitou os olhos dele enquanto passava. Ele a acompanhou pelo corredor e pela escada. Enquanto a olhava subir, não conseguiu deixar de imaginá-la com outras roupas, os quadris oscilando suavemente por baixo de algum tecido sedoso, as pernas longas cobertas por meias em vez da calça cinza e velha, sapatos altos em vez de chinelos de feltro gastos.

No topo da escada, no patamar minúsculo, ela se virou e sussurrou:

– Boa noite.

– Boa noite, Lucy.

Ela o encarou por um momento. Ele estendeu a mão, mas ela previu a intenção e se virou rapidamente, entrando no quarto e fechando a porta sem olhar para trás, deixando-o ali parado, com a mão estendida e a boca aberta, imaginando o que estaria se passando na mente dela e – mais ainda – o que se passava na dele.

CAPÍTULO VINTE E DOIS

BLOGGS DIRIGIA pela noite a uma velocidade perigosa, num Talbot Sunbeam confiscado e com motor melhorado. As sinuosas estradas de montanha na Escócia estavam escorregadias por causa da chuva e submersas em poças de 5 a 7 centímetros em alguns lugares baixos. A chuva batia violentamente no para-brisa. No topo dos morros mais expostos o vendaval ameaçava soprar o carro para fora da estrada e jogá-lo no terreno encharcado. Durante quilômetros e mais quilômetros Bloggs se inclinava à frente no banco, olhando pela pequena área de vidro percorrida pelo limpador, forçando a vista a identificar a forma da estrada enquanto os faróis lutavam contra a chuva que obscurecia tudo. Logo ao norte de Edimburgo atropelou três coelhos, sentindo a pancada nauseante enquanto os pneus esmagavam os corpinhos peludos. Não diminuiu a velocidade, mas por um tempo depois disso ficou imaginando se normalmente os coelhos saíam das tocas à noite.

A tensão lhe deu dor de cabeça, e ficar sentado fazia as costas doerem. E estava com fome. Abriu a janela para que a brisa fria o mantivesse acordado, mas entrou tanta água que foi obrigado a fechá-la de novo imediatamente. Pensou em Die Nadel, Faber ou como quer que ele estivesse sendo chamado agora: um jovem sorridente, com short de corrida, segurando um troféu. Bem, Faber estava vencendo essa corrida. Tinha 48 horas de dianteira e a vantagem de que apenas ele conhecia a rota a seguir. Bloggs teria gostado da disputa com aquele sujeito se a aposta não fosse tão alta, tão terrivelmente alta.

Imaginou o que faria se ficasse cara a cara com ele. Eu atiraria no filho da mãe imediatamente, antes que ele me matasse, pensou. Faber era um profissional, e ninguém podia se meter com um sujeito assim. A maioria dos espiões era composta por amadores: revolucionários frustrados de esquerda ou de direita, pessoas que desejavam o glamour imaginário da profissão, homens gananciosos, mulheres apaixonadas ou vítimas de chantagem. Os poucos profissionais eram muito perigosos porque sabiam que os profissionais que eles enfrentavam não tinham misericórdia.

Ainda faltava uma ou duas horas para amanhecer quando Bloggs chegou a Aberdeen. Jamais se sentira tão grato pelas luzes nas ruas, mesmo sendo fracas e meio encobertas. Não fazia ideia de onde ficava a delegacia de polícia e não havia ninguém nas ruas para informar, por isso circulou pela cidade até ver a familiar lâmpada azul (também meio encoberta).

Parou o carro e correu pela chuva até o prédio. Estavam à sua espera. Godliman tinha telefonado, e agora Godliman era muito importante. Bloggs foi levado à sala de Alan Kincaid, um inspetor-chefe de 50 e poucos anos. Havia outros policiais na sala: Bloggs apertou a mão deles e esqueceu instantaneamente os nomes.

– O senhor veio incrivelmente rápido de Carlisle – disse Kincaid.

– Quase morri fazendo isso. – Bloggs sentou-se. – Se vocês puderem me arranjar um sanduíche...

– Claro. – Kincaid pôs a cabeça para fora da porta e gritou alguma coisa. – Vai chegar num instante – disse a Bloggs.

A sala tinha paredes num tom claro de creme, chão de tábua corrida e mobília simples: uma mesa, algumas cadeiras e um arquivo. Não havia nenhum quadro, nenhum enfeite, nenhum toque pessoal. Uma bandeja com xícaras sujas repousava no chão e o ar recendia a fumaça. Cheirava como um lugar onde homens tivessem trabalhado a noite toda.

Kincaid tinha bigodinho, cabelo grisalho ralo e usava óculos. Era um homem grande, de aparência inteligente; com sua camisa de mangas dobradas e suspensório, era o tipo de policial que formava a espinha dorsal da polícia britânica, pensou Bloggs. Falava com sotaque da região, sinal de que, como Bloggs, tinha galgado os degraus da carreira – ainda que, pela idade, estava claro que sua ascensão havia sido mais lenta do que a de Bloggs.

– O que você sabe sobre a situação? – perguntou Bloggs.

– Não muita coisa – respondeu Kincaid. – Mas o seu chefe, Godliman, disse que os assassinatos em Londres são os menores dos crimes desse homem. Também sabemos em que departamento você trabalha, então somamos dois e dois e concluímos que Faber é um espião muito perigoso.

– Isso mesmo.

Kincaid assentiu.

– O que vocês fizeram até agora? – perguntou Bloggs.

Kincaid pôs os pés em cima da mesa.

– Ele chegou há dois dias, certo?

– Certo.

– Foi quando começamos a procurá-lo. Tínhamos as fotos, o que presumo que todas as polícias do país tenham.

– Sim.

– Verificamos os hotéis e pensões, a estação de trem e o terminal de ônibus. Fomos bem meticulosos, ainda que na ocasião não soubéssemos que ele tinha vindo para cá. Desnecessário dizer que não obtivemos resultado. Estamos checando tudo de novo, claro, mas minha opinião é que provavelmente ele foi embora de Aberdeen de imediato.

Uma policial entrou com uma xícara de chá e um sanduíche de queijo bem grosso. Bloggs agradeceu e começou a comer com voracidade.

– Mandamos um homem à estação antes que o primeiro trem partisse, de manhã – prosseguiu Kincaid. – Fizemos o mesmo no terminal de ônibus. Assim, se ele saiu da cidade, foi roubando um carro ou pegando carona. E não tivemos nenhum informe de carro roubado.

– Maldição – disse Bloggs com a boca cheia de pão integral. Engoliu. – Isso torna tremendamente difícil rastreá-lo.

– Sem dúvida foi por isso que ele optou por pegar carona.

– Ele pode ter partido pelo mar.

– Dos barcos que saíram do porto naquele dia, nenhum tinha tamanho suficiente para enfrentar mar aberto. Depois disso, claro, nenhum saiu por causa da tempestade.

– Nenhum barco foi roubado?

– Não houve nenhum informe.

Bloggs deu de ombros.

– Se não há perspectiva de sair, os donos das embarcações podem não ter ido ao porto, e nesse caso o roubo de um barco pode não ser notado até o fim da tempestade.

Um dos policiais na sala disse:

– Não pensamos nisso, chefe.

– Verdade – concordou Kincaid.

– Talvez o capitão do porto possa dar uma olhada nos atracadouros... – sugeriu Bloggs.

– Sim. – Kincaid já estava discando. Depois de um momento falou ao telefone: – Capitão Douglas? Kincaid. Sim, sei que a essa hora as pessoas civilizadas estão dormindo. Você não ouviu o pior: quero que saia na chuva. É, você ouviu direito.

Os outros policiais começaram a rir.

Kincaid cobriu o fone com a mão e disse:

– Sabem o que dizem sobre o linguajar dos marinheiros? É verdade.

– E falou ao telefone de novo: – Dê uma volta em todos os atracadouros comuns e anote qualquer embarcação que não esteja no lugar de sempre. Ignore as que você souber que estão legitimamente fora do porto, e me dê os nomes e endereços dos donos, além dos números de telefone, se tiver. É, é, eu sei... Um duplo. Certo, uma garrafa. E bom dia para você também, amigo.

E desligou.

Bloggs sorriu.

– Ele ficou chateado?

– Se eu fizesse com meu cassetete o que ele sugeriu, nunca mais ia poder sentar de novo. – Kincaid ficou sério. – Ele vai levar cerca de meia hora, depois precisaremos de umas duas horas para verificar todos os endereços. Vale a pena, se bem que ainda acho que o sujeito pegou alguma carona.

– Eu também acho – disse Bloggs.

A porta se abriu e um homem de meia-idade, com roupas civis, entrou. Kincaid e seus policiais se levantaram e Bloggs os imitou.

– Bom dia, senhor – disse Kincaid. – Este é o Sr. Bloggs. Sr. Bloggs, Richard Porter.

Eles trocaram um aperto de mão. Porter tinha o rosto vermelho e um bigode cuidadosamente cultivado. Vestia um sobretudo marrom trespassado.

– Como vai? – disse. – Eu sou o idiota que deu carona ao seu coleguinha até Aberdeen. Embaraçoso demais.

Ele não tinha sotaque local.

– Como vai? – cumprimentou Bloggs.

À primeira vista Porter parecia exatamente o idiota que daria uma carona a um espião por metade do país. Mas Bloggs conhecia o tipo: o ar de afabilidade sonsa poderia mascarar uma mente astuta.

– O que o fez pensar que o homem a quem o senhor deu carona era o... assassino do punhal? – prosseguiu Bloggs.

– Ouvi falar sobre o Morris abandonado. Eu o peguei exatamente naquele lugar.

– O senhor viu a foto?

– Sim. Claro, não tinha dado uma boa olhada no sujeito, porque estava escuro na maior parte da viagem. Mas vi o suficiente, à luz da lanterna quando estávamos embaixo do capô, e depois quando entramos em Aberdeen. Nesse ponto já havia amanhecido. Se eu só tivesse visto a foto, diria que *poderia* ser ele. Juntando isso com o lugar onde o peguei, tão perto de onde o Morris foi encontrado, afirmo que *era* ele.

– Concordo – disse Bloggs. E pensou por um momento, imaginando que informação útil poderia conseguir com aquele homem. – O que o senhor achou dele? – perguntou depois de um tempo.

Porter respondeu imediatamente:

– Ele me pareceu exausto, nervoso e determinado, nessa ordem. Além disso, não era escocês.

– Como o senhor descreveria o sotaque dele?

– Neutro. Nenhum traço de sotaque alemão... a não ser talvez em retrospecto, e eu posso ter imaginado. Parecia o sotaque de algum lugar nos arredores de Londres. Não combinava com a roupa, se é que o senhor me entende. Ele estava usando macacão. Outra coisa em que só parei para pensar depois.

Kincaid os interrompeu para oferecer chá. Todos aceitaram. O policial foi até a porta.

Bloggs chegou à conclusão de que Porter era menos bobo do que parecia.

– Vocês falaram sobre o quê?

– Ah, não muita coisa.

– Mas ficaram juntos durante horas...

– Ele dormiu na maior parte do tempo. Ele consertou o carro... era só um cabo desconectado, mas infelizmente sou péssimo com máquinas... depois disse que o carro dele tinha quebrado em Edimburgo e que ele estava a caminho de Banff. Explicou que não queria passar por Aberdeen, já que não tinha autorização para circular em áreas restritas. Infelizmente eu... eu disse a ele que não se preocupasse com isso. Falei que responderia por ele se fôssemos parados. Coisas assim fazem a gente se sentir tremendamente imbecil, o senhor sabe. Mas eu fiquei com a sensação de que lhe devia um favor. Ele tinha me tirado de uma tremenda encrenca.

– Ninguém está culpando o senhor – garantiu Kincaid.

Bloggs estava, mas não disse nada. Em vez disso, falou:

– Muito poucas pessoas conheceram Faber e são capazes de descrevê-lo. Será que o senhor pode pensar bem e dizer que tipo de homem acha que ele é?

– Ele acordou como um soldado. Foi cortês, e parecia inteligente. Aperto de mão firme. Eu presto atenção aos apertos de mão.

– Mais alguma coisa? Pense bem.

– Outra coisa quando ele acordou... – O rosto vermelho de Porter se franziu. – A mão direita foi até o antebraço esquerdo, assim. – Ele demonstrou.

– Isso é uma informação importante – disse Bloggs. – Deve ser onde ele guarda o punhal. Uma bainha embaixo da manga.

– Mais nada, infelizmente.

– E ele disse que ia para Banff. Isso significa que não vai.

– É mesmo?

– Os espiões sempre mentem, por princípio. Aposto que o senhor contou a ele aonde ia antes mesmo de *ele* dizer aonde ia.

– Acho que sim. – Porter assentiu, pensativo. – Ora, ora.

– Ou o destino dele era Aberdeen ou foi para o sul depois que o senhor o deixou. Como ele disse que ia para o norte, provavelmente não foi para lá.

– Esse tipo de dedução pode dar errado – observou Kincaid.

– Às vezes dá. – Bloggs riu. – O senhor disse a ele que é magistrado?

– Disse.

– Foi por isso que ele não o matou.

– O quê? Santo Deus! Como assim?

– Ele soube que dariam pela sua falta.

– Santo Deus! – repetiu Porter.

Tinha ficado ligeiramente pálido. A ideia de que podia ter sido morto não lhe ocorrera.

A porta se abriu de novo. Um homem disse ao entrar:

– Consegui sua informação. E espero que tenha valido a pena, porra.

Bloggs riu. Sem dúvida aquele era o capitão do porto: um homem baixo, com cabelos brancos cortados bem rente, fumando um cachimbo grande e usando um blazer com botões de latão.

– Entre, capitão – disse Kincaid. – Por que está tão molhado? Você não deveria sair na chuva.

– Vá se foder – retrucou o homem.

Bloggs não soube direito quanto daquela raiva era verdadeira. Muito pouco, a julgar pelas expressões deliciadas dos outros rostos na sala.

– Bom dia, capitão – cumprimentou Porter.

– Bom dia, Vossa Excelência – respondeu o capitão.

– O que você descobriu? – perguntou Kincaid.

O capitão tirou o quepe e sacudiu gotas de chuva do cocuruto.

– O *Marie II* sumiu. Eu o vi chegar na tarde em que a tempestade começou. Não vi quando ele saiu, mas sei que não deveria ter zarpado de novo naquele dia. E parece que zarpou.

– Quem é o dono dele?

– Tam Halfpenny. Eu telefonei para ele. Ele deixou o barco atracado naquele dia e desde então não foi mais lá.

218

– Que tipo de embarcação é? – quis saber Bloggs.

– Um pequeno barco de pesca de 60 pés, largo na boca extrema. Barquinho forte. Motor interno. Sem estilo específico: os pescadores daqui não seguem nenhum manual quando constroem barcos.

– Deixe-me fazer uma pergunta muito importante – disse Bloggs. – Esse barco pode ter sobrevivido à tempestade?

O capitão parou no meio do movimento de acender o cachimbo. Depois de um momento, respondeu:

– Com um marinheiro muito hábil no leme... talvez. Ou talvez não.

– Até onde ele pode ter ido antes que a tempestade começasse?

– Não muito longe. Alguns quilômetros. Quando o *Marie II* atracou já era fim de tarde.

Bloggs se levantou, andou em volta de sua cadeira e sentou-se de novo.

– Então onde Faber está agora?

– No fundo do mar, provavelmente, o desgraçado.

A declaração do capitão não era desprovida de prazer.

Bloggs não conseguiu ficar satisfeito com a probabilidade da morte de Faber. Era algo inconclusivo demais. O descontentamento se espalhou pelo seu corpo e ele ficou inquieto, agitado e frustrado. Coçou o queixo: precisava fazer a barba.

– Vou acreditar nisso quando vir – disse.

– Você não vai ver.

– Guarde suas suposições lúgubres para si mesmo – retrucou Bloggs rispidamente. – Quero informações, não pessimismo. – Os outros homens na sala se lembraram de repente de que, apesar de ser jovem, ele era o oficial de mais alto posto ali. – Vamos repassar as possibilidades. Um: ele saiu de Aberdeen por terra e outra pessoa roubou o *Marie II*. Nesse caso o sujeito provavelmente já chegou ao destino, mas não deve ter saído do país por causa da tempestade. Já temos todas as outras polícias procurando por ele, e é só isso que podemos fazer com relação à hipótese número um. Dois: ele ainda está em Aberdeen. De novo, já cobrimos essa possibilidade: ainda estamos à procura dele. Três: ele saiu de Aberdeen pelo mar. Acho que concordamos que essa é a hipótese mais provável. Vamos analisá-la. Três A: ele se transferiu para outra embarcação, provavelmente um submarino, antes do início da tempestade. Achamos que não teve tempo para isso, mas pode ter tido. Três B: encontrou abrigo em algum lugar ou naufragou e foi lançado em algum lugar: em terra firme ou numa ilha. Três C: ele morreu.

Se ele se transferiu para um submarino, acabou-se. Estamos perdidos. Não podemos fazer mais nada. Portanto vamos esquecer essa hipótese. Se ele encontrou abrigo ou naufragou, mais cedo ou mais tarde vamos encontrar evidências: o *Marie II* ou pedaços dele. Podemos procurar no litoral agora mesmo e examinar o mar assim que o tempo melhorar o suficiente para pegarmos um avião. Se ele afundou, ainda podemos encontrar pedaços do barco flutuando. Portanto temos três caminhos. Continuamos as buscas que já estão em curso; iniciamos uma nova busca no litoral, indo para o norte e o sul a partir de Aberdeen; e nos preparamos para uma busca aérea assim que o tempo melhorar.

Bloggs tinha começado a andar de um lado para outro enquanto falava, pensando de pé. Agora parou e olhou em volta.

– Algum comentário, pergunta ou sugestão?

O longo tempo em alerta havia exaurido todos eles. O súbito acesso de energia por parte de Bloggs os arrancou de uma letargia que os estava dominando. Um deles se inclinou para a frente, esfregando as mãos; outro amarrou os sapatos; um terceiro vestiu o paletó. Queriam trabalhar. Não houve perguntas.

– Certo – disse Bloggs. – Vamos vencer a guerra.

CAPÍTULO VINTE E TRÊS

FABER ESTAVA ACORDADO. Seu corpo provavelmente precisava dormir, apesar de ele ter passado o dia na cama. Mas a mente estava hiperativa, revirando possibilidades, esboçando hipóteses, pensando em mulheres e em voltar para casa.

Agora que estava tão perto de ir embora, suas lembranças de casa ficavam dolorosamente agradáveis. Pensava em coisas bobas, como linguiças suficientemente grossas para serem comidas em fatias, carros andando do lado direito das ruas, árvores altas *de verdade* e, acima de tudo, seu próprio idioma: palavras com força e precisão, consoantes fortes, vogais puras e o verbo no fim da frase, onde deveria estar, conclusão e propósito no mesmo clímax final.

Pensar em clímax trouxe Gertrude de volta à mente: o rosto dela abaixo do seu, a maquiagem lavada por seus beijos, os olhos se fechando de prazer e depois se abrindo de novo para olhar os dele num deleite, a boca esticada num espasmo permanente, dizendo: *"Ja, Liebling, ja..."*

Era idiotice. Ele precisara levar uma vida de monge durante sete anos, mas ela não tivera motivo para fazer o mesmo. Devia ter tido um monte de homens desde Faber. Podia até estar morta, bombardeada pela RAF, assassinada pelos maníacos por ter o nariz um centímetro comprido demais ou atropelada por um carro durante o blecaute. De qualquer modo, mal se lembraria dele. Faber provavelmente nunca mais iria vê-la. Mas ela era um símbolo.

Em geral ele não se permitia a indulgência de ter sentimentos. Havia em sua natureza um lado muito frio, que ele cultivava porque isso o protegia. Mas agora estava a um passo do sucesso e se sentia livre – não para relaxar a vigilância, mas para fantasiar um pouco.

A tempestade era sua proteção, enquanto durasse. Na segunda-feira ele simplesmente contataria o submarino com o rádio de Tom e o capitão mandaria um bote para a baía assim que o tempo melhorasse. Mas se a tempestade acabasse antes de segunda, havia uma ligeira complicação: o barco de suprimentos. Naturalmente David e Lucy esperariam que ele pegasse o barco de volta para terra firme.

Lucy entrou nos seus pensamentos em imagens vívidas e cheias de cor, que ele não conseguia controlar direito. Via seus incríveis olhos cor de âmbar observando-o enquanto ele fazia o curativo no polegar dela; a silhueta subindo a escada à frente dele, vestida com roupas masculinas e disformes; os seios fartos, perfeitamente redondos, enquanto ela estava nua no banheiro. Quando as visões se transformaram de lembrança em fantasia, Lucy se inclinou sobre o curativo e beijou a boca dele, virou-se no meio da escada e o abraçou, saiu do banheiro e pôs a mão dele em seus seios.

Faber se virava inquieto na cama pequena, praguejando contra a imaginação que lhe fazia ter sonhos que não tinha desde a época da escola. Naquela época, antes de experimentar a realidade do sexo, imaginava elaboradas cenas com as mulheres mais velhas de sua vida: a governanta empertigada; a esposa do professor Nagel, magra, morena e intelectual; a vendedora do povoado que usava batom vermelho e falava com o marido cheia de desprezo. Às vezes ele juntava as três numa fantasia orgiástica. Quando, aos 15 anos, seduziu a filha de uma empregada em uma floresta no oeste da Prússia, ao crepúsculo, abandonou as orgias imaginárias porque eram muito melhores do que a realidade frustrante. O jovem Henrik tinha ficado tremendamente perplexo com isso: onde estava o êxtase ofuscante, a sensação de voar como um pássaro, a fusão mística de dois corpos em um só? As fantasias ficaram dolorosas, lembrando-o de seu fracasso em torná-las reais. Mais tarde, claro, a realidade melhorou e Henrik desenvolveu a visão de que o êxtase não vem do prazer do homem com a mulher, mas do prazer que um sente no outro. Verbalizou essa opinião ao irmão mais velho, que pareceu achá-la banal, mais uma obviedade do que uma descoberta; e em pouco tempo Henrik passou a enxergar as coisas desse modo, também.

Acabou virando um bom amante. Achava o sexo interessante, além de fisicamente agradável. Não era um grande sedutor, já que a empolgação da conquista não era o que desejava. Mas era hábil em dar e receber satisfação sexual, sem a ilusão do especialista de que a técnica é tudo. Para algumas mulheres ele era um homem tremendamente desejável, e o fato de não saber disso só o tornava mais atraente ainda.

Tentou se lembrar de quantas mulheres tinha tido: Anna, Gretchen, Ingrid, a americana, as duas putas em Stuttgart... não conseguia se lembrar de todas, mas não poderiam ser mais de vinte.

Nenhuma delas tinha sido tão linda quanto Lucy era, pensou. Deu um suspiro exasperado: tinha deixado aquela mulher afetá-lo, só porque estava perto de voltar para casa e tinha sido cuidadoso demais durante tanto tempo. Estava irritado consigo mesmo. Era falta de disciplina: não deveria relaxar até o fim da missão, e a missão não estava terminada, nem de longe.

Havia o problema do barco de suprimentos. Várias soluções vieram à mente: talvez a mais promissora fosse incapacitar os moradores da ilha, receber ele mesmo o barco e mandar o barqueiro de volta com alguma história inverossímil. Podia dizer que os estava visitando, que tinha vindo em outro barco; que era um parente ou um observador de pássaros... qualquer coisa. Era um problema pequeno demais para exigir toda a sua atenção no momento. Mais tarde, quando – e se – o tempo melhorasse, pensaria em alguma coisa.

Não tinha problemas sérios. Uma ilha deserta, a quilômetros do litoral, com quatro moradores – era um esconderijo perfeito. De agora em diante, sair da Grã-Bretanha seria fácil como fugir do cercadinho de um bebê. Quando pensava nas situações das quais já havia escapado, nas pessoas que tinha matado – os cinco homens da Guarda Territorial, o rapaz de Yorkshire no trem, o mensageiro da Abwehr –, considerava que agora estava numa situação ótima.

Um velho, um aleijado, uma mulher e uma criança... Matá-los seria tão simples...

~

Lucy também estava acordada, escutando. Havia muita coisa para ouvir. O clima era uma orquestra: a chuva batucando no telhado, o vento tocando flauta nos beirais, o mar glissando a praia. A casa velha também falava, estalando nas juntas enquanto sofria os golpes da tempestade. No quarto havia mais sons. A respiração lenta e regular de David, ameaçando mas jamais chegando ao nível de um ronco enquanto ele dormia um sono profundo sob a influência da dose dupla de sonífero; e a respiração mais rápida e mais leve de Jo, esparramado confortavelmente numa cama de campanha junto da parede oposta.

O barulho está me mantendo acordada, pensou. Depois, imediatamente: quem estou tentando enganar? Não conseguia dormir por causa de Henry, que a tinha visto nua, tocado suas mãos suavemente enquanto fazia o curativo no polegar e que agora estava deitado no outro quarto, provavelmente dormindo a sono solto.

Percebeu que ele não tinha falado muito sobre si mesmo – só que não era casado. Lucy não sabia onde ele tinha nascido: o sotaque não dava nenhuma indicação. Henry também não dera nenhuma pista sobre seu trabalho, mas ela imaginou que ele devia ter alguma especialidade, talvez dentista ou soldado. Não era suficientemente entediante para ser assistente jurídico, era inteligente demais para ser jornalista e os médicos jamais conseguiam manter a profissão em segredo por mais de cinco minutos. Não era suficientemente rico para ser advogado, era despretensioso demais para ser ator. Ela apostaria que ele era do exército.

Será que morava sozinho? Ou com a mãe? Ou com uma mulher? Que roupas usava quando não estava pescando? Gostaria de vê-lo num terno azul-marinho, trespassado, com um lenço branco no bolso de cima. Será que tinha carro? Sim, devia ter; algo bem incomum e novo. Provavelmente dirigia muito depressa.

Esse pensamento trouxe lembranças do carro esportivo de David e ela fechou os olhos com força para afastar as imagens de pesadelo. Pense em outra coisa, pense em *outra* coisa.

Pensou em Henry de novo e percebeu uma coisa estranha: queria fazer amor com ele.

Era um desejo curioso, o tipo de desejo que, na visão de Lucy, afligia os homens, não as mulheres. Uma mulher podia conhecer um homem brevemente e achá-lo atraente, podia querer conhecê-lo melhor, até começar a se apaixonar por ele; mas não sentia um desejo físico imediato, a não ser que ela fosse... anormal.

Disse a si mesma que isso era ridículo, que o que precisava era fazer amor com seu marido, e não ir para a cama com o primeiro homem disponível que aparecesse. Disse a si mesma que não era desse tipo.

Mesmo assim, era agradável especular. David e Jo tinham um sono pesado – não havia nada que a impedisse de sair da cama, atravessar o patamar, entrar no outro quarto e se deitar na cama ao lado de Henry...

Nada a impedia, a não ser o caráter e uma criação respeitável.

E, se fosse fazer isso com alguém, faria com alguém como Henry. Ele seria gentil, delicado e atencioso; não a desprezaria por se oferecer como uma prostituta.

Virou-se na cama, sorrindo ante a própria tolice: como poderia saber que ele não a desprezaria? Fazia apenas um dia que o conhecia e ele tinha passado a maior parte desse tempo dormindo.

Mesmo assim, seria bom que ele a olhasse de novo, a admiração misturada com algum tipo de diversão. Seria bom sentir as mãos dele, tocar seu corpo, apertar-se contra o calor da sua pele.

Lucy percebeu que seu corpo estava reagindo às imagens da mente. Sentiu uma ânsia de se tocar e resistiu, como tinha feito durante quatro anos. Pelo menos não fiquei seca feito uma bruxa velha, pensou.

Moveu as pernas e suspirou quando uma sensação quente se espalhou pelo ventre. Isso estava ficando insensato. Era hora de dormir. Não havia absolutamente nenhuma chance de fazer amor com Henry, nem com ninguém, esta noite.

Com esse pensamento, saiu da cama e foi até a porta.

~

Faber ouviu um passo no patamar e reagiu automaticamente.

Sua cabeça se livrou de imediato dos pensamentos ociosos e lascivos. Ele pôs os pés no chão e saiu de debaixo das cobertas num movimento único, fluido. Depois atravessou o quarto em silêncio e parou ao lado da janela, no canto mais escuro, com o punhal na mão.

Ouviu a porta se abrir, ouviu a pessoa entrar, ouviu a porta se fechar de novo. A essa altura começou a ficar em dúvida, já que um assassino teria deixado a porta aberta para escapar rapidamente, e lhe ocorreu que havia uma centena de motivos que tornavam impossível um assassino tê-lo encontrado ali.

Ignorou o pensamento, porque tinha sobrevivido tanto tempo justamente levando em conta as chances mais remotas. O vento diminuiu momentaneamente e ele ouviu uma inspiração, um leve ofegar, vindo de perto da cama, o que lhe permitiu localizar a posição exata do intruso. Saltou.

No instante seguinte estava com o intruso na cama, de bruços, o punhal em sua garganta e o joelho pressionando suas costas. Só então percebeu que era uma mulher. Uma fração de segundo depois adivinhou sua identidade. Aliviou o aperto, estendeu a mão para a mesa de cabeceira e acendeu a luz.

O rosto dela estava pálido na claridade fraca do abajur.

Faber embainhou o punhal antes que ela pudesse vê-lo. Tirou o peso de cima do corpo dela.

– Sinto muitíssimo – disse.

Lucy se virou de costas e olhou para ele, montado sobre ela. Começou a rir.

– Achei que você fosse um ladrão – acrescentou Faber.

– E de onde um ladrão viria? – disse ela, gargalhando.

A cor voltou ao seu rosto, num rubor.

Lucy estava usando uma camisola de flanela muito larga, antiquada, que a cobria do pescoço aos tornozelos. O cabelo ruivo-escuro se espalhava pelo travesseiro. Seus olhos pareciam muito grandes e os lábios estavam úmidos.

– Você é incrivelmente linda – disse ele baixinho.

Ela fechou os olhos.

Faber se curvou e beijou-a na boca. Os lábios de Lucy se abriram imediatamente e ela retribuiu o beijo, faminta. Com as pontas dos dedos ele acariciou os ombros dela, o pescoço e as orelhas. Ela se contorceu embaixo dele.

Faber queria beijá-la por um longo tempo, explorar sua boca e saborear a intimidade, mas percebeu que ela não tinha tempo para ternura. Lucy enfiou a mão dentro da sua calça de pijama e apertou. Gemeu baixinho e começou a ofegar.

Ainda beijando-a, Faber estendeu a mão para o abajur e o apagou. Saiu de cima dela e tirou a parte de cima do pijama. Rapidamente, para que ela não ficasse pensando no que ele estava fazendo, arrancou a lata presa ao peito, ignorando a ardência quando a fita adesiva se soltou da pele. Enfiou as fotos embaixo da cama. Depois desabotoou a bainha presa no antebraço esquerdo e largou-a.

Levantou a barra da camisola de Lucy até a cintura. Ela não usava nada por baixo.

– Depressa – disse ela. – Depressa.

Faber moveu o corpo em direção ao dela.

~

Lucy não se sentiu nem um pouco culpada depois. Apenas contente, satisfeita, plena. Tivera o que queria e estava feliz com isso. Ficou deitada imóvel, os olhos fechados, acariciando os pelos ásperos na nuca de Henry, desfrutando da sensação de cócegas nas mãos.

Depois de um tempo, disse:

– Eu estava numa pressa tão grande...

– Ainda não acabou – murmurou ele.

Ela franziu a testa no escuro.

– Você não...?

– Não. Você também praticamente não.

Ela sorriu.

– Peço licença para discordar.

Ele acendeu a luz e olhou para ela.

– Veremos.

Escorregou pela cama, posicionou o tronco entre as coxas dela e beijou sua barriga. A língua entrava e saía do umbigo. Era muito bom. Então a cabeça dele baixou mais ainda. Sem dúvida, pensou ela, ele não quer me beijar *lá*. Ele quis. E fez mais do que beijar. Os lábios empurraram as dobras macias de sua pele. Lucy ficou paralisada de choque quando a língua dele começou a sondar as reentrâncias e depois, enquanto ele separava os lábios dela com os dedos e penetrava fundo.

Finalmente a língua incansável encontrou um lugar minúsculo e sensível, tão pequeno que ela nem sabia que ele existia, tão sensível que a princípio o toque era quase doloroso. Esqueceu a perplexidade enquanto era dominada pela sensação mais intensa que já tivera na vida. Incapaz de se conter, moveu os quadris para cima e para baixo, mais e mais rápido, esfregando a carne escorregadia na boca de Henry, no queixo, no nariz, na testa, totalmente absorvida pelo próprio prazer. A sensação foi crescendo e crescendo, como uma microfonia, alimentando-se de si mesma, até que ela se sentiu completamente possuída pelo júbilo e abriu a boca para gritar. Nesse momento Henry apertou a mão sobre seu rosto, para silenciá-la. Deu um grito abafado enquanto o clímax continuava, terminando em algo que parecia uma explosão e que a deixou tão exaurida que ela achou que jamais se levantaria de novo.

Sua mente pareceu ficar vazia por um tempo. Sabia vagamente que Henry ainda estava entre suas pernas, o rosto áspero encostado no interior macio de sua coxa, os lábios se movendo suaves, afetuosos.

Depois de um tempo ela disse:

– Agora eu *sei* o que Lawrence queria dizer.

Ele levantou a cabeça.

– Não entendi.

Ela suspirou.

– Eu não sabia que podia ser assim. Foi maravilhoso.

– *Foi?* No passado?

– Ah, meu Deus, não tenho mais energia...

Ele mudou de posição, montado com os joelhos dos dois lados do seu peito, e Lucy percebeu o que ele queria que ela fizesse. Pela segunda vez ficou imobilizada de choque: era *grande* demais... mas de repente *queria* fazer, *precisava* tomá-lo na boca, então levantou a cabeça e seus lábios se fecharam em volta dele, que deu um gemido baixo.

Henry segurou a cabeça dela com as duas mãos, movendo-se para trás e para a frente, gemendo baixinho. Lucy olhou o rosto dele. Ele a encarava com os olhos bem abertos, sorvendo a visão do que ela fazia. Ela imaginou o que faria quando ele... *gozasse*... e decidiu que não se importava, porque todo o resto fora tão bom que sabia que gostaria até disso.

Mas não aconteceu. Quando ela pensou que Henry estava à beira de perder o controle, ele parou, afastou-se, deitou-se em cima dela e a penetrou de novo. Dessa vez foi muito devagar e relaxado, como o ritmo do mar, até que ele pôs as mãos embaixo dos seus quadris e agarrou suas nádegas. Lucy olhou para ele e soube que naquele instante ele estava pronto para abandonar o autocontrole e se perder nela. Isso a excitou mais do que qualquer coisa, de modo que, quando Henry enfim arqueou as costas, o rosto franzido numa expressão de dor, e soltou um gemido do fundo do peito, Lucy envolveu a cintura dele com as pernas e se abandonou ao êxtase; e então, depois de tanto tempo, ouviu as trombetas, os trovões e os pratos de orquestra que Lawrence tinha prometido.

Ficaram em silêncio por um longo tempo. Lucy sentia-se como se estivesse pegando fogo; nunca tinha sentido tanto calor em todo o tempo que passara na ilha. Quando a respiração dos dois se acalmou, ela conseguiu escutar a tempestade lá fora. Henry estava pesado, mas ela não queria que se movesse: gostava do peso dele e do leve cheiro de suor na pele branca. De vez em quando ele movia a cabeça para roçar os lábios em seu rosto.

Henry era o homem perfeito para se ter um caso. Sabia mais sobre o corpo dela do que a própria Lucy. E além disso o corpo dele era lindo: ombros largos e musculosos, cintura e quadris estreitos, pernas compridas, fortes e peludas. Achava que ele tinha algumas cicatrizes, mas não tinha certeza. Era forte, gentil e bonito, ou seja, perfeito. Mas sabia que jamais se apaixonaria por ele, jamais desejaria fugir e se casar com ele. Sentia que bem no fundo havia alguma coisa fria e dura, alguma parte dele comprometida com outra coisa, uma disposição para abandonar as emoções cotidianas em troca de algum dever mais elevado. Henry jamais pertenceria a nenhuma mulher porque tinha outra lealdade definitiva, como a arte de um pintor, a ganância de um empresário, o país de um patriota, a revolução de um socialista. Precisaria mantê-lo a certa distância e usá-lo com cautela, como uma droga que pode viciar.

Não que fosse ter tempo para se apaixonar: ele iria embora em pouco mais de um dia.

Finalmente se mexeu e Henry saiu de cima dela imediatamente, ficando deitado de costas. Ela se ergueu em um cotovelo e olhou o corpo nu a seu lado. Sim, ele tinha cicatrizes: uma comprida no peito e uma pequena marca parecida com uma estrela – podia ser uma queimadura – no quadril. Esfregou o peito dele com a palma da mão.

– Não é uma coisa de dama educada – disse ela. – Mas eu queria agradecer.

Henry estendeu a mão para tocar o rosto dela e sorriu.

– Você é uma dama.

– Você não sabe o que fez. Você...

Ele pôs um dedo sobre seus lábios.

– Sei o que fiz.

Lucy mordeu o dedo dele, depois colocou a mão dele no seio. Henry procurou seu mamilo.

– Por favor, faça de novo – pediu ela.

– Acho que não consigo.

Mas conseguiu.

~

Lucy o deixou umas duas horas depois do alvorecer. Houve um som fraco no outro quarto e ela pareceu se lembrar de repente de que tinha um marido e um filho na casa. Faber queria dizer que isso não importava, que nem ele nem ela tinham o menor motivo para levar em conta o que quer que o marido soubesse ou pensasse, mas ficou quieto e deixou que ela fosse. Lucy o beijou mais uma vez, um beijo bem molhado; depois se levantou, alisou a camisola amarrotada e saiu nas pontas dos pés. Ele ficou olhando afetuosamente.

Ela é incrível, pensou. Ficou deitado de costas olhando o teto. Lucy era muito ingênua e muito inexperiente, mas mesmo assim tinha sido muito boa. Eu poderia me apaixonar por ela.

Levantou-se e pegou embaixo da cama a lata de filme e o punhal na bainha.

Imaginou se deveria mantê-los presos ao corpo. Talvez quisesse fazer amor com ela durante o dia... Decidiu ficar com a faca – se sentiria nu sem ela – e deixar a lata em algum lugar. Colocou-a em cima da cômoda e a cobriu com os documentos e a carteira. Sabia que estava violando todas as regras, mas sem dúvida essa seria sua última missão e sentiu que merecia uma mulher. Não importaria se alguém visse as fotos – o que poderiam fazer?

Deitou-se na cama e depois se levantou de novo. Anos de treinamento não permitiam que ele corresse riscos. Colocou a lata e os documentos no bolso do casaco. Agora podia relaxar.

Escutou a voz do menino, depois os passos de Lucy descendo a escada, em seguida David se arrastando para baixo. Ele precisaria se levantar e tomar o café da manhã com a família. De qualquer modo, não queria dormir agora.

Parou junto à janela riscada de chuva, olhando a água em fúria, até que ouviu a porta do banheiro se abrir. Depois vestiu a parte de cima do pijama e foi fazer a barba. Usou a navalha de David, sem permissão.

Agora isso parecia não importar.

CAPÍTULO VINTE E QUATRO

DESDE O INÍCIO ERWIN ROMMEL soube que ia discutir com Heinz Guderian.

O general Guderian era exatamente o tipo de oficial prussiano aristocrata que Rommel detestava. Fazia algum tempo que o conhecia. No início da carreira os dois tinham comandado o batalhão Goslar Jaeger, e depois se encontraram de novo na campanha da Polônia. Quando Rommel saiu da África, tinha recomendado que Guderian o substituísse, sabendo que a batalha estava perdida; a manobra fracassou porque na ocasião Guderian tinha perdido as boas graças de Hitler e a recomendação foi rejeitada imediatamente.

Rommel sentia que o general era o tipo de homem que colocava um lenço de seda no joelho para proteger o vinco da calça enquanto se sentava para beber no Herrenklub. Era oficial porque seu pai tinha sido oficial e seu avô tinha sido rico. Rommel, que era filho de um professor e havia subido de tenente-coronel a marechal de campo em apenas quatro anos, desprezava a casta militar da qual nunca fizera parte.

Agora olhava o general, do outro lado da mesa, bebericando conhaque confiscado dos Rothschilds franceses. Guderian e seu ajudante, o general Von Geyr, tinham vindo ao quartel-general de Rommel em La Roche Guyon, no norte da França, para lhe dizer como dispor suas tropas. As reações de Rommel a essas visitas iam da impaciência à fúria. Em sua visão, o Estado-maior estava ali para fornecer informações confiáveis e suprimentos regulares, e, pela experiência na África, sabia que eles eram incompetentes nas duas tarefas.

Guderian tinha bigode louro e curto, e os cantos dos seus olhos eram muito enrugados, de modo que ele parecia estar sempre rindo. Era alto e bonito, o que não o tornava agradável a Rommel, que era baixo, feio e meio careca. Parecia relaxado, e qualquer general alemão que pudesse relaxar nesse estágio da guerra era certamente idiota. A refeição que tinham terminado agora mesmo – vitela da região e vinho de mais ao sul – não era desculpa para isso.

Rommel olhou pela janela e viu a chuva caindo dos limoeiros no pátio enquanto esperava que Guderian começasse a discussão. Quando finalmente o general falou, estava claro que estivera pensando no melhor modo de argumentar e decidira abordar o assunto de forma indireta.

– Na Turquia – começou –, o 9º e o 10º exércitos britânicos, junto com o exército turco, estão se agrupando na fronteira com a Grécia. Na Iugoslávia os guerrilheiros também estão se concentrando. Os franceses na Argélia estão se preparando para invadir a Riviera. Os russos parecem estar preparando uma invasão anfíbia da Suécia. Na Itália os aliados estão prontos para marchar contra Roma. Existem sinais menores. Um general sequestrado em Creta; um oficial do serviço secreto assassinado em Lyon; um posto de radar atacado em Rodes; uma aeronave sabotada com graxa abrasiva e destruída em Atenas; um ataque feito por um destacamento em Sagvaag; uma explosão na fábrica de oxigênio em Boulogne-sur-Seine; um trem descarrilado nas Ardenas; um depósito de gasolina incendiado em Boussens... Eu poderia continuar. O quadro geral é claro. Nos territórios ocupados estão acontecendo cada vez mais sabotagens e traições; em todas as nossas fronteiras, vemos preparativos para invasões. Nenhum de nós duvida de que haverá uma grande ofensiva aliada neste verão. E também podemos ter certeza de que o objetivo de todas essas escaramuças é nos confundir com relação ao lugar onde o ataque acontecerá.

O general parou. O discurso, feito num estilo professoral, estava irritando Rommel, que aproveitou a oportunidade para falar.

– É por isso que temos um Estado-maior: para assimilar essas informações, avaliar as atividades do inimigo e prever os próximos movimentos dele.

Guderian deu um sorriso indulgente.

– Também precisamos ter consciência das limitações dessas previsões. Estou certo de que você tem suas ideias sobre onde o ataque vai acontecer; todos temos. Mas nossa estratégia deve levar em conta a possibilidade de que nossas suposições estejam erradas.

Agora Rommel via aonde o argumento tortuoso do general chegaria e conteve a ânsia de gritar sua discordância antes que ele concluísse.

– Você comanda quatro divisões blindadas – continuou Guderian. – A 2ª de Panzers em Amiens; a 116ª em Rouen; a 21ª em Caen; e a 2ª da SS em Toulouse. O general Von Geyr já propôs a você que elas deveriam ser alocadas bem longe do litoral, todas juntas, prontas para uma retaliação rápida a qualquer momento. De fato, esse estratagema é um princípio de política do OKW. – O Oberkommando der Wehrmacht era a instância mais alta de planejamento e gerenciamento das forças armadas alemãs durante a guerra. – Ainda assim, você não apenas resistiu à sugestão de Von Geyr como moveu a 21ª para o litoral do Atlântico.

– E as outras três devem ser levadas para o litoral o mais rápido possível! – explodiu Rommel. – Quando vocês vão aprender? *Os Aliados comandam o ar*. Assim que a invasão começar, não haverá mais grandes movimentos de tropas blindadas. As operações móveis não serão mais possíveis. Se seus preciosos tanques estiverem em Paris quando os Aliados desembarcarem, eles vão *ficar* em Paris, imobilizados pela RAF, até que os Aliados marchem pelo Boulevard Saint-Michel. Eu *sei*, eles fizeram isso comigo. Duas vezes! – Ele parou para respirar. – Agrupar nossos blindados como uma reserva móvel é torná-los inúteis. Não haverá contra-ataque. A invasão deve ser enfrentada nas praias, onde ela é mais vulnerável, e empurrada de volta para o mar.

A vermelhidão sumiu de seu rosto enquanto ele começava a expor sua estratégia defensiva.

– Eu criei obstáculos subaquáticos, reforcei a Muralha do Atlântico, criei campos minados e cravei estacas em cada campina que pudesse ser usada como campo de pouso atrás das nossas linhas. Todas as minhas tropas cavam defesas sempre que não estão treinando. Minhas divisões blindadas devem ser levadas para o litoral. A reserva do OKW deve ser reposicionada na França. A 9ª e a 10ª divisões da SS precisam ser trazidas de volta do Front Oriental. Toda a nossa estratégia deve ser no sentido de impedir que os Aliados estabeleçam uma cabeça de praia, porque assim que eles conseguirem isso a batalha estará perdida... talvez até a guerra.

Guderian se inclinou para a frente, os olhos se estreitando naquele meio sorriso irritante.

– Você quer que defendamos o litoral da Europa desde Tromso, na Noruega, passando em volta de toda a Península Ibérica e seguindo até Roma. Onde vamos conseguir os exércitos para isso?

– Essa pergunta deveria ter sido feita em 1938 – murmurou Rommel.

Houve um silêncio constrangido depois dessa observação, que era mais chocante ainda por vir de Rommel, notório por ser apolítico.

Foi Von Geyr quem quebrou o silêncio:

– De onde *você* acha que o ataque virá, marechal de campo?

Rommel pensou.

– Até recentemente eu estava convencido da teoria de Pas-de-Calais. Mas, na última vez em que estive com o Führer, fiquei impressionado com os argumentos dele em favor da Normandia. Também me impressionei com o instinto dele e seu nível de exatidão. Portanto acredito que nossos tanques deveriam ser colocados principalmente ao longo do litoral da Normandia, talvez com uma divisão na foz do Somme, esta última apoiada por forças de fora do meu grupo.

Guderian balançou a cabeça solenemente.

– Não, não, não. É arriscado demais.

– Estou preparado para levar essa argumentação ao próprio Hitler – ameaçou Rommel.

– Então é isso que você deve fazer – disse Guderian, resignado. – Porque não vou concordar com o seu plano, a não ser...

– A não ser o quê? – instigou Rommel, surpreso ao ver que a posição do general poderia ser mudada.

Guderian se remexeu na cadeira, relutante em fazer qualquer concessão a um antagonista tão obstinado quanto Rommel.

– Talvez você saiba que o Führer está esperando o informe de um agente extremamente eficaz, na Inglaterra.

– Eu me lembro – disse Rommel. – Die Nadel.

– Isso mesmo. Ele foi designado para avaliar a força do Primeiro Grupo do Exército dos Estados Unidos sob o comando de Patton no leste da Inglaterra. Se ele descobrir, como tenho certeza de que fará, que esse exército é grande, forte e está pronto para se movimentar, continuarei a me opor a você. Mas se ele descobrir que esse tal Primeiro Grupo é um blefe, um pequeno exército fantasiado de força de invasão, admitirei que você está certo e você terá os seus tanques. Aceita esse meio-termo?

Rommel assentiu com um gesto da cabeça enorme.

– Então tudo depende de Die Nadel.

– Tudo depende de Die Nadel.

PARTE CINCO

CAPÍTULO VINTE E CINCO

DE REPENTE LUCY percebeu que a casa era terrivelmente pequena. Enquanto realizava suas tarefas matinais – acender o fogão, fazer mingau, arrumar a casa, vestir Jo –, as paredes pareciam encurralá-la de um modo claustrofóbico. Afinal, eram apenas quatro cômodos ligados por um pequeno corredor com uma escada; não era possível se mover sem trombar em alguém. Se você parasse e prestasse atenção, poderia escutar o que todo mundo estava fazendo: Henry com a torneira da pia aberta, David deslizando escada abaixo, Jo dando uma bronca no urso de pelúcia na sala. Lucy gostaria de ter algum tempo para si mesma antes de encontrar os outros, tempo para deixar os acontecimentos da noite anterior se acomodarem na memória, de modo a agir com normalidade sem precisar fazer um esforço consciente para isso.

Achava que não saberia mentir se precisasse. Isso não era natural para ela. Não tinha experiência. Tentou pensar em alguma outra ocasião em que tivesse enganado uma pessoa próxima e não conseguiu. Não que vivesse segundo princípios muito elevados: a *ideia* de mentir não a incomodava. Só que nunca tivera motivos para ser desonesta. Será que isso significa que levei uma vida protegida?, pensou.

David e Jo sentaram-se à mesa da cozinha para comer. David estava quieto. Jo falava sem parar, só pelo prazer de formar palavras. Lucy estava sem fome.

– Não vai comer? – perguntou David em tom casual.

– Já comi um pouco.

Pronto: a primeira mentira. Não era tão ruim.

A tempestade piorava a sensação de claustrofobia. A chuva era tão forte que Lucy mal conseguia ver o celeiro da janela da cozinha. A impossibilidade de abrir uma porta ou uma janela a fazia se sentir mais claustrofóbica ainda. As nuvens densas e cinzentas e os fiapos de névoa criavam um crepúsculo permanente. Na horta a chuva formava rios entre as fileiras de pés de batata, e o canteiro de ervas era um lago raso. O ninho de pardal embaixo do beiral do telhado tinha sido arrancado e os pássaros entravam e saíam voando das empenas, em pânico.

Lucy ouviu Henry descer a escada e se sentiu melhor. Por algum motivo tinha quase certeza de que ele mentia muito bem.

– Bom dia! – disse Faber em tom caloroso.

David, sentado na cadeira de rodas junto da mesa, levantou os olhos e sorriu. Lucy se ocupou junto ao fogão. A culpa estava estampada no rosto dela. Faber gemeu por dentro, mas David não pareceu notar a expressão da esposa. Faber começou a achar que David era um imbecil.

– Sente-se e coma alguma coisa, Henry – disse Lucy.

– Muito obrigado.

– Infelizmente não posso me oferecer para levá-lo à igreja – observou David. – O melhor que podemos fazer é acompanhar os hinos pelo rádio.

Faber percebeu que era domingo.

– Vocês são religiosos?

– Não – respondeu David. – E você?

– Não.

– Para os camponeses o domingo é um dia praticamente igual a qualquer outro – continuou David. – Vou até a outra ponta da ilha para ver meu pastor. Você pode ir junto, se quiser.

– Eu gostaria de ir, sim – respondeu Faber. Isso lhe daria a chance de fazer um reconhecimento do lugar. Precisava saber o caminho até a casa que tinha o transmissor. – Quer que eu dirija?

David o encarou incisivamente.

– Eu me viro muito bem. – Houve um momento de silêncio tenso. – Com esse tempo a estrada é só uma vaga lembrança. Vamos estar muito mais seguros comigo ao volante.

– Claro – concordou Faber e começou a comer.

– Para mim não faz diferença – acrescentou David. – Não quero que você vá se achar que vai ser muito...

– Eu gostaria de ir, sério.

– Você dormiu bem? Não me ocorreu que ainda pudesse estar cansado. Espero que Lucy não o tenha mantido acordado até tarde.

Faber se obrigou a não olhar para Lucy. Com o canto do olho dava para ver que ela estava ruborizada até as raízes dos cabelos.

– Ontem dormi o dia inteiro – disse, tentando prender o olhar de David ao seu.

Foi inútil. David estava olhando para a mulher. Lucy virou as costas. Ele franziu a testa levemente e então, só por um momento, sua boca se abriu numa clássica expressão de surpresa.

Faber estava levemente irritado. Agora David se tornaria hostil, e o antagonismo era meio caminho para a suspeita. Não era algo perigoso, mas poderia ser cansativo.

O marido recuperou rapidamente a compostura. Afastou a cadeira da mesa e foi até a porta dos fundos.

– Vou tirar o jipe do celeiro – murmurou.

Em seguida pegou uma capa impermeável num gancho e a colocou sobre a cabeça, abriu a porta e saiu.

Nos poucos instantes em que a porta esteve aberta a tempestade soprou para dentro da cozinha pequena, deixando o chão molhado e as pessoas com frio. Quando ela se fechou, Lucy estremeceu e começou a enxugar a água dos ladrilhos.

Faber tocou o braço dela.

– Não – disse Lucy, virando a cabeça bruscamente na direção de Jo, num alerta.

– Você está sendo boba.

– Acho que ele sabe.

– Mas, se você refletir por um minuto, não se importa realmente se ele sabe ou não, não é?

Ela pensou.

– Não deveria me importar.

Faber deu de ombros. A buzina do jipe soou impaciente lá fora. Lucy lhe entregou uma capa impermeável e um par de galochas.

– Não fale sobre mim – pediu ela.

Faber vestiu a roupa impermeável e foi para a porta da frente. Lucy foi atrás, fechando a porta da cozinha para isolar Jo.

Com a mão no trinco, Faber se virou e beijou-a.

Ela retribuiu o beijo intensamente, em seguida se virou e voltou para a cozinha.

Faber correu pela chuva, atravessando um mar de lama, e pulou no jipe ao lado de David, que acelerou imediatamente.

O veículo fora adaptado para o homem sem pernas. Tinha acelerador manual, câmbio automático e uma manopla na borda do volante para permitir que o motorista dirigisse com apenas uma das mãos. A cadeira de rodas dobrada se encaixava num compartimento especial atrás do banco do motorista. Havia uma espingarda num suporte acima do para-brisa.

David dirigia com competência. Estava certo com relação à estrada: era mais uma faixa de urzes desnudada pelos pneus do jipe. A chuva empoçava nos sulcos fundos. O carro derrapava na lama. David parecia gostar daquilo. Havia um cigarro entre seus lábios e ele tinha um ar incongruente de bravata. Talvez fosse seu substituto para voar.

– O que você faz quando não está pescando? – perguntou sem tirar o cigarro da boca.

– Sou funcionário público – respondeu Faber.

– Que tipo de trabalho?

– Finanças. Sou só um dente na engrenagem.

– Tesouro, é?

– Principalmente.

Nem essa resposta idiota interrompeu o interrogatório de David.

– Trabalho interessante? – insistiu.

– Bastante. – Faber reuniu energia para inventar uma história. – Sei um pouco sobre quanto uma determinada peça de engenharia vale, e passo a maior parte do tempo me certificando de que não tirem dinheiro demais do contribuinte.

– Algum tipo específico de engenharia?

– Tudo, desde clipes de papel até motores de aviões.

– Ah, bom. Cada um de nós colabora para o esforço de guerra ao seu modo.

Era uma observação sarcástica, e naturalmente David não faria ideia do motivo para Faber não se ressentir dela.

– Sou velho demais para lutar – disse Faber, em tom afável.

– Não foi na primeira leva?

– Era novo demais.

– Escapou por sorte.

– Sem dúvida.

A trilha seguia bem perto da borda do penhasco, mas David não diminuiu a velocidade. Passou pela mente de Faber que ele poderia querer matar os dois. Estendeu a mão para se segurar numa alça.

– Estou indo rápido demais para você? – perguntou David.

– Parece que você conhece a estrada.

– Você pareceu com medo.

Faber ignorou o comentário e David diminuiu um pouco a velocidade, aparentemente satisfeito por ter provado alguma coisa.

A ilha era razoavelmente plana e despida de árvores, percebeu Faber. O terreno subia e descia um pouco, mas até o momento ele não tinha visto morros. A vegetação era composta principalmente por capim, com algumas samambaias e arbustos, e poucas árvores: havia pouca proteção contra o clima. As ovelhas de David Rose deviam ser resistentes, pensou.

– Você é casado? – perguntou David de repente.

– Não.

– Homem sensato.

– Ah, não sei...

– Aposto que você aproveita um bocado a vida em Londres – disse David com um risinho.

Faber nunca tinha gostado do modo irritante e cheio de desprezo com que alguns homens falavam sobre as mulheres. Disse enfaticamente:

– Acho que você é incrivelmente sortudo em ter Lucy.

– Acha, é?

– Acho.

– Mas nada como a variedade, não é?

Faber pensou: aonde diabo ele quer chegar?

– Não tive chance de descobrir os méritos da monogamia – respondeu.

– Pois é.

Faber pensou: *Ele* não sabe aonde quer chegar, também. Decidiu não dizer mais nada, já que tudo que falava servia como lenha para a fogueira.

– Preciso dizer, você não *parece* um funcionário público. Onde estão o guarda-chuva e o chapéu coco?

Faber tentou dar um sorriso suave.

– E parece em boa forma física para ser um burocrata.

– Eu ando de bicicleta.

– Deve ser bem forte, para ter sobrevivido ao naufrágio.

– Obrigado.

– E não *parece* velho demais para estar no exército.

Faber virou o olhar para David.

– Aonde estamos indo, David? – perguntou com calma.

– Já chegamos.

Faber olhou pelo para-brisa e viu um chalé muito parecido com o de David e Lucy, com paredes de pedra, teto de ardósia e janelas pequenas. Ficava no topo de uma colina, a única que Faber tinha visto na ilha, e mesmo assim não era tão alta assim. A casa tinha uma aparência atarracada e forte. Enquanto subia até lá o jipe margeou um pequeno bosque de pinheiros e bétulas. Faber se perguntou por que o chalé não tinha sido construído ao abrigo das árvores.

Ao lado da casa havia um pilriteiro com algumas flores. David parou o carro. Faber ficou assistindo enquanto ele desdobrava a cadeira de rodas e passava do banco do carro para ela – ele se ressentiria se Faber oferecesse ajuda.

Entraram na casa passando por uma porta de tábuas sem fechadura. Foram recebidos na entrada por um collie preto e branco, um cão pequeno e de cabeça grande que balançou o rabo, mas não latiu. A divisão interna do chalé era idêntica à do de Lucy, mas a atmosfera era diferente: este lugar era vazio, sem alegria, e não muito limpo.

David foi na frente até a cozinha. O pastor estava sentado junto de um fogão a lenha, esquentando as mãos. Ele se levantou.

– Henry, este é Tom McAvity – disse David.

– Prazer em conhecê-lo – cumprimentou Tom formalmente.

Faber apertou a mão dele. Tom era um homem baixo e corpulento, com um rosto que parecia uma mala de couro velha. Usava um boné de pano e fumava um cachimbo bem grande, com tampa. Seu aperto de mão era firme e a pele da palma parecia uma lixa. Tinha um nariz muito grande. Faber precisava se concentrar para entender o que ele dizia: seu sotaque escocês era muito forte.

– Espero não atrapalhar – disse Faber. – Só vim pelo passeio.

David foi até a mesa.

– Acho que não vamos fazer muita coisa hoje, Tom, só dar uma olhada por aí.

– É. Mas vamos tomar um pouco de chá antes de irmos.

Tom serviu chá forte em três canecas e acrescentou uma dose de uísque em cada. Os três se sentaram e beberam em silêncio, David fumando um cigarro e Tom dando baforadas lentas no cachimbo. Faber teve certeza de que os dois passavam muito tempo juntos desse modo, fumando e aquecendo as mãos sem dizer nada.

Quando terminaram a bebida, Tom colocou as canecas na pia de pedra e eles saíram no jipe. Faber sentou-se no banco de trás. Dessa vez David dirigiu devagar, e o cachorro, que se chamava Bob, foi correndo ao lado do veículo, acompanhando-o sem esforço aparente. Era óbvio que David conhecia o terreno muito bem, porque guiava confiante no capinzal aberto, sem atolar no terreno pantanoso. As ovelhas pareciam lamentar muito por si mesmas. Com a lã encharcada, amontoavam-se nas partes baixas do terreno, perto de arbustos de espinheiros ou nas encostas protegidas do vento, desanimadas demais para pastar. Até os cordeirinhos estavam tristes, escondidos embaixo das mães.

Faber estava olhando o cachorro quando ele parou, ficou atento por um momento e depois correu numa diagonal.

Tom também estava olhando.

– Bob achou alguma coisa – disse ele.

O jipe acompanhou o cachorro por cerca de 500 metros. Quando pararam, Faber ouviu o mar: estavam perto da costa norte da ilha. O cão parou na beira de uma pequena ravina. Quando os homens saíram do carro, ouviram o que o cão tinha escutado: uma ovelha balindo angustiada. Foram até a beira da ravina e olharam para baixo.

O animal estava caído de lado, uns 5 metros abaixo, equilibrado precariamente no barranco íngreme. Uma das patas dianteiras estava num ângulo esquisito. Tom desceu até lá, pisando com muito cuidado, e examinou a pata.

– Hoje à noite vamos ter carne de cordeiro.

David pegou a espingarda no jipe e a fez deslizar até ele. Tom acabou com o sofrimento da ovelha.

– Quer puxá-la com uma corda?

– Quero. A não ser que Henry queira me dar uma mão aqui.

– Claro – disse Faber.

Em seguida desceu até onde Tom estava. Cada um segurou uma pata e os dois arrastaram o animal morto para cima. A capa impermeável de Faber se prendeu num espinheiro e ele quase caiu antes de soltar o tecido, com um som de rasgado.

Jogaram a ovelha no jipe e partiram. Faber se sentiu molhado demais e percebeu que tinha rasgado a maior parte das costas da capa.

– Acho que estraguei a capa – disse.

– Foi por uma boa causa – respondeu Tom.

Logo voltaram ao chalé de Tom. Faber tirou a capa impermeável e o paletó marrom molhado, que Tom colocou em cima do fogão para secar. Então cada um deles foi até a latrina externa: o chalé de Tom não tinha o encanamento moderno acrescentado ao de Lucy. E Tom fez mais chá.

– É a primeira que perdemos este ano – disse David.

– É.

– Vamos cercar a ravina no verão.

– É.

Faber sentiu uma mudança na atmosfera: não era como a de duas ou três horas antes. Sentaram-se, bebendo e fumando como antes, mas David parecia inquieto. Por duas vezes Faber o pegou encarando-o, imerso em pensamentos.

Até que David disse:

– Vamos deixar você limpando a ovelha, Tom.

– Está bem.

David e Faber saíram. Tom não se levantou, mas o cachorro os levou até a porta.

Antes de dar a partida no jipe, David tirou a espingarda do suporte em cima do para-brisa, recarregou-a e colocou-a de volta.

No caminho de casa teve outra mudança de humor e começou a falar:

– Eu pilotava Spitfires, sabia? Aviões ótimos. Quatro metralhadoras em cada asa, Brownings americanas; 1.260 tiros por minuto. Os alemães preferem canhões, claro. Os Me 109 deles só têm duas metralhadoras. Um canhão causa mais danos, mas nossas Brownings são mais rápidas e mais precisas.

– É mesmo? – perguntou Faber educadamente.

– Mais tarde colocaram canhões nos Hurricanes, mas foram os Spitfires que venceram a Batalha da Inglaterra.

Faber achou a fanfarronice dele irritante.

– Quantos aviões você derrubou? – quis saber.

– Perdi as pernas enquanto ainda estava no treinamento – respondeu David.

Faber olhou o rosto dele de relance: era uma máscara de fúria contida.

– Não, não matei um único alemão – continuou. – Ainda.

Era um sinal inconfundível. De repente Faber ficou muito alerta. Não tinha ideia do que David podia ter deduzido ou descoberto, mas não havia dúvida de que o sujeito sabia de alguma coisa. Faber se virou ligeiramente para o lado dele, firmou-se com o pé no ressalto do túnel de transmissão e pousou a mão direita de leve no antebraço esquerdo. Esperou o próximo passo de David.

– Você se interessa por aviões? – perguntou David.

– Não – respondeu Faber, a voz inexpressiva.

– Acho que identificar aviões virou um passatempo nacional. É como observar pássaros. As pessoas compram livros sobre identificação de aeronaves. Passam tardes inteiras deitadas de costas, olhando o céu através de lunetas. Achei que você poderia ser um entusiasta.

– Por quê?

– Como?

– O que o fez achar que eu poderia ser um entusiasta?

– Ah, não sei.

David parou o jipe para acender um cigarro. Estavam no meio da ilha, a uns 8 quilômetros da casa de Tom e mais 8 da de Lucy. David largou o fósforo no piso.

– Talvez tenham sido as fotos que caíram do bolso do seu paletó... – completou David.

Enquanto falava, ele jogou o cigarro aceso no rosto de Faber e estendeu a mão para a espingarda no para-brisa.

CAPÍTULO VINTE E SEIS

SID CRIPPS OLHOU pela janela e praguejou baixinho. A campina estava cheia de tanques americanos – pelo menos oitenta. Sabia que havia uma guerra acontecendo e tudo o mais, porém se tivessem lhe perguntado ele teria oferecido outro campo, onde o capim não fosse tão verdejante. A esse ponto as esteiras dos tanques já deviam ter arruinado todo o seu pasto.

Calçou as botas e saiu. Havia alguns soldados ianques no campo e ele se perguntou se teriam notado o touro. Quando chegou aos degraus, parou e coçou a cabeça. Alguma coisa muito esquisita estava acontecendo.

Os tanques *não* tinham arruinado seu capim. Não tinham deixado rastros. Mas os soldados americanos estavam *fazendo* rastros de tanque com uma ferramenta parecida com um ancinho.

Enquanto Sid tentava entender, o touro notou os tanques. Olhou para eles por um tempo, depois bateu com as patas no chão e começou a correr. Ia atacar um tanque.

– Bicho idiota, vai quebrar a cabeça – murmurou Sid.

Os soldados também estavam olhando o touro. Pareceram achar aquilo engraçado.

O animal correu a toda a velocidade, e os chifres perfuraram a blindagem lateral do veículo. Sid torceu para os tanques ingleses serem mais fortes do que os americanos.

Houve um chiado alto enquanto o touro soltava os chifres. O tanque desmoronou como um balão desinflado. Os soldados americanos morreram de rir.

Sid Cripps coçou a cabeça de novo. Era tudo muito estranho.

~

Percival Godliman atravessou rapidamente a Parliament Square carregando um guarda-chuva. Por baixo da capa de chuva usava um terno escuro, de risca de giz, e seus sapatos pretos estavam muito bem engraxados – pelo menos tinham estado, até que ele saísse à chuva –, porque não era todo dia... pensando bem, não era todo ano... que ele tinha uma audiência particular com Churchill.

Um soldado de carreira ficaria nervoso ao levar notícias tão ruins para o comandante supremo das forças armadas da nação. Mas Godliman não estava nervoso, já que um importante historiador não tem nada a temer da parte de soldados e políticos, a não ser que a visão de Churchill da história fosse muito mais radical do que a de Godliman. Portanto não estava nervoso, mas estava preocupado.

Pensava no esforço, na premeditação, no cuidado, nos custos e nos recursos humanos necessários para a criação do totalmente falso Primeiro Grupo do Exército dos Estados Unidos na Ânglia Oriental: os quatrocentos navios de desembarque, feitos de lona e andaimes, flutuando sobre tambores de óleo, que atulhavam portos e estuários; as imitações infláveis de tanques, artilharia, caminhões, semilagartas e até mesmo paióis de munição, todos infláveis e construídos detalhadamente; as reclamações plantadas em colunas de correspondentes dos jornais locais sobre o declínio dos padrões morais desde a chegada de milhares de soldados americanos à área; o falso cais de abastecimento em Dover, projetado pelo arquiteto mais importante da Inglaterra e construído – com papelão e tubos velhos de esgoto – por artesãos trazidos de estúdios de cinema; os relatos cuidadosamente forjados transmitidos a Hamburgo por agentes alemães que tinham sido "cooptados" pelo Comitê XX; e as incessantes conversas por rádio, transmitidas tendo como alvo apenas os postos de escuta alemães, consistindo de mensagens compiladas por escritores de ficção profissionais e incluindo pérolas como "O Regimento 1/5 da Rainha informa sobre mulheres civis presumivelmente não autorizadas no trem de bagagem. O que vamos fazer com elas? Levar para Calais?".

Muitas conquistas tinham sido alcançadas. Tudo indicava que os alemães tinham caído no ardil. E agora toda a farsa estava em risco por causa de um espião, um espião que Godliman não tinha conseguido pegar.

Seus passos pequenos percorreram a calçada de Westminster até a pequena porta do nº 2 na Great George Street. O guarda armado junto à barreira de sacos de areia examinou seu passe e o deixou entrar. Ele atravessou o saguão e desceu a escada até o quartel-general subterrâneo de Churchill.

Era como descer ao porão de um couraçado. Protegido de bombas por um teto de concreto reforçado de um metro de espessura, o posto de comando tinha portas de aço e suportes do teto feitos de madeira antiga. Enquanto Godliman entrava na sala de mapas, um grupo de pessoas jovens com expressão solene saiu da sala de reuniões do outro lado. Um instante depois, foram seguidas por um ajudante, que viu Godliman.

– O senhor é muito pontual – disse o ajudante. – Ele está pronto para recebê-lo.

Godliman entrou na sala de reuniões pequena e confortável. Havia tapetes no chão e um retrato do rei na parede. Um ventilador elétrico agitava a fumaça de tabaco no ar. Churchill estava sentado à cabeceira de uma mesa antiga e lisa como um espelho, no centro da qual havia a estatueta de um fauno, emblema da equipe que criara a grande farsa: a Seção de Controle de Londres.

Godliman decidiu não prestar continência.

– Sente-se, professor – disse Churchill.

De repente Godliman percebeu que Churchill não era um homem grande – mas *sentava-se* como um homem grande: ombros encurvados, cotovelos nos braços da cadeira, queixo abaixado, pernas abertas. Em vez do famoso macacão, ele estava usando um terno de advogado – paletó preto curto e calça cinza de risca de giz – com gravata azul de bolinhas e camisa de um branco luminoso. Apesar do corpo atarracado e da pança, a mão que segurava a caneta-tinteiro era delicada, com dedos finos. A pele era rosa-bebê. A outra mão segurava um charuto, e na mesa, ao lado dos papéis, havia um copo com o que parecia uísque.

Ele estava fazendo anotações na margem de um informe datilografado e, enquanto escrevia, murmurava ocasionalmente. Godliman não se sentia nem um pouco intimidado por aquela figura importante. Na sua visão, como estadista em tempo de paz Churchill havia sido um desastre. Mas tinha as qualidades de um grande chefe guerreiro, e Godliman o respeitava por isso. (Anos depois, Churchill negou modestamente ter sido o leão da Inglaterra, dizendo que apenas tivera o privilégio de rugir. Godliman achava que essa avaliação era razoavelmente correta.)

Churchill ergueu o olhar abruptamente e disse:

– Imagino que não haja dúvida de que esse espião maldito descobriu o que estamos aprontando, não é?

– Absolutamente nenhuma, senhor – respondeu Godliman.

– Você acha que ele escapou?

– Nós o perseguimos até Aberdeen. Tenho quase certeza de que ele partiu há duas noites num barco roubado, possivelmente para um encontro no mar do Norte. Mas ele não podia estar longe do porto quando a tempestade começou. Pode ter encontrado o submarino antes da tempestade, mas é improvável. Na certa afundou. Lamento não podermos dar informações mais precisas.

– Eu também – disse Churchill.

De repente ele pareceu estar furioso, mas não com Godliman. Levantou-se e foi até o relógio na parede, como se estivesse hipnotizado pela inscrição *Victoria RI, Ministério de Obras, 1889*. Então, como se tivesse esquecido que Godliman estava ali, começou a andar de um lado para outro junto à mesa, murmurando consigo mesmo. Godliman conseguiu entender as palavras, e o que ouviu o deixou atônito. O grande homem estava murmurando:

– A figura atarracada, ligeiramente corcunda, anda de um lado para outro, subitamente alheia a qualquer presença além dos próprios pensamentos...

Era como se Churchill estivesse representando um roteiro de filme de Hollywood que ele escrevia enquanto andava.

O desempenho terminou tão abruptamente quanto havia começado, e, se o sujeito sabia que estivera agindo de modo excêntrico, não deu sinal. Sentou-se, entregou a Godliman um pedaço de papel e disse:

– Esta é a ordem de batalha alemã da semana passada.

Godliman leu:

Front russo:	*122 divisões de infantaria*
	25 divisões de tanques
	17 divisões diversas
Itália e Bálcãs:	*37 divisões de infantaria*
	9 divisões de tanques
	4 divisões diversas
Front ocidental:	*64 divisões de infantaria*
	12 divisões de tanques
	12 divisões diversas
Alemanha:	*3 divisões de infantaria*
	1 divisão de tanques
	4 divisões diversas

– Das doze divisões de tanques no oeste – disse Churchill –, só *uma* está no litoral da Normandia. As grandes divisões da SS, *Das Reich* e *Adolf Hitler*, estão em Toulouse e Bruxelas, respectivamente, e não dão sinais de que vão se mover. O que tudo isso lhe diz, professor?

– Que nossos planos para enganá-los deram certo.

– Totalmente! – gritou Churchill. – Eles estão confusos e inseguros, e suas suposições sobre nossas intenções estão completamente erradas. E, no entanto! – Ele fez uma pausa dramática. – E, no entanto, apesar de tudo isso, o general Walter Bedell Smith, chefe do Estado-maior de Eisenhower, me diz que... – Ele pegou um pedaço de papel na mesa e leu em voz alta: – "Nossas chances de sustentar a cabeça de praia, particularmente depois de os alemães reunirem as tropas, são de apenas cinquenta por cento."

Ele pousou o charuto e sua voz ficou muito baixa.

– Vai ser em 5 de junho, talvez 6 ou 7. As marés estão certas... já foi decidido. A reunião de tropas no oeste do país já começou. Agora mesmo os comboios estão seguindo pelas estradas rurais da Inglaterra. Foi necessária toda a capacidade militar e industrial de todos os países de língua inglesa, a maior civilização desde o Império Romano. Quatro anos para chegar a essa chance de cinquenta por cento. Se esse espião escapar, perderemos até mesmo isso.

Ele olhou para Godliman durante um momento, depois pegou a caneta com uma frágil mão branca.

– Não me traga probabilidades, professor – disse. – Traga-me o corpo de Die Nadel.

Baixou os olhos e começou a escrever. Depois de um instante Percival Godliman se levantou e saiu da sala em silêncio.

CAPÍTULO VINTE E SETE

O TABACO DE CIGARRO queima a oitocentos graus. Mas a brasa na ponta normalmente é cercada por uma camada fina de cinzas. Para provocar queimadura, o cigarro precisa ser pressionado contra a pele durante cerca de um segundo: um toque de raspão mal é sentido. Isso se aplica até mesmo aos olhos, porque piscar é a reação involuntária mais rápida do corpo humano. Só amadores jogam cigarros contra outra pessoa. Os profissionais – existem poucas pessoas no mundo para quem a luta corpo a corpo é uma habilidade profissional – nem lembram deles.

Faber ignorou o cigarro aceso que David Rose jogou contra ele. Agiu certo, porque o cigarro bateu em sua testa e caiu no piso de metal do jipe. Então ele tentou agarrar a espingarda de David, e isso foi um erro. Deveria ter sacado o punhal e cravado nele, porque ainda que David *pudesse* atirar primeiro, jamais havia apontado uma arma contra um ser humano, quanto mais matado alguém, de modo que quase certamente hesitaria, e nesse momento Faber poderia tê-lo matado.

O erro custou caro.

David estava com as duas mãos na parte do meio da espingarda – a esquerda no cano, a direita em volta da culatra –, e a tinha afastado uns 15 centímetros do suporte quando Faber conseguiu segurar o cano com uma das mãos. David puxou a arma, mas por um momento Faber conseguiu segurá-la, e ela apontou para o para-brisa.

Faber era um homem forte, mas David era *excepcionalmente* forte. Seus ombros, os braços e os pulsos tinham movido o corpo junto com a cadeira de rodas durante quatro anos e os músculos haviam se desenvolvido anormalmente. Além disso, ele estava com as duas mãos na arma diante do corpo, e Faber a segurava apenas com uma das mãos, num ângulo desajeitado. David puxou de novo, desta vez com mais determinação, e o cano escorregou da mão de Faber.

Nesse instante, com a espingarda apontada para a sua barriga e o dedo de David se curvando sobre o gatilho, Faber se sentiu muito perto da morte.

Deu impulso para cima, catapultando-se do banco. Bateu no teto de lona do jipe enquanto a espingarda espocava com um estrondo que entorpeceu os ouvidos e provocou uma dor física atrás dos olhos. A janela do lado do carona se despedaçou em mil pedaços e a chuva começou a entrar pela moldura vazia. Faber torceu o corpo e caiu para trás, não em seu banco, mas por cima de David. Pôs as duas mãos no pescoço dele e apertou com os polegares.

David tentou colocar a arma entre os dois corpos para disparar o outro cano, mas ela era grande demais. Faber olhou nos seus olhos e viu... o quê? Empolgação! Claro, finalmente o sujeito tinha chance de lutar pelo seu país. Então a expressão mudou enquanto o corpo dele sentia a falta de oxigênio e começava a lutar para respirar.

David soltou a arma e recuou os dois cotovelos o máximo que pôde, para dar impulso, depois desferiu dois socos fortes nas costelas inferiores de Faber.

A dor foi insuportável, e Faber franziu o rosto numa careta de angústia, mas continuou apertando a garganta de David. Sabia que conseguiria suportar os socos por mais tempo do que David seria capaz de ficar sem respirar.

David deve ter tido a mesma ideia. Cruzou os antebraços entre os dois corpos e empurrou Faber. Então, quando conseguiu alguns centímetros de espaço, levantou as duas mãos num golpe para cima e para os lados, contra os braços de Faber, interrompendo o estrangulamento. Fechou o punho direito e desferiu um soco de cima para baixo, poderoso mas amador, que acertou o malar de Faber e o fez lacrimejar.

Faber respondeu com uma série de socos curtos contra o corpo; David continuou a machucar o rosto dele. Estavam perto demais um do outro para provocar um dano verdadeiro em pouco tempo, mas a superioridade física de David começou a ficar evidente.

Num pensamento sombrio, Faber percebeu que David tinha escolhido astuciosamente a hora e o lugar para a luta: tivera as vantagens da surpresa, da arma e do espaço confinado em que seus músculos venciam e o melhor equilíbrio e a maior capacidade de manobra de Faber não serviam de muita coisa.

Faber mudou de posição ligeiramente e seu quadril encostou na alavanca de câmbio, engrenando a marcha para a frente. O motor ainda estava ligado e o carro se sacudiu, fazendo-o perder o equilíbrio. David aproveitou a oportunidade para dar um direto de esquerda que – mais por sorte do que intenção – acertou Faber no queixo e o jogou para o outro lado do jipe. Sua cabeça bateu na coluna e ele mergulhou com o ombro na maçaneta. A porta se abriu e ele caiu do carro, numa cambalhota de costas, tombando de rosto na lama.

Por um momento ficou atordoado demais para se mexer. Quando abriu os olhos não conseguiu ver nada além de clarões de luz azul contra um fundo vermelho e nevoento. Ouviu o motor do jipe acelerando. Sacudiu a cabeça, tentando desesperadamente parar de ver estrelas, e lutou para ficar de quatro. O som do jipe se afastou e depois voltou. Ele virou a cabeça na direção do barulho e, enquanto recuperava a visão, viu o veículo se aproximando em alta velocidade.

David ia atropelá-lo.

Com o para-choque dianteiro a menos de um metro do rosto, Faber se jogou para o lado. Sentiu um sopro de vento. Um para-lama acertou seu pé enquanto o jipe passava a toda a velocidade, os pneus grossos arrancando o solo esponjoso e espirrando lama. Faber rolou duas vezes no capim molhado e se levantou apoiado num dos joelhos. Seu pé doía. Viu o jipe fazer um círculo apertado e vir em sua direção de novo.

Podia ver o rosto de David pelo para-brisa. Ele estava inclinado para a frente, curvado sobre o volante, os lábios repuxados sobre os dentes num sorriso selvagem, quase maníaco. Parecia estar se imaginando na cabine de um Spitfire, mergulhando da direção do sol sobre um avião inimigo com todas as oito metralhadoras Browning disparando 1.260 balas por minuto.

Faber foi para a beira do penhasco. O jipe ganhou velocidade. Faber sabia que, momentaneamente, estava incapaz de correr. Olhou por cima do penhasco: era uma encosta rochosa, quase vertical, até o mar violento, 30 metros abaixo. O jipe vinha direto para ele, na direção do penhasco. Freneticamente, Faber olhou para um lado e para outro procurando alguma saliência de pedra, ou mesmo um apoio para os pés. Não havia nada.

O jipe estava a cerca de 5 metros, a 60 quilômetros por hora. Os pneus estavam a pouco mais de meio metro da beira do penhasco. Faber se deitou e jogou as pernas para o espaço, sustentando o peso nos antebraços, pendurado na borda.

As rodas passaram a centímetros dele. Alguns metros adiante um pneu chegou a escorregar pela borda. Por um momento Faber achou que o veículo escorregaria e cairia no mar, mas as outras três rodas o puxaram para a segurança.

O chão embaixo do braço de Faber se mexeu. A vibração da passagem do jipe tinha afrouxado a terra. Ele se sentiu escorregando ligeiramente. Trinta metros abaixo, um mar furioso borbulhava no meio das pedras. Faber estendeu um dos braços ao máximo e cravou os dedos no chão macio. Sentiu uma unha sendo arrancada e a ignorou. Com as duas mãos ancoradas na terra, puxou-se para cima numa lentidão agonizante. Mas depois de um tempo sua cabeça ficou no mesmo nível das mãos, os quadris chegaram ao terreno firme e ele pôde girar e rolar para longe da borda.

O jipe estava dando a volta mais uma vez. Faber correu na direção dele. Seu pé doía, mas não estava quebrado. David acelerou para passar de novo. Faber se virou e correu num ângulo transversal à direção do jipe, obrigando David a virar o volante e consequentemente diminuir a velocidade.

Faber não conseguiria continuar assim por muito tempo. Certamente se cansaria antes de David. Essa precisava ser a última passagem.

Correu mais depressa. David estabeleceu um curso de interceptação, indo para um ponto à frente de Faber. Faber se virou na direção oposta e o jipe fez um zigue-zague. Agora estava bem perto. Faber correu mais rápido e sua rota impeliu David a traçar um círculo apertado. O jipe estava ficando mais lento e Faber chegava mais perto. Havia apenas alguns metros entre eles quando David percebeu o que Faber queria fazer. Virou o volante para longe, mas era tarde demais. Faber correu para a lateral do jipe e se lançou para cima, caindo de bruços em cima da capota de lona.

Ficou deitado por alguns segundos, recuperando o fôlego. Seu pé machucado parecia estar dentro de uma fogueira, e os pulmões doíam terrivelmente.

O jipe continuava em movimento. Faber sacou o punhal de dentro da manga e fez um corte longo, serrilhado, no teto de lona. O tecido se dobrou para baixo e Faber se pegou encarando a nuca de David.

David olhou para cima e para trás. Uma expressão de perplexidade absoluta atravessou seu rosto. Faber recuou o braço para dar um golpe.

David pisou fundo no acelerador e virou o volante. O jipe saltou à frente e ficou apoiado em duas rodas enquanto cantava pneus numa curva apertada. Faber lutou para continuar em cima dele. O veículo, ainda ganhando velocidade, caiu de volta sobre as quatro rodas e depois empinou de novo. Ficou oscilando precariamente durante alguns metros, então as rodas derraparam no chão encharcado e o veículo tombou de lado com um estrondo áspero.

Faber foi atirado vários metros à frente e caiu desajeitadamente. O impacto arrancou o ar dos seus pulmões. Passaram-se vários segundos antes que ele pudesse se mexer.

A rota louca do jipe o havia levado de novo para perto do penhasco.

Faber viu seu punhal no capim, a alguns metros de distância. Pegou-o e voltou para o jipe.

De algum modo David tinha saído pelo teto rasgado e tirado a cadeira de rodas. Agora estava sentado nela, afastando-se pela borda do penhasco. Faber precisou admitir que ele tinha coragem.

Mesmo assim, o sujeito precisava morrer.

Faber correu atrás dele. David deve ter escutado os passos, porque um instante antes de Faber alcançá-lo, a cadeira parou e girou. Faber vislumbrou uma pesada chave inglesa na mão de David.

Faber se chocou contra a cadeira, virando-a. Seu último pensamento foi que os dois e a cadeira poderiam acabar no mar lá embaixo – então a chave inglesa acertou sua nuca e ele apagou.

Quando voltou a si, a cadeira de rodas estava ao seu lado, mas David tinha sumido. Levantou-se e olhou em volta, perplexo.

– Aqui!

A voz vinha do penhasco. David devia ter voado da cadeira e escorregado pela borda. Faber rastejou até lá e olhou.

David estava com uma das mãos no caule de um arbusto que crescia logo abaixo da borda do penhasco. A outra estava enfiada numa pequena fenda da rocha. Ele pendia suspenso, como Faber estivera alguns minutos antes. Sua bravata havia acabado e o terror dominava seus olhos.

– Me puxe, pelo amor de Deus! – gritou David com a voz rouca.

Faber se inclinou mais perto.

– Como você sabia sobre as fotos?

– Me ajude, por favor!

– Fale sobre as fotos.

– Ah, meu Deus. – David fez um esforço enorme para se concentrar. – Quando você foi à latrina do Tom, deixou o casaco secando na cozinha. Tom foi ao andar de cima, pegar mais uísque, e eu revistei seus bolsos. Encontrei os negativos.

– E isso era prova suficiente para você tentar me matar?

– Isso e o que você fez com minha mulher na minha casa. Nenhum inglês se comportaria assim.

Faber não pôde deixar de rir.

– Onde estão os negativos?

– No meu bolso.

– Me entregue e eu puxo você.

– Você vai ter que pegá-los. Não posso me soltar.

Faber se deitou de bruços e estendeu a mão, enfiando-a embaixo da capa impermeável de David, até o bolso do peito do casaco. Deu um suspiro de satisfação quando seus dedos tocaram a lata de filme e a puxaram. Colocou-a no bolso do seu casaco, abotoou a aba e estendeu a mão para David outra vez.

Segurou o arbusto ao qual David estava agarrado e o arrancou com um puxão violento.

– Não! – gritou David, tentando desesperadamente se segurar em alguma coisa enquanto a outra mão escorregava da fenda na pedra. – Não é justo! – berrou, e em seguida sua mão se soltou da fenda.

Ele pareceu pender no ar, depois caiu, cada vez mais rápido, quicando duas vezes no penhasco, até bater no mar, levantando uma enorme quantidade de água.

Faber ficou olhando por um tempo, para ter certeza de que ele não voltaria à tona.

– Não é justo? – murmurou. – Não é justo? Você não sabe que está acontecendo uma guerra?

Encarou o mar durante alguns minutos. Por um instante achou ter visto uma capa impermeável amarela na superfície, mas ela sumiu antes que ele pudesse focalizar. Havia apenas o mar e as pedras.

De repente se sentiu terrivelmente cansado. Seus ferimentos penetraram na consciência um a um: o pé machucado, o galo na cabeça, os hematomas por todo o rosto. David Rose tinha sido um idiota, um fanfarrão e um marido ruim, e tinha morrido implorando por misericórdia; mas também tinha sido um homem corajoso e morrido por seu país. Conseguiu o que desejava.

Faber se perguntou se sua própria morte seria tão boa.

Por fim se afastou da borda do penhasco e voltou para o jipe ainda tombado.

CAPÍTULO VINTE E OITO

PERCIVAL GODLIMAN se sentia revigorado, até mesmo inspirado.

Quando refletia sobre isso, ficava desconfortável. Discursos motivacionais são para soldados rasos, e os intelectuais se consideram imunes a mensagens inspiradoras. Mas, mesmo sabendo que o desempenho de Churchill tinha sido cuidadosamente planejado, com os *crescendos* e *diminuendos* predeterminados como os de uma sinfonia, ainda assim o discurso tinha funcionado para ele, com a mesma eficácia de se ele fosse capitão do time de críquete ouvindo as exortações finais do treinador.

Voltou à sua sala desesperado para fazer *alguma coisa*.

Deixou seu guarda-chuva no suporte, pendurou a capa de chuva molhada e se olhou no espelho dentro da porta do armário. Sem dúvida algo havia acontecido com seu rosto desde que ele se tornara um dos caçadores de espiões da Inglaterra. Certo dia tinha encontrado uma foto sua tirada em 1937, com um grupo de alunos num seminário em Oxford. Naquele tempo ele parecia mais velho do que agora: pele macilenta, cabelo ralo, barba malfeita e as roupas mal-ajambradas de um aposentado. O cabelo ralo tinha sumido: agora estava careca, a não ser por uma borda de monge. As roupas eram de executivo, e não de professor. Parecia – ele supôs que poderia estar imaginando – que seu maxilar estava mais firme, os olhos mais brilhantes, e tomava mais cuidado ao se barbear.

Sentou-se atrás da mesa e acendeu um cigarro. *Essa* inovação não era bem-vinda: tinha contraído uma tosse, tentado parar de fumar e descoberto que estava viciado. Mas na Grã-Bretanha em tempo de guerra praticamente todo mundo fumava, até algumas mulheres. Bom, elas estavam fazendo serviço de homens – tinham direito aos vícios masculinos. A fumaça grudou na garganta, fazendo-o tossir. Godliman colocou o cigarro na tampa de lata que usava como cinzeiro (os objetos de louça eram escassos).

O problema de ser inspirado a realizar o impossível, pensou, era que a inspiração não dava pistas de quais seriam os meios práticos. Lembrou-se de sua tese universitária, sobre as viagens de um obscuro monge medieval chamado Tomás da Árvore. Godliman tinha estabelecido para si mesmo a tarefa pequena, porém difícil, de situar o itinerário do monge durante um período de cinco anos. Houvera um espantoso hiato de oito meses em que ele esteve em Paris ou Cantuária, mas Godliman não conseguiu determinar onde, e isso ameaçara o valor de todo o projeto. Os registros que estava usando simplesmente não continham essa informação. Se a estadia do monge não tinha sido registrada, não havia como descobrir onde ele estivera, e ponto final. Com o otimismo da juventude, Godliman se recusou a acreditar que a informação não existia e trabalhou com a suposição de que *em algum lugar* haveria um registro de como Tomás tinha passado aqueles meses – apesar do conhecido fato de que quase tudo que acontecia na Idade Média ficava sem registro. Se o monge não estava em Paris ou Cantuária, devia estar em trânsito entre as duas cidades, supôs Godliman, e então encontrou registros de navegação num museu de Amsterdã mostrando que Tomás tinha embarcado num navio a caminho de Dover, que foi empurrado para fora do curso e acabou naufragando no litoral da Irlanda. Essa pesquisa histórica lhe rendeu o posto de professor.

Podia tentar aplicar esse pensamento à questão sobre o que havia acontecido com Faber.

Era provável que Faber tivesse se afogado. Caso contrário, provavelmente já estaria na Alemanha. Nenhuma dessas possibilidades apresentava um curso de ação que Godliman poderia seguir, por isso deviam ser descartadas. Precisava presumir que Faber estava vivo e que tinha chegado a terra firme em algum lugar.

Saiu do escritório e desceu um andar até a sala de mapas. Seu tio, o coronel Terry, estava lá, parado diante do mapa da Europa com um cigarro entre os lábios, pensando. Godliman percebeu que nos últimos tempos essa era uma visão familiar no Departamento de Guerra: homens de alta patente olhando fascinados para mapas, avaliando em silêncio se a guerra seria vencida ou perdida. Supôs que era porque todos os planos tinham sido feitos, a vasta máquina tinha sido posta em movimento e, para os que tomavam as grandes decisões, não havia mais nada a fazer, a não ser esperar e ver se estavam certos.

Terry o viu entrar e perguntou:

– Como foi com o figurão?

– Ele estava bebendo uísque – respondeu Godliman.

– Ele bebe o dia inteiro, mas isso não parece fazer nenhuma diferença. O que ele disse?

– Ele quer a cabeça de Die Nadel numa bandeja. – Godliman atravessou a sala até o mapa da Grã-Bretanha na parede e pôs um dedo em Aberdeen.

– Se você estivesse mandando um submarino pegar um espião fugitivo, qual seria a menor distância da costa à qual o submarino poderia chegar em segurança?

Terry parou diante dele e olhou o mapa.

– Eu não quereria chegar mais perto do que o limite de 5 quilômetros. Mas, por preferência, pararia a pouco mais de 15 quilômetros.

– Certo. – Godliman desenhou duas linhas a lápis, paralelas à costa, a 5 e 15 quilômetros, respectivamente. – Agora, se você fosse um marinheiro amador partindo de Aberdeen num barco de pesca pequeno, até onde iria antes de começar a ficar nervoso?

– Quer dizer, qual é a distância razoável para se viajar num barco assim?

– Isso.

Terry deu de ombros.

– Pergunte à marinha. Eu diria uns 25 ou 30 quilômetros.

– Concordo. – Godliman desenhou um arco com raio de 30 quilômetros e o centro em Aberdeen. – Agora: se Faber está vivo, ou voltou a terra firme ou está em algum lugar dentro desse espaço – concluiu, indicando a área cercada pelas linhas paralelas e o arco.

– Não há terra nessa área.

– Nós temos algum mapa maior?

Terry abriu uma gaveta e tirou um mapa da Escócia em grande escala. Abriu-o em cima da mesa. Godliman copiou nele as marcações que tinha feito no mapa menor.

Ainda não havia terra dentro daquela área.

– Mas veja – disse Godliman.

Logo a leste do limite de 25 quilômetros havia uma ilha comprida e estreita.

Terry olhou mais de perto.

– Ilha da Tormenta – leu. – Que nome adequado!

Godliman estalou os dedos.

– Aposto que é lá que ele está.

– Você pode mandar alguém?

– Quando a tempestade passar. Bloggs está em Aberdeen. Vou mandar prepararem um avião para ele. Ele pode partir no minuto em que o tempo melhorar.

Godliman foi para a porta.

– Boa sorte! – gritou Terry.

Godliman subiu correndo a escada até o andar acima e entrou em sua sala. Pegou o telefone.

– Ligue para o Sr. Bloggs em Aberdeen, por favor.

Enquanto esperava, ficou fazendo riscos no borrador, desenhando a ilha. Ela tinha a forma da parte de cima de uma bengala, com a curva na extremidade oeste. Devia ter uns 15 quilômetros de comprimento e talvez um e meio de largura. Imaginou que tipo de lugar seria: um pedaço de rocha estéril ou uma próspera comunidade de agricultores? Se Faber estivesse lá, talvez ainda pudesse contatar seu submarino. Logo, Bloggs precisaria chegar à ilha antes do submarino. Seria difícil.

– Estou com o Sr. Bloggs na linha – informou a telefonista.

– Fred?

– Olá, Percy.

– Acho que ele está numa ilha chamada Ilha da Tormenta.

– Não está, não – disse Bloggs. – Nós acabamos de prendê-lo.

~

O punhal tinha 22 centímetros de comprimento, com cabo entalhado e uma cruz pequena. A ponta fina como uma agulha era extremamente afiada. Bloggs achou que parecia um instrumento de matança altamente eficiente. Tinha sido polido pouco tempo antes.

Bloggs e o detetive inspetor-chefe Kincaid estavam olhando para ele, e nenhum dos dois queria tocá-lo.

– Ele estava tentando pegar um ônibus para Edimburgo – disse Kincaid. – Um policial o viu na bilheteria e pediu sua identificação. Ele largou a mala e saiu correndo. Uma motorista de ônibus o acertou com a máquina de bilhetes. Ele demorou dez minutos para voltar a si.

– Vamos dar uma olhada nele – pediu Bloggs.

Seguiram pelo corredor até as celas.

– Essa – disse Kincaid.

Bloggs olhou o sujeito de cima a baixo. Ele estava sentado num banco no canto oposto da cela, com as costas na parede. Suas pernas estavam cruzadas, os olhos fechados, as mãos nos bolsos.

– Ele já esteve em celas antes – observou Bloggs.

O homem era alto, com rosto comprido e bonito, e cabelos escuros. Podia ser o sujeito da foto, mas era difícil ter certeza.

– Quer entrar? – perguntou Kincaid.

– Daqui a um minuto. O que havia na mala dele, além do punhal?

– Ferramentas de ladrão de residências. Um bocado de dinheiro em notas pequenas. Uma pistola e um pouco de munição. Roupas pretas e sapatos com sola de borracha. Duzentos cigarros Lucky Strike.

– Nenhuma fotografia?

Kincaid balançou a cabeça.

– Maldição – disse Bloggs com veemência.

– Os documentos o identificam como Peter Fredericks, de Wembley, Middlesex, um ferramenteiro desempregado procurando ocupação.

– Ferramenteiro? – disse Bloggs com ceticismo. – Não houve um ferramenteiro desempregado na Grã-Bretanha nos últimos quatro anos. Seria de pensar que um espião soubesse disso. Mesmo assim...

– Devo iniciar o interrogatório ou você faz isso? – quis saber Kincaid.

– Você.

Kincaid abriu a porta e Bloggs entrou atrás dele na cela. O homem no canto abriu os olhos sem curiosidade. Não se moveu nem um milímetro.

Kincaid sentou-se a uma mesa pequena e simples. Bloggs se encostou à parede.

– Qual é seu nome verdadeiro? – começou Kincaid.

– Peter Fredericks.

– O que está fazendo tão longe de casa?

– Procurando trabalho.

– Por que não está no exército?

– Coração fraco.

– Onde esteve nos últimos dias?

– Aqui, em Aberdeen. Antes disso em Dundee, e antes em Perth.

– Quando chegou a Aberdeen?

– Anteontem.

Kincaid olhou para Bloggs, que assentiu. Kincaid disse:

– Sua história é ridícula. Ferramenteiros não precisam procurar emprego. O país não tem ferramenteiros suficientes. É melhor dizer a verdade.

– Estou dizendo a verdade.

Bloggs tirou todas as moedas que tinha no bolso e enrolou no lenço. Ficou parado olhando, sem dizer nada, balançando a pequena trouxa na mão direita.

– Onde estão as fotografias? – perguntou Kincaid.

A expressão do sujeito não se alterou.

– Não sei do que você está falando.

Kincaid deu de ombros e olhou para Bloggs.

– Fique de pé – falou Bloggs.

– Perdão? – disse o homem.

– De *pé*! – gritou Bloggs.

O homem se levantou com movimentos casuais.

– Para a frente!

Ele deu dois passos até a mesa.

– Nome?

– Peter Fredericks.

Bloggs saiu de perto da parede e o golpeou com o lenço pesado de moedas. O golpe acertou bem no osso do nariz e ele gritou. Suas mãos foram até o rosto.

– Sentido! – gritou Bloggs. – Nome!

O homem se empertigou, deixou as mãos caírem dos lados do corpo e sussurrou:

– Peter Fredericks.

Bloggs o acertou de novo exatamente no mesmo lugar. Dessa vez ele caiu sobre um dos joelhos e seus olhos lacrimejaram.

– Onde estão as fotografias? – gritou Bloggs.

O homem balançou a cabeça, em silêncio.

Bloggs o puxou de pé, deu-lhe uma joelhada na genitália e um soco na barriga.

– O que você fez com os negativos?

O homem caiu no chão e vomitou. Bloggs chutou seu rosto. Houve um estalo forte, como se algo tivesse quebrado.

– E o submarino? Onde é o ponto de encontro? Qual é o sinal?

Kincaid segurou Bloggs por trás.

– Já chega, Bloggs – disse. – Essa delegacia é minha e eu só posso fingir que não estou vendo isso por um tempo, você sabe.

Bloggs se virou para ele.

– Não estamos lidando com um caso de invasão de residência, Kincaid. Esse homem está prejudicando todo o esforço de guerra. – Ele balançou um dedo sob o nariz do detetive. – Lembre-se de uma coisa: eu sou do MI5 e faço o que quiser na sua maldita delegacia. Se o prisioneiro morrer, eu assumo a responsabilidade.

Ele se virou de volta para o sujeito no chão.

O homem encarava Bloggs e Kincaid. Seu rosto, coberto de sangue, mostrava uma expressão de incredulidade.

– Do que vocês estão falando? – disse debilmente. – O que é isso?

Bloggs puxou-o de pé outra vez.

– Você é Henrik Rudolph Hans von Muller-Guder, nascido em Oln em 26 de maio de 1900, também conhecido como Henry Faber, tenente-coronel do serviço secreto alemão. Dentro de três meses você vai ser enforcado por espionagem, a não ser que seja mais útil para nós vivo do que morto. É melhor começar a se tornar útil, coronel Muller-Guder.

– Não – disse o homem. – Não, não! Eu sou um ladrão, não espião. Por favor! – Ele se encolheu para longe do punho levantado de Bloggs. – Posso provar.

Bloggs o acertou de novo e Kincaid interveio pela segunda vez.

– Espere – disse o detetive. – Certo, Fredericks, se é que esse é o seu nome. Prove que você é um ladrão.

– Roubei três casas em Jubilee Crescent na semana passada – começou o sujeito, ofegante. – Peguei umas 500 libras de uma e algumas joias da outra: anéis de diamante e algumas pérolas. E não consegui tirar nada da outra por causa do cachorro... vocês devem saber que estou dizendo a verdade, eles devem ter denunciado o roubo, não? Ah, meu Deus...

Kincaid olhou para Bloggs.

– Todos esses roubos aconteceram.

– Ele pode ter lido nos jornais.

– O terceiro não foi denunciado.

– Talvez ele tenha feito os roubos. Ainda assim poderia ser espião. Espiões podem roubar.

– Mas isso foi na semana passada. O seu homem estava em Londres, não estava?

Bloggs ficou calado por um momento. Depois disse:

– Bom, que se foda.

E saiu.

Peter Fredericks olhou para Kincaid através de uma máscara de sangue.

– Quem é ele? É da porra da Gestapo?

Kincaid o encarou, pensativo.

– Agradeça por você não ser o homem que ele está procurando.

～

– E então? – perguntou Godliman ao telefone.

– Alarme falso. – A voz de Bloggs estava áspera e distorcida no telefonema interurbano. – Um ladrãozinho de residências que por acaso anda com um punhal e se parece com Faber.

– De volta à estaca zero – disse Godliman. – Maldição.

– Você disse alguma coisa sobre uma ilha.

– Sim. Ilha da Tormenta. Fica a uns 15 quilômetros do litoral, a leste de Aberdeen. Você vai encontrá-la num mapa em grande escala.

– Por que você tem certeza de que ele está lá?

– Não tenho. Nenhuma. Ainda precisamos examinar todas as outras possibilidades, outras cidades, o litoral, tudo. Mas se ele roubou mesmo aquele barco, o...?

– *Marie II.*

– Isso. Se roubou, o ponto de encontro provavelmente era na área dessa ilha. E se eu estiver certo com relação a *isso*, ele se afogou ou foi parar na ilha.

– Certo, faz sentido.

– Como está o tempo aí?

– A mesma coisa.

– Você poderia chegar à ilha num navio grande?

Bloggs resmungou:

– Acho que é possível enfrentar qualquer tempestade se a pessoa tiver um navio suficientemente grande. Mas essa ilha não deve ter um cais de verdade, não é?

– É melhor descobrir. Mas espero que você esteja certo. Agora escute: há uma base de caças da RAF perto de Edimburgo. Quando você chegar lá, vai haver um avião anfíbio esperando. Parta no minuto em que a tempestade começar a dar trégua. Deixe a guarda costeira local pronta para agir à primeira ordem, também. Não sei quem chegaria lá primeiro.

– Hum. – Bloggs pareceu em dúvida. – Se o submarino também estiver esperando a tempestade dar trégua, vai chegar lá primeiro.

– Você está certo. – Godliman acendeu um cigarro, procurando inspiração. – Bom, podemos pedir que uma corveta da marinha fique circulando a ilha, atenta à mensagem de rádio de Faber. Quando a tempestade diminuir, ela pode mandar um bote para a ilha. É, essa ideia é boa.

– Que tal alguns caças?

– Sim. Se bem que, como você, eles terão de esperar até que o tempo melhore.

– A tempestade não pode continuar por muito mais tempo.

– O que os meteorologistas escoceses dizem?

– Mais um dia assim, pelo menos.

– Maldição.

– Não faz muita diferença. Enquanto estivermos presos em terra, ele continuará encurralado.

– Se ele estiver lá.

– Sim.

– Certo – disse Godliman. – Teremos uma corveta, a guarda costeira, alguns caças e um avião anfíbio.

– E eu.

– É melhor partir logo. Me ligue de Rosyth. Cuide-se.

– Tchau.

Godliman desligou. Seu cigarro, abandonado no cinzeiro, tinha queimado até virar uma guimba minúscula. Ele acendeu outro, em seguida pegou o telefone de novo e começou a organizar.

CAPÍTULO VINTE E NOVE

TOMBADO, O JIPE parecia poderoso mas impotente, como um elefante ferido. O motor havia parado. Faber deu-lhe um empurrão forte e o veículo virou majestosamente até pousar sobre as quatro rodas. Tinha sobrevivido à luta relativamente sem danos. A capota de lona estava destruída, claro: o corte feito com o punhal de Faber tinha se transformado num rasgo que ia de um lado até o outro. O para-lama dianteiro, que afundara na terra e fizera o veículo parar, estava amassado. O farol desse lado havia se despedaçado. A janela do mesmo lado fora estilhaçada pelo tiro de espingarda. O para-brisa estava milagrosamente intacto.

Faber subiu no banco do motorista, colocou o câmbio em ponto morto e tentou dar a partida. O jipe deu um tranco e morreu. Tentou de novo e o motor pegou. Faber suspirou aliviado: nesse momento não poderia enfrentar uma caminhada longa.

Ficou sentado no carro por um tempo, fazendo um inventário dos ferimentos. Tocou com cuidado o tornozelo direito: estava inchando terrivelmente. Talvez tivesse quebrado um osso. Felizmente o jipe fora adaptado para um homem sem pernas, porque Faber não teria condições de apertar o pedal do freio. O galo na nuca parecia enorme, do tamanho de uma bola de golfe, e, quando ele o tocou, sua mão ficou pegajosa de sangue. Examinou o rosto no retrovisor. Era uma massa de cortes pequenos e hematomas grandes, como o rosto do perdedor no fim de uma luta de boxe.

Tinha abandonado a capa impermeável no chalé, de modo que seu casaco e o macacão estavam encharcados de chuva e sujos de sangue. Precisava se aquecer e se secar logo.

Segurou o volante e uma dor ardente disparou pela sua mão: tinha se esquecido da unha arrancada. Olhou para ela. Era o ferimento mais feio. Precisaria dirigir com apenas uma das mãos.

Saiu com o jipe devagar e encontrou o que supôs ser a estrada. Não havia o perigo de se perder naquela ilha: só precisava seguir pela beira do penhasco até chegar à casa de Lucy.

Tinha que inventar uma mentira para explicar o que acontecera com o marido dela. Poderia, claro, contar a verdade: ela não poderia fazer nada a respeito. No entanto, se ela reagisse mal, ele talvez precisasse matá-la, e dentro

265

de Faber havia crescido uma aversão à ideia de matar Lucy. Dirigindo devagar pelo topo do penhasco, em meio à chuva torrencial, ficou assombrado com esse sentimento novo, esse escrúpulo. Era a primeira vez que relutava em matar alguém. Não que ele fosse amoral: muito pelo contrário. Tinha se convencido de que as mortes que causava estavam no mesmo nível moral das que aconteciam no campo de batalha, e suas emoções seguiam esse raciocínio. Faber sempre tivera a reação física – o vômito – depois de matar, mas isso era algo incompreensível, que ele desconhecia.

Então por que não queria matar Lucy?

A sensação era parecida com a afeição que o fizera mandar informações erradas à Luftwaffe com relação à catedral de St. Paul: uma compulsão por proteger uma coisa bela. A catedral era uma criação notável, tão bela e sutil quanto uma obra de arte. Faber podia aceitar ser um matador, mas não um iconoclasta. Era um modo peculiar de ser, reconheceu assim que o pensamento lhe ocorreu. Mas, afinal de contas, espiões eram pessoas peculiares.

Pensou em alguns espiões recrutados pela Abwehr na mesma época que ele: Otto, o gigante nórdico que fazia delicadas esculturas de papel ao estilo japonês e odiava mulheres; Friedrich, o pequeno e astuto gênio matemático que tinha medo de sombras e ficava deprimido por cinco dias se perdesse um jogo de xadrez; Helmut, que gostava de ler livros sobre a escravidão nos Estados Unidos e tinha entrado logo para a SS... todos diferentes, todos peculiares. Se tinham alguma coisa mais específica em comum, Faber não sabia o que era.

Parecia estar dirigindo cada vez mais devagar, e a chuva e a névoa ficavam mais impenetráveis. Começou a se preocupar com a borda do penhasco à esquerda. Estava se sentindo muito quente, mas também tinha calafrios. Percebeu que estivera falando em voz alta sobre Otto, Friedrich e Helmut; reconheceu os sinais do delírio. Fez um esforço para não pensar em nada além do problema de manter o jipe num caminho reto. O barulho do vento assumiu uma espécie de ritmo, ficando hipnótico. Num determinado momento Faber se pegou imóvel, olhando o mar, e não tinha ideia de quanto tempo ficara parado.

Pareciam ter se passado horas quando a casa de Lucy apareceu. Guiou o jipe na direção dela, pensando que precisava se lembrar de frear antes de bater na parede. Havia uma figura parada junto à porta, olhando-o através da chuva. Precisava manter o autocontrole por tempo suficiente para contar a mentira. Precisava lembrar, precisava lembrar...

Era fim de tarde quando o jipe voltou. Lucy estava preocupada com o que teria acontecido com os homens e também irritada com eles por não voltarem a tempo para o almoço que ela havia preparado. Enquanto o dia transcorria, foi passando cada vez mais tempo à janela, tentando vê-los.

Quando o jipe desceu a pequena encosta até o chalé, ficou claro que havia algo errado. O veículo se movia extremamente devagar, desviando-se para um lado e outro na trilha, e havia só uma pessoa dentro. O jipe chegou mais perto e ela viu que a frente estava amassada e o farol quebrado.

– Ah, meu Deus – murmurou.

O automóvel parou com um tremor na frente do chalé e ela viu que a figura em seu interior era Henry. Ele não fez qualquer menção de sair. Lucy correu pela chuva e abriu a porta do lado do motorista.

Henry ficou sentado, com a cabeça para trás e os olhos semicerrados. Sua mão estava no freio. Seu rosto estava sangrando e cheio de hematomas.

– O que aconteceu? *O que aconteceu?* – perguntou ela.

A mão de Henry escorregou do freio e o jipe avançou. Lucy se inclinou por cima dele e pôs o câmbio em ponto morto.

– Deixei David na casa do Tom... – respondeu Henry. – Tive um acidente na volta...

As palavras pareciam lhe custar um esforço enorme.

Agora que sabia o que havia acontecido, o pânico de Lucy diminuiu.

– Entre – disse bruscamente.

A urgência na voz dela despertou Henry. Ele se virou para ela, pôs o pé no estribo para descer e caiu. Lucy viu que o tornozelo dele estava inchado como um balão.

Enfiou as mãos embaixo das axilas dele e o colocou de pé, dizendo:

– Ponha o peso no outro pé e se apoie em mim.

Em seguida passou o braço direito dele por cima do pescoço e foi andando com ele para dentro.

Jo ficou assistindo com os olhos arregalados enquanto ela ajudava Henry a entrar na sala e o conduzia ao sofá. Ele se deitou de olhos fechados. Suas roupas estavam encharcadas e enlameadas.

– Jo, vá para cima e vista o pijama, por favor – disse Lucy.

– Mas você não me contou nenhuma historinha. Ele está morto?

– Não, mas teve um acidente de carro, e não vai ter historinha hoje. Vá.

O menino fez um muxoxo e Lucy o encarou com uma expressão ameaçadora. Ele obedeceu.

Lucy pegou a tesoura grande no cesto de costura e cortou as roupas de Henry, primeiro o casaco, depois o macacão, em seguida a camisa. Franziu a testa, perplexa, ao ver o punhal na bainha, preso ao antebraço esquerdo: supôs que fosse alguma faca especial para limpar peixes, ou algo assim. Quando tentou tirá-lo, Henry empurrou sua mão. Ela deu de ombros e desviou a atenção para as botas. A esquerda saiu com facilidade, e a meia também. Mas ele gritou de dor quando ela tocou a direita.

– Preciso tirar – disse Lucy. – Você tem que ser corajoso.

Um sorriso esquisito surgiu no rosto dele, e Henry assentiu. Ela cortou os cadarços, segurou o calçado gentilmente, mas com firmeza, usando as duas mãos, e o puxou. Dessa vez Henry não fez nenhum som. Ela cortou o elástico da meia e a tirou também.

Jo entrou e disse:

– Ele está só de cueca!

– As roupas dele estão todas molhadas. – Ela deu um beijo de boa-noite no menino. – Vá para a cama, querido. Mais tarde vou lá cobrir você.

– Dá um beijo no ursinho, então.

– Boa noite, ursinho.

Jo saiu. Lucy olhou de novo para Henry. Os olhos dele estavam abertos. Ele sorriu e disse:

– Dá um beijo no Henry, então.

Ela se inclinou sobre ele e beijou seu rosto ferido. Depois, com cuidado, cortou a cueca.

O calor do fogo secaria rapidamente a pele nua. Lucy foi à cozinha e encheu uma tigela com água quente e um pouco de antisséptico para limpar os ferimentos. Encontrou um rolo de algodão e voltou à sala.

– É a segunda vez que você aparece à minha porta quase morto – disse enquanto começava a tarefa.

– A senha de sempre – disse Henry.

– O quê?

– Esperando um exército fantasma em Calais.

– Henry, do que você está falando?

– Toda sexta e segunda-feira.

Lucy percebeu que ele estava delirando.

– Não tente falar – disse.

Em seguida, levantou a cabeça dele ligeiramente para limpar o sangue seco em volta do galo na nuca.

De repente ele se levantou, encarou-a com um olhar intenso e disse:

– Que dia é hoje? Que dia é hoje?

– Domingo. Relaxe.

– Está bem.

Depois disso Henry ficou em silêncio e deixou que ela tirasse o punhal. Lucy limpou o rosto dele, fez um curativo no dedo que tinha perdido a unha e enfaixou o tornozelo. Quando terminou, ficou de pé olhando-o durante um tempo. Ele parecia estar dormindo. Ela tocou a cicatriz comprida no peito e a marca em forma de estrela no quadril. Decidiu que a estrela era uma marca de nascença.

Revistou os bolsos dele antes de jogar fora as roupas rasgadas. Não havia muita coisa: um pouco de dinheiro, os documentos, uma carteira de couro e uma lata de filme. Colocou tudo numa pequena pilha no console da lareira, ao lado da faca de peixe. Ele teria que usar algumas roupas de David.

Afastou-se dele e subiu para olhar Jo. O menino estava dormindo, deitado em cima do urso de pelúcia, com os braços abertos. Ela deu um beijo na bochecha macia e o ajeitou sob as cobertas. Saiu e levou o jipe para o celeiro.

Preparou uma bebida para si mesma e ficou sentada olhando Henry, desejando que ele acordasse e fizesse amor com ela de novo.

~

Era quase meia-noite quando ele acordou. Abriu os olhos e seu rosto mostrou a série de expressões que agora eram familiares para ela: primeiro o medo, depois o escrutínio da sala, em seguida o relaxamento. Num impulso ela perguntou:

– De que você está com medo, Henry?

– Não sei o que você quer dizer.

– Você parece estar sempre com medo quando acorda.

– Não sei. – Ele deu de ombros e o movimento pareceu causar dor. – Meu Deus, estou arrebentado.

– Quer me contar o que aconteceu?

– Quero, se você me der um pouquinho de conhaque.

Ela pegou a bebida no armário.

– Você pode colocar umas roupas do David.

– Daqui a um minuto... a não ser que você esteja constrangida.

Ela lhe entregou o copo, sorrindo.

– Acho que estou é gostando.

– O que aconteceu com minhas roupas?

– Precisei cortá-las para tirar. Joguei tudo fora.

– Não meus documentos, espero.

Ele disse isso sorrindo, mas havia alguma outra emoção por trás dessa fachada.

– Estão no console da lareira. Imagino que aquela faca seja para limpar peixe ou algo assim.

A mão direita dele foi até o antebraço, onde a bainha do punhal costumava ficar.

– Algo assim. – Ele pareceu inquieto por um momento, depois fez um esforço para relaxar e tomou um gole da bebida. – Isso é bom.

Depois de um momento, Lucy disse:

– E então?

– O quê?

– Como você conseguiu perder meu marido e bater com meu jipe?

– David decidiu passar a noite na casa do Tom. Algumas ovelhas tiveram problema num lugar que eles chamaram de ravina...

– Eu conheço.

– ... e umas seis ou sete se machucaram. Estão todas na cozinha do Tom, sendo tratadas e fazendo um tremendo estardalhaço. Enfim, David sugeriu que eu voltasse para avisar que ele ia ficar lá. Na verdade não sei exatamente como consegui bater. O carro é diferente, não há uma estrada de verdade, eu choquei com alguma coisa e derrapei, e o jipe tombou de lado. Os detalhes...

Ele deu de ombros.

– Você devia estar indo muito depressa, estava péssimo quando chegou.

– Acho que fui jogado de um lado para outro dentro do jipe. Bati a cabeça, torci o tornozelo...

– Perdeu uma unha, bateu com o rosto e quase pegou uma pneumonia. Você deve ter propensão a se acidentar.

Ele apoiou os pés no chão, levantou-se e foi até o console da lareira.

– Sua capacidade de recuperação é incrível – comentou Lucy.

Ele estava prendendo a faca no braço.

– Nós, pescadores, temos uma saúde de ferro. E as tais roupas?

Ela se levantou e se aproximou dele.

– Para que você precisa de roupas? É hora de ir para a cama.

Henry puxou-a, encostando-a contra o corpo nu, e a beijou com intensidade. Ela acariciou as coxas dele.

Depois de um tempo, ele se afastou. Pegou as coisas no console da lareira, segurou a mão dela e, mancando, levou-a para a cama, no andar de cima.

CAPÍTULO TRINTA

A ESTRADA AMPLA E BRANCA serpenteava pelo vale na Baviera, subindo as montanhas. No banco de trás do Mercedes oficial com estofamento de couro, o marechal de campo Gerd von Rundstedt estava imóvel e cansado. Aos 69 anos, sabia que gostava demais de champanhe e não o suficiente de Hitler. Seu rosto magro e lúgubre refletia uma carreira mais longa e mais inconstante do que a de qualquer outro oficial do Führer: tinha sido dispensado com desonra por mais vezes do que conseguia lembrar, mas Hitler sempre pedia que ele voltasse.

Enquanto o carro passava pelo povoado quinhentista de Berchtesgaden, imaginou por que sempre aceitava retornar ao seu cargo de comando quando Hitler o perdoava. Dinheiro não significava nada para ele: já havia alcançado o posto mais alto possível; as condecorações não tinham valor no Terceiro Reich e ele acreditava que não era possível obter honra nessa guerra.

Foi Rundstedt quem chamou Hitler pela primeira vez de "cabo da Boêmia". O homenzinho não sabia nada sobre a tradição militar alemã nem sobre estratégia militar, apesar de seus lampejos de inspiração. Se soubesse, não teria iniciado essa guerra, já que era impossível vencê-la. Rundstedt era o melhor soldado da Alemanha e tinha provado isso na Polônia, na França e na Rússia; mas não tinha esperança de vitória.

Mesmo assim, não queria ter relação alguma com o pequeno grupo de generais que – ele sabia – estavam tramando para derrubar Hitler. Fingia que não os via, mas o *Fahneneid*, o juramento de sangue do guerreiro alemão, era forte demais para permitir que ele participasse da conspiração. E supunha que era por isso que continuava a servir ao Reich. Certo ou errado, seu país corria perigo e ele não tinha opção a não ser protegê-lo. Sou como um velho cavalo de cavalaria, pensou: se ficasse em casa me sentiria envergonhado.

Atualmente comandava cinco exércitos na frente ocidental. Um milhão e meio de homens encontravam-se sob suas ordens. Não eram tão fortes quanto poderiam – algumas divisões não eram muito melhores do que asilos para os inválidos trazidos do front russo, havia uma escassez de blindados e muitos recrutas não alemães em meio às outras patentes –, mas Rundstedt ainda conseguiria manter os Aliados fora da França se dispusesse suas tropas com astúcia.

Era essa disposição que ele deveria discutir agora com Hitler.

O carro subiu a Kehlsteinstrasse até que a estrada terminou numa enorme porta de bronze na lateral da montanha Kehlstein. Um guarda da SS apertou um botão, a porta se abriu com um zumbido e o carro entrou por um longo túnel de mármore iluminado por lanternas de bronze. Na outra extremidade do túnel o motorista parou o veículo, Rundstedt foi até o elevador e sentou-se num de seus bancos de couro para a subida de 120 metros até o Adlerhorst, o Ninho da Águia.

Na antessala, Rattenhuber recolheu a pistola dele e o deixou esperando. Rundstedt ficou olhando as porcelanas de Hitler, sem apreciar seu valor, e repassou na mente as palavras que diria.

Alguns instantes depois o guarda-costas louro voltou para levá-lo à sala de reuniões.

O lugar o fez pensar num palácio do século XVIII. As paredes eram cobertas por quadros a óleo e tapeçarias, e havia um busto de Wagner e um enorme relógio com uma águia de bronze em cima. A vista da montanha era realmente notável: era possível ver as colinas de Salzburgo e o pico do Untersberg, a montanha onde, segundo a lenda, o corpo do imperador Frederico Barba Ruiva esperava para sair da sepultura e salvar a pátria. Dentro da sala, sentados em cadeiras curiosamente rústicas, estavam Hitler e apenas três membros do seu Estado-maior: o almirante Theodor Krancke, comandante naval do ocidente; o general Alfred Jodl, chefe do Estado-maior; e o almirante Karl Jesko von Puttkamer, ajudante de campo de Hitler.

Rundstedt prestou continência e se sentou na cadeira indicada. Um soldado trouxe um prato de sanduíches de caviar e uma taça de champanhe. Hitler estava de pé junto à janela enorme, olhando para fora, as mãos cruzadas às costas. Sem se virar, disse abruptamente:

– Rundstedt mudou de ideia. Agora concorda com Rommel que os Aliados vão invadir a Normandia. É isso que meu instinto me disse o tempo todo. Mas Krancke ainda acredita que invadirão Calais. Rundstedt, diga a Krancke como você chegou à sua conclusão.

Rundstedt engoliu um pedaço de sanduíche e tossiu na mão. Maldição, Hitler não tinha modos: nem dava tempo para a pessoa recuperar o fôlego.

– Há duas coisas: uma informação nova e uma linha de raciocínio nova – começou Rundstedt. – Primeiro a informação. Os últimos resumos dos bombardeios aliados na França mostram, sem sombra de dúvida, que o objetivo principal deles é destruir todas as pontes que atravessam o rio Sena. Bom, se eles desembarcarem em Calais, o Sena é irrelevante para a batalha, mas se desembarcarem na Normandia todas as nossas reservas precisarão atravessar o Sena para chegar à zona de conflito. Segundo, o raciocínio: tenho pensado em como invadiria a França se estivesse comandando as forças aliadas. Minha conclusão é que o primeiro objetivo seria estabelecer uma cabeça de ponte através da qual homens e suprimentos poderiam ser enviados rapidamente. Portanto o golpe inicial deve acontecer na região de um porto grande e espaçoso. A escolha natural é Cherbourg. Tanto o padrão de bombardeios quanto as exigências estratégicas apontam para a Normandia – concluiu ele.

Em seguida pegou sua taça e a esvaziou, e o soldado avançou para enchê-la de novo.

– Todas as nossas informações apontam para Calais... – disse Jodl.

– E acabamos de executar o chefe da Abwehr por traição – interrompeu Hitler. – Krancke, você está convencido disso?

– Meu Führer, não estou – respondeu o almirante. – Também pensei em como faria a invasão se estivesse do outro lado, mas considerei nesse raciocínio vários fatores de natureza náutica que Rundstedt talvez não conheça. Acredito que eles atacarão durante a noite, ao luar, na maré alta para passar por cima dos obstáculos que Rommel colocou embaixo d'água, e longe dos penhascos, recifes e correntezas fortes. Normandia? Jamais.

Hitler balançou a cabeça numa discordância enojada.

– Há outra informação que acho significativa – atalhou Jodl. – A Divisão de Guarda Blindada foi transferida do norte da Inglaterra para Hove, no litoral sudeste, para se juntar ao Primeiro Grupo do Exército dos Estados Unidos sob o comando do general Patton. Ficamos sabendo disso pela vigilância das transmissões de rádio: houve uma confusão de bagagens no caminho, uma unidade estava com os talheres de prata da outra e os idiotas ficaram discutindo sobre isso pelo rádio. Essa é uma divisão inglesa especial, de sangue nobre, comandada pelo general Sir Allan Henry Shafto Adair. Tenho certeza que ela não estará muito longe do centro da batalha, quando acontecer.

As mãos de Hitler se moveram nervosamente e seu rosto se retorceu numa agonia de indecisão.

– Generais! – praticamente gritou. – Ou vocês me dão conselhos conflituosos ou não me dão conselho nenhum! Preciso dizer tudo a vocês, tudo!

Com uma ousadia característica, Rundstedt disparou:

– Meu Führer, o senhor tem quatro divisões de tanque fantásticas sem função nenhuma aqui na Alemanha. Se eu estiver certo, elas jamais chegarão à Normandia a tempo de repelir a invasão. Eu lhe imploro, ordene que elas partam para a França e coloque-as sob o comando de Rommel. Se estivermos errados e a invasão começar em Calais, elas ainda se encontrarão suficientemente perto para entrar na batalha num estágio inicial.

– Não sei... não sei! – exclamou Hitler com os olhos arregalados.

Rundstedt imaginou se teria pressionado demais. De novo.

Puttkamer falou pela primeira vez:

– Meu Führer, hoje é domingo.

– E daí?

– Amanhã à noite o submarino pode pegar o espião, Die Nadel.

– Ah, sim! Alguém em quem posso confiar.

– Claro, ele pode mandar informações pelo rádio a qualquer momento. Mas pode haver algum motivo para ele evitar o rádio e, nesse caso, traria as informações pessoalmente. Dada essa possibilidade, talvez o senhor possa adiar sua decisão por 24 horas, para o caso de ele entrar em contato, de um modo ou de outro, hoje ou amanhã.

– Não há tempo para adiar decisões – disse Rundstedt. – Os ataques aéreos e as atividades dos ingleses aumentaram drasticamente. A invasão pode ocorrer a qualquer dia.

– Discordo – retrucou Krancke. – As condições climáticas só serão boas no início de junho.

– Não falta muito para isso!

– Chega! – gritou Hitler. – Já decidi. Meus tanques ficam na Alemanha. Por enquanto. Na terça-feira, quando tivermos notícias de Die Nadel, vou reconsiderar a disposição dessas forças. Se a informação dele favorecer a Normandia, como acredito, transferirei os tanques.

– E se ele não se comunicar? – perguntou Rundstedt em voz baixa.

– Se ele não se comunicar, vou reconsiderar mesmo assim.

Rundstedt assentiu.

– Com sua permissão, devo retornar ao meu posto de comando.

– Muito bem.

Rundstedt se levantou, prestou continência e saiu. No elevador forrado de cobre, descendo por 120 metros até a garagem subterrânea, sentiu o estômago revirar e imaginou se a sensação era causada pela velocidade da descida ou pela ideia de que o destino de seu país estava nas mãos de um único espião.

PARTE SEIS

CAPÍTULO TRINTA E UM

LUCY ACORDOU LENTAMENTE. Emergiu aos poucos, lânguida, do vazio quente do sono profundo, subindo por camadas de inconsciência, discernindo o mundo por partes isoladas: primeiro o corpo masculino, quente e duro, ao lado; depois a estranheza da cama pequena; o barulho da tempestade lá fora, raivosa e incansável como na véspera e no dia anterior; o cheiro fraco da pele do homem; seu braço em cima do peito dele, a perna jogada em cima da dele, como se quisesse mantê-lo ali, os seios encostados na lateral de seu corpo; a luz do dia batendo nas pálpebras; a respiração regular e leve que soprava suave em seu rosto; e então, de repente, como a solução de um quebra-cabeça, a percepção de que estava deitada de modo flagrante e adúltero com um homem que conhecera apenas 48 horas antes e que estavam nus na cama, na casa do seu marido.

Abriu os olhos e viu Jo.

O menino estava parado ao lado da cama, com o pijama amarrotado, o cabelo desgrenhado, um boneco velho de pano embaixo do braço, chupando o dedo e espiando de olhos arregalados sua mãe e o homem estranho aconchegados na sua cama. Lucy não conseguiu decifrar a expressão dele, já que àquela hora do dia o menino espiava arregalado a maioria das coisas, como se o mundo inteiro fosse novo e maravilhoso a cada manhã. Olhou-o de volta em silêncio, sem saber o que dizer.

Então a voz grave de Henry disse:

– Bom dia.

Jo tirou o dedo da boca e respondeu:

– Bom dia.

Em seguida se virou e saiu do quarto.

– Merda, merda, merda – praguejou Lucy.

Henry deslizou para baixo na cama até seu rosto estar no mesmo nível do dela e beijou-a. Colocou a mão entre as coxas dela e a segurou possessivamente.

Ela o empurrou.

– Pelo amor de Deus, pare com isso.

– Por quê?

– Jo viu a gente!

– E daí?

– Ele pode falar, você sabe. Cedo ou tarde vai dizer alguma coisa ao David. O que vou fazer?

– Nada. E daí, se o David descobrir? Isso importa?

– Claro que importa.

– Não vejo por quê. Ele agiu mal com você e essa é a consequência. Você não deveria se sentir culpada.

De repente Lucy percebeu que Henry simplesmente não fazia ideia do complexo emaranhado de lealdades e obrigações que constituíam um casamento.

– Não é *tão* simples assim – disse.

Saiu da cama e atravessou o patamar, indo até seu quarto. Vestiu uma calcinha, uma calça e um suéter, depois lembrou que tinha destruído todas as roupas de Henry e que precisava emprestar as de David a ele. Encontrou uma cueca e meias, uma blusa de tricô e um pulôver com gola V, e finalmente – no fundo de um baú – uma calça que não estava cortada na altura do joelho e costurada. O tempo todo Jo a olhava em silêncio.

Levou as roupas ao outro quarto. Henry tinha entrado no banheiro para fazer a barba. Gritou pela porta:

– Sua roupa está na cama.

Desceu a escada, acendeu o fogão na cozinha e pôs uma panela d'água para esquentar. Decidiu fazer ovos cozidos para o café da manhã. Lavou o rosto de Jo na pia, penteou o cabelo dele e o vestiu rapidamente.

– Você está muito quieto hoje – disse, animada.

Ele não respondeu.

Henry desceu e se sentou à mesa com a naturalidade de quem fazia isso todas as manhãs há anos. Lucy se sentiu muito estranha, vendo-o ali com as roupas de David, entregando-lhe um ovo para o café, colocando uma tábua com torradas na mesa à frente dele.

Jo perguntou de repente:

– Meu pai morreu?

Henry lançou um olhar estranho ao garoto e não disse nada.

– Não seja bobo – falou Lucy. – Ele está na casa do Tom.

Jo a ignorou, dirigindo-se a Henry:

– Você pegou a roupa do meu pai, e pegou minha mãe. Você vai ser meu pai agora?

– Criança fala cada coisa... – murmurou Lucy.

– Você não viu como estavam minhas roupas ontem à noite? – perguntou Henry ao menino.

Jo assentiu.

– Bom, então sabe que eu precisei pegar umas roupas do seu pai emprestadas. Vou devolver a ele quando tiver as minhas próprias.

– Você vai devolver minha mãe?

– Claro.

– Coma seu ovo, Jo – mandou Lucy.

O menino começou a comer, aparentemente satisfeito. Lucy estava olhando pela janela da cozinha.

– O barco não virá hoje – disse.

– Você está feliz com isso? – perguntou Henry.

Ela o encarou.

– Não sei.

Lucy não estava com fome. Tomou uma xícara de chá enquanto Jo e Henry comiam. Depois Jo subiu para brincar e Henry tirou as coisas da mesa. Enquanto empilhava os pratos na pia, ele perguntou:

– Você está com medo de David machucá-la fisicamente?

Ela balançou a cabeça.

– Você deveria esquecê-lo – continuou Henry. – Estava planejando deixá-lo, de qualquer modo. Por que deveria se preocupar se ele vai descobrir ou não?

– Ele é meu *marido*. Isso tem alguma importância. O tipo de marido que ele é... nada disso... me dá o direito de humilhá-lo.

– Acho que lhe dá o direito de não se importar se ele é humilhado ou não.

– Isso não é algo que possa ser resolvido com lógica. É como eu *sinto*.

Ele fez um gesto de desistência com os braços.

– É melhor eu ir até a casa do Tom ver se o seu *marido* quer voltar. Onde estão minhas botas?

– Na sala. Vou pegar um casaco para você.

Ela subiu e pegou o antigo paletó esporte de David no guarda-roupa. Era de tweed verde-acinzentado, fino, muito elegante, com pences na cintura e abas inclinadas nos bolsos. Lucy tinha costurado remendos de couro nos cotovelos para preservá-lo: não era mais possível comprar roupas assim. Levou-o para a sala, onde Henry estava calçando as botas. Ele havia amarrado a esquerda e estava enfiando com cuidado o pé direito na outra. Lucy se ajoelhou para ajudar.

– O inchaço diminuiu – disse ela.

– Mas essa porcaria ainda dói.

Calçaram a bota mas tiraram o cadarço, deixando-a aberta. Henry se levantou, hesitante.

– Tudo bem – disse.

Lucy o ajudou a vestir o paletó. Ficou um pouco apertado nos ombros.

– Não temos outra capa impermeável – disse ela.

– Então vou me molhar.

Ele puxou-a e a beijou com intensidade. Lucy o envolveu com os braços e o apertou por um momento.

– Dirija com mais cuidado hoje.

Henry sorriu, assentindo, beijou-a de novo – dessa vez rapidamente – e saiu. Lucy o viu seguir mancando até o celeiro e parou junto à janela enquanto ele dava a partida no jipe e se afastava, subindo a ladeira suave. Quando ele sumiu de vista, ela se sentiu aliviada, mas um tanto vazia.

Começou a arrumar a casa, fazendo as camas e lavando os pratos, limpando e ajeitando tudo. Mas não conseguia se entusiasmar com a tarefa. Estava inquieta. Preocupava-se com o que fazer da vida, seguindo antigas discussões em círculos familiares, incapaz de pensar em qualquer outra coisa. Começou a achar a casa claustrofóbica em vez de acolhedora. Havia um mundo enorme lá fora, um mundo de guerra e heroísmo, cheio de cores, paixão e pessoas, milhões delas; queria estar lá, no meio daquilo tudo, conhecer novas mentes, ver cidades e ouvir música. Ligou o rádio – um gesto inútil, já que os noticiários a faziam sentir-se mais isolada, não menos. Houve um informe de batalha na Itália, as regras de racionamento tinham sido um pouco aliviadas, o assassino do punhal de Londres ainda estava solto, Roosevelt tinha feito um discurso. Sandy Macpherson começou a tocar um órgão de teatro e Lucy desligou o rádio. Nada daquilo a afetava, porque não vivia naquele mundo.

Sentia vontade de gritar.

Precisava sair de casa, apesar do mau tempo. Seria apenas uma fuga simbólica, já que não eram as paredes de pedra do chalé que a aprisionavam, mas o símbolo era melhor do que nada. Pegou Jo lá no andar de cima, separando-o com alguma dificuldade de um regimento de soldadinhos de brinquedo, e o agasalhou em roupas à prova d'água.

– Por que a gente vai sair? – perguntou ele.

– Para ver se o barco vem.

– Você disse que ele não vem hoje.

– Só para garantir.

Cada um pôs um chapéu amarelo impermeável na cabeça, amarrando-o embaixo do queixo, e saíram.

O vento tinha a força de um soco, desequilibrando Lucy e fazendo-a cambalear. Em segundos seu rosto estava molhado como se ela o tivesse mergulhado numa tigela, e as pontas dos cabelos que escapavam do chapéu estavam grudadas no rosto e nos ombros da capa. Jo gritou de satisfação e pulou numa poça.

Caminharam pelo topo do penhasco até a ponta da baía e olharam para baixo, para as ondas enormes do mar do Norte se lançando para a destruição contra os penhascos e a praia. A tempestade tinha desenraizado a vegetação subaquática e a atirado em montes sobre a areia e as pedras. Mãe e filho foram absorvidos pelos incessantes padrões móveis das ondas. Haviam feito isso antes: o mar tinha um efeito hipnótico nos dois, e depois Lucy nunca tinha certeza de quanto tempo haviam passado olhando para ele em silêncio.

Dessa vez o feitiço foi quebrado por uma coisa que ela viu. A princípio foi só um lampejo de cor entre duas ondas, tão rápido que Lucy não teve certeza de que cor era, tão pequeno e distante que ela duvidou imediatamente se tinha visto mesmo. Procurou mas não localizou de novo, e seu olhar voltou para a baía e o pequeno cais, onde restos de madeira e algas se juntavam, flutuando, e eram varridos de volta pela onda grande seguinte. Depois da tempestade, no primeiro dia de tempo bom, ela e Jo passariam um pente fino na praia para ver que tesouros o mar teria vomitado. E voltariam com pedras de cores estranhas, pedaços de madeira de origem desconhecida, conchas enormes e pedaços retorcidos de metal enferrujado.

Lucy viu o lampejo de cor outra vez, muito mais perto, e dessa vez o que quer que fosse permaneceu à vista por alguns segundos. Era de um amarelo intenso, cor das capas impermeáveis de todos eles. Ficou olhando através da chuva mas não conseguiu identificar a forma antes que a coisa sumisse de novo. Mas a correnteza estava trazendo-a mais para perto, como trazia tudo para a baía, depositando o entulho na areia como alguém que esvaziasse os bolsos da calça numa mesa.

Era uma capa impermeável: deu para ver quando o mar a levantou na crista de uma onda e a mostrou pela terceira e última vez. Henry tinha voltado sem a dele, no dia anterior, mas como ela fora parar no mar? A onda se quebrou sobre o cais e jogou o objeto nas tábuas molhadas da rampa, e Lucy percebeu que não era a capa de Henry, já que o dono ainda estava dentro dela. Seu grito de horror foi varrido pelo vento, de modo que nem ela pôde ouvir. Quem era ele? De onde teria vindo? Outro náufrago?

Ocorreu-lhe que ele ainda poderia estar vivo. Precisava ir ver. Abaixou-se e gritou para Jo:

– Fique aqui, fique parado, não se mexa.

Então desceu a rampa correndo.

Na metade do caminho ouviu passos: Jo vinha atrás. A rampa era estreita e estava escorregadia. Era muito perigosa. Lucy parou, virou-se e pegou o filho no colo, dizendo:

– Menino levado, eu mandei esperar!

Ela olhou para o corpo abaixo e para a segurança do topo do penhasco, ficou um instante numa indecisão dolorosa, sabendo que o mar poderia levar o corpo embora a qualquer momento, e continuou a descer, carregando Jo.

Uma onda menor cobriu o corpo e, quando a água se afastou, Lucy encontrava-se suficientemente perto para ver que era um homem que estivera no mar por tempo suficiente para que a água inchasse e distorcesse as feições. Isso significava que ele estava morto. Portanto ela não poderia fazer nada, e não arriscaria sua vida e a do filho para salvar um cadáver. Já ia se virar de volta quando uma coisa no rosto inchado lhe pareceu familiar. Olhou-o, sem compreender, tentando encaixar as feições com algo na memória, e então, abruptamente, viu o que era. E o terror puro, paralisante, a dominou. Teve a sensação de que seu coração tinha parado, e ela sussurrou:

– Não, David, não!

Sem ligar para o perigo, avançou. Outra onda pequena se quebrou em volta dos seus pés, enchendo as botas de borracha com água salgada e espumosa, mas ela não notou. Jo se retorceu em seu colo para virar para a frente, mas ela gritou no ouvido dele:

– Não olhe!

E empurrou o rosto do menino contra o ombro. Ele começou a chorar.

Lucy se ajoelhou ao lado do corpo e tocou o rosto horrível com a mão. Era David. Não havia dúvida. Estava morto, e fazia algum tempo. Movida por uma necessidade de ter certeza absoluta, levantou a aba da capa e olhou os cotocos das pernas.

Era impossível absorver aquilo. De certa forma, tinha desejado que ele morresse, mas seus sentimentos com relação a ele eram confusos por causa da culpa e do medo de que a infidelidade fosse descoberta. Sofrimento, horror, libertação, alívio: tudo voou em sua mente como pássaros, nenhum querendo pousar.

Teria permanecido ali, imóvel, mas a onda seguinte era uma das grandes. Sua força a acertou em cheio e ela engoliu uma grande quantidade de água do mar. De algum modo conseguiu continuar segurando Jo e permanecer na rampa, e quando a onda passou ela correu para longe do alcance cobiçoso do oceano.

Subiu até o topo do penhasco sem olhar para trás. Quando chegou à vista do chalé, viu o jipe parado do lado de fora. Henry tinha voltado.

Ainda carregando Jo, começou a correr cambaleando, desesperada para compartilhar a dor com Henry, sentir os braços dele em volta do corpo e pedir que ele a consolasse. Sua respiração vinha em soluços entrecortados e lágrimas se misturavam invisivelmente com a chuva no rosto. Foi até os fundos do chalé, entrou correndo na cozinha e deixou Jo no chão, ansiosa.

Henry disse:

– David decidiu ficar mais um dia na casa do Tom.

Ela o encarou, a mente num vazio incrédulo; e então, num lampejo, entendeu tudo.

Henry tinha matado David.

A conclusão veio primeiro, como um soco na barriga, tirando seu fôlego; os motivos chegaram uma fração de segundo depois. O naufrágio, a faca estranha à qual ele era tão apegado, o acidente com o jipe, o noticiário a respeito do assassino do punhal em Londres: de repente tudo se encaixava, as peças de um quebra-cabeça jogado para o ar e caindo, de modo improvável, totalmente montado.

– Não fique tão surpresa – disse Henry com um sorriso. – Eles têm muito trabalho a fazer por lá e eu não o encorajei a voltar.

Tom. Ela precisava encontrar Tom. Ele saberia o que fazer. Conseguiria protegê-los até que a polícia chegasse; ele tinha um cachorro e uma arma.

Seu medo foi interrompido por uma pontada de tristeza, de pesar, pelo Henry em quem havia acreditado, que tinha quase chegado a amar; porque obviamente ele não existia: era fruto de sua imaginação. Em vez de um homem caloroso, forte e afetuoso, viu à frente um monstro que se sentou, sorriu e inventou calmamente recados do marido que ele havia assassinado.

Suprimiu um tremor. Pegando a mão de Jo, saiu da cozinha, seguiu pelo corredor e passou pela porta da frente. Entrou no jipe, colocou Jo a seu lado e ligou o motor.

Mas Henry estava ali, pousando o pé casualmente no estribo e segurando a espingarda de David, dizendo:

– Aonde você vai?

O coração dela parou. Se acelerasse agora ele poderia atirar – que instinto o havia alertado para levar a espingarda para dentro de casa dessa vez? –, e, ainda que ela própria pudesse correr o risco, não poderia colocar Jo em perigo.

– Só vou guardar o jipe – respondeu.

– Precisa da ajuda do Jo?

– Ele gosta de andar de carro. Não fique me interrogando!

Henry deu de ombros e recuou.

Ela o encarou por um momento: usava o paletó esporte de David e segurava com tanta tranquilidade a arma de David. Então se perguntou se ele atiraria mesmo, caso ela simplesmente fosse embora. Lembrou do vestígio de frieza que tinha sentido nele desde o início, e soube que aquele comprometimento definitivo, aquela implacabilidade, permitiria que Henry fizesse qualquer coisa.

Com uma sensação tenebrosa de cansaço, rendeu-se. Pôs o jipe em marcha a ré e entrou no celeiro. Desligou-o, saiu e voltou com Jo para o chalé. Não tinha ideia do que diria a Henry, o que faria na presença dele, como iria esconder o que sabia – se, de fato, já não tinha revelado.

Não tinha planos.

Mas havia deixado a porta do celeiro aberta.

CAPÍTULO TRINTA E DOIS

— Esse é o lugar, imediato – disse o capitão, e baixou a luneta.

O primeiro-tenente olhou através da chuva e dos borrifos do mar.

– Não é exatamente um balneário de férias ideal, hein, senhor? Lindamente árido, eu diria.

– É mesmo.

O capitão era um antiquado oficial da marinha, com barba grisalha, que estivera no mar durante a primeira guerra com a Alemanha. Mas tinha aprendido a ignorar o estilo afetado de conversa de seu primeiro-tenente porque o rapaz tinha se revelado – contra todas as expectativas – um marinheiro perfeitamente bom.

O "rapaz", que já havia passado dos 30 anos e era veterano segundo os padrões dessa guerra, não tinha ideia da generosidade da qual se beneficiava. Segurou-se num parapeito e se firmou enquanto a corveta subia por uma onda, ajeitava-se na crista e mergulhava no espaço antes da próxima.

– Agora que estamos aqui, senhor, o que vamos fazer?

– Circular em volta da ilha.

– Muito bem, senhor.

– E fique atento a um submarino.

– Provavelmente não haverá nenhum perto da superfície com um tempo desse. E se houvesse, não poderíamos ver a não ser que chegasse à distância de uma cusparada.

– A tempestade vai dar trégua hoje à noite, no máximo amanhã – disse o capitão, e começou a encher um cachimbo com fumo.

– O senhor acha?

– Tenho certeza.

– Instinto náutico?

– Isso e a meteorologia – resmungou o capitão.

A corveta circulou uma ponta de terra e eles viram uma pequena baía com um cais. Acima dela, no topo do penhasco, havia uma casa pequena e quadrada, encolhida contra o vento.

O capitão apontou.

286

– Vamos desembarcar um grupo ali, assim que pudermos.

O imediato assentiu.

– Mesmo assim...

– O quê?

– Cada volta na ilha vai demorar cerca de uma hora.

– E?

– E, a não ser que tenhamos uma tremenda sorte e estejamos exatamente no lugar certo na hora exata...

– O submarino vai subir à superfície, pegar o passageiro e submergir de novo sem que a gente veja nem as marolas – completou o capitão.

– É.

O capitão acendeu seu cachimbo com uma habilidade que revelava a longa experiência em acender cachimbos em mares tempestuosos. Soltou algumas baforadas e inalou um bocado de fumaça.

– Não temos que perguntar os motivos – disse ele, e exalou a fumaça pelas narinas.

– Uma citação bastante infeliz, senhor.

– Por quê?

– Refere-se à famosa carga da Brigada Ligeira.

– Santo Deus! Eu não sabia. – O capitão soltou uma baforada, animado. – Como deve ser incrível ter estudado!

Havia outro chalé pequeno na extremidade leste da ilha. O capitão o examinou através da luneta e observou que ele possuía uma grande antena de rádio, de aparência profissional.

– Sparks! – gritou. – Veja se consegue contato com aquela casa. Tente com a frequência da Unidade Real de Observação.

– Sim, senhor.

Quando o chalé havia sumido de vista, o operador de rádio gritou:

– Ninguém responde, senhor.

– Certo, Sparks – disse o capitão. – Não era importante.

~

A tripulação do barco da guarda costeira estava embaixo do convés, no porto de Aberdeen, jogando Vinte e Um e pensando na debilidade mental que parecia característica do pessoal de patente superior.

– Mais uma – disse Jack Smith, que era mais escocês do que seu nome.

Albert Parish, o Magro, um londrino gordo distante de casa, lhe passou um valete.

– Passo – disse Smith.

Magro juntou o dinheiro apostado.

– Que fortuna – disse, irônico. – Só espero viver o suficiente para gastar tudo isso.

Smith limpou uma vigia embaçada e olhou para os barcos flutuando lá fora, no porto.

– Pelo modo como o comandante está em pânico – observou –, seria de pensar que a gente vai para a maldita Berlim, e não para a Ilha da Tormenta.

– Você não sabia? Nós somos a ponta de lança da invasão aliada. – Magro virou um dez, baixou um rei e disse: – Pague vinte e um.

– Esse cara é o quê, afinal? – perguntou Smith. – Um desertor? Se quiser saber minha opinião, esse é um serviço para a polícia militar, e não para nós.

Magro embaralhou as cartas.

– Vou dizer o que ele é: um prisioneiro de guerra fugitivo.

Houve um coro de zombarias incrédulas.

– Está bem, podem rir. Mas quando a gente pegar o cara, só prestem atenção ao sotaque. – Ele baixou as cartas. – Escutem: que barcos vão à Ilha da Tormenta?

– Só o de suprimentos – respondeu alguém.

– Então, se ele é desertor, o único modo de voltar para terra firme é no barco de suprimentos. Assim a Polícia Militar só precisa esperar a ida regular de Charlie à ilha e pegar o sujeito quando ele sair do barco, aqui. Não há motivo para a gente ficar aqui, esperando para levantar âncora e ir até lá, na velocidade da luz, assim que o tempo melhorar, a não ser... – Ele fez uma pausa melodramática. – A não ser que ele tenha algum outro meio de sair da ilha.

– Como?

– Um submarino.

– Besteira – disse Smith com desprezo.

Os outros apenas riram.

Magro distribuiu outra rodada. Dessa vez Smith ganhou, mas todos os outros perderam.

– Estou ficando rico – disse Magro. – Acho que vou me aposentar e ir para aquele chalezinho em Devon. Nós não vamos pegar o sujeito, claro.

– O desertor?

– O prisioneiro de guerra.

– Por que não?

Magro deu um tapa na cabeça.

– Use os miolos. Quando a tempestade passar nós vamos estar aqui e o submarino vai estar no fundo da baía da ilha. Quem vai chegar lá primeiro? Os alemães.

– Então por que a gente precisa ir? – perguntou Smith.

– Porque as pessoas que dão as ordens não são tão inteligentes quanto esse seu criado, Albert Parish. Podem rir! – Ele distribuiu mais uma rodada de cartas. – Podem apostar. Vocês vão ver que estou certo. O que é isso, Smithie, um penny? Nossa, não precisa enlouquecer. Vou lhe dizer uma coisa, aponto cinco contra um que vamos voltar da Ilha da Tormenta com as mãos vazias. Alguém topa? E se eu disser dez contra um? Hein? Dez contra um?

– Ninguém topa – disse Smith. – Dê as cartas.

Magro distribuiu.

~

O líder de esquadrilha Peterkin Blenkinsop (ele tinha tentado abreviar o Peterkin para Peter, mas de algum modo os homens sempre descobriam seu nome verdadeiro) parou totalmente ereto diante do mapa e se dirigiu aos outros.

– Vamos voar em formações de três – começou. – Os primeiros três decolam assim que o clima permitir. Nosso alvo – ele tocou no mapa com um ponteiro – está aqui. Ilha da Tormenta. Quando chegarmos, vamos circular por vinte minutos em altitude baixa, procurando submarinos alemães. Depois de vinte minutos retornamos à base. – Fez uma pausa. – Aqueles que têm raciocínio lógico já devem ter deduzido que, para conseguirmos uma cobertura contínua, a segunda formação de três aeronaves deve decolar exatamente vinte minutos depois da primeira, e assim por diante. Alguma pergunta?

O oficial aviador Longman disse:

– Senhor?

– Sim, Longman.

– O que devemos fazer se virmos esse submarino?

– Bombardear, claro. Jogar algumas granadas. Criar dificuldades.

– Mas nós somos pilotos de caça, senhor. Não podemos fazer grande coisa para parar um submarino. Esse é um serviço para couraçados, não é?

Blenkinsop suspirou.

– Como sempre, quem conseguir pensar em modos melhores de vencer a guerra está convidado a escrever diretamente ao Sr. Winston Churchill, da Downing Street nº 10, em Londres. Agora, há alguma pergunta, em vez de críticas idiotas?

Não houve perguntas.

~

Os últimos anos da guerra tinham produzido um tipo diferente de oficiais da RAF, pensou Bloggs. Estava sentado numa poltrona na sala de prontidão dos pilotos, perto do fogo, ouvindo a chuva tamborilar no teto de zinco e cochilando intermitentemente. Os pilotos da Batalha da Inglaterra eram incorrigivelmente animados, com suas gírias estudantis, a bebedeira perpétua, o jeito incansável e o descaso em relação à morte que enfrentavam todo dia. O heroísmo de colegiais não tinha sido suficiente para sustentá-los nos anos seguintes, à medida que a guerra se arrastava em lugares longe de casa e a ênfase passava da ousada individualidade das batalhas aéreas para a monotonia mecânica das missões de bombardeio. Ainda bebiam e falavam gírias, mas pareciam mais velhos, mais duros, mais cínicos: agora não tinham mais nada dos livros de aventuras para jovens. Bloggs se lembrou do que havia feito com o coitado do ladrão de residências na cela da cadeia em Aberdeen, e pensou: Isso aconteceu com todos nós.

Estavam muito silenciosos. Todos sentados em volta dele, alguns cochilando, como ele, outros lendo livros ou passando tempo com jogos de tabuleiro. Um navegador, de óculos, estava aprendendo russo num canto.

Enquanto Bloggs examinava a sala com os olhos semicerrados, outro piloto entrou e ele pensou imediatamente que aquele não tinha envelhecido com a guerra. Tinha um sorriso largo e um rosto jovem que parecia não precisar ser barbeado mais de uma vez por semana. Usava a jaqueta aberta e segurava o capacete. Foi direto até Bloggs.

– Detetive-inspetor Bloggs?

– Eu mesmo.

– Espetacular. Sou seu piloto. Charles Calder.

– Ótimo.

Bloggs apertou a mão dele.

– O avião está pronto e o motor é doce como um pássaro. É anfíbio, imagino que o senhor saiba.

– Sim.

– Espetacular. Vamos pousar no mar, taxiar até uns 10 metros de terra e desembarcar o senhor num bote.

– Depois você espera minha volta.

– Isso. Bom, agora só precisamos saber do clima.

– Sim. Olhe, Charles, eu venho caçando esse sujeito por todo o país há seis dias e seis noites, por isso estou tirando um cochilo enquanto tenho chance. Espero que não se incomode.

– Claro que não! – O piloto se sentou e tirou um livro grosso de dentro da jaqueta. – Estou melhorando minha formação. *Guerra e paz.*

– Espetacular – disse Bloggs, e fechou os olhos.

~

Percival Godliman e seu tio, o coronel Terry, estavam sentados lado a lado na sala de mapas, tomando café e batendo a cinza dos cigarros numa lata no chão entre os dois. Godliman estava se repetindo:

– Não consigo pensar em mais nada que possamos fazer.

– Foi o que você disse.

– A corveta já está lá e os caças estão a alguns minutos de distância, de modo que o submarino vai ficar sob fogo assim que subir à superfície.

– Se for avistado.

– A corveta vai desembarcar um grupo assim que for possível. Bloggs vai chegar logo depois disso, e a guarda costeira vai em seguida.

– E nenhum deles pode ter certeza de que vai chegar a tempo.

– Eu sei – disse Godliman, cansado. – Fizemos tudo que podíamos, mas será suficiente?

Terry acendeu outro cigarro.

– E os moradores da ilha?

– Ah, sim. Só há duas casas lá. Há um criador de ovelhas com a mulher e o filho pequeno numa delas, e um velho pastor na outra. O pastor tem um rádio, da Unidade Real de Observação, mas não conseguimos falar com ele. Provavelmente mantém o aparelho ajustado para transmitir. Ele é velho.

– O criador de ovelhas parece promissor – disse Terry. – Se for um sujeito inteligente, pode impedir o nosso espião.

Godliman balançou a cabeça.

– O coitado está numa cadeira de rodas.

– Santo Deus, não temos nenhuma sorte, não é?

– É. Die Nadel ficou com toda a sorte que existe.

CAPÍTULO TRINTA E TRÊS

LUCY ESTAVA FICANDO bastante calma. A sensação a dominou aos poucos, como o frio de um anestésico se espalhando, embotando as emoções e afiando o raciocínio. As ocasiões em que ficava momentaneamente paralisada por dividir a casa com um assassino foram diminuindo de frequência e ela foi tomada por uma vigilância racional que a surpreendeu.

Enquanto realizava as tarefas domésticas, varrendo em volta de Henry, sentado na sala lendo um romance, ela se perguntou que mudanças ele teria notado em seus sentimentos. Henry era muito observador: não deixava escapar muita coisa e houvera uma cautela nítida, se é que não uma suspeita explícita, naquele confronto no jipe. Ele devia saber que ela estava abalada com alguma coisa. Por outro lado, tinha se mostrado contrariada antes de ele ter saído, por Jo ter visto os dois juntos na cama. Ele podia pensar que era isso que estava errado.

Lucy tinha a sensação estranhíssima de que ele sabia exatamente o que lhe passava pela cabeça, mas que preferia fingir que estava tudo bem.

Pendurou as roupas lavadas num varal de chão na cozinha.

– Sinto muito por isso – disse –, mas não posso ficar esperando eternamente que a chuva pare.

Ele olhou sem interesse para as roupas e respondeu:

– Tudo bem.

Em seguida voltou para a sala.

Espalhada em meio às roupas molhadas havia uma muda completa de peças secas para ela.

Lucy fez para o almoço uma torta de legumes usando uma receita econômica. Chamou Jo e Henry para a mesa e serviu a comida.

A espingarda de David estava encostada num canto da cozinha.

– Não gosto de ter uma arma carregada dentro de casa, Henry – disse ela.

– Vou levar para fora depois do almoço. A torta está boa.

– Eu não gostei – disse Jo.

Lucy pegou a espingarda e colocou em cima do armário de louças.

– Acho que não tem problema, desde que fique fora do alcance do Jo.

– Quando eu crescer, vou atirar nos alemães – afirmou Jo.

– Hoje à tarde quero que você durma um pouco – disse Lucy a ele.

Em seguida foi para a sala e pegou dentro do armário um comprimido que David tomava para dormir. Dois eram uma dose forte para um homem de 80 quilos, pensou, de modo que um quarto deveria bastar para fazer um menino de cerca de 20 quilos dormir durante a tarde. Pôs o comprimido no cepo e o partiu ao meio, depois partiu de novo. Colocou o pedacinho numa colher, amassou-o com as costas de outra colher e dissolveu o pó num copo pequeno com leite. Deu o copo a Jo e falou:

– Quero que você beba tudinho.

Henry assistiu a tudo isso sem fazer nenhum comentário.

Depois do almoço ela acomodou Jo no sofá com uma pilha de livros. Ele não sabia ler, claro, mas tinha ouvido as histórias tantas vezes que sabia todas de cor e podia virar as páginas, olhando as ilustrações e recitando as palavras.

– Quer um pouco de café? – perguntou a Henry.

– Café de verdade? – reagiu ele, surpreso.

– Tenho um pouquinho guardado.

– Sim, por favor!

Henry ficou olhando enquanto ela preparava a bebida. Lucy se perguntou se ele estaria com medo de que ela tentasse lhe dar os comprimidos para dormir também. Podia escutar a voz de Jo na sala:

– *O que eu disse foi: "Tem alguém em casa?", gritou o ursinho Pooh muito alto. "Não!", respondeu uma voz...*

E ele riu alto, como sempre fazia ao ouvir essa piada. Ah, meu Deus, pensou Lucy, não deixe que Jo se machuque.

Serviu o café e se sentou diante de Henry. Ele estendeu a mão por cima da mesa e segurou a dela. Os dois ficaram em silêncio, tomando café e escutando a voz de Jo.

– *"Quanto tempo demora para a gente emagrecer?", perguntou Pooh, ansioso. "Acho que mais ou menos uma semana." "Mas não posso ficar aqui uma semana!"*

A voz do menino começou a soar sonolenta e em seguida parou. Lucy foi cobri-lo com uma manta. Pegou o livro, que tinha escorregado das mãos dele para o chão. Tinha sido dela, quando criança, e ela também sabia as histórias de cor. Na folha de rosto estava escrito com a letra elegante de sua mãe: "Para Lucy, de 4 anos, com o amor da mamãe e do papai." Ela colocou o livro no aparador.

Voltou para a cozinha.

– Dormiu.

– E...?

Lucy estendeu a mão. Henry a pegou e ela o puxou delicadamente. Ele se levantou. Ela o levou para cima, para o quarto. Fechou a porta e tirou o suéter.

Por um momento ele ficou parado, olhando seus seios. Então começou a se despir.

Enquanto se deitava na cama, ela pensou: Me dê forças. Essa era a parte que a apavorava, a parte que não tinha certeza se conseguiria cumprir: fingir que desfrutava do corpo dele, quando na verdade só conseguia sentir medo, ódio e culpa.

Ele se deitou na cama e a abraçou.

Em pouco tempo ela descobriu que não precisaria fingir, no fim das contas.

~

Durante alguns segundos ficou deitada no braço dele, imaginando como um homem podia ser capaz de matar com tanta frieza e amar de modo tão caloroso.

Mas o que disse foi:

– Quer uma xícara de chá?

Ele riu.

– Não, obrigado.

– Bom, eu quero. – Lucy se desvencilhou do braço dele e ficou de pé. Quando Henry se mexeu, ela pôs a mão na barriga lisa dele e disse: – Não, você fica aqui. Eu trago o chá. Não terminei ainda com você.

Ele riu de novo.

– Você está realmente compensando os quatro anos perdidos.

Assim que Lucy saiu do quarto, o sorriso caiu do rosto dela como uma máscara. Seu coração batia forte enquanto ela descia a escada rapidamente, nua. Na cozinha, bateu com a chaleira no fogão e chacoalhou algumas louças, para efeito de realismo. Então começou a vestir as roupas que tinha deixado escondidas no meio das peças molhadas. Suas mãos tremiam tanto que ela mal conseguiu abotoar a calça.

Ouviu a cama ranger lá em cima e ficou paralisada, com os ouvidos atentos, pensando: Fique aí! Fique aí! Mas ele só estava mudando de posição.

Estava pronta. Foi para a sala. Jo dormia um sono profundo, trincando os dentes. Santo Deus, não deixe que ele acorde, rezou. Pegou-o no colo. Ele murmurou algo sobre Christopher Robin, e Lucy fechou os olhos com força e *desejou com todas as forças* que ele ficasse quieto.

Enrolou o cobertor nele, bem apertado. Voltou à cozinha e ergueu o braço para o topo do armário de louças, para pegar a espingarda. A arma escorregou de sua mão e caiu no chão, quebrando um copo e duas xícaras. O estrondo foi ensurdecedor. Ela ficou imóvel.

– O que aconteceu? – gritou Henry lá de cima.

– Deixei cair uma xícara!

Não conseguiu suprimir o tremor na voz.

A cama rangeu de novo e houve o som de um pé batendo no chão, acima dela. Mas agora era tarde demais para voltar atrás. Pegou a espingarda, abriu a porta dos fundos e, apertando Jo contra o corpo, correu até o celeiro.

No caminho teve um momento de pânico: tinha deixado as chaves no jipe? Claro que sim, sempre deixava.

Escorregou na lama e caiu de joelhos. Começou a chorar. Por um segundo ficou tentada a permanecer ali, deixar que ele a pegasse e matasse, como tinha feito com seu marido; depois se lembrou do filho no colo, levantou-se e correu de novo.

Entrou no celeiro e abriu a porta do carona do jipe. Colocou Jo no banco. Ele escorregou para o lado.

– Ah, meu Deus! – exclamou Lucy, soluçando.

Ajeitou o filho sentado no banco e dessa vez ele ficou. Deu a volta correndo até o outro lado e entrou, largando a espingarda no chão entre as pernas.

Deu a partida.

O motor engasgou e morreu.

– Por favor, *por favor!*

Virou a chave de novo.

O motor rugiu, pegando.

Henry saiu correndo pela porta dos fundos da casa.

Lucy acelerou e engatou a marcha. O jipe saltou para fora do celeiro. Ela acelerou.

As rodas derraparam na lama por um instante, em seguida conseguiram tracionar de novo. O jipe ganhou velocidade com uma lentidão insuportável. Ela o virou para longe de Henry. Ele perseguiu o veículo, descalço na lama.

Ela percebeu que ele estava conseguindo se aproximar.

Apertou o acelerador manual com toda a força, quase quebrando a alavanca fina. Queria gritar de frustração. Henry estava a cerca de apenas um metro, quase ao lado dela, correndo como um atleta, os braços se movendo feito pistões, os pés descalços batendo com força no chão, as bochechas soprando, o peito nu arfando.

O motor rugiu e houve um tranco quando a transmissão automática mudou de marcha, e a potência aumentou de novo.

Lucy olhou para o lado outra vez. Henry pareceu perceber que a estava quase perdendo. Jogou-se pelo ar num mergulho. Agarrou a maçaneta da porta com a mão esquerda e trouxe a direita por cima. Puxado pelo jipe, correu alguns passos ao lado do veículo, os pés mal tocando o chão. Lucy olhou para o rosto dele, tão perto do seu: estava vermelho pelo esforço, retorcido de dor; os tendões do pescoço forte se avolumavam com a tensão.

De repente ela soube o que precisava fazer.

Tirou a mão do volante, estendeu-a pela janela aberta e enfiou a unha comprida do indicador com toda a força no olho dele.

Henry soltou a porta e caiu para longe, as mãos cobrindo o rosto.

A distância entre ele e o jipe aumentou rapidamente.

Lucy percebeu que estava chorando feito uma criança.

~

A 3 quilômetros de casa, viu a cadeira de rodas.

Estava no topo do penhasco como um memorial, a estrutura metálica e os grandes pneus de borracha imunes à chuva incessante. Lucy se aproximou dela vindo de uma ligeira depressão e viu a silhueta escura emoldurada pelo céu cinza-ardósia e pelo mar agitado. A cadeira tinha um ar ferido, como o buraco deixado por uma árvore arrancada ou uma casa com janelas quebradas, como se o passageiro tivesse sido arrancado dela.

Lembrou-se da primeira vez que a tinha visto, no hospital. Estava ao lado da cama de David, nova e brilhante, e ele se posicionou nela com habilidade, deslizando para um lado e outro da enfermaria, mostrando-se.

– Ela é leve como uma pena, feita de liga aeronáutica – disse ele com um entusiasmo inseguro, e acelerou entre as fileiras de camas.

Parou na outra extremidade da enfermaria, de costas para ela, e depois de um minuto Lucy foi atrás e viu que ele estava chorando. Ela se ajoelhou à frente dele e segurou suas mãos, sem dizer nada.

Foi a última vez que pôde reconfortá-lo.

Ali, no topo do penhasco, a chuva e a maresia logo manchariam o metal, que acabaria enferrujando e se desfazendo, a borracha estragada, o assento de couro apodrecido.

Lucy passou por ela sem diminuir a velocidade.

Cinco quilômetros adiante, quando estava na metade do caminho entre as duas casas, ficou sem gasolina.

Lutou contra o pânico e tentou pensar racionalmente enquanto o jipe parava com um tremor.

Lembrou-se de ter lido em algum lugar que as pessoas andavam a cerca de 6,5 quilômetros por hora. Henry era atlético mas tinha machucado o tornozelo, e, mesmo aparentando ter se curado depressa, a corrida que fizera atrás do jipe devia tê-lo ferido. Portanto ela devia ter uma boa hora de dianteira.

Não tinha dúvida de que ele *iria* atrás dela: Henry sabia, tão bem quanto ela, que havia um transmissor na cabana de Tom.

Lucy tinha bastante tempo. Na parte de trás do jipe havia uma lata de meio galão de combustível exatamente para ocasiões como essa. Saiu do carro, tirou a lata da traseira e abriu a tampa do tanque.

Então pensou de novo, e a inspiração que lhe ocorreu a surpreendeu pela malignidade.

Pôs de novo a tampa do tanque de combustível e foi até a frente do carro. Verificou que a chave estava desligada e abriu o capô. Não entendia tanto assim de mecânica, mas sabia identificar a tampa do distribuidor e acompanhar os cabos até o motor. Acomodou a lata de gasolina com firmeza na lateral interna do para-lama e tirou a tampa.

Havia uma chave de velas no kit de ferramentas. Lucy pegou uma, verificou de novo que a chave estava desligada e colocou a vela na boca da lata de gasolina, prendendo-a com fita adesiva. Depois fechou o capô.

Quando Henry chegasse, com certeza tentaria ligar o jipe. Quando fizesse isso, o motor de arranque giraria, a vela soltaria fagulhas e o meio galão de gasolina explodiria.

Não tinha certeza de quanto dano isso causaria, mas podia ter certeza de que não haveria socorro possível.

Uma hora depois, estava lamentando a própria esperteza.

Andando com dificuldade pela lama, encharcada até os ossos, com o filho adormecido como um peso morto sobre o ombro, só queria deitar e morrer. Pensando bem, a armadilha parecia duvidosa e arriscada: a gasolina queimaria, em vez de explodir; se não houvesse ar suficiente na boca da lata, o combustível poderia até não entrar em ignição. Pior de tudo, Henry poderia suspeitar de uma armadilha, olhar embaixo do capô, desfazer a bomba, colocar a gasolina no tanque e ir atrás dela.

Pensou em parar para descansar, mas decidiu que, caso se sentasse, poderia jamais se levantar outra vez.

A casa de Tom já deveria estar à vista àquela altura. Não podia ter se perdido – mesmo se não tivesse percorrido aquele caminho dezenas de vezes antes, a ilha simplesmente não tinha tamanho suficiente para alguém se perder.

Reconheceu um bosque onde ela e Jo tinham visto uma raposa uma vez. Devia estar a um quilômetro e meio da casa de Tom. Se não fosse a chuva, poderia vê-la.

Passou Jo para o outro ombro, trocou a espingarda de uma mão para a outra e se obrigou a continuar colocando um pé à frente do outro.

Quando finalmente o chalé ficou visível através da chuva torrencial, poderia ter gritado de alívio. Estava mais perto do que havia pensado – talvez uns 500 metros.

De repente Jo pareceu mais leve e, ainda que o último trecho fosse uma subida – a única colina da ilha –, ela pareceu percorrer o caminho num instante.

– Tom! – gritou, aproximando-se da porta da frente. – Tom, ah, Tom!

Ouviu Bob responder com um latido.

Entrou na casa.

– Tom, depressa!

Bob começou a pular em volta de suas pernas, latindo furiosamente. Tom não podia estar longe; provavelmente na latrina. Lucy subiu e colocou Jo na cama dele.

O rádio ficava no quarto. Era um aparelho complexo, cheio de fios, mostradores e botões. Havia algo parecido com uma chave de código morse, e Lucy encostou a mão nela, testando. O aparelho soltou um bipe. Um pensamento lhe veio das profundezas da memória: algo de um livro policial juvenil, SOS em código morse. Tocou a chave de novo: três toques curtos, três longos, três curtos.

Onde Tom estava?

Ouviu um barulho e correu até a janela.

O jipe estava subindo a colina em direção à casa.

Henry tinha encontrado a armadilha e usado a gasolina para encher o tanque.

Onde Tom estava?

Saiu correndo do quarto, pretendendo bater à porta da latrina. Parou no topo da escada. Bob estava parado na porta aberta do outro quarto, o cômodo vazio.

– Venha cá, Bob – chamou.

O cachorro ficou parado, latindo. Ela foi até ele e se abaixou para pegá-lo. Então viu Tom.

Estava caído de costas, nas tábuas do quarto vazio, os olhos virados para o teto, sem enxergar, o boné de cabeça para baixo no chão, atrás dele. O casaco estava aberto e havia uma pequena mancha de sangue na camisa. Perto da mão havia uma caixa de uísque, e Lucy se pegou pensando, de modo irrelevante: Eu não sabia que ele bebia tanto.

Procurou a pulsação dele.

Estava morto.

Pense, *pense*!

No dia anterior Henry tinha voltado à casa de Lucy machucado, como se tivesse participado de uma briga. Devia ter sido quando matou David. Hoje ele tinha ido à casa de Tom "pegar David", segundo dissera. Mas sabia que David não estava ali. Então por que tinha feito a viagem?

Obviamente, para matar Tom.

O que o impelia? Que objetivo ardia dentro dele, tão feroz a ponto de fazê-lo entrar num carro, dirigir 15 quilômetros, enfiar uma faca num velho e voltar calmo e controlado como se tivesse saído para tomar ar puro? Lucy estremeceu.

Agora estava sozinha.

Segurou o cachorro pela coleira e o puxou para longe do corpo do dono. Num impulso, voltou e abotoou o casaco por cima do pequeno ferimento de punhal que tinha matado o homem. Depois saiu e fechou a porta.

– Ele está morto, mas eu preciso de você – disse ao cão.

Voltou à porta da frente e olhou pela janela.

O jipe chegou à frente da casa e parou. Henry saiu.

CAPÍTULO TRINTA E QUATRO

O PEDIDO DE SOCORRO de Lucy foi recebido pela corveta.

– Capitão – disse Sparks –, acabei de captar um sinal de SOS vindo da ilha.

O capitão franziu a testa.

– Não podemos fazer nada até que seja possível mandar um bote. Houve algum sinal além disso?

– Nada senhor. O sinal nem foi repetido.

O capitão pensou mais um pouco.

– Não podemos fazer nada – repetiu. – Mande uma mensagem para a base, informando. E continue ouvindo.

– Sim, senhor.

~

O sinal também foi captado por um posto de escuta do M18 no topo de uma montanha na Escócia. O operador de rádio, um rapaz com ferimentos na barriga, dispensado da RAF como inválido e que agora tinha uma previsão de apenas seis meses de vida, estava tentando captar mensagens da marinha alemã mandadas da Noruega, e ignorou o SOS. Porém saiu de serviço cinco minutos depois e o mencionou casualmente ao oficial superior.

– Só foi transmitido uma vez – disse. – Talvez fosse um barco de pesca no litoral da Escócia; deve haver alguma embarcação pequena com problemas nesse mau tempo.

– Deixe por minha conta – respondeu o oficial. – Vou avisar à marinha. E acho melhor informar a Whitehall. É o protocolo, você sabe.

– Obrigado, senhor.

~

No posto da Unidade Real de Observação houve um certo pânico. Claro, SOS não era a mensagem que um observador *deveria* mandar quando visse uma aeronave inimiga, mas eles sabiam que Tom era velho, e quem poderia dizer o que ele enviaria se ficasse agitado? Assim, as sirenes de ataque aéreo foram acionadas e todos os outros postos foram alertados, canhões antiaéreos foram posicionados por todo o litoral leste da Escócia e o operador de rádio tentou freneticamente se comunicar com Tom.

Nenhum bombardeio alemão aconteceu, claro, e o Departamento de Guerra quis saber por que um alerta máximo tinha sido emitido quando não havia nada no céu além de alguns gansos encharcados.

Por isso explicaram a eles.

~

A guarda costeira também ouviu.

Teriam respondido se houvesse chegado na frequência correta, e se pudessem estabelecer a posição do transmissor, e se essa posição estivesse a uma distância razoável do litoral.

Como o sinal veio na frequência da Unidade de Observação, eles concluíram que tinha sido enviada pelo velho Tom, e já estavam fazendo todo o possível com relação *àquela* situação, qualquer que ela fosse.

Quando a notícia chegou aos jogadores de baralho no porão do navio no porto de Aberdeen, Magro distribuiu outra mão de cartas e disse:

– Vou dizer o que aconteceu. O velho Tom pegou o prisioneiro de guerra e está sentado em cima da cabeça dele, esperando que o exército chegue e leve o filho da mãe.

– Besteira – disse Smith, e todos concordaram.

~

E o *U-505* ouviu.

Ainda estava a mais de 30 milhas náuticas da Ilha da Tormenta, mas Weissman ficava percorrendo as frequências para ver se captava alguma coisa – esperando, de modo improvável, ouvir discos de Glenn Miller transmitidos pela Rede das Forças Americanas na Grã-Bretanha – e por acaso seu receptor estava na frequência certa na hora certa. Passou a informação ao comandante Heer, acrescentando:

– Não estava na frequência do nosso homem.

O major Wohl, que ainda se encontrava ali e continuava irritante como sempre, disse:

– Então não significa nada.

Heer não perdeu a oportunidade de corrigi-lo:

– Significa *alguma coisa*. Significa que pode haver alguma atividade na superfície quando emergirmos.

– Mas é improvável que isso nos prejudique.

– Muito improvável – concordou Heer.

– Então não tem importância.

– *Provavelmente* não tem importância.

Discutiram sobre isso até chegarem à ilha.

~

Assim, num espaço de cinco minutos, a marinha, a Unidade Real de Observação, o M18 e a guarda costeira telefonaram para Godliman contando sobre o SOS. E Godliman ligou para Bloggs.

Finalmente Bloggs tinha caído num sono profundo diante da lareira na sala de prontidão. O toque estridente do telefone o acordou com um susto e ele saltou de pé, achando que os aviões estavam prestes a decolar.

Um piloto atendeu e disse:

– Sim. – Entregou o aparelho a Bloggs. – Um tal de Sr. Godliman, para o senhor.

– Oi, Percy – disse Bloggs.

– Fred, alguém na ilha acaba de mandar um SOS.

Bloggs sacudiu a cabeça para afastar as últimas nuvens de sono.

– Quem?

– Não sabemos. Houve apenas uma transmissão, não repetida, e parece que lá não estão recebendo nada.

– De qualquer modo, agora não há muita dúvida.

– É. Está tudo pronto aí?

– Tudo menos o clima.

– Boa sorte.

– Obrigado.

Bloggs desligou e se virou para o jovem piloto que ainda estava lendo *Guerra e paz*.

– Boas notícias – disse. – O desgraçado está mesmo na ilha.

– Espetacular – respondeu o piloto.

CAPÍTULO TRINTA E CINCO

HENRY FECHOU a porta do jipe e começou a andar lentamente para a casa. Estava usando de novo o paletó esporte de David. A calça estava coberta de lama onde ele havia caído, e o cabelo estava grudado na cabeça. Ele mancava ligeiramente com o pé direito.

Lucy recuou da janela, saiu correndo do quarto e desceu a escada. A espingarda estava no chão do corredor, onde ela a havia deixado. Pegou-a. De repente a arma parecia muito pesada. Lucy nunca tinha atirado e não fazia ideia de como verificar se estava carregada. Poderia descobrir, se tivesse tempo, mas não havia.

Respirou fundo e abriu a porta da frente.

– Pare aí! – gritou.

Sua voz saiu mais aguda do que ela pretendia, e pareceu esganiçada e histérica.

Henry deu um sorriso agradável e continuou andando.

Lucy apontou a espingarda para ele, segurando o cano com a mão esquerda e a culatra com a direita. Seu dedo estava no gatilho.

– Vou matar você! – gritou.

– Não seja boba, Lucy – disse ele, afável. – Você seria capaz de me machucar? Depois de tudo que fizemos juntos? Nós não nos amamos... um pouquinho...?

Era verdade. Ela havia dito a si mesma que não poderia se apaixonar por ele, e isso também era verdade; mas *tinha* sentido *alguma coisa*. E, se não era amor, era algo muito parecido.

– Hoje de tarde você já sabia sobre mim – disse ele, agora a 30 metros de distância. – Mas isso não fez diferença, fez?

Era verdade. Por um instante passou pela mente dela uma imagem nítida de si mesma montada em cima de Henry, segurando as mãos dele sobre os seios... Então ela percebeu o que ele estava fazendo...

– Nós podemos dar um jeito, Lucy, ainda podemos ter um ao outro...

... e puxou o gatilho.

Houve um estrondo capaz de estourar os tímpanos e a arma pulou nas suas mãos como algo vivo, a culatra machucando seu quadril com o coice. Lucy quase a largou, num momento de choque. Nunca

305

tinha imaginado que uma arma disparando seria assim. Ficou surda por um instante.

O tiro passou bem acima da cabeça de Henry, mas mesmo assim ele se abaixou, deu meia-volta e correu em zigue-zague de volta para o jipe. Lucy ficou tentada a atirar de novo, mas se conteve a tempo, percebendo que, se ele soubesse que os dois canos tinham sido esvaziados, nada o impediria de se virar e voltar.

Ele abriu a porta do jipe, saltou dentro e partiu morro abaixo.

Lucy soube que ele voltaria.

De repente se sentiu feliz, alegre. Tinha vencido o primeiro assalto – tinha mandado Henry para longe. Era uma mulher corajosa!

Mas ele voltaria.

Ainda assim, Lucy tinha a vantagem. Estava dentro de casa, com a espingarda. E tinha tempo para se preparar.

Preparar-se. Precisava estar pronta para ele. Na próxima vez ele seria mais discreto. Certamente tentaria chegar sem ser percebido.

Teve esperança de que ele aguardasse até a noite, porque isso lhe daria tempo.

Primeiro ela precisava recarregar a arma.

Foi para a cozinha. Tom guardava tudo naquele cômodo – comida, carvão, ferramentas, provisões –, e tinha uma espingarda como a de David. Lucy sabia que as duas armas eram iguais porque David havia examinado a de Tom e depois encomendado uma exatamente igual. Os dois costumavam ter longas conversas sobre armas.

Encontrou a arma de Tom e uma caixa de munição. Pôs as duas espingardas e a caixa na mesa da cozinha.

Estava convencida de que máquinas eram coisas simples: era a apreensão, e não a idiotice, que deixava as mulheres desajeitadas diante de uma peça de engenharia.

Começou a manipular a espingarda de David, mantendo o cano apontado para longe, até que ela se dobrou junto à culatra. Então Lucy deduziu o que tinha feito para abri-la e treinou fazer de novo algumas vezes.

Era incrivelmente simples.

Carregou as duas armas. Depois, para se certificar de que tinha feito tudo direito, apontou a arma de Tom para a parede da cozinha e puxou o gatilho.

Houve uma chuva de reboco, Bob latiu como um louco, ela machucou o quadril e ficou surda de novo. Mas estava armada.

Precisava se lembrar de apertar os gatilhos delicadamente para a arma não sacudir e não estragar a mira. Os homens provavelmente aprendiam essas coisas no exército.

O que fazer em seguida? Deveria dificultar a entrada de Henry na casa.

Nenhuma porta tinha fechadura, claro: se uma casa fosse roubada nessa ilha, a pessoa saberia que o culpado morava na outra casa. Lucy remexeu na caixa de ferramentas de Tom e encontrou um machado brilhante, com a lâmina afiada. Parou na escada e começou a arrebentar o corrimão.

O trabalho deixou seus braços doloridos, mas em cinco minutos estava com seis pedaços de carvalho forte e antigo. Encontrou um martelo e alguns pregos e prendeu as barras de carvalho na porta da frente e na de trás, três barras em cada uma, quatro pregos em cada barra. Quando terminou essa tarefa, suas mãos pareciam que iam cair e o martelo estava pesado como chumbo. Mas não tinha acabado.

Pegou mais um punhado de pregos brilhantes, de 10 centímetros, e foi até cada uma das janelas da casa, fechando-as e pregando. Descobriu, maravilhada, por que os homens sempre colocavam pregos na boca: porque precisavam das duas mãos para o trabalho e, se os colocassem no bolso, eles furavam a pele.

Quando terminou, já estava escuro. Deixou as luzes apagadas.

Henry ainda poderia entrar na casa, claro, mas não conseguiria fazer isso em silêncio. Precisaria quebrar alguma coisa e se revelar – e então ela estaria preparada com as armas.

Subiu a escada carregando as duas espingardas, para olhar Jo. Ele continuava dormindo, enrolado no cobertor, na cama de Tom. Lucy acendeu um fósforo para olhar o rosto do filho. O comprimido devia tê-lo apagado mesmo, mas ele estava com a cor de sempre, a temperatura parecia normal e ele respirava com facilidade. O súbito acesso de ternura a deixou mais furiosa ainda com relação a Henry.

Durante um tempo Lucy patrulhou a casa incansavelmente, olhando a escuridão através das janelas, com o cachorro a acompanhando a toda parte. Carregava apenas uma das espingardas, tendo deixado a outra no topo da escada. Mas enfiou o machado no cinto da calça.

Lembrou-se do rádio e mandou o sinal de SOS muitas vezes mais. Não tinha ideia se alguém estaria escutando, nem mesmo se o rádio estava funcionando. Não sabia mais nada em código morse, de modo que não podia transmitir mais nada.

Ocorreu-lhe que Tom provavelmente não sabia código morse. Sem dúvida ele devia ter um livro em algum lugar. Se ao menos pudesse contar a alguém o que estava acontecendo ali! Revistou a casa, usando dezenas de fósforos, ficando aterrorizada cada vez que acendia um à vista de uma janela do andar de baixo, mas não encontrou nada.

Certo, talvez Tom *soubesse* código morse.

Por outro lado, por que ele precisaria disso? Só tinha que informar se havia aeronaves inimigas se aproximando, e não havia motivo para essa informação não ser passada pelo rádio mesmo... qual era a expressão que David tinha usado? *En clair.*

Voltou ao quarto e olhou de novo o aparelho. De um lado do gabinete principal, escondido de seu olhar superficial anterior, havia um microfone.

Se ela podia falar com eles, eles poderiam falar com ela.

De repente o som de outra voz humana – uma voz normal, sã, vinda de terra firme – pareceu a coisa mais desejável do mundo.

Pegou o microfone e começou a testar os interruptores.

Bob rosnou baixinho.

Pousou o microfone e estendeu a mão para o cachorro no escuro.

– O que foi, Bob?

Ele rosnou de novo. Dava para sentir as orelhas dele se levantando, rígidas. Lucy foi invadida por um medo terrível: a confiança que conseguira ao confrontar Henry com a espingarda, ao aprender a recarregar, ao colocar as barras nas portas e pregar as janelas... tudo se evaporou com um rosnado de um cachorro alerta.

– Para baixo – sussurrou. – Em silêncio.

Segurou a coleira dele e o seguiu escada abaixo. No escuro, tateou em busca do corrimão, esquecendo que o havia quebrado para fazer as barricadas, e quase caiu. Recuperou o equilíbrio e chupou uma farpa no dedo.

Bob hesitou no corredor, depois rosnou mais alto e puxou-a para a cozinha. Ela o pegou no colo e segurou o focinho dele, para silenciá-lo. Depois se esgueirou pela porta.

Olhou na direção da janela, mas não havia nada diante de seus olhos além da escuridão aveludada.

Prestou atenção. A janela estalou, a princípio quase inaudivelmente, depois mais alto. Ele estava tentando entrar. Bob rosnou ameaçadoramente, mas pareceu entender o aperto súbito que Lucy deu em seu focinho.

A noite ficou mais silenciosa. Lucy percebeu que a tempestade estava diminuindo quase imperceptivelmente. Henry parecia ter desistido da janela da cozinha. Ela foi para a sala.

Ouviu o mesmo estalo de madeira velha resistindo à pressão. Agora Henry parecia mais determinado: houve três pancadas abafadas, como se ele estivesse batendo na janela com a parte macia da mão.

Ela colocou Bob no chão e levantou a espingarda. Podia ter sido imaginação, mas ela conseguia vislumbrar a janela como um quadrado cinza na escuridão vazia. Se ele a abrisse, Lucy dispararia imediatamente.

Houve uma pancada muito mais forte. Bob perdeu o controle e latiu alto. Ela ouviu um som de pés se arrastando do lado de fora.

Então ouviu uma voz.

– Lucy?

Ela mordeu o lábio.

– Lucy?

Henry estava usando a voz que usava na cama: profunda, suave e íntima.

– Lucy, está ouvindo? Não tenha medo. Não quero machucar você. Fale comigo, por favor.

Ela precisou lutar contra a ânsia de puxar os dois gatilhos nesse momento, só para silenciar aquele som medonho e reprimir as lembranças que trazia para sua consciência relutante.

– Lucy, minha querida...

Ela pensou ter ouvido um soluço abafado.

– Lucy, ele me atacou. Precisei matá-lo... Matei pelo meu país, você não deveria me odiar por causa disso.

Ela não entendeu. Parecia loucura. Será que Henry podia ser maluco e ter escondido isso durante dois dias de intimidades? Ele tinha parecido mais são do que a maioria das pessoas... No entanto, havia matado antes... a não ser que fosse vítima de injustiça... Maldição. Ela estava amolecendo, e devia ser exatamente isso que ele queria.

Teve uma ideia.

– Lucy, fale comigo...

A voz dele foi sumindo enquanto ela ia nas pontas dos pés até a cozinha. Bob a alertaria se Henry fizesse algo mais do que falar. Remexeu na caixa de ferramentas de Tom e encontrou um alicate. Foi à janela da cozinha e tateou com as pontas dos dedos as cabeças dos três pregos que tinha martelado ali. Com cuidado, o mais silenciosamente possível, arrancou-os. O serviço exigiu toda a sua força.

Depois, voltou à sala para escutar.

– ... não me atrapalhe e eu deixo você...

Com o máximo de silêncio que conseguiu, levantou a janela da cozinha. Foi de novo à sala, pegou o cachorro no colo e voltou à cozinha.

– ... machucar você seria a última coisa no mundo...

Acariciou Bob uma ou duas vezes e sussurrou:

– Eu não faria isso se não precisasse, garoto.

Depois o empurrou pela janela.

Fechou-a rapidamente, encontrou um prego e o martelou num lugar novo com três pancadas fortes.

Largou o martelo, pegou a espingarda e correu para a sala, parando perto da janela e se encostando na parede.

– ... lhe dar uma última chance... Ai!

Houve um som de patas, depois um latido de gelar o sangue como Lucy nunca tinha ouvido, um som de briga e o barulho de um homem grande caindo. Podia ouvir a respiração de Henry, ofegando, grunhindo; depois outro som de patas caninas; um grito de dor; um xingamento numa língua desconhecida; outro latido. Desejou poder ver o que estava acontecendo.

Os ruídos ficaram abafados e mais distantes, depois pararam subitamente. Lucy esperou, encostada na parede ao lado da janela, tentando ouvir. Queria ir olhar Jo, queria fazer mais uma tentativa com o rádio, queria tossir... mas não ousava se mexer. Visões sangrentas do que Bob podia ter feito com Henry passaram por sua mente e ela ansiou por ouvir o cachorro farejando junto à porta.

Olhou para a janela. Então *percebeu* que estava olhando para a janela: podia ver não somente um quadrado de luz cinza ligeiramente mais clara, mas também o caixilho. Ainda era noite, mas logo amanheceria. Ela sabia que, se olhasse para fora, o céu estaria levemente difuso com uma luz mal perceptível, em vez de um negrume impenetrável. O alvorecer chegaria a qualquer minuto. Então poderia ver a mobília na sala e Henry não conseguiria mais surpreendê-la no escuro...

Ouviu um som de vidro quebrando a centímetros de seu rosto. Deu um pulo. Sentiu uma dor aguda na bochecha, tocou o lugar e soube que tinha sido cortada por um caco voando. Levantou a espingarda, esperando que Henry passasse pela janela, mas nada aconteceu. Só depois de um ou dois minutos imaginou o que teria quebrado a janela.

Olhou para o chão. No meio dos cacos de vidro estava uma forma grande. Descobriu que podia vê-la melhor se olhasse de lado, em vez de diretamente. Quando fez isso, identificou a silhueta familiar do cachorro.

Fechou os olhos e virou a cabeça para outro lado. Descobriu-se incapaz de sentir qualquer emoção com a morte do fiel cão pastor. Seu coração tinha sido entorpecido pelo perigo e pelas mortes anteriores: primeiro David, depois Tom, em seguida a tensão interminável do cerco noturno... Só sentia fome. Durante todo o dia anterior tinha ficado nervosa demais para comer, o que significava que fazia 36 horas desde sua última refeição. Agora, de modo incongruente, ridículo, pegou-se desejando um sanduíche de queijo.

Outra coisa estava passando pela janela.

Viu com o canto do olho, em seguida virou a cabeça para olhar diretamente. Era a mão de Henry.

Ficou olhando-a, hipnotizada: uma mão com dedos compridos, sem anéis, branca por baixo da sujeira, com unhas bem cuidadas e um curativo em volta da ponta do indicador; uma mão que a havia tocado com intimidade, que tinha dedilhado seu corpo como uma harpa. E que tinha cravado uma faca no coração de um velho pastor.

A mão quebrou um pedaço de vidro, depois outro, aumentando o buraco. Depois atravessou a janela até o cotovelo e tateou o parapeito, procurando um fecho para abri-la.

Tentando ficar em silêncio absoluto, Lucy passou a espingarda para a mão esquerda com uma lentidão agonizante, e com a mão direita tirou o machado do cinto, levantou-o acima da cabeça e o baixou com toda a força sobre a mão de Henry.

Ele devia ter sentido ou escutado o vento, ou visto um borrão de movimento fantasmagórico atrás da janela, porque se moveu rapidamente, uma fração de segundo antes do golpe.

O machado bateu com força na madeira do parapeito e ficou preso. Por uma fração de segundo Lucy pensou que tinha errado. Então ouviu um grito de dor e perda, e viu ao lado da lâmina do machado, caídos na madeira envernizada como lagartas, dois dedos decepados.

Ouviu o som de pés correndo para longe.

Vomitou.

Então foi dominada pela exaustão, e em seguida por uma onda de autopiedade. Sem dúvida já tinha sofrido o bastante, não? Havia policiais e soldados no mundo para lidar com situações assim – ninguém esperaria que uma dona de casa pudesse manter um assassino à distância indefinidamente. Quem poderia culpá-la se desistisse agora? Quem poderia dizer com honestidade que teria feito melhor, durado mais, permanecido com coragem, obstinação e engenhosidade durante mais um minuto que fosse?

Estava acabada. *Eles* precisariam assumir: o mundo lá fora, os policiais e soldados, quem estivesse do outro lado da conexão por rádio. Lucy não podia fazer mais nada.

Afastou o olhar dos objetos grotescos no parapeito da janela e subiu a escada com cautela. Pegou a segunda espingarda e levou as duas armas para o quarto.

Jo ainda estava dormindo, felizmente. Mal tinha se mexido durante toda a noite e não percebera nada do apocalipse que acontecia ao redor. De algum modo Lucy sabia que ele não estava dormindo mais tão profundamente: alguma coisa na expressão e no modo como o menino respirava dizia que ele acordaria logo, querendo o café da manhã.

Ansiou por aquela vida simples: levantar-se de manhã, fazer o café, vestir Jo, realizar tarefas simples, entediantes, *seguras* como lavar roupa, limpar a casa, pegar ervas na horta e fazer chá. Parecia incrível ter se sentido tão insatisfeita com a falta de amor de David, com as longas tardes de tédio, a interminável paisagem sem graça, formada por relva, urzes e chuva.

Aquela vida não voltaria jamais.

Lucy quisera empolgação, cidades, música, pessoas, ideias. Agora o desejo por essas coisas a havia abandonado e ela não conseguia entender como ele já existira. Sentiu que tudo que um ser humano deveria pedir era paz.

Sentou-se na frente do rádio e analisou os botões e mostradores. Faria só isso, depois descansaria. Fez um esforço enorme e se obrigou a pensar analiticamente por mais um tempo. Não havia *tantas* combinações possíveis de interruptores e botões. Encontrou um botão com dois ajustes, ligou-o e bateu na chave de código morse. Não houve som. Talvez isso significasse que o microfone estava em circuito.

Pegou-o e falou:

– Alô, alô, tem alguém aí? Alô?

Havia uma chave sobre a qual estava escrito "Transmitir" e embaixo "Receber". Estava virada para o "Transmitir". Para o mundo falar com ela, obviamente Lucy precisaria colocar a chave na posição de "Receber".

– Alô, tem alguém ouvindo? – disse, e em seguida virou a chave para "Receber".

Nada.

Então:

– Câmbio, Ilha da Tormenta, estou ouvindo alto e claro.

Era uma voz masculina. Ele parecia jovem e forte, capaz, confiante, tranquilizador, vivo e *normal*.

– Câmbio, Ilha da Tormenta, estamos tentando falar com vocês a noite toda... onde diabo vocês estavam?

Lucy virou para "Transmitir", tentou falar e irrompeu em lágrimas.

CAPÍTULO TRINTA E SEIS

PERCIVAL GODLIMAN ESTAVA com dor de cabeça devido ao excesso de cigarros e deficiência de sono. Tinha tomado um pouco de uísque para ajudá-lo a atravessar a longa noite de preocupação em sua sala, e isso havia sido um erro. Tudo o oprimia: o clima, a sala, o trabalho, a guerra. Pela primeira vez desde que tinha virado caçador de espiões, pegou-se desejando bibliotecas empoeiradas, manuscritos ilegíveis e latim medieval.

O coronel Terry entrou com duas xícaras de chá numa bandeja.

– Ninguém dorme por aqui – disse, animado, e sentou-se. – Bolachas de bordo? – ofereceu, estendendo um prato a Godliman.

Godliman recusou o biscoito e bebeu o chá. Isso lhe deu uma animação temporária.

– Acabei de receber um telefonema do homem do charuto – disse Terry. – Ele está na vigília noturna com a gente.

– Não imagino por quê – retrucou Godliman, azedo.

– Ele está preocupado.

O telefone tocou.

– Godliman.

– Estou com a Unidade Real de Observação em Aberdeen na linha para o senhor.

– Sim.

Uma voz jovem, de um rapaz:

– Aqui é da Unidade Real de Observação, Aberdeen, senhor.

– Sim.

– É o Sr. Godliman?

– *Sim*.

Santo Deus, aqueles militares eram lentos!

– Finalmente conseguimos contato com a Ilha da Tormenta, senhor.

– Graças a Deus!

– Não é nosso observador regular. Na verdade, é uma mulher.

– O que ela disse?

– Nada ainda, senhor.

– Como *assim*?

Godliman lutou contra a impaciência e a raiva que cresciam dentro dele.

– Ela só está... bem, chorando, senhor.

– Ah. – Godliman hesitou. – Pode me conectar com ela?

– Posso. Espere aí.

Houve uma pausa pontuada por vários estalos e um zumbido. Então Godliman ouviu o som de uma mulher chorando.

– Alô, está me ouvindo? – disse ele.

O choro continuou.

O rapaz voltou à linha para dizer:

– Ela não poderá ouvir a não ser que vire a chave para "Receber", senhor... Ah, ela fez isso. Pode falar.

Godliman disse:

– Olá, minha jovem. Quando eu terminar de falar vou dizer "Câmbio", então você muda para "Transmitir" para falar comigo, e diga "Câmbio" quando terminar. Entendeu? Câmbio.

A voz da mulher chegou:

– Ah, graças a Deus tem alguém aí. Sim, entendi. Câmbio.

– Ótimo – disse Godliman gentilmente. – Conte o que está acontecendo aí. Câmbio.

– Um homem naufragado apareceu aqui há dois... não, três dias. Acho que é o assassino do punhal de Londres. Ele matou meu marido e nosso pastor, e agora está do lado de fora da casa, e estou com meu filhinho aqui... Eu preguei as janelas e atirei com uma espingarda contra ele, e prendi barras nas portas, e soltei o cachorro em cima dele, mas ele matou o cachorro e eu o acertei com o machado quando ele tentou passar pela janela, e *não consigo mais, por favor, venham me salvar...* Câmbio.

Godliman pôs a mão sobre o fone. Seu rosto estava lívido.

– Pobre mulher – falou, ofegante. Mas quando falou com ela foi dinâmico: – A senhora precisa aguentar mais um pouco. Há marinheiros, a guarda costeira, policiais e todo tipo de gente indo para aí, mas eles só podem desembarcar quando a tempestade passar. Há uma coisa que eu quero que a senhora faça, e não posso dizer por que precisa fazer isso, porque pessoas erradas podem estar nos ouvindo, mas garanto que é *absolutamente fundamental*. Está me ouvindo com clareza? Câmbio.

– Estou. Continue. Câmbio.

– A senhora precisa destruir o seu rádio. Câmbio.

– Ah, não, por favor... preciso?

– Precisa – respondeu Godliman, depois percebeu que ela ainda estava transmitindo.

– Eu não... não posso...

Então houve um grito.

Godliman disse:

– Alô, Aberdeen, o que está acontecendo?

O rapaz voltou à linha.

– O aparelho ainda está transmitindo, senhor, mas ela não está falando. Não conseguimos ouvir nada.

– Ela gritou.

– É, nós escutamos.

– Maldição. – Godliman pensou por um minuto. – Como está o tempo lá?

– Chovendo, senhor.

O rapaz parecia perplexo.

– Não estou conversando amenidades, garoto – disse Godliman rispidamente. – Há algum sinal de que a tempestade está passando?

– Ela diminuiu um pouco nos últimos minutos, senhor.

– Ótimo. Volte a falar comigo assim que a mulher se comunicar de novo.

– Certo, senhor.

Godliman disse a Terry:

– Só Deus sabe o que a garota está passando por lá.

E batucou no gancho do telefone.

O coronel cruzou as pernas.

– Se ao menos ela quebrar o rádio, então...

– Então não precisaremos nos preocupar se ele matá-la?

– Você é que disse.

Godliman falou ao telefone:

– Ligue para o Bloggs em Rosyth.

~

Bloggs acordou com um susto e prestou atenção. Lá fora estava amanhecendo. Todo mundo na sala de prontidão também estava atento. Não conseguiam ouvir nada. Era a isso que estavam atentos: ao silêncio.

A chuva tinha parado de tamborilar no teto de zinco.

Bloggs foi até a janela. O céu estava cinza com uma faixa branca no horizonte leste. O vento tinha parado subitamente e a chuva tinha virado um chuvisco.

Os pilotos começaram a vestir jaquetas e colocar capacetes, amarrar os cadarços das botas e acender os últimos cigarros.

Uma sirene soou e uma voz trovejou sobre o campo de aviação:

– A postos! A postos!

O telefone tocou. Os pilotos o ignoraram e saíram pela porta. Bloggs atendeu.

– Sim?

– Aqui é o Percy, Fred. Acabamos de fazer contato com a ilha. Ele matou os dois homens. A mulher está mantendo-o longe por enquanto, mas não vai conseguir por muito tempo.

– A chuva parou – disse Bloggs. – Vamos decolar.

– Seja rápido, Fred. Adeus.

Bloggs desligou e olhou em volta, procurando seu piloto. Charles Calder tinha caído no sono em cima do *Guerra e paz*. Bloggs o sacudiu com força.

– Acorda, seu dorminhoco desgraçado, acorda!

Ele abriu os olhos.

Bloggs seria capaz de lhe dar um soco.

– Acorda, estamos indo, a tempestade passou!

O piloto saltou de pé.

– Espetacular – disse.

Saiu correndo pela porta e Bloggs foi atrás.

~

O barco salva-vidas caiu na água com um estalo parecido com o de uma pistola e um enorme borrifo de água em forma de V. O mar não estava nem um pouco calmo, mas ali, no abrigo parcial da baía, não havia risco para um barco forte nas mãos de marinheiros experientes.

– Prossiga, imediato – ordenou o capitão.

O primeiro-tenente estava parado junto à amurada, com três marinheiros. Usava uma pistola num coldre à prova d'água.

– Vamos, rapazes – disse.

Os quatro desceram pelas escadas e entraram no bote. O imediato sentou-se na popa e os três marinheiros começaram a remar.

Por alguns instantes o capitão olhou o avanço firme deles em direção ao cais. Então voltou ao passadiço e deu ordem para a corveta continuar circulando ao redor da ilha.

~

O toque agudo de uma campainha interrompeu o jogo de cartas no barco da guarda costeira.

– Achei que tinha alguma coisa diferente – disse Magro. – A gente não está subindo e descendo tanto. Na verdade estamos quase parados. Isso me dá enjoo.

Ninguém estava escutando: a tripulação corria para seus postos, alguns vestindo coletes salva-vidas.

Os motores foram ligados com um rugido e a embarcação começou a tremer bem devagar, mas perceptivelmente.

No convés, Smith estava na proa, desfrutando do ar fresco e dos borrifos de água no rosto depois de um dia e uma noite abaixo do convés.

Enquanto o barco saía do porto, Magro se juntou a ele.

– Lá vamos nós de novo.

– Eu sabia que a campainha ia tocar naquela hora – falou Smith. – Sabe por quê?

– Por quê?

– Sabe o que eu tinha na mão? Um ás e um rei.

– Vinte e um da banca – disse Magro. – Imagina só.

~

O comandante Werner Heer olhou seu relógio e disse:

– Trinta minutos.

O major Wohl assentiu, impassível.

– Como está o tempo? – perguntou.

– A tempestade passou – respondeu Heer, relutante.

Teria preferido não revelar a informação.

– Então devemos emergir.

– Se o seu homem estivesse lá, mandaria uma mensagem.

– Não se vence uma guerra com hipóteses, capitão – disse Wohl. – Sugiro firmemente emergirmos.

Tinha havido uma discussão feroz entre o superior de Heer e o de Wohl enquanto o submarino estava nas docas, e o de Wohl vencera. Heer ainda era o comandante do submarino, mas tinham lhe dito de modo muito direto que seria melhor ter um motivo muito bom na próxima vez em que ignorasse as sugestões do major Wohl.

– Vamos emergir exatamente às seis horas – disse.

Wohl assentiu de novo e desviou o olhar.

CAPÍTULO TRINTA E SETE

HOUVE UM SOM DE VIDRO quebrado, depois uma explosão como de uma bomba incendiária.

Bum!

Lucy largou o microfone. Alguma coisa estava acontecendo lá embaixo. Pegou uma espingarda e desceu correndo.

A sala encontrava-se em chamas. O fogo se centrava num vidro quebrado no chão. Henry tinha feito uma bomba com a gasolina do jipe. As chamas se espalhavam famintas pelo tapete puído de Tom e lambiam as capas frouxas de seu antigo jogo de poltronas. Uma almofada de penas pegou fogo e as chamas saltaram para o teto.

Lucy pegou a almofada e a jogou pela janela quebrada, chamuscando a mão. Arrancou o casaco e o jogou sobre o tapete, pisando nele em seguida. Pegou-o de novo e colocou em cima da poltrona com estampa floral. Estava vencendo...

Houve outro som de vidro quebrando.

Vinha do andar de cima.

– Jo! – gritou ela.

Largou o casaco, subiu correndo a escada e entrou no quarto da frente.

Henry estava sentado na cama com Jo no colo. O menino estava acordado, chupando o dedo, com seu olhar arregalado matinal. Henry acariciava o cabelo desgrenhado.

– Jogue a espingarda na cama, Lucy – falou.

Os ombros de Lucy se afrouxaram num gesto de derrota e ela obedeceu.

– Você subiu pela parede e entrou pela janela – disse com a voz embotada.

Henry tirou Jo do colo.

– Vá com a mamãe.

Jo correu até ela e Lucy o pegou no colo.

Henry pegou as duas espingardas e foi até o rádio. Estava prendendo a mão direita embaixo da axila esquerda e havia uma grande mancha vermelha de sangue no paletó. Ele se sentou.

– Você me machucou – disse.

Em seguida voltou a atenção para o transmissor.

De repente uma voz veio do aparelho:

– Câmbio, Ilha da Tormenta.

Henry pegou o microfone.

– Alô?

– Só um minuto.

Houve uma pausa, em seguida outra voz falou. Lucy reconheceu o homem de Londres que tinha dito para ela destruir o rádio. Ele ficaria desapontado. O homem disse:

– Olá, aqui é o Godliman de novo. Está ouvindo? Câmbio.

– Sim, estou ouvindo, professor – respondeu Henry. – Tem visitado alguma catedral boa ultimamente?

– É o...

– Sim – disse Henry. – Como vai?

Então o sorriso sumiu abruptamente do seu rosto, como se a hora das brincadeiras tivesse terminado, e ele girou o botão de frequência do rádio.

Lucy se virou e saiu do quarto. Estava acabado, ela havia perdido. Desceu a escada, atônita, e foi até a cozinha. Não havia nada a fazer, a não ser esperar que ele a matasse. Não podia fugir – não tinha energia, e ele obviamente sabia disso.

Olhou pela janela. A tempestade havia passado. O vendaval tinha se reduzido a uma brisa forte, não chovia mais e o céu do leste estava luminoso com a promessa de sol. O mar...

Ela franziu a testa e olhou de novo.

Sim, *era* um submarino.

O homem de Londres tinha dito: *Destrua o rádio.*

Na noite anterior Henry tinha xingado numa língua estranha.

Tinha dito: *Fiz isso pelo meu país.*

E, no delírio: *Esperando um exército fantasma em Calais.*

Destrua o rádio.

Por que um homem levaria uma carteira com negativos fotográficos numa pescaria?

Ela soubera o tempo todo que ele não era louco.

O submarino era um U-boat alemão, Henry era um agente inimigo e naquele segundo estava tentando contatar a embarcação pelo rádio.

Destrua o rádio.

Lucy sabia o que precisava fazer. Não tinha o direito de desistir, agora que havia entendido, porque não era só a sua vida que corria perigo. Precisava fazer essa última coisa por David e por todos os jovens que tinham morrido na guerra.

Sabia o que precisava fazer. Não tinha medo da dor – seria *muito* doloroso, sabia, e poderia matá-la, mas ela conhecia a dor do parto e isso não poderia ser pior.

Sabia o que precisava fazer. Preferiria colocar Jo em outro lugar, onde ele não visse, mas não havia tempo, porque Henry descobriria a frequência a qualquer segundo, e então talvez fosse tarde demais.

Sabia o que precisava fazer. Precisava destruir o rádio, mas ele estava no andar de cima com Henry, que agora tinha as duas armas e *iria* matá-la.

Sabia o que precisava fazer.

Pôs uma cadeira da cozinha de Tom no centro do cômodo, subiu nela e desatarraxou a lâmpada.

Desceu da cadeira, foi até a porta e virou o interruptor.

– Você está trocando a lâmpada? – perguntou Jo.

Lucy subiu na cadeira de novo, hesitou por um momento e depois enfiou três dedos no soquete da lâmpada.

Houve uma pancada, um instante de agonia, depois a inconsciência.

~

Faber ouviu a pancada. Tinha encontrado a frequência do transmissor, virado a chave para "Transmitir" e pegado o microfone. Estava prestes a falar quando houve o barulho. Logo depois as luzes nos mostradores do aparelho se apagaram.

Seu rosto foi tomado pela raiva. Lucy tinha provocado um curto na eletricidade de toda a casa. Faber não imaginava que ela seria tão engenhosa.

Deveria tê-la matado antes. Que diabo havia de errado com ele? Nunca tinha hesitado, jamais, até conhecer essa mulher.

Pegou uma das espingardas e desceu.

O menino chorava. Lucy estava caída junto à porta da cozinha, desmaiada. Faber viu o soquete de lâmpada vazio com a cadeira abaixo. Franziu a testa, pasmo.

Ela tinha feito aquilo com a *mão*.

– Deus todo-poderoso – murmurou ele.

Os olhos de Lucy se abriram. Seu corpo inteiro doía.

Henry estava parado junto dela com a espingarda nas mãos.

– Por que você usou a mão? – perguntou. – Por que não uma chave de fenda?

– Eu não sabia que dava para fazer com uma chave de fenda.

Ele balançou a cabeça, incrédulo.

– Você é uma mulher realmente espantosa. – Levantou a espingarda, apontou para ela e baixou-a de novo. – *Maldita!*

Seu olhar foi para a janela e ele levou um susto.

– Você viu – disse.

Ela assentiu.

Ele ficou tenso por um momento, depois foi para a porta. Quando descobriu que ela estava pregada, quebrou a janela com a coronha da espingarda e pulou para fora.

Lucy se levantou. Jo abraçou suas pernas. Ela não tinha força suficiente para pegá-lo no colo. Cambaleou até a janela e olhou para fora.

Henry estava correndo para o penhasco. O submarino continuava lá, a cerca de meio quilômetro da praia, talvez. Henry chegou à beira do penhasco e rastejou por cima dele. Tentaria nadar até o submarino.

Lucy precisava impedi-lo.

Rezou mentalmente: Santo Deus, chega.

Passou pela janela, bloqueando da consciência os gritos do filho, e correu atrás de Henry.

Quando chegou à beira do penhasco, se deitou e olhou por cima. Henry estava na metade do caminho entre ela e o mar. Ele olhou para cima e a viu, parou por um momento e começou a se mover mais rápido, perigosamente rápido.

O primeiro pensamento de Lucy foi descer atrás dele. Mas o que faria? Mesmo que o alcançasse, não poderia impedi-lo.

O chão embaixo dela se mexeu um pouco. Ela recuou atabalhoadamente, com medo de ele ceder e jogá-la pelo penhasco.

Isso lhe deu uma ideia.

Bateu no chão rochoso com as duas mãos. O solo pareceu se abalar mais um pouco e uma rachadura surgiu. Lucy pôs uma das mãos por cima da borda e enfiou a outra na rachadura. Um pedaço de calcário terroso do tamanho de uma melancia saiu em suas mãos.

Olhou por cima da borda e avistou Henry de novo.

Mirou com cuidado e jogou a pedra.

Ela pareceu cair muito devagar. Henry a viu chegando e cobriu a cabeça com o braço. Pelo jeito não iria acertá-lo.

A pedra passou a alguns centímetros da cabeça de Henry e bateu em seu ombro esquerdo. Ele estava se segurando com a mão esquerda, e pareceu se soltar. Equilibrou-se precariamente por um instante. A mão direita, a machucada, tentou se agarrar a alguma coisa. Então ele pareceu se inclinar para longe da face do penhasco, os braços girando, até que os pés escorregaram da saliência estreita e de repente ele estava no ar. Finalmente, caiu feito uma pedra nas rochas abaixo.

Não fez nenhum som.

Caiu numa rocha plana que se projetava acima da superfície da água. O barulho que o corpo fez batendo na pedra foi nauseante. Ele ficou ali, de costas, como um boneco quebrado, os braços abertos, a cabeça num ângulo antinatural.

Alguma coisa repugnante escorreu de dentro dele para a pedra e Lucy se virou.

Tinha matado Henry.

～

Então tudo aconteceu ao mesmo tempo.

Houve um rugido vindo do céu e três aviões com o símbolo da RAF nas asas saíram das nuvens e mergulharam em cima do submarino, com as metralhadoras chamejando.

Quatro marinheiros subiram o morro correndo em direção à casa, um deles gritando:

– Esquerda-direita-esquerda-direita-esquerda-direita.

Outro avião pousou no mar, um bote saiu de dentro dele e um homem com colete salva-vidas começou a remar na direção do penhasco.

Um navio pequeno deu a volta na ponta de terra e partiu agressivamente na direção do submarino.

O U-boat submergiu.

O bote chegou às pedras ao pé do penhasco, o homem desembarcou e examinou o corpo de Henry.

Um barco que ela reconheceu como da guarda costeira apareceu.

Um dos marinheiros chegou até ela e disse:

– Você está bem, querida? Tem uma menininha na casa, chorando e chamando a mãe.

– É um menino – explicou Lucy. – Preciso cortar o cabelo dele.

E sorriu, absolutamente sem motivo.

~

Bloggs guiou o bote na direção do corpo ao pé do penhasco. A embarcação chegou à pedra e ele saiu para a superfície plana.

Era Die Nadel.

Estava morto. Realmente morto. Seu crânio tinha se despedaçado feito uma taça de vidro quando ele bateu na rocha. Olhando mais de perto, Bloggs viu que de alguma forma ele tinha sido espancado antes da queda: a mão direita estava mutilada e havia algo errado com o tornozelo.

Revistou o corpo. O punhal encontrava-se onde ele havia suposto: numa bainha presa ao antebraço esquerdo. No bolso de dentro do paletó caro, manchado de sangue, encontrou uma carteira, documentos, dinheiro e uma latinha de filme contendo 24 negativos de 35mm. Ergueu-os contra a luz que ia ficando mais forte. Eram os negativos das fotos encontradas nos envelopes que Faber tinha mandado para a embaixada portuguesa.

Os marinheiros no topo do penhasco jogaram uma corda. Bloggs colocou os pertences de Faber nos bolsos e em seguida amarrou a corda em volta do cadáver. Os homens o puxaram, depois jogaram a corda de novo para Bloggs.

Quando ele chegou ao topo, um dos marinheiros disse:

– O senhor deixou os miolos dele na pedra, mas tudo bem.

O subtenente se apresentou e eles foram até o pequeno chalé no topo da colina.

– Não tocamos em nada, com receio de destruir alguma prova – disse o marinheiro no comando.

– Não se preocupe muito. Não vai haver processo.

Tiveram que entrar na casa pela janela quebrada da cozinha. A mulher estava sentada à mesa, com a criança no colo. Bloggs sorriu para ela. Não conseguia pensar em nada para dizer.

Olhou rapidamente ao redor. O chalé era um campo de batalha. Viu as janelas pregadas, as portas com barras, os restos do incêndio, o cachorro com a garganta cortada, as espingardas, o corrimão quebrado e o machado cravado na janela ao lado de dois dedos decepados.

Pensou: Que mulher é essa?

Pôs os marinheiros para trabalhar: um para arrumar a casa e tirar as barras de madeira das portas e janelas, outro para consertar o fusível queimado, um terceiro para fazer chá.

Sentou-se à frente da mulher e olhou para ela. Estava vestida com roupas masculinas, largas, o cabelo estava molhado e o rosto, sujo. Apesar de tudo era incrivelmente linda, com belos olhos cor de âmbar num rosto oval.

Bloggs sorriu para o menino e falou muito gentilmente com a mulher:

– O que a senhora fez é tremendamente importante para a guerra. Um dia vou explicar quanto foi importante. Mas, por enquanto, preciso fazer duas perguntas. Tudo bem?

Os olhos dela se concentraram nele, e depois de um momento ela assentiu.

– O tal Faber conseguiu falar por rádio com o submarino?

A mulher ficou inexpressiva.

Bloggs encontrou um caramelo no bolso da calça.

– Posso dar um doce ao menino? Ele parece com fome.

– Obrigada.

– Bom, Faber contatou o U-boat?

– O nome dele era Henry Baker – disse ela.

– Ah. Bom, ele contatou?

– Não. Eu provoquei um curto-circuito na eletricidade.

– Isso foi inteligente. Como conseguiu?

Ela apontou para o soquete de lâmpada vazio.

– Chave de fenda, é?

– Não. – Ela deu um sorriso fraco. – Não fui tão esperta assim. Dedos.

Ele lhe lançou um olhar horrorizado. A ideia de deliberadamente... Sacudiu-se. Era medonho. Afastou aquilo do pensamento.

– Certo. A senhora acha que alguém do submarino pode tê-lo visto descendo o penhasco?

O esforço para se concentrar era visível no rosto dela.

– Ninguém saiu pela escotilha – respondeu. – Será que podem tê-lo visto pelo periscópio?

– Não – respondeu Bloggs, confiante. – Isso é bom. Quer dizer que não sabem que ele foi capturado e... neutralizado. De qualquer modo... – Bloggs mudou de assunto rapidamente. – A senhora passou por mais coisas do que muitos homens no front podem sofrer. Vamos levar a senhora e o menino para um hospital no continente.

– Está bem – disse ela.

Bloggs falou com o marinheiro que estava no comando:

– Há alguma forma de transporte por aqui?

– Sim, há um jipe perto daquelas árvores.

– Ótimo. Pode levar esses dois até o cais e colocá-los no seu barco?

– Certamente.

– Cuide bem deles.

– Claro.

Bloggs se virou de novo para a mulher. Sentiu uma onda avassaladora de afeto e admiração. Agora ela parecia frágil e desamparada, mas ele sabia que era corajosa e forte, além de linda. Impulsivamente, segurou a mão dela.

– Depois de um ou dois dias no hospital, você vai começar a se sentir terrivelmente triste. É sinal de que está melhorando. Estarei por perto, e os médicos vão me manter informado. Quero conversar mais um pouco. Mas só quando você quiser, está bem?

Finalmente ela sorriu para ele, e pareceu o calor de um incêndio.

– Você é gentil – disse ela.

Em seguida se levantou e levou o menino para fora de casa.

– Gentil? – murmurou Bloggs para si mesmo. – Por Deus, que mulher!

Subiu para ver o rádio e pôs na frequência da Unidade Real de Observação.

– Ilha da Tormenta chamando, câmbio.

– Pode falar, Ilha da Tormenta.

– Coloque-me em contato com Londres.

– Espere um momento.

Houve uma pausa longa, depois uma voz familiar:

– Godliman.

– Percy. Nós pegamos o... ladrão. Ele está morto.

– Fantástico, fantástico. – A voz de Godliman estava triunfante. – Ele conseguiu contatar o parceiro?

– Tenho quase certeza de que não.

– Muito bem, muito bem!

– Não é para mim que você tem que dar os parabéns. Quando eu cheguei já estava tudo resolvido.

– Quem o matou, então?

– A mulher.

– Que coisa! Como ela é?

Bloggs riu.

– Uma heroína, Percy.

Godliman riu alto.

– Acho que sei o que você quer dizer.

CAPÍTULO TRINTA E OITO

HITLER ESTAVA PARADO junto à janela panorâmica, olhando as montanhas. Usava seu uniforme cinza-chumbo e parecia cansado e triste. Tinha ligado para seu médico durante a noite.

O almirante Puttkamer fez uma saudação e disse:

– Bom dia, meu Führer.

Hitler se virou e olhou atentamente para seu ajudante de campo. Aqueles olhos pequenos jamais deixavam de irritar Puttkamer. Hitler perguntou:

– Die Nadel foi apanhado?

– Não. Houve algum problema no ponto de encontro... a polícia inglesa estava caçando contrabandistas. Parece que Die Nadel não estava lá, afinal. Ele mandou uma mensagem há alguns minutos.

Puttkamer estendeu um pedaço de papel.

Hitler pegou-o, colocou os óculos e começou a ler:

SEU PONTO DE ENCONTRO INSEGURO SEUS ESCROTOS ESTOU FERIDO E TRANSMITINDO COM A MÃO ESQUERDA PRIMEIRO GRUPO EXÉRCITO ESTADOS UNIDOS REUNIDO ÂNGLIA ORIENTAL SOB PATTON ORDEM DE BATALHA SEGUINTE VINTE E UMA DIVISÕES DE INFANTARIA CINCO DIVISÕES BLINDADAS APROXIMADAMENTE CINCO MIL AVIÕES MAIS NAVIOS DE TROPAS NO WASH PGEEU VAI ATACAR CALAIS QUINZE JUNHO LEMBRANÇAS AO WILLI

Hitler devolveu a mensagem a Puttkamer e suspirou.

– Então é Calais, afinal.

– Podemos confiar nesse homem? – perguntou o ajudante.

– Totalmente. – Hitler atravessou a sala até uma poltrona. Seus movimentos eram rígidos, parecia sentir dor. – É um alemão leal. Conheço a família dele.

– Mas o seu instinto...

– Ach... Eu disse que confiaria no informe desse homem, e farei isso. – Fez um gesto dispensando o auxiliar. – Diga a Rommel e Rundstedt que eles não podem ter os tanques. E mande vir aquele médico desgraçado.

Puttkamer saudou-o de novo e saiu para repassar as ordens.

EPÍLOGO

CAPÍTULO TRINTA E NOVE

QUANDO A ALEMANHA DERROTOU a Inglaterra nas quartas de final da Copa do Mundo de 1970, vovô ficou furioso.

Permaneceu sentado na frente da TV em cores e murmurou para a tela:

– Astúcia! – disse aos vários especialistas que estavam dissecando o jogo. – Astúcia e furtividade! Esse é o modo de derrotar os hunos!

Não se acalmou até os netos chegarem. O jaguar branco de Jo subiu pela entrada de veículos da modesta casa de três quartos e o pequeno David correu para se sentar no colo do avô e puxar sua barba. O resto da família chegou com mais calma: Rebecca, a irmãzinha de David; depois a esposa de Jo, Ann; em seguida o próprio Jo, parecendo bem-sucedido num paletó de camurça. Vovó saiu da cozinha para recebê-los.

– Viu o jogo, pai? – perguntou Jo.

– Péssimo – disse ele. – Jogamos mal demais.

Desde que tinha se aposentado da polícia e ficado com mais tempo livre, ele havia se interessado por esportes.

Jo cofiou o bigode.

– Os alemães foram melhores – comentou. – Jogam bem. Não podemos vencer sempre.

– Não me fale sobre a porcaria dos alemães – disparou vovô.

Jo riu.

– Eu faço muitos negócios com a Alemanha.

A voz de vovó veio da cozinha:

– Pare de pegar no pé dele, Jo!

Ela fingia que estava ficando surda, mas não deixava escapar quase nada.

– Eu sei – disse vovô. – Perdoar e esquecer, e andar por aí numa porcaria de um Audi.

– São carros bons.

– Astúcia e furtividade, esse é o modo de derrotar os hunos – repetiu vovô. E se dirigiu ao neto em seu colo, que não era de fato seu neto, já que Jo não era seu filho. – Foi assim que nós os vencemos na guerra, David: nós os enganamos.

– Como vocês enganaram eles? – perguntou David, com a suposição infantil de que seus antepassados tinham feito tudo na história.

– Bom, veja só, a gente fez com que eles pensassem... – a voz de vovô ficou baixa e com um tom conspiratório, e o menino riu de expectativa. – Nós fizemos com que eles pensassem que íamos atacar Calais...

– Isso é na França, não na Alemanha.

– É, mas naquela época os alemães estavam em toda a França. Os franceses não se defenderam tão bem como nós.

– Isso não tem nada a ver com o fato de nós sermos uma ilha, claro – disse Jo.

Ann o silenciou.

– Deixe o vovô contar suas histórias de guerra.

– De qualquer modo – continuou vovô –, nós fizemos com que eles pensassem que íamos atacar Calais, por isso eles colocaram todos os tanques e soldados lá. – Ele usou uma almofada para representar a França, um cinzeiro para ser os alemães e um canivete para ser os Aliados. – *Mas* nós atacamos na Normandia, e não havia ninguém lá, a não ser o velho Rommel e alguns revólveres de brinquedo! Astúcia e furtividade, estão vendo?

– Eles não descobriram o truque? – perguntou David.

– *Quase* descobriram. Na verdade, um espião descobriu. Hoje em dia não são muitas pessoas que sabem disso, mas eu sei porque era caçador de espiões durante a guerra.

– O que aconteceu com o espião?

– Nós o matamos antes que ele pudesse contar.

– O senhor matou ele, vovô?

– Não, foi a vovó.

Os olhos de David se arregalaram.

– *Vovó* matou ele?

Vovó entrou com um bule de chá na mão e disse:

– Fred Bloggs, está colocando medo nas crianças?

– Por que elas não deveriam saber? Vovó tem uma medalha, sabiam? Ela não me conta onde guarda porque não gosta que eu mostre às visitas.

Vovó estava servindo o chá.

– Isso já passou e é melhor ser esquecido, como diz o Jo. De qualquer modo, pouca coisa boa resultou daquilo.

Ela entregou uma xícara e um pires ao vovô.

Ele segurou seu braço e a manteve ali.

– Pelo menos *uma* coisa boa resultou de tudo aquilo. – Subitamente sua voz pareceu suave, e toda a rabugice de velho tinha sumido. – Eu conheci uma heroína e me casei com ela.

Os dois se olharam por um momento. O lindo cabelo de Lucy estava grisalho e ela o prendia num coque. Estava mais corpulenta do que antigamente. Durante anos suas roupas tinham sido elegantes e cheias de glamour, mas agora ela não usava mais alta-costura. Porém, seus olhos continuavam os mesmos: grandes e cor de âmbar, lindíssimos.

Esses olhos o encararam de volta e os dois ficaram imóveis, lembrando-se de como havia sido.

David pulou do colo do avô e derrubou a xícara de chá, e então o feitiço se quebrou.

CONHEÇA OUTRO LIVRO DO AUTOR

Coluna de fogo

Em 1558, as pedras ancestrais da Catedral de Kingsbridge testemunham o conflito religioso que dilacera a cidade. Enquanto católicos e protestantes lutam pelo poder, a única coisa que Ned Willard deseja é se casar com Margery Fitzgerald. No entanto, quando os dois se veem em lados opostos do conflito, Ned escolhe servir à princesa Elizabeth da Inglaterra.

Assim que Elizabeth ascende ao trono, a Europa inteira se volta contra a Inglaterra e se multiplicam complôs de assassinato, planos de rebelião e tentativas de invasão. Astuta e decidida, a jovem soberana monta o primeiro serviço secreto do país, para descobrir as ameaças com a maior antecedência possível.

Ao longo das turbulentas décadas seguintes, o amor de Ned e Margery não arrefece, mas parece cada vez mais fadado ao fracasso. Enquanto isso, o extremismo religioso cresce, gerando uma onda de violência que se alastra de Edimburgo a Genebra. Protegida por um pequeno e dedicado grupo de talentosos espiões e corajosos agentes secretos, Elizabeth tenta se manter no trono e continuar fiel a seus princípios.

Coluna de fogo é um dos livros mais emocionantes e ambiciosos de Ken Follett, uma história de espiões ambientada no século XVI que vai encantar seus fãs de longa data e servir como o ponto de partida perfeito para quem ainda não conhece seu trabalho.

CONHEÇA OS LIVROS DE KEN FOLLETT

Um lugar chamado liberdade
As espiãs do Dia D
Noite sobre as águas
O homem de São Petersburgo
A chave de Rebecca
O voo da vespa
Contagem regressiva
O buraco da agulha
Tripla espionagem
Uma fortuna perigosa
Notre-Dame
O terceiro gêmeo
Nunca

O Século
Queda de gigantes
Inverno do mundo
Eternidade por um fio

Kingsbridge
O crepúsculo e a aurora
Os pilares da Terra (e-book)
Mundo sem fim
Coluna de fogo
A armadura da luz

editoraarqueiro.com.br